女の一生　伊藤比呂美　岩波新書　本体七八〇円

日本の同時代小説　斎藤美奈子　岩波新書　本体八八〇円

新編　日本のフェミニズム11
フェミニズム文学批評　斎藤美奈子 解説　四六判三一四頁　本体二七〇〇円

何を怖れる
―フェミニズムを生きた女たち―　松井久子 編　四六判二〇四頁　本体一四〇〇円

フェミニズムの時代を生きて　西川祐子　上野千鶴子　荻野美穂　岩波現代文庫　本体一二四〇円

パリ・レヴュー・インタヴュー
Ⅰ　作家はどうやって小説を書くのか、じっくり聞いてみよう！
Ⅱ　作家はどうやって小説を書くのか、たっぷり聞いてみよう！
青山南 編訳　四六判各四二四頁　本体各三二〇〇円

岩波書店刊

定価は表示価格に消費税が加算されます
2018年12月現在

イルメラ・日地谷＝キルシュネライト

1948年ドイツ生まれ．一橋大学助教授，トリーア大学教授等を経て，現在，ベルリン自由大学日本学科教授．この間に，同大学日本学科主任教授，フリードリヒ・シュレーゲル文学研究大学院長，東京のドイツ日本研究所所長およびヨーロッパ日本研究協会会長を務める．専門は日本文学・日本文化．『私小説　自己暴露の儀式』(1981年；邦訳は，三島憲一ほか訳，平凡社，1992年；英訳1996年)をはじめ『三島由紀夫“鏡子の家”論』(1976年)など著作，編書，翻訳書多数．インゼル社『日本文庫』(全34巻)総編者．『和独大辞典』共同編者．
ドイツ学術界で最も権威あるライプニッツ賞，人間文化研究機構の日本研究功労賞などを受賞．ベルリン・ブランデンブルグ学士院会員，ヨーロッパ学士院会員，レオポルディーナ・ドイツナショナル学士院会員．

〈女流〉放談―昭和を生きた女性作家たち

2018年12月21日　第1刷発行

編　者　イルメラ・日地谷《ひじや》＝キルシュネライト

発行者　岡本　厚

発行所　株式会社　岩波書店
〒101-8002　東京都千代田区一ツ橋2-5-5
電話案内　03-5210-4000
http://www.iwanami.co.jp/

印刷・三陽社　カバー・半七印刷　製本・松岳社

ISBN 978-4-00-061311-8　　Printed in Japan

〈女流〉放談

〈女流〉放談

昭和を生きた女性作家たち

イルメラ・日地谷＝キルシュネライト◉編
Irmela Hijiya-Kirschnereit

岩波書店

Für 周二

はじめに　プロジェクト前史

過去は決して死んではいない、過去は過ぎ去ってさえいない
――ウィリアム・フォークナー

今から三十六年前、一九八二年の二月から桜の季節にかけて、私は三か月ほど日本に滞在した。日本を代表する女性作家の方々にインタビューするという、長い間待ちわびてきた企画が実現することになったのだった。

私にとっては、大いなる試みだった。

その頃、私はまだ三十歳を過ぎたばかりの若い研究者だった。博士号は数年前に取得した。テーマは三島由紀夫の『鏡子の家』論だった。前年の一九八一年には、教授資格論文を元に、『私小説――自己暴露の儀式』という本をドイツ語で出版していた(これは一九九二年に日本語訳が、平凡社より出版された)。すでに大学で教えてもいたが、まだ定職のない、若い研究者だった。

そんな私が、その頃すでに有名だった作家の方々に、こんなに中身の濃いインタビューをさせていただ

いた。奇跡のような出来事として、今でも鮮明に思い出す。

こうして時間をおいて、改めてその時のテープを聴いてみると、相手になってくださった方々の、見も知らぬ外国人研究者である私に対する、ひじょうにオープンな態度に驚かされる。

時としてかなりくだけた雰囲気でのやり取りを聴いていると、これらの記録は、もしそう考えることが許されるならば、インタビューというよりは、同じ目線の高さで交わされた女同士の「対話」ないしは「放談」であり、聞き手の私が、相手から一方的に何かを引き出すというよりも、出身文化や世代を異にする二人の女の、考えや世界観が交換される場であったように思えてくる。

私はそれぞれの対話に一貫性、関連性を持たせるため、十三の共通する質問を準備して場に臨み、機会を見計らって、その質問を発した。そしてやり取りの中で、たびたび、私の意見や考えに対する反論が率直に発言され、意見が鋭くぶつかり合う場面もあった。私たちは互いにボールを投げ合っていたのである。

怖いもの知らずの若さゆえに、私は相手に対して自分を主張するのをためらわなかったし、初めてお会いした年上の高名な作家の前で萎縮することもなかったようだ。むしろ逆に、すべての対話からは、お互いに対する真摯な好奇心と敬意が感じられた。そこでは、私の国ドイツが、異なる社会における女性の立場の共通性と異質性を際立たせる、鏡のような役割を担っていたように思う。もちろんこの場合のドイツとは、統一以前のドイツ連邦共和国、いわゆる「西ドイツ」のことだ。

対話は、主に文学を中心に繰り広げられたが、テーマはそれに限定されず、さらに広い領域をも含んでいた。

一九八〇年代初めまでの日本の女性作家としての生活やその条件、いわゆる〝西洋〟社会と日本社会の間の女性の地位や立場の違い(思ったよりも大きくはなかったのだが)、これからの社会的な展望などについて、私たちは語り合った。

女性作家として書いていくにはどんな困難があり、同時にどんな有利さがあるか。

彼女たちはどのようにプロの作家としての地歩を固めてこられたのか。

男性作家とは大きく異なる社会性や生活の条件をもって、どのように日々の諸問題に対処してこられたのか。


こうしたテーマについて、十四人の作家の方々が、真っ正面から答えてくださったのだった。

この対話の記録をどうするか。具体的な目標や方法など、私は模索していた。記録の整理やドイツ語への翻訳という仕事が難しいのはわかっていた。同時に、ひじょうに豊かな成果が得られたのだということも、はっきりと感じ取っていた。

しかし当時のドイツ語圏で、この対話を出版するのは難しかった。私が考えていたよりもずっと。出版のためのあらゆる条件が整っていなかった。時期尚早だった。

その上残念なことに、日本から帰国した私が直面したのは、学問の世界に自分の居場所を確保するという、学者を目指していた私にとっては喫緊の問題だった。逃げることのできない雑務の数々が私を待っていたのである。そんな理由が重なって、その宝物のような記録は、使われないまま時が経ち、徐々に増えていった資料の山に埋もれて、ずっと眠り続けることになってしまったのだった。


数十年後、私は、ふとその記録を取り出した。長い間眠っていたその記録を、再びめくって、読んでみた。その時私を襲ったのは、時空を超えることのできる扉を開いたかのような感覚だった。

その不思議な驚きとともに、この記録は、今こそ、より有効に生かすことができるのではないかという考えが私の中に生まれてきたのである。

記録テープには、まるでタイムカプセルに入っていたかのように「あの頃」が生き生きと保たれていた。その上、作家の方々の生年を見てみれば、二十世紀の初めから今に至る一世紀超を網羅していた。テーマと方向性を定めて記録された文学の生の声が、他にもあるとは思えなかった。

この記録は、むしろ三十六年前よりも、現代の日本人の関心を引くものではないかとの確信が私の内で徐々に固まっていった。

インタビューに応じてくださった作家の方々は、それぞれがさまざまなかたちで、二十世紀日本の各時代と緊密につながっている。そして彼女たちが体現する「各時代の匂い」を感知し、自らの人生の記憶と共振させることができるのは、「同じ時代」を共有する日本人だけなのである。

そこで私は、この貴重な対話を出版することを考え、出版の許可を求めることを考え始めた。しかし三十年以上の時の重みは大きく、インタビューに応じてくださった十四人の方々のうち、十人がすでに故人になり、ご存命中の方は四人だけになってしまった。そうした理由もあって、残念ながら対話原稿のすべてについて出版許可を得ることはできなかったが、かろうじて十一人のインタビューをここに掲載することができたのである。

この後、三十六年の間に世界は急速に変わり、私たちもまた、その年月相応の歳を重ねてきた。お会いした作家の方々のほとんどは当時すでにその創作力の頂点におられ、まだ若かった作家もそこへ向かっておられたのだが、みながすでに広く認められた存在であることは確かだった。それはつまり、この記録が「歴史との再会」といった側面を持つことをも意味している。

記録を読むと、その後何が変わり、何が変わらなかったかなどと、経験してきた諸々のことが記憶の底から浮かび上がってくるものだ。この対話の中で私たちが触れている数々のテーマは、今現在でもたいへん現実的かつ基本的な問題であり、今なら答えや結論を見つけられるかどうかはわからない。

なお、当初計画していたにもかかわらず、諸般の事情で不可能だった瀬戸内寂聴さんへのインタビューがこのたび実現できたのは、思いがけない喜びだった。その日私は、三十六年前に予定していたのとほぼ同じ質問を瀬戸内さんへ投げかけたのだが、あの当時ならどんなふうに答えてくださっただろうかと想像をめぐらしながら、三十六年後の対話は進んでいったのだった。

読者にはまず、この記録に眼を通して、そこからそれぞれが連想される当時の時代の空気や思い出にどっぷり浸っていただきたい。

記録の中では、対話の相手として私を受け入れてくださった作家の方々、それぞれの個性や雰囲気が、その瞬間瞬間、生き生きと呼吸している。それを通して読者は、時の流れという不思議な力によって、記録されたその瞬間にただちに「過去」という彼方へ運び去られていった、「あの時」「あの時代」を、のぞき見ることができるだろう。

目次

はじめに　プロジェクト前史　vii

I　明治生まれの先駆者たち

1. **佐多稲子**（*1904–1998*）　3
「女は怖い」は男の逃げ口上、いつも悪い事やってるから」

2. **円地文子**（*1905–1986*）　23
「私の文学熱と父は関係ありません、すべては祖母の影響です」

II 「戦中派」の戦後

3. 河野多恵子（1926-2015）
「我慢を快楽へとひっくり返してしまう、まさに倒錯ね」 39

4. 石牟礼道子（1927-2018）
「詩人というのは要するに、人間と神様を繫ぐ役割です」 77

5. 田辺聖子（1928- ）
「文学修行の厳しさに耐えかねて堕落した田辺聖子（爆笑）」 111

6. 三枝和子（1929-2003）
「私は男性の視点だけで戦争を捉えたくないのです」 135

7. 大庭みな子（1930-2007）
「女は男よりずっと自信があると思いますよ」 159

8. 戸川昌子（1931–2016）
「子どもとは時間を盗み食べてしまう生き物です」 197

Ⅲ 「戦後派」の憂鬱

9. 津島佑子（1947–2016）
「私、歳を取ると男女同じになっちゃう気がするの」 221

10. 金井美恵子（1947– ）
「女性作家だという意識なしで読んでもらいたい」 259

11. 中山千夏（1948– ）
「女に男が描けないのではなく、他人を描くのが難しいのです」 287

本文イラスト＝赤田千恵

I　明治生まれの先駆者たち

「「女は怖い」は男の逃げ口上、いつも悪い事やってるから」

1. 佐多稲子さん

Ineko Sata
1904-1998

……さた・いねこ……

佐多稲子は愛の子であったと言えるだろう。生まれたとき、両親はまだ十八歳と十五歳だったのだから。佐多の生涯を早い時期から一貫して彩ったのは、生き延びるための闘い、わが道を行く勇気、そして強い正義感であった。デビュー作「キャラメル工場から」(1928)は、貧困のため学校をやめて女工として働いた自らの経験を描いた作品である。プロレタリア文学派に属し、日本共産党に入党し、投獄された作家たちのために尽くし、自らも逮捕されながら、母親でもあった佐多は戦時中の日本で懸命に戦い続けた。一九六〇年代以降、『時に佇《た》つ』(1976)のような自伝的要素もまじえた多くの作品や回想により、佐多の名声は高まってゆく。高齢で亡くなるときまで、佐多の高貴な姿勢と賢さと美しさは、その輝きを失わなかった。

(編者、以下同)

すね。

あの頃の生活のそんな窮屈さが、特に私たち女性を人間的にも窮屈に小さくしていましたね

――佐多さんのお宅の周りは、日本の昔の住宅地のような、なにか懐かしい雰囲気がまだ残っていますね。

佐多　そうでしょう。こんなにまだ地面が見える場所、もうあまりないですよね、みんなアスファルトになってしまって。

――そうですね。とても落ち着いたすてきな環境です。

では早速、用意してきた質問に移らせていただきます。佐多さんは女性作家として、特に男性作家と同じ世界で競っていく上で、なにか弱点のようなものを感じられることがありますか。

佐多　そうねえ……、私が若い頃はね、もちろん今とは大分違っていましたから、たしかにいろいろ難しいことがありました。生活がなんというか、まだまだずっと窮屈でしたのね。今の若い人たちにとっては、そんなことはもうないと思いますが、なんといっても私は古い世代ですからね。あの頃の生活のそんな窮屈さが、特に私たち女性を人間的にも窮屈に小さくしていましたね。ですから昔は、どうしても狭められてしまう自分との戦いみたいな面が、いつもありました。

――ということは、たとえまだ結婚していなくても、やはりその狭められた生活というものが、すで

にあったわけですか。

佐多　ありました。それにあの頃、結婚しない女というのは、それだけでもう変な目で見られましたからね。結婚はすべきだという雰囲気が、当り前のようにあったんです。でも、ドイツの場合はどうか知りませんが、日本ではご存知のように、平安時代の女性の文学からの伝統などもあり、そのような伝統に私たちはかなり助けられたようなところもありましてね。近代になっても、樋口一葉〔1872-1896〕などは非常に高く評価されていて、作品そのものが認められていますね。ですから文学に限って言えば、女性もかなり対等に扱われていると思いますよ。でも、先ほども触れた、文学を生み出すための自分との戦いといったような面では、たしかに問題がたくさんありましたね。

――文学に限ればそうかもしれませんが、この問題の底にあるのは、むしろ社会的なものですから、まず社会における女性問題に目を向けることが重要だと思うのですが。

佐多　そう、そうですね。あのね、文学をやろうとしてね、結局は政治の方へいってしまった女性もたくさんいたんですよ、あの頃は。でもそれとは反対に、政治には行きたくない、文学は政治とは別だという空気もたしかにありましたね。でも、私の出発はご存知のように、プロレタリア文学でしたから、やはり政治というか、主に女性問題に目を向けて書くという傾向が、私にはずっとあったと思います。

――なるほど。社会との戦いなどと言うと、ちょっと大げさになってしまいますが、私が伺いたかったのは、たとえば文学をやりたいと思っても、周りがそれに反対するといったような、日常における個人の生活圏での問題だったのですが。

佐多　でもねえ、あの当時の日本はまだまだそれほど豊かではなかったですからね、女が机の前に座って小説を書くなどということは、まあそんな時間もまずなかったし、もし結婚していても、夫によほどの理解がない限りは、あまりにも常識外れだと思われましたでしょうね。でもあの当時は、女性に対してだけでなく、男性に対してもそれはほとんど同じでしたよ。私の場合は、夫も文学関係の人でしたから、女が物を書くということをよく理解してくれましたのね。そんな結婚生活を送れましたから、そういう意味ではとても恵まれていました。でもそのような問題は、女性一般にとっての問題でもあるということでね、これまでもよくテーマとして扱ってきました。

――そうですか。ところで、佐多さんが文学を始められた動機というのは、なんだったのでしょうか。

佐多　そうねえ……、私が生まれたのはごく普通の家庭でしたが、父がある時、まあいろいろな事情があって、家族を引き連れて東京へ出たんですね。それで私たちは急に貧乏になってしまって、私は義務教育を終わらすことができなかったのね。日本にはもう義務教育があったんですけど、尋常小学校も卒業しなかったというのは、あの当時でもかなり異常でしたね。私の家族や親戚は、必ずしも無教養な人たちではなく、知識欲が旺盛なところもありました。でも私、自分で文学作品を書いて発表するなんてことは、まったく考えてもみなかったですね。

そんな私に、何か書いてみないかと勧めたのは、プロレタリア運動の仲間だった中野重治〔1902–1979〕だったんです。でも私は学校にもろくに行かなかった人間ですからね、そんな私に文学などという高尚なものが書けるわけがないと思いました。すると中野さんは、プロレタリア運動というのは、労働者自身の文化を築くことが目標でもあるのだと言い、働きながら過ごしてきた少女時代の話などを書けば、きっと良い内容の作品ができるはずだ、そう私を励ましてくれましたのね。それで私も、自分自身の眼と感覚を使って書いていけば、自分なりのものが何かできるかもしれない、そう思って勇気を奮い起こしたんです。それが私の文学者としての始まりでした。

――中野重治さんは、佐多さんに文学的な才能があるということを見抜いていたのでしょうか。

佐多　さあ、どうでしょう……。私はね、働いていたごく若い頃から、まあ生活の「つぶやき」とでもいった、詩のようなものを書いていたんです。おそらく中野さんは、それを聞いて知っていたのでしょうね。

――その、詩のようなものを書かれたということは、やはり自分を表現したいということだったのでしょうか。

佐多　うーん、そうだったんでしょうね。

――それとも、ご自分で経験なさったものを、他の人に伝えたいというお気持ちもあったのでしょうか。

佐多　いえいえ、そんなはっきりした目標はなかったです。ただあの頃は、まあ毎日が単調でつまらなかったですからねえ。それでなんとなく、自分で感じたことをつぶやくように吐き出したかったのでしょう。だから、人に読んでもらうつもりはありませんでした。

――すると日記のようなものですか。

佐多　いや、あれはやっぱり詩でしたね。私の叔父、若い時に亡くなった父の弟ですが、彼が文学青年でしたので、私が子どもの頃、彼の影響が少しあったかもしれません。

――なるほど。話が変わりますが、女性が作家として活動していく場合、結婚しますと家庭の雑事などで書く時間を奪われ、集中して仕事ができなくなりますね。もちろん手伝ってくれる人がいれば別ですが、そうでない場合、むしろ結婚をしない方が書くために良いということになるのでしょうか。

佐多　そうですねえ……。でも結婚する、あるいはパートナーがいるという形態が、やっぱり人間にとっては一番自然じゃないでしょうか（笑）。私はそう思いますよ。

―― なるほど。でも、家庭の雑事によって時間が取られるだけでなく、女性にはさらに出産というものもありますから、それによってますます仕事に集中することができなくなります。つまり女性作家は、そんな困難の中で活動する以外ないわけですね。

佐多 そうそう、それはたしかに大変ですね。全部をしょっていかねばならないわけですよね。これは本当に難しい問題です。でもね、逆に条件が整っているからといって、必ずしも良い作品が書けるわけでもありませんし、困難の中からほとばしるように書くということもあり得ますからね。

―― 少し挑発的な質問をさせていただきますが、もし女性の作家が全力で仕事に打ち込みたいと思ったら、女性としての生活の、少なくともその一部分を、犠牲にする必要があるのではないでしょうか。

佐多 私はそうは思わないですね。

―― そうですか？

佐多 「女性としての生活」とはまず何であるかですが、もしも、社会が女性の生活を狭めるとしたら、当然それに対して反発しなければなりませんね。でもその反発自体が、書いて表現するためのエネルギーにもなるんです。ですから、何かを犠牲にして文学が成り立つということは……うーん、あるのかなあー、でも、文学のために結婚しないなんて、それはあり得ないでしょうね。好きになったら、一緒になればいいんですよ、それが自然です。私はそう思いますね（笑）。

―― 先程、反発自体が物を表現するエネルギーになるとおっしゃいましたが、するとそのような反発のエネルギーを、女性は自分たちの長所であると理解してもいいわけですか？ なぜなら、そのような種類の社会に反発するエネルギーというものは、普通に考えれば、男性にはあまり必要ないわけですよね。

つまり、男性はそのようなエネルギーを必要とする立場にいないため、理屈から言えば、それを文学的に生かすことができないわけですね。

佐多　うーん、そうねえ、それは難しいところだなあ……。

――　では質問が変わりますが、男性の評論家から公平に、客観的に扱われていると佐多さんは思われますか。それとも女性作家のためには、特別な扱い方というものがあるのでしょうか。

佐多　私はないと思います、現在はないと思います。作品が良ければいいのであって、ですからそれはないと思いますね。ただ作家として世に出ていく過程で、女の人にはいろいろな障害があってつらいこともあるでしょうが、作品そのものは、わりあい公平に扱われていると思いますよ、うん。

――　私が感じていることなのですが、佐多さんについての評論や論文などでは、作品自体というよりも、いつどこで働き、どのような生活をされたかなど、佐多さんの経歴と比較対照する、いわゆる実証主義的な傾向が多く見られるように思えるのですが。

佐多　いや、私はそうは思いませんよ。私自身がそんなふうに扱われているとはまったく思っていないです。

――　そうですか。

佐多　もちろん私の経歴を聞かれたりすれば、先ほどのように、それについて話すことになりますが、たとえば、私が小学校を卒業していないなどと、わざわざ言われるようなことはないですね。

――　なるほど。それでは女性作家として、佐多さんは出版社や編集者に対して、一種の特権というか、特別な地位といったものをお持ちだと思われますか。

佐多　全然思いません。むしろ逆に、女性が女であることをそんなふうに利用しようとしたら、出版界やジャーナリズムは非常に厳しい反応を示すと思いますね。もちろん、そういうことを試みた女性もいたかもしれませんが、そんなことはすぐに分かってしまいますよね。その点ではとても厳しい世界ですから、すぐに見抜かれてしまいます。それは絶対にマイナスになりますね。

―― そうですか。そういう点で、戦前と戦後の差というものはありますか。

佐多 今はそうでもないと思いますが、そうですねえ、戦前は女として相手に接近していって、かえって逆に、批判的、拒絶的に扱われたという例などがあったと思いますね。

―― すると出版社側は女性作家だから面白いと見るのではなく、あくまでも作品が中心となるわけですね?

佐多 そうそう、作品ですね。それはとてもありがたいことです。私の友人に壺井栄〔1899-1967〕という、『二十四の瞳』という作品を書いた女性作家がいるのですが、これはとてもよく知られた有名な作品なので、たとえばテレビのクイズ番組などでも、『二十四の瞳』という作品はゲストがすぐに当ててしまうのですね、でも作者が誰だかは皆さん知らないんです。つまり一般の人たちは、この作品を男が書いたのか女が書いたのか知らずに記憶してるんです。そんな読み方をする人がたくさんいるわけです。ですから、やはり作品の質が重要なのでしょうね。

―― なるほど。佐多さんは、もし男性の評論家から「この作品は女にしか書けない」と言われた場合、それを褒め言葉として受け取られますか、それとも……?

佐多 うーん、なかなか難しいですね。うん、まあそういうこともあり得ると思いますから、もし評論家がそう言ったとしたら、少なくともその人は作品を細部まで読んだということでしょうからね、必ずしも否定的に取る必要はないと思いますよ。まあそんなこと言われるとしても、そこにはかならず、個人的なニュアンスの差がいろいろあると思いますね。

男は女を書けるのに、女には男が書けないというのは、あくまでも男性側の幻想じゃないですか

――もし、女性にしか書けないというものがあるとしたら、それはどんなものでしょうか。

佐多　そりゃあ、男と女は違いますからね。感覚の違いというものが当然あるでしょう、うん。でもそんな違いは、女にとってはプラスにもマイナスにもなることでしょうね。

――すると、男性が自分で経験できないことを女性は書けるとか、そういうことにも繫がるわけですか？

佐多　いや、逆にね、男には女が書けるが、女には男が書けないとかよく言われていますよ(笑)。

――そんな偏見は私もよく聞きます(笑)。でも、なぜ女には男が書けないと思うのでしょう。男は女を書けるのに、女には男が書けないというのは、あくまでも男性側の幻想じゃないですか。女に男が書けないのなら、男にも女が書けないはずです。これは日本の社会において、いつも男女を何らかのかたちで区分したがる傾向の典型的な例だと思いますね。

佐多　でもね、これまでの男女の生活を見ますとね、やはり女性の生活は狭く限定されていましたでしょ。それに比べると、男にはもっと自由があったため、たくさんの異性と接触する機会があったのですよ、女性よりもね。その意味でも、男のほうがずっと女を知る機会が多いということがあるのではないですか。

――でも、男性が女性に接する機会といっても、日本ではそれもかなり限られていると思いますね。

普通、自分の妻以外で接触が一番多いのは、まあ仕事関係でしょうが、これもある意味ではかなり限定された関係ですし、仕事上での異性との個人的関係など、普通ならばあまり深入りしないほうがいいかもしれません。あとは愛人であるとか、バーや飲み屋の女性などでしょうから、私にはそれほどバリエーションがあるようには思えませんね。むしろそれは、商売上の関係や性的関係などに集中しているようですから、それで女性が書けると言っても、そんなものは随分と偏った女性像ではないでしょうか。

佐多　そうねえ、たしかにそれは言えるかもしれませんね。

——もちろん日本の社会も大きく変化しましたし、女性の行動範囲も以前とは比較にならないほど広く大きくなったと思いますので、今描いたような図式も、これからまだまだ変わって行くことになると思いますが。

佐多　私もそう思います。随分変わりましたよ。今これだけたくさんの女性が書いているという事実だけでも、それが言えるでしょうね。そしてそれは、女性がチャンスを与えられただけでなく、自分の能力を発揮する力をつけたということでもあるんですね。私はずっと昔ね、女が観念的な作品を書くなんていうのは、とても無理だと思っていたんです。なにかこうリアリスティックなものなら、ぐっと摑んで書けるだろうけれど、観念だとか道理などでものを書くなんて無理だと思っていたのね。ところが最近、そんなふうな創作をする女性作家がどんどん出ていますからね、私ほんとに嬉しくなってしまったの。

——そうですか。でも時々思うのですが、一概に男女の差と言っても、社会的によくそう言われているだけで、必ずしもそのすべてが、男と女が生まれた時から備えている能力、先天的な能力というわけではないですね。自分たちの特性だと信じ込んでいる側面も、そのかなりの部分が、社会の中で躾けられる過程で植え付けられた、「男らしさ」「女らしさ」などの「らしさ」によって成り立っていると思うのです。

つまり広く信じられているほどには、男女の差というものは大きくないと思うのですが。

佐多　うんうん、そうかもしれませんね。

——ですから、もし男の子と女の子をまったく同じように育てたとしたら、案外、男女は互いにもっと似てくるのではないかと想像しているのですが。

佐多　うーん、なるほど。それは面白い考えですね。

——佐多さんは先程、お若かった頃の女性の生活、特に作家として活動することの難しさについてお話しされましたが、そのような困難に反発するエネルギーこそが、文学を書く動機になり得るともおっしゃっていました。でも今では、女性作家が大いに活躍できる環境が前よりも整ってきていると思います。もし今、女性作家が以前のように何かに反発する必然性が少なくなったとすれば、そのことによって、作品を書くことが前よりむしろ難しくなるのでしょうか。

佐多　いやいや、現在はニーズがいろいろとありますしね、そんなことはないでしょう。大丈夫じゃないですか。

——そうですか。また違う質問になりますが、佐多さんはどのような読者層に向けて作品をお書きになっていらっしゃいますか。

佐多　そうねえ……。私が書き始めた頃はね、プロレタリア階級の人たちの立場に立った作品を書き、社会に提出していきたいという気持ちだったんですね。でも、私の作品がそんな思想的、まあ一応それが思想だったと仮定して、そのような基盤をいつも持っていたかといえば、そんなこともないのです。でも、やっぱりそれと繋がったかたちで、それとの関係で書いていきたいとは思っていましたけどね。

——読者層は以前とは変わってきましたでしょうか。

佐多　それほどは変わっていないと思いますね。

――読者はやはり知識人が多いのですか。

佐多　まあ知識人の読者が多かったかもしれませんが、プロレタリア階級というか、労働者の方々も読者だったと思います。今でも労働者文学と呼ばれるものがあるんですよ、働きながら書いている人たちがかなりいますからね。

――また新しい質問ですが、評論家の柘植光彦《てるひこ》〔1938-2011〕が次のように書いていました。「女性作家の作品は、どうも私には完全に読んで理解することが不可能だが、どうしても残るその〝わからなさ〟が逆に魅力であり、関心を向ける理由でもある」(『国文学　解釈と鑑賞』一九八一年二月号、pp. 6-41)と。佐多さんはご自分の作品が、男性読者からも理解されるとお考えですか。もし理解が難しいとしたら、それはどんなところでしょうか。

佐多　男性にも理解できると思いますよ、少なくとも、女性が男性の作品を理解できると同じくらいには。

――同じ評論家が、ある女性作家について、男性の読者を「締め出そうとする」と述べていましたが、そのような事実はあるのでしょうか？

佐多　締め出す？(大笑い)　そんなことあるわけないわよ。そんなこと絶対にない(笑い続ける)。大体締め出されたら相手は面白くないでしょう、もう読んでくれなくなりますよ(笑)。

――私もなぜそんな考えになるのか、不思議に思いました。

佐多　なんとも突飛な考えですねえ。本当にそう感じたのかしら。そんなことあるわけないもの(笑)。

――次の質問ですが、ヨーロッパでは今、特に女性作家が、自伝形式の文学に惹かれていると言われています。日本では私小説などの伝統もあり、女性に限ったことではないと思うのですが、それでも女性の場合、自分の経験したことを書くという方法が、何か新しいものを創造するよりも好まれているように思われます。それについてはどうお考えでしょうか。

佐多 好まれるというよりも、そうねえ、自然にそうなってしまうのではないでしょうかねえ。まあ、私小説の影響も大きいとは思います。私はプロレタリア文学に属していましたが、かなり私小説的なものも書いていますよ。でも、それはごく自然にそうなったんですね。だから先程言ったような、リアリスティックには把握できるけれども、観念的に書くことが難しいと思ったというのは、それだったのかもしれませんね。

――では、女性には私小説的、自伝的な書き方が向いていると思われますか。

佐多 いや、男の人も同じですよ、あまり違わないですね。

――そうですか?

佐多 ええ。だから男の人も自分の幼年時代や子ども時代を書いたり、父親との関係を書いたりしますよね、だから同じですよ。女の作家の場合には、夫との関係を書くことも多いようですが、やっぱりそれが一番切実な問題なのでしょうね。ですから、必ずしも女だからということではないと思います。あっ、それから結婚問題、これも女性のテーマになることが多いですね。

――なるほど。結婚問題は男性のテーマではなく、どちらかと言えば女性のテーマなのですね?

佐多 ええ、そうだと思います。

――先程、女性が観念的な作品を書くことは難しいとおっしゃいましたが、女性にその能力がないというよりも、観念というか、思索的な世界に触れる機会がこれまで少なかったからということではないでしょうか？

佐多　そうそう、そうでしょうね。昔は私も女にそれは無理だなんて思っていたのですけど、そうではなかったと分かってきて、先程も言いましたが、とても喜んでいるんです。

女性の文学は最近、本当に豊かで多彩になりましたよ

――また次の質問ですが、西ドイツでは最近、女性が女性としての立場から、男性に対して自分を主張することが非常に難しいという意識が広まっています。男性と競うということは多くの場合、彼等に支配されている社会の基準を受け入れ、それに順応することを意味するからです。そこで作家をも含めた女性の知識人の間から、一定の期間、男性との関係を断って男性の影響から距離を置き、女性としての真の自分を発見し、自らの能力を発揮できるようにしたいという考えが生まれているのですが、それについて佐多さんはどう思われますか。

佐多　実はね、前にドイツのある女性作家の方と話したことがあったんですが、その人が言うには、女性の作家だということで彼女も、どうせ典型的な家庭小説みたいなものを書いているんだろう、そんなふうに扱われたことがあると言っていましたのね。私はドイツでもそうなのかと、とても驚いたわけです。それで私、今まで触れてきた、いわゆる「女の戦い」というものは、どこでも同じなのだなということを改めて認識しましたのね、その時。このような、女が何らかのかたちで差別されるという問題は、現在の日本にもまだまだたくさんあるんですよ。ですからあなたの国で今、おっしゃられたような動きが女性の間で出てきたことを、日本の女としてもよく理解できますね。

――日本における女性に対する差別というのは、ごく日常的な場面でも経験できますね。ありふれた例ですが、テレビを観ますと、そこでは女性をまるで馬鹿にしているかのような、汚らしくてくだらない冗談が、男性タレントや司会者などの口から当たり前のように出てきますが、それでスタジオは笑いの渦になり、女性も一緒になって大笑いしているんですね。もちろん、ユーモアにもいろいろあると思いますが、でも特定の人々、この場合は女性ですが、そんな人たちを笑いの種にする場合、十分な注意が必要だと思います。特に相手を傷つけたり、下品になるような表現は許せませんね。この点に関して、西ドイツ社会はかなり敏感ですから、すぐに抗議がテレビ局に殺到しますし、新聞などにも投書が載せられるはずです。

佐多 なるほどねえ。

――このような日常的現象に慣れてしまうと、そこで繰り返されている女性への仕打ちに対して、まるで鈍感になってしまうのではないでしょうか？

佐多 それは、女性作家に対してもまったく同じですよ。私も以前、腹を立ててそれについて書いたことがありました。

――相手はどんな人だったんですか？

佐多 ジャーナリストの男性でした。まだまだ偏見があるんですよねえ。

――そんな女性蔑視的な側面は、どんなふうに出てくるのですか？

佐多 何となくですね。とにかく、潜在的にそんな面を持っているんですよ。だから、なんでもない所でポロッと出てしまうの。それである時、相手に対して怒りましたらね、「すいません、うっかり出ました」って謝るのね。「うっかりだから始末に負えないのよ、内にあるから出るんでしょ」って声を張り上げましたよ、もう腹が立って（笑）。

――佐多さんについて書かれた文章に、「意地悪でしたたかなリアリティー」という描写がありましたが、これはそれを書いた男性が、佐多さんの作品を読んで傷ついたということなのでしょうか。つまり女性が男性について何か鋭いことを言うと、男性は意地悪されたと思うわけですか。

佐多　さあー、どうなんでしょう。本当にそんなこと思うんですかねえ？

――でももし逆に、男性が女性に対して同じようなことを言ったとしても、男性側には、自分が意地悪なことを言っているなどとの意識は、まるでないでしょうね。その意味ではむしろ男性の方が、自分が言われたことに対してずっと敏感なんですね。

佐多　そう、彼等は女性からそんなこと言われるのに耐えられないんですよ。

――もしそうだとすれば、評論家の平野謙〔1907-1978〕が言った「女房的リアリズム」というよく知られた発言も、女性に腹を立てたマッチョ男の、くやしまぎれの吼え声のように聞こえます。それは、自分が傷つけられたことへ対する、軽蔑的身振りでの復讐といったものかもしれませんね。

佐多　そう、そうですね（笑）。でも軽蔑するというよりは、むしろある種の怖さ、そんなものを感じているんじゃないですか、男性は。

――そういえばたしかに、女性作家について書いた男性評論家などの文章には、「女性の怖さ、女性の恐ろしさを感じさせてくれる文学」などという表現が時々見られますね。でもどうして女性をすぐに、「怖い」「恐ろしい」などという特殊なカテゴリーに入れてしまうのでしょう？

佐多　そんなやり方を男の人が好むからでしょうね（笑）。それにね、「女は怖いよ」というのは、男性たちの逃げ口上なんですよ、自分たちがいつも悪いから（爆笑）。

――なるほど。ではまた新しい質問です。女性は政治に対する関心や働きかけが弱いとよく言われますが、佐多さんは文学が政治的、社会的な要素を持つべきだとお考えですか。

佐多　必ずしも直接に、政治的、社会的なテーマを書くべきだとは思っていません。プロレタリア運動から政治へ移った人もいましたけど、政治と文学の世界はまったく異なったものですからね、あまりそれに密着しすぎるのも問題だと思います。でも、政治的、社会的な視点などが作品に流れ込んだり、その土台となるようなことは、当然だと思いますね。文学者だといっても、やはり民衆の一人なのですから。

――つまり、作品の主題が政治や社会である必要はないが、それへの意識のまるで抜けた文学であってはならないということですね？

佐多　そうです。一般市民としても、当然そうあるべきだと思っています。

――日本とドイツは近代の歴史において、かなり似た経験も重ねてきました。帝国主義、ファシズム、戦争、敗戦などですが、そのような過去を克服するために、私たちドイツ人は戦後いろいろと努力してきたのですが、文学の世界もそこに入っています。佐多さんは、そのような「過去の克服」が、まあそれが実際に可能かどうかはまた別の話ですが、そのような試みが必要だと思われますか。

佐多　日本が引き起こした過去の侵略戦争を、再び繰り返してはならないという意識は、これまでいつも持ってきましたね。たくさんの人々が、やはりそう思って欲しいと私は願っています。また今の日本の平和についても、いろいろと考える必要があると思いますね。平和だ平和だと、喜んでばかりもいられないわけでね、それは重要なことです。そういうことをしっかり認識した上で、日本が昔の帝国主義、軍国主義に戻らないようにしなければと、いつも思っていますよ。本当は多くの人々が、そのように考えていると私は思っています。そこにはもちろん、高度成長というもので、まあ高度成長自体にもいろいろ問題はあるのですが、そのおかげで社会が豊かになったということもあり、それを失わないためには平和であるべきだという理由もその背景にあるのだと思います。いずれにしても、政治的意識というものは、必ずしもそれで何かを書くということだけではなく、選挙の時は必ず投票に行くなどという、ごく当たり前の行為でも表せるものだと思いますね。

—— 日本における軍国主義時代の扱いを見ますと、それを懐かしんだりあるいは美化したりすることが、よく見られるような気がします。あるいは、過去を忘れ無視するといったような態度も、度々見られると思うのですが、いかがでしょうか。

佐多 うん、そう、それはありますね。そんな映画が公開されたので、皆で抗議に行ったなどということもありました。それを製作する方はね、儲かると思えば平気で作るんですよ。それに若い人たちは戦争をまるで知りませんからね、「オーッ、かっこいい」なんて軽い気持ちで、そんな映画を観に行っちゃうんですね。イデオロギーというよりも商売、商売なんですよ。

—— そんな商業主義は、どこにでもあることでしょうが、それに対しては皆が、その危険性を十分認識することも大切だと思いますね。

佐多 そう、その通りです。

—— また文学的一般論に戻りますが、文学をどのように味わうかという面で、日本と西ドイツではかなりの違いがあると思うのです。日本ではどちらかと言えば、感情的、感覚的に文学に向かい、そこから感動を得ることが重要だと考えられているようですが、それに対してドイツ人は、論理的で理屈っぽい国民性などとよく言われるように、もっと知的な側面を要求するようです。ですから、たとえばもし、ドイツ人に日本の典型的な私小説作品などを読ませたとしたら、多くの読者は強い欲求不満を感じると思いますね。

佐多　そうですか。やはり随分違うのですね、それぞれの文学的な好みというものは。でも日本文学も変わってきていますよ。さきほどもお話ししましたが、女性作家も以前とは異なり、観念的、知的な作品を書くようになっていますから。

――それはどのような女性作家ですか？

佐多　そうねえ、たとえば倉橋由美子さん〔1935–2005〕とか金井美恵子さんなどですね。

――ああ、なるほど。

佐多　あなたもすでにご存知でしょうけれども、最近の文学賞の多くが女性の作家に与えられているんですよね。女性の文学は最近、本当に豊かで多彩になりましたよ、びっくりするほどです。大体ね、「女流文学」という呼び方自体が変なのよ。あれは一体何ですか？　女性が書いた文学ってこと？

――本当に変ですね。平安時代の「女房文学」と同じだということでしょうか。「女流文学」というのは、明治以降の呼び名だと聞いたことがありますが、その前が女房文学だったのでしょうか。

佐多　さあ、どうなんでしょう。いずれにしても、あれはジャンルの名前ではないのですから、まったく不必要でしょうね。あんな呼び名で、女性の文学を狭い場所に押し込めることはないですよ。女性が書くものは今、実に多様になってきているのですから。

――するとやはり、戦前と戦後では大きな差があるわけですね？

佐多　先にもお話ししましたようにね、戦前は書く自由というものが、いろんな意味であまりなかったですからね。まず作品を書き上げるまでに困難がたくさんあって、実に難しかったの。そして作品を完成させたとしても、ではどこでどうやって発表したらいいの？　そんな可能性は、現在に比べればとても少なかったのね、あの当時は。もちろんその点で、ずっと恵まれていた女性作家もいました。野上弥生子さん〔1885-1985〕や中条〔宮本〕百合子さん〔1899-1951〕などは、発表できただけでなく、発表する間隔も短かったですしね。私、羨ましかったですよ。でも、私はプロレタリア文学に属していましたからね、ある程度は発表の機会があったのですが、そうでない女性たちは本当に大変でした。そういう意味では今、状況が実に大きく変わりましたねえ。

―― 日本の女性作家にとって非常に有利だと思えるのは、西ドイツなどに比べると、文学市場がずっと大きくて、出版界も非常に盛んだという状況でしょうね。それだけ文学の需要があり、書くことで生活できる可能性が、ドイツとは比較にならないくらいあるわけですから。西ドイツの文学界には、書くことだけで生活している作家などほとんどいません。それは男性も女性も同じです。そのような文学世界の違い、これまでまったく知られていなかった日本の女性文学というものや、女性作家たちの活躍などをドイツ語圏の人々に紹介するというのが、今回の私のインタビュー旅行の目的なのです。今日は長い間、本当にありがとうございました。

佐多 いえいえ、こちらこそありがとうございました。あなた、時々は日本にいらっしゃるのでしょ?

―― はい。研究や調査のために、できるだけ頻繁に来たいと思っています。

佐多 次に日本に来られたら、どうぞまたお寄りくださいね。

―― どうもありがとうございます。

(一九八二年四月二十七日、東京都・北新宿 佐多氏自宅にて)

「私の文学熱と父は
関係ありません、
すべては
祖母の影響です」

2. 円地文子さん

Fumiko Enchi

1905-1986

……えんち・ふみこ……

恵まれた家庭でさまざまな文化的刺激を浴びて育った円地文子は、早くから自らの道を歩み、劇作家として出発した。小説家・エッセイストとして認められるのは一九五〇年代始めになってからである。たとえば『女坂』(1957)、『女面』(1958)、『なまみこ物語』(1965)などの作品において、円地は男女間の権力関係というテーマを追求する。そこに登場する女性たちは、いずれも一見すると家父長制的しきたりに従っているように見えて、不思議な力を備え持ってもいるのである。

私にとって、ある作品が女性のものか男性のものかは、それほど重要ではありませんの

――円地さんが日本の古典文学に精通されていらっしゃるということは、すでによく知られていますが、円地さんの家庭的背景などを考えれば、それは当然だと思われます。円地さんのお父様は、明治・大正・昭和時代の有名な言語・国語学者、東京帝国大学教授の上田万年《かずとし》〔1867–1937〕だったのですから。そのような家庭環境でお生まれになった、円地さんの文学との触れ合いは、何歳の頃まで遡ることができるのでしょうか。

円地　いいえ、私の祖母だったのですよ、私を文学に向かわせてくれたのは。私が学校に行くずっと前から、彼女が江戸時代の文学に目を向けさせてくれたのです。その頃の私は、江戸時代末期の絵入りの草双紙や、馬琴〔滝沢馬琴、1767–1848〕や種彦〔柳亭《りゅうてい》種彦、1783–1842〕の冒険もの、恋愛ものなどに夢中でした。もちろんそのようなものは、文学的に質の高いものではなかったですが、もっと高尚な文学、たとえば『源氏物語』などに私が初めて触れたのは、ずっと後、女学校に入ってからでした。またそれと真面目に取り組み始めたのは、さらにずっと後の、この前の戦争が終わってから大分経った頃でしたね。

――では、お父様の役割はどんなものだったのでしょう。お父様に文学について何か教えてもらったなどということは、なかったのですか。

円地　私の文学熱と父は、まったくと言っていいほど関係がありません。文学に関するすべては、祖母から来たものでした。それにあの頃、私は特に意識して、はっきりした目的を持って文学に接していたわけではなかったのです。

――そうですか。それでは、円地さんにとっての理想的な文学とは、どんなものでしょうか。日本文学史の特定のエポックと特に深い関係を持っているとか、そのようなことは……?

円地　いいえ、私の場合、特に日本の古典文学との関係が密接だということではないのですね。私は若い頃から、周りのあらゆるものに興味がありましたし、日本の古典文学に対しては、むしろある種の違和感というものをいつも感じていました。

――違和感ですか。それはどんな違和感なのでしょう?

円地　そうですねえ、たとえば、言語的な曖昧さ、不透明さなどですね。そのような言語的側面が、日本の古典文学をかなり難解にしていると思うのです。少なくともあの頃の私には、そのような不満がありましたね。ですから私、日本近代の文学作品や西洋の文学などもたくさん読みましたよ。原語でも読めるようにと、何年間か英語を勉強したこともありました。

――英語のオリジナルを読まれたのですか。

円地　ええ、いくつかは。でもほとんどは日本語への翻訳でしたけれど。西洋の文学は、私たちの文学とはかなり違っています、特にそのスタイルや構造などが。西洋文学の場合は内容でなく、むしろその構造に私は興味を持っていました。

――私は円地さんの作品を読んだ時、マルグリット・デュラス〔1914-1996〕を連想したのですが。

円地　その人は知りませんね。現代作家ですか。

――ええ、現代フランスの女性作家です。そこでお聞きしたいのですが、欧米の文学の中で、ご自分の作品にとって特に大切な作家や作品などがありますでしょうか、影響などをも含めまして。

円地　はい、それならば私、モーリヤック〔フランソワ・モーリヤック、1885-1970〕を挙げたいと思います。ある時期はジード〔アンドレ・ジード、1869-1951〕でしたね。モーリヤックの『テレーズ・デスケールー』を、もちろん日本語訳でしたが、私何回も何回も読みました。でも全般的に見て、私が西洋文学の強い影響を受けているとは思っていません。

――日本文学史、特に現代文学については、女性作家抜きで語ることができないと思われるのですが、それでも外国においては、女性が書いた文学の重要さや、女性作家の割合が文学世界でいかに高いかなど、まったく知られていない状態が今でも続いています。日本の文学評論や文芸欄などを見ましても、興味深い革新的な作品は最近、主に女性作家によって書かれると言われていますが、もしそれが事実だとすれば、どうしてそうなったのでしょうか。

円地　実は私、そのように男女を分けるやり方が好きじゃないのです。私にとって、ある作品が女性のものか男性のものかは、それほど重要ではありませんの。重要なのは、その作品が文学的な魅力を持つか、文学的な刺激を与えてくれるかどうかですね。

――その点は私も同じように考えているのですが、それでも、日本の文学が男女の間で区分されているという状況が、相も変わらずあるわけですね。もしかしたら読者の側でも、女性の書いた文学作品に「女流」というスタンプを押して、この女流という表現は今でも当たり前のように使われていますから、そのいわゆる女性が書いた文学を、ある特別な場所に押し込めてしまうのではないでしょうか。そのような傾向は、どこででも見られます。たとえば本屋に行けば、「女流文学」、つまり女性の作家が書いた書物が、特別なコーナーにまとめて並べられていることでも分かると思いますが。

円地　もちろん、日本の日常では今でも、男女の差がとても強調されています。男と女の世界の間には、深い溝が掘られており、まだ多くの女性が相も変わらず、まるで封建時代の名残のような、従属的生活を送っていると言ってもよいでしょうね。それでも、これまでに大きな変化がありました。女性の法的な立場や生活環境などが、かなり改善されて来ていると思われるからです。と言っても、まだまだ差別は明らかに残っていますが。

——円地さんはご自分の作品の中に、そのような社会状況に対する批判を込められるのでしょうか。

円地　そうですねえ……、たとえば私の作品『女坂』(一九五七年)を考えてみてください。私はあの作品で、封建的な制度がまだ非常に強かった、十九世紀日本の家族構造の下での、一人の女性の人生を描きました。封建社会からいわゆる近代へと移る過渡期だったあの当時、まだ若かった主人公の女性には、教育を受けるチャンスなどまったくありませんでした。当時の習慣に従ってやがて彼女は結婚し、野心溢れるその夫は、官界で出世をして高い地位に上ります。すると彼は、まるで当然であるかのように妾を抱えることになり、自分の妻にその人選をさせるのです。そのすべてを、あの頃の女の義務として模範的に演じた妻は、反抗の気配などまったく見せませんでした。結婚したばかりの頃は、彼女も夫を愛し、信頼もしていたはずです。ですから彼女は、そんな状況の下で激しい嫉妬に苦しんだはずです。しかし時間の経過と共に、彼女は心の中で徐々に、そのような自分の運命から距離を置き、それを冷静に見つめ始めるのです。作品内での、このような女性の過酷な人生の描写には、明らかな社会批判的要素が含まれていると私は思っています。

——この作品に対する、特に男性読者の反応はどうでしたか。

円地　男性の読者は作品の最後、妻が死ぬ直前の場面に大きな衝撃を受けたようです。なぜかといいますと、彼女は黙って死んでいくわけではないからです。死の床にある彼女は、夫に自分の葬式はしないでくれと頼み、遺体はただ海に投げ込んでくれと遺言するのです。それを聞いた夫の顔色が変わります。彼女が静かに伝えたその言葉は、夫の心を深く切り裂いたからです。死を前にして、夫に向けて初めて発せられた彼女のこの抗議は、他のどんな方法よりも効果的だったのですね。

――そのような作品を通じて、読者の意識になんらかの影響を与えることができると思われますか。

円地　それは分かりません。また、私にそれについて何か述べる権利もないと思います。いずれにせよ、当時あれを読んだ読者、特に男性の読者は、強い印象を受けたようです。

おそらく、私の文学には二つの要素が同居しているのでしょう、道徳的と非道徳的な要素が

――円地さんの読者とは、どのような人たちですか。

円地　一番大きな読者のグループは、おそらく女性でしょうね。特に、自分でも何か書きたいという野心のあるご婦人方ですね。今では成人教育などといった場所に、文学を勉強するコースがたくさんあり、特に四十代のご婦人方がたくさん参加されているようですし、またそのような女性たちが、とても熱心な読者でもあるわけです。いずれにしても、男性と女性の間の関係も、最近では随分と変わってきているようですね。

――ということは、円地さんがご自分の作品で描かれた男女間の関係は、すでに過去のものになった

ということですか。

円地　そうでもないのですが、当然作品内では、それが書かれた時代の雰囲気や気配が、どうしても濃くなっていると思います。なんといっても『女坂』が発表されてから、もう三十年近く経っていますから。

――でも、『女坂』の翌年に発表された『女面』（一九五八年）の中で、二人の男性から求愛される、主人公の歌人三重子の義理の娘、若い未亡人の泰子は、とても自由で独立心に富んだ女性のように私には映りました。彼女は教養もあり、男性に対してもへりくだった態度などを取ったりしませんから。

円地　そうかもしれませんね。でも、もし今『女面』を書くとしたら、私は違ったふうに泰子を描くと思います。泰子は夫が事故死した後も、義理の母である三重子の家に残り、彼女とかなり濃密な、同性愛的ともいえる関係を保っていますでしょ。でも同時に彼女は、三重子に義理の娘として従順に仕えているわけですから、その点でも泰子には、昭和三十年前後という時代がはっきり映っていると思います。今だったら、泰子にはもっといろいろな可能性があり、ずっと自由に振る舞えるはずです。

――この作品で最も重要な登場人物は、なんといっても歌人の栂尾三重子、泰子の死んだ夫の母親だと思います。三重子は円地さんの他の作品にも登場する、いつもは背景に自分の身を隠しているにもかかわらず、周りの人間に不思議な力で影響を与える、初老の優雅な婦人のタイプを現していると思います。彼女は周囲に強い影響を与えるにもかかわらず、自分自身ではまったく目立った動きをしません。

円地　ええ、そうですね。このような女性は、奇妙というか、いささか不気味なところがありますね。彼女は二つの側面を持っているのでしょう、いわば二重性を持った存在とでもいいますか。一つの側面が、望んでいながら直接自分ではやれないことを、もう一つの側面が成し遂げてくれるのです。もしかしたらそんな行為を通して、それまでは発揮できないでいた女としての可能性を探っているのかもしれませんね。

――そのように、背景にいて間接的に行動するというのは、ある意味では、女性に典型的な戦術ではないでしょうか。男性はもっと直接的に行動できるのですから、そんな戦術を必要とはしないですね。

円地 そう、その通りです。

――でも円地さんは、そのようなやり方を、むしろ女の強みとして理解して欲しい、そう思っていらっしゃるのでは……?

円地 そうです、私はそのように描きたかったのです。この点に関して、女は男より勝っていますから。このような、魔法使いというか、魔女というか、そんな人物は、三十年位前から私の作品に登場するようになったのですね。今では私も、ご存知のように八十歳になりました。作品内の老女たちは皆、『女面』の若い泰子などに比べると、まったく違う世代に属しています。そのために彼女たちは、異なった世界への入り口や、異なった次元へ入って行く方法などを知っているのですね。

――男性に比べると女性は、ずっと多重的な性格、いわゆる異なった次元へ入り込める素質を持っている、そう円地さんは思われるのですか。

円地 ええ、そう思いますよ。たとえば、『源氏物語』の六条御息所のことを考えてみてください。彼女はシャーマン的、超感性的な能力を持っており、彼女の精神は自ら意識することなく二つに分裂し、その精気が物理的な暴力として競争相手の女性たちに襲いかかるのです。彼女が発する力は、哲学的、宗教的というよりは、原初的で生物的な精気です。この六条御息所という女性は、『源氏物語』の中でとても重要な存在であり、その役割の重要さは、彼女と光源氏の関係が終わった後も続きます。彼女はその後も、他の登場人物たちに付きまとうからです。

――そのようなお話を伺いますと、円地さんがどのようにして、この破壊的なほどに強い自我を持った個性的な女性を、『女面』の中で現代的に引用されているかに感嘆するほかありません。千年も前の女性である六条御息所と、現代に生きる歌人の三重子が、互いに互いを映し合い、それによって、女たちの運命の連続した流れと、その移り変わりの二つを、同時に示してくれるわけですから。

円地　三重子の世代の女たちには、自立心を持った人生などはまったく考えられないことだったのですね。彼女たちはいつも、まだ非常に伝統的であった世界で生きていたからです。そんな理由からも、私は六条御息所のような、異常な程に豊かな潜在意識を持った女性を、作品内で利用するというささか異例な手段を使い、それに頼ったわけです。

――　円地さんは三部作を発表されていますね。そしてその三部作は、自伝的であると一般には理解されているようですが、しかし円地さんは以前、自分には私小説は書けないとおっしゃっていました。それは何故でしょうか。

円地　あなたがご指摘なさった三部作は、かなり正確に私の伝記に沿った作品なのですが、それでもそこには、数多くの創造、フィクションが入っています。私は忠実に事実をなぞった作品は、なぜか書けないのです。いつも必ず、創り出したものが流れ込んでしまうからでしょうね。

――　ということはつまり、円地さんは私小説的な「告白の身振り」といったものを、避けたいというお考えなのですか。

円地　そのようなスタイルは、私に合っていないと思うのです。それに私の人生は、小説に書くほど面白くはありませんから。

――　でも多くの私小説作家は、実に単調で退屈な生活について書いていますが。

円地　ええ、たしかに。それでも、そのような作品がとても心を打つことがあるのです。それにしても、あなた方ヨーロッパ人に日本の私小説が分かりますか？　興味が湧きますか？

――そのご質問は、正確に的を射ていると思います。実は、少なくとも私の場合、それを読むことにかなり困難を感じることがあります。先程、私小説というジャンルのためには、変化のある人生がより適しているという意味のことをおっしゃいましたが、円地さんが私小説から距離を置かれる理由は、どこかもっと深いところに、その原因があるからではないのですか。

円地　私は子どもの頃から、語ること、創作することに親しんで来ましたし、それが一番大切だったのです。

――高名な国文学者の吉田精一〔1908–1984〕は、一応『女面』を褒めてはいましたが、同時に、どちらかと言えば批判的な結論をそこに加えていました。『女面』という作品は、あまりにも「作為的」であるというのが吉田の意見でしたが、この批判をどう思われますか。

円地　そうかもしれません。私小説となどと比べれば、あの作品では明らかに作為が目立つでしょうね。でも、たとえば谷崎潤一郎を考えてみてください。彼の文学は非常に緻密に構築されており、細部まで厳しく設計されています。もしそう言うことが許されるなら、私は谷崎的な伝統に近いのだと思っています。

――円地さんの作品の中で、男性はどのような役割を演じているのでしょうか。

円地　よく言われるのは、私が自分の作品内で男を描けないということです。たとえば『女面』に登場する、伊吹と三瓶という二人の男性ですが、彼等が非常に人工的であると言うのですね。

――これは驚きました！　私の考えとはまるで違いますね。もちろんあの二人の男性は、日常においては女性とまったく違った層の上で生活しており、彼等は知識人としての職業や趣味を持ち、互いに女性たちよりもずっとオープンに交際しています。でも、一体あの二人のどこが人工的なのでしょう？

円地　少なくともその一人である伊吹が、簡単に女性たちに操られてしまう玩具のようだというのですね。

――私には、あの伊吹という男性がスムーズに納得できました。たしかに彼は主人公の女性たちに操られ、結局はだまされることになるのですが、その際彼が、自分の知能、知性といったものを断つことは一度もありません。彼が女性たちの罠にはまってしまうのは、彼女たちの巧妙さの証であって、彼の健全な人間理解の能力を否定する証にはならないと思います。ですから、この伊吹という登場人物に信頼が置けないなどということはなく、作品の中での彼の役割は、首尾一貫したかたちに造形されている、そう私は思いますが。

円地　(笑いながら)あなたがそう見てくださるなら、私とてもうれしいですね。

――最も魅力があるのは、やはり二人の女性たち、特に歌人の三重子ですね。この女性に対する反応は、日本ではどうだったのでしょう? 彼女は興味深い魅惑的な女性として、あるいは気味の悪い女と受け取られましたか。それとも三重子は、悪女であると思われたのでしょうか。

円地　三島由紀夫は、私の文学には二つのアスペクトがあると指摘していました。一つは道徳的な、もう一つは非道徳的なアスペクトです。三島さんの考えに従えば、『女坂』は倫理的・道徳的な作品であり、『女面』は非道徳的となるのでしょうね。でも、これは他人が行った観察であり、たとえ三島さんのその指摘が正しいとしても、私は必ずしも、自分の作品をそのような層で見るつもりはありません。まあおそらく、私の文学には二つの要素が同居しているのでしょう、道徳的と非道徳的な要素が。

――円地さんは、すでに作家としての長いキャリアを経て来られましたが、最初の文学作品は、一九二〇年代に書かれた戯曲だったそうですね。その後で散文へ移ったということですが、女性作家としての、何か特別な問題や短所といったものがありますでしょうか。たとえば文学の世界で、円地さんは真面目に扱われているとお考えですか。

円地　最初は、そうではなかったですね。あの頃はかなり難しいこともありました。次は、結婚した後です。まあ、当時は歴史的・社会的に激動の時代であり、戦争が長く続いた時代でもありましたから。私は戦前から戦中にかけても書いていましたが、でも私の作品は雑誌などから受け入れられませんでした。私が書くような作品には、当時まったく需要がなかったのですね。

――でもあの頃、多くの男性作家が書いていましたし、出版もされていたと思いますが。

円地　そうでしたね。戦争が終わった後も、男性作家の作品はすぐ世に出始めましたが、女性作家のものはずっと後で出版されるようになりました。女性作家が表面に出て来るようになったのは、確か一九五一年以降だったと思います。

――作品が発表できなかった理由は、その内容のせいだったのでしょうか。

円地　どうでしょう……、そうだったのかもしれませんね。認められた後は、以前断られた作品も出版してくれましたけれども。

――その背景に、女性作家に対する差別を感じられますか。

円地　……差別というものは、いつでもどこにでもあるものです。

――では、戦争直後の頃から作家として認められるまでの間は、円地さんにとってかなり厳しい期間ではなかったですか。

円地　そうですね。何年間かは少女小説のようなものを書いてしのいでいました。それに、ご存知でしょうけれども、その頃私は子宮癌を患いましたのね。そんな状態でしたが、それでも、文学的な突破口が必ず開けると私は確信していました。私がそのような困難な時期を過ごしたということ、今ではほとんど忘れられているようですね。

――どの作品が突破口になったのですか。

円地　そうですねえ、『妖《よう》』(一九五七年)という作品でしょうか。あれは確か昭和三十年か三十一年だったと思います。そのすぐ後で、長い時間をかけて完成させた『女坂』が出版されました。『女坂』で私に注目が集まり始め、雑誌などから徐々に注文が来るようになったのです。そのような勇気を与えてくれる発展に後押しされて、私は以前よりもずっと直接的に、自由に表現するようになり、やがて、たしか昭和三十二年だったと思いますが、『女面』を書き上げたわけです。この『女面』という作品を、谷崎潤一郎と三島由紀夫がとてもほめてくれました。それがなによりも嬉しかったですね。

――円地さんはこれまで、数々の文学賞や栄誉を受けて来られましたが、一九七〇年代に完成された全十巻に及ぶ『源氏物語』の現代語訳や、今年発表された新しい小説、数多くのエッセイなど、今でも非常に活動的でいらっしゃいます。どうかこれからもお元気で、文学愛好者のためにご活躍くださることを心から望んでいます。今日は長い時間、本当にありがとうございました。

円地　いーえ、こちらこそ。どうもご苦労様でした。

(一九八四年、東京都・上野　不忍池近くの円地家にて)

II 「戦中派」の戦後

「我慢を快楽へと
ひっくり返してしまう、
まさに倒錯ね」

3. 河野多惠子さん

Taeko Kōno
1926-2015

……こうの・たえこ……

一九六一年「幼児狩り」で注目を集め、一九六三年『蟹』により芥川賞を受賞した河野多惠子は、日本の文壇にまったく新たな風を吹き込んだ。戦後日本で目立たない人生を送っていた女性たちが抱いていた、ひとを困惑させる密かな欲望を、「厳密さの巧み」を駆使する河野は文学作品へと昇華させていったのである。敬愛する谷崎潤一郎の作品の底流に「肯定の欲望」が流れていると見る河野自身の文学の原点にもまた肯定の欲望がある。彼女の作品の多くは戦争体験をテーマにしており、その代表作『みいら採り猟奇譚』(1990)は一九九一年、野間文芸賞を受賞してドイツ語にも翻訳された。

私の場合、基本は肯定なんですよ

――先日もいろいろお話を伺ったんですが、一つお尋ねするのを忘れたことがありました。それは文学の道に入られることになった、そもそものきっかけはなんだったのかということなんですが……。

河野 なるほど。それはね、私が一九二六年に生まれて、幼稚園に入った年が満州事変、そして小学校三年の時が日中事変、それから女学校三年の時に太平洋戦争、それから専門学校二年の夏に終戦と、ずうっと戦争中でしょ。それでやっぱり戦争中はドイツでもそうだったでしょうけれど、軍国主義で、何でも団体行動ね、自由がまるでなくて。ぜいたくが出来なかったという物質的なこともそうだけど、物質的なことなら私たちよりもっと下の人たちの方が、疎開させられたりして、育ち盛りにもっとひどい目にあって。歯磨き粉を舐めたっていうのね、その人たちは、お腹がすいてもお菓子がないから。私たちはそれよりは身体ができていましたから、同じ飢えでもちょっと違ったと思うんですけれど。

ただ精神面での自由っていうのは、ほとんどなかったのね。子どもだと、ただ山の中に疎開して寒いとかお腹がすくとか。私たちはもう少し上でしょ。そうかといって私たちより更に上の人だと、一応豊かだった時の経験をしているのね。

私はまあ、戦前の文化っていうのは、なかなかのものだったと思うんですよ。だから演奏会でも外人の音楽家がかなりいらしててね。ヤッシャ・ハイフェッツ〔1901-1987、ロシア生まれのヴァイオリニスト〕なんかも来てたわけ。でも私たちが音楽を聴き始めようとした頃には、もうないのね。だからジャケットのハイフェッツの姿を見て憧れたり、それからラジオでね。戦争中はドイツとイタリアと日本は同盟国ですから、ドイツとイタリアの音楽は非常によく流れたけれど、たとえばフランスになるともうだめでしょ。ことごとにそういう束縛があって。何よりも団体行動ね。工場で働いて、そしていつ自分の人生がまだこう、止められているという感じがあったの。それで終戦になった時、こういうこと言うと戦死なすった方たちに悪いけど、非常な解放感があったの。その数え年二十歳というのはね、もうすでに二十歳であるという感じと、まだ二十歳だ、間に合ったという感じとがあったのね、それを私忘れられないの。それで、非常に解放感に満ちて、何かしたいという気持ちがね……。ところが何をしても、なにかピタッとこう感じられないんですよ。私は文学の他には、自分でする側じゃなくて、享受するほうだけど、音楽が一番好きなのね。

――それは知りませんでした。

河野　大変音楽が好きなんですよ。だから音楽会ではかなり満たされたけれども、もう少し……自分がするほうのことでは何をしても満たされないのね。そんな時に、ふっと作文みたいなものを書いたらね、「あらっ、私これがしたいんじゃないかしら」っていう気持ちになったの。結局その動機は、戦争で欲圧されていた状態から脱け出た解放感ではないかと思っていますが、こういうことを言うのも、私の作家論を書いてくださる方が、まあ一応、そうお書きになるわけだけど、本当のところどうなんでしょうね。そこのところが私自分でもよくわからないの。

よく日本ではね、失恋が痛手になって書き始めたとか、それから日本の場合「家」というものがありますよね。「家」との戦いでいわゆる近代文学の「自我」、それに目覚めて書くようになったとか、そんなふうなこと言われるけれども、私の場合はちょっとそれがはっきりしないんですの。じゃあ、戦争の抑圧とか、終戦での解放感がなかったら書かなかったかといわれると、やっぱり書くことになったんじゃないかなあという気はするんですよ。中学生の頃は文学少女ではなかったんです、ちっともそういうことはなかったのね。それでもね、戦争があんな結果になり、終戦というものがなくても、私はやっぱり文学に行ったんじゃないかという気がしましてね。そこのところを、うまくこうはっきりさせて下さる方がいると、嬉しいんですけれどねえ。

―― もし戦争が終わった解放感が、お書きになるきっかけだったとすれば、普通の場合とちょっと違いますね。普通は、たとえば結婚してその生活に満足できず、自分で何か表現するものが欲しくて書き始めたとか、つまり何らかの困難に突き当たって初めて、書く意欲が湧いてくる、そういうものが多いようですが、それとは違いますね。解放感というと、どちらかと言えば肯定的な……。

河野 それ、それです、肯定！ それでね、たしかに否定の方が書きやすいっていうことがあるのね。そのことについて、イギリスのジョージ・エリオット〔1819–1880〕だったと思うけど、否定的なこと、つまりつらい感じや違和感ね、それが良い感じよりは、ものを考えさせてくれると言ってますよ。こう、快適な椅子に座った時に、この快適な椅子には一体何が入っているんだろうと思う人は少ないでしょ。でも腰掛けた時に、何かこう突き刺さるようなものがあったら、何が入っているんだろうと皆が思う。だからそういう嫌なものの方が、人間にものを考えさせるということを、エリオットが言っていました。

私はその、あなたがさっきおっしゃった肯定ではなくて、否定がモチーフになっているみたいな作品を、これまでいくつも書いているけれど、でもね、私の場合、基本は肯定なんですよ。あなたうまいことおっしゃって下すったわ。

――作家の方々の精神的な状態によって、いろいろな書き方が出てくるようですけれども、女性がなぜ文学を書き始めるかということに、私は特に注目しているんです。と言いますのは、最近、ヨーロッパで女性の作家が次々とデビューしているのですが、結局多くの場合、自分が何かで苦労した経験がその出発になって書き始めているんですね。書くきっかけとしては、どうもそのパターンが多いようです、何かの嫌な経験を土台とした……。

河野 共感をもって欲しいというわけでしょうね。いい経験をしたことへの共感よりも、苦労したほうへの共感を……。

――そのほうをもっと必要としているのでしょうか。

河野 そうでしょうね。

――それから、これもこの前お話ししていただいたんですが、女性のマゾヒズムについてですけれど。

河野 あの時イルメラさんがおっしゃったのは、女性のマゾヒズムが存在するとすれば、それはあくまで女性の性の一つの型に過ぎないということでしたね。つまりよく言われるように、女性の性のネガティブな現われではなく、ただ性の一つの型に過ぎないと。型というか、フォームね。

――ええ、フォームですね。そしてそのようなマゾヒズムは、実生活でいろいろな抑圧を受けながら、その抑圧を嫌なものとして受け取らないで、むしろ快適な体験、快楽に転換させようとする努力が、その出発点だということをおっしゃられたと思いますが……。

河野 そうです、そうです。非常に強情で、同時に、非常に素直でね。ですから、嫌だけれども我慢しなければならないからそうするんじゃなくて、それをひっくり返してしまうの。つまりは、まさしく倒錯ね。否定を肯定に変えてしまうの。

――その説を私、すごく面白いと思いました。そこでお聞きしたいのですが、もしもこれから、女性の生活にこれまでのような外的な強制や抑圧、そういうものが少なくなっていくとすれば、その意味でのマゾヒズムも少なくなるということでしょうか。

河野 それはね、違うと思うんですの。もしも抑圧がなくなると、今度はそれではもの足りなくなるんじゃないかしら……。これまでは、それをひっくり返して来ていたのが、さらにもう一度それがひっくり返るということになると思うの。単に刺激が欲しいとか、そういうことではなくて、そんなノッペラボウな欲求じゃなくてね、そこから更に積極的に、自分に好ましいものと嫌なものを取り出していくという方向。結局、まったく違和感のない状態というのは、ないと思うんですね。

――もし河野さんが今おっしゃった通りだとしますと、女性の場合はマゾヒズムという一つのフォームになるのですが、男性の場合、少なくとも日本では、それがわりと少ないように思われるのですが。

河野 男性のマゾヒスト？

――はい。そうでもないんですか。

河野 私は向こうに比べたら、もちろんこういうことは統計を見ないと分からないけれど、たとえば欧米人と比べた場合、おそらくあちらのほうが日本よりもずっと多いんじゃないかと思いますね。

――そうでしょうね。

河野 それはどうしてかというとね、やっぱり快楽追求ね。この前もちょっと申し上げたけれど、その願望の激しさからいっても……更にもっと鋭く豊かに獲得したいという欲求がそこにあると思うんですよね。だから日本人の女性の場合だったら、マゾヒストの数は多いけれども、激しさはずっと低いと私は思うの。男性のマゾヒストのほうが数は少ないかもしれないけれど、やっぱりずっと激しいのね。

――すると、日本の男性はそれと逆の型をとって、むしろサディストの方が普通なのでしょうか。

河野 いや、普通っていうことないわよ。あのね、マゾヒストの世界、おそらくこれはドイツでもそうじゃないかと思うんですけれどね、サディストとマゾヒストとを比べるとね、サディストは品不足じゃないのかしら。おそらくそうだと思うの。マゾヒストのほうが数が多くって、自分の好みに適うというか、そういったサディストは品不足じゃないのかしら。マゾヒストがサディスト不足に悩んでいるんだと思いますよ。

――マゾヒストはサディストの裏返しというようにも言われますけれど、その精神構造というのは、やっぱり反対になっているのですか。

河野 あれね、裏返しっていうのとは違うと思うの。人によっては、食べてしまいたいほどかわいいとか何とかって、そんなふうに言いますでしょう。ところがね、あれはただ愛情を表す強い表現が欲しくて言ってるんであって、マゾヒストの場合もね、別に殺されたいほど相手を好きなわけじゃないのね。それは単なる形容よ。「殺されてもいいくらい彼が好き」っていうのは、激しい愛情を強調するための比喩であってね、本当に殺されたいわけじゃないの。だから「食べてしまいたいほど好き」というのも、これもただの形容でね、好きだから本当に食べたいとそれは違うのよ。それでよく、一つのコインの表裏のように、一人の人間にサディスティックな要素と、マゾヒスティックな要素があるって言うけれども、私は、そういう性的本能のある人とない人があると思うの。それからね、マゾヒストっていうのは必ずサディストの要素があると。ところが、サディストにはマゾヒストの要素はないと思うんです。もしあるとすれば、それはマゾヒズムから出発してサディズムに至ったサディストだと。

――女性の中にサディストが少ないということであれば、それはやはり社会における女性の育てられ方とか躾とか、そういうことに関係してきますか。

河野 それはかなりあると思いますよ。もし状況が変われば、男のサディストと同じくらいあると思うの。だってどうしてマゾヒストの方がサディストより多いかというと、サディスト、マゾヒストの一番の出発のところは、サディストから出ている人が多いのよ。だからサディストどまり、一部はそこからさらに進んでマゾヒスト。マゾヒストには、かならずサディスト的な要素があるんですよ。あのね、なんか苦痛受ける側と与える側だと、受ける側の方が大変で、与える側が楽そうだけれども、むしろ事の運びとしては、マゾヒストの方が安易で楽なところがありますのね。

――私、ちょっとしつこいかもしれませんが、もしそうおっしゃるのでしたら、女性にマゾヒストが多いということは、女性が実生活の上で、やはり自由な生活ができていないということの証になるんじゃないでしょうか。少なくとも、その事実の延長線としてマゾヒズムがあるんじゃないですか。

河野 あのね、兼用しちゃうわけ。マゾヒストがね、性的な面でのマゾヒズム的欲望を満たそうとすれば、本当はいろいろわがままも必要になるわけよね。つまり、満たそうとするためには、いろいろと趣向を凝らさなきゃならないんだけれども、それが十分叶えられないと、マゾヒストの願望としては素敵なサディストが欲しいの。変なこと言うようだけど、日本にある従来の個室のない家屋の中じゃ不都合であるとか、たとえ大きな家でもね。本当はそういうことがどんどん満たされていけば、それは性的マゾヒストのほうだけで済むと思うんだけども、それが叶えられないのよ。するとね、抑圧されているという部分だけで、マゾヒストとしての気分を満たそうとするの。たとえばご亭主から抑圧されていると思うことで、マゾヒスト的快感を感じることへとすりかえちゃうのね。ですから、本当はマゾヒスト的要素のない女性でも、自分はただ運の悪い不幸な女であるというだけではつまらないから、その不幸に甘美なものをプラスして、見つくろってしまうとでもいうのかしら。

――すると、一種の生活の知恵ですね、それは。

河野　そ、そ、うまいことおっしゃる、そうなの。本当のマゾヒストでなくても、生活の知恵で。ですからまあ、日本に限って言えば、女性の中に多いと思うんですよ。いわゆる性的マゾヒズムじゃないんだけれども、生活の知恵として、不幸や抑圧をむしろ楽しむというのかしら。一種の自己欺瞞ね。で、そういう人はおそらく、普段は一通りの自由を持っているので、ある程度以上に抑圧されなければ、甘美な味わい方なんていうものとは無縁で終わっちゃうんじゃないのかしら、マゾヒズムが本意じゃないから。だからマゾヒストにも二通りあるんでしょうね。

――そうですか……。私のように少し距離を置いたところにいる人間から見ますと、日本文化自体に、そういう要素が強いような気がします。たとえば、日本文化を語る上で一つの特徴と思われるのは、陰惨なほどの悲劇性が好まれるとか、ある種のセンチメンタリズムやメランコリー的気分を満喫するとか、あるいはまた「わび」とか「さび」であるとか、そういうところにも、今おっしゃったような傾向を認めることができると思いますが。

河野　あります、はい。そこのところね、私はやっぱり日本人のエネルギー不足とか、いろんな面から説明できることだと思うんだけど。さっきあなた非常にうまいことおっしゃったけど、「生活の知恵」ね。ちょうど日本でお魚いただく時に、鯛のほほの肉がおいしいとか、まあ、別に日本でなくたって、西洋でもテールとかね、骨の間の肉がおいしいとかっていうことがありますでしょう。日本の場合も生活の知恵で、悲劇性やセンチメントとか、そういうものの中へもぐっていくような、陰惨とか陰湿とも言えるけれど、そういう影みたいな隠れたところの特別な味わいっていうものが、たしかにそこにあるのよね。でもあなた、よっぽど日本の文化とか日本文学の感じ方深いわ。あなたが日本文学おやりになっているっていうこと、本当に素晴らしいわよ。日本人にとってもありがたいわ。

――（笑）。まあ、目を付ける場所がすこし違っているからかも知れませんが……。私にとっては、日本という異国文化を研究することが個人的にも貴重な体験になっていますし、興味深い面がたくさんあるので、どんどん先に進んでやってみたいという気持ちです。

河野　ほんとう？　それはね、何もあなたの旦那様が日本人でいらっしゃるっていうこととは別にね、それもあるかもしれないけれども、またあなたが日本の文化向きとかっていうこととも更に別に、やっぱりあなた個人の基本的な感受性や認識の力っていうのが強いのよ。これ、お世辞でもなんでもなくて、日本人でもそこまで感得している方って少ないわよ……あまりいないんじゃないかしら。外からどんどん書いて、私たちをおびやかしてくださいよ。

――そう出来たら素晴らしいと思います。

終戦の時みずみずしい二十歳だった自分に対して、何か申し訳ないっていう感じがずうっと続いたの

河野　じゃあ、また話の続きに戻りましょうか。

――はい。先程の書き始められた動機のことですが、河野さんが執筆活動を始められてからもうかなり長いわけですが、その間に「書く」ということに対する動機が変わりましたでしょうか？　たとえば最

初のきっかけはさっきお話にあったように、終戦時の解放感ということでしたね。

河野　あの私ね、結局「二十歳、もう二十歳であり、まだ二十歳であった」というその感動ね、とにかく何かしたいという、その時の感動にずうーっと引きずられていたの。そしてそんな世の中で、終戦直後の世の中ね、まあ、焼け跡ではあったけど、その時の気持ち、まだ自分の青春の只中にいるような気持ちでずうっとこう来ましたでしょ。それと、戦争が終わった時に私、戦前がそっくりそのまま戻ってくるような錯覚をしたのね。もとどおり電気がついて普通に暮らせるというだけで、世の中こんなに変わるなんて、とね。つまり当初は、また平和になって、もとの暮らしがそのまま返ってくるというふうに思っていたんです。ところがそうじゃない。そのために置きざりになった人たちがたくさんいましたよ、私より上の人たちですが。私はまあ、そこまで年上じゃなかったから。それから朝鮮戦争やいろいろあったりして、世の中が変わってくるでしょう。非常に自由があると思っても、新しい世の中が来れば、おのずと組織も復活するし新しい権力も成立して、だんだん変わってしまうのね。ところが私はね、いつまでも青春を引きずっている感じだったの。汚れた青春を、長い間引きずっていると感じていたのね。

――その汚れた青春というのは、戦争体験のことですか。

河野　汚れたって、何かに汚されたわけじゃないのね。終戦になった時に、それまで長い間抑えられ枯れそうになっていた青春に、突然こう、その青春を覆っていたものが急に取り払われて、新しいみずみずしいなにかがパッと与えられたのね。ところがその青春が一度も生かされないままなの。それで小説を書くことが自分に適しているんじゃないかと思って書き始めたけれども、行き詰まって。それからプライベートでも青春らしい生き方が出来なくて……。だからみずみずしい、きれいな、採れたてのお野菜みたいだったのが、そのままずうっと古びてしおれてしまって、そんなものをいつまでも持って歩いている感じがしていたのね。それでね、終戦の時みずみずしい二十歳だった自分に対して、何か申し訳ないっていう感じがずうっと続いたの。あれだけ燃え立った自分の気持ちに、その時の自分に、一つも応えてやれてないという無念がずっとありました。

——申し訳ないという気持ちは、ご自分に対してだったんですね？

河野　そう、その時の二十歳の自分に対して。二十歳の自分の気持ち、あれほどの夢や希望を持っていた、あの自分に対して何にも応えることをしてないという、申し訳ないという気持ちが、悲しみがありましたね。ところが、『遠い夏』（一九七七年）っていう小説書いた時に、これは終戦直後のことを書いたものだけれど、何かがふっ切れたの。それを書いた時に、ついに終わったっていう感じがしたのね。それと終戦直後のあの解放感ね、それを書こうとずうっと思っていたの。で、私たちの世代、私と近い年代の人たちは皆、世に出るのが遅かったのね。有吉佐和子さん〔1931-1984〕とか、私たちの下の世代の人たちが先に出て、大正の終わりから昭和の初めっていう世代はね、昭和三十年代の後半まで、皆出られなかったの。もちろんそこには、それぞれ個人の事情もあったでしょう……。

——偶然もありましたか。

河野　まあ、あいまいな世代だということもあったでしょうね。私たちより古い世代はね、戦前にもう何かしていた者もいました。でも私たちはゼロでしょ。ゼロだけれども、後の世代の人たちと違って、やはり少し戦前が張り付いているから余計やりにくかったのね。私の場合で言えば、その解放感みたいなもの、解放感をそのまま書こうという気持ちではないけれども、一種の肯定の文学としてね。否定じゃなくて肯定の文学を書こう……そうするとやりにくいのね。風に逆らって飛ぶ鳥の方が、ずっと飛びやすいのと同じで、風が吹いてないから、凧を上げても落っこちるようなものでね、だめだったの。とにかくその周辺を書こう、書こうとずうっと考えていても書けなくって。そのうちに、年譜にも出ているけど、病気したりなんかして、その頃に何かフッと書いたのが『幼児狩り』(一九六一年)だったの。ですからその『幼児狩り』も肯定なんだけれども、それを変に否定的な作品を書いているように解釈されてね。でもあれは肯定なんですよ。

—— 私も『幼児狩り』から、むしろ肯定する力を感じますが。

河野 そうなんですの、あれは肯定。

—— さっきおっしゃった『遠い夏』ですが、そこに描かれているのは、戦争中の現実ですか。それとも戦後の生活ですか。

河野 戦後です。終戦の日からのね。工場で終戦になって、私は終戦の時は工場ではなかったんだけれども、工場で終戦を迎えたかたちにしたの。それで家に帰って来て……、書かれている事柄は私小説じゃありません。だけどその精神はもう、非常に生のままで。同級生なんか、読んで非常にみんな感動して泣いたなんて言う人もいますけれど。何かしたい、したいと思って、ところができない、その「何もできない感じ」については、終戦の年の冬までしか書いていませんけどね。

—— それを是非読みたいと思います。日本人の戦争中及び戦争直後の態度とか、あるいは戦後に自分の戦争体験とどう向き合ったかとか、そういう問題にドイツ人としてとても興味があるんです。

河野 「塀の中」(一九六二年、『幼児狩り・蟹』所収)っていう作品がね、これは戦争中の工場で働いていた、あっ、そのね、書かれている時期が、戦争中から終戦直後の冬までの作品を一冊にまとめたのがあるの、「遠い夏」まで。それをさし上げましょう。それはね、まず最初が日中戦争で、まだ小学生の頃ね、花火をやったら、火薬を節約すべきなのに花火で遊んだといって知らないおじさんに怒られたり。それから次は女学校に行って開戦の日ね、それから今度上の学校に行ってからの工場の、そして最後は終戦の日からと、四つを一つにまとめたのがあるから、それをさし上げます。

―― それはとても興味深いですね。「遠い夏」という題から、それよりずっと後の昭和四十八年に書かれた加賀乙彦さん(1929-)の作品の題名、『帰らざる夏』(一九七三年)を思い出しました。加賀さんは、この河野さんの作品を意識されていたのでしょうか。描写している時代も、ちょうど同じように終戦直後までですが。

河野 私の方は終戦の年の冬に、わずか半年前を思っての「夏」なんだけど、私がそれを書いたのはもう昭和四十年頃で、その時点で思い返す意味での「遠い夏」でもあるの。

―― なるほど。とても興味深いですね。

河野 私がそのような作品の中で描いた経験の後で、東京へ出ていって文学をやることに家族は反対だったんですけど、まあ押し切って出て来て、そしてやってるうちに病気に……。それでその時にね、とにかく書くだけの生活をしたくてしかたなかったの。ところが、生活費を稼がなきゃいけない、そんなもの書いたって売れやしませんからね、そんな習作みたいなもの。するとつくづくね……、編み物なら一日三センチずつ編んでいけばいいの。ところが創造的な仕事っていうのはお料理と一緒で、何千キロカロリーもあるお料理を作るのに、たったこれだけずつ石炭燃してたんじゃ(拳を握る)、出来上がりませんでしょう。こう、ガアッとやらなきゃね。それと一緒なのね。そうすると、毎日とにかく一日の一番いいところをなりわいのために、生活費を稼ぐためにボコッと取られて、その断ちくずのようなものでは創造的なことなどできないの。もちろん、意志が強くて体力のある方で、そうなさっている方もあったけれども、つくづく私は駄目だと思ってね。で、なんとか辛うじて書いてはいるというだけの生活でしょ。アルバイトで最低の生活をして、餓死さえしなきゃいいからと思うんだけど、その頃は日本は敗戦直後で、まだ昭和二十年代だったから、パートなんてものはないわけですよね。フルタイムだって失業者が多かったくらいですから。で、辞めるわけにもいかない。そうしているうちに結核になって。もうその頃には抗生物質はできていたんですけれども。そうするとね、もう自分はそれがしたくて、ずっと努力してきて、このままでは死んでも死にきれない、だからまず身体を治しましょうと思ったの。そう思った瞬間、ほんとうに安らかになれたのね。

私その前はね、一人で孤独に病気している人なんて悲惨の極みだと思っていたの。ところが違ったんですよ、安らかになれたの。それはやっぱり、何かを超えたのだと思うのね。理屈から言えば、悲惨の極みのはずなのに、安らかだったの。それで毎日毎日、ただ自分の身体を治しましょう、と。とにかく一日経てばちょっとでもいいから回復する、そういうふうにしましょうという気持ちね。それでもう私は安らかで、清らかーな感じだったの。何にも、自分にお金があったらとかね、どうとかこうとか、自分より若い有吉さんなんか出たけれども、そういう人たちにかつては嫉妬したけれど、そんな気持ちも何にもなくなっちゃったの。

それで病気を治療している時、勤め先がとても好意的で半日勤務をさせてくださって、それでちゃんと治ったのね。でも治ってすぐに、「それじゃあ辞めます」じゃ悪いから、少し身体を慣らす目的でもう一年程勤めて、それで辞表を出したのね。でも、辞表を出した時も何の当てもないの。芥川賞候補になったわけでもなく、文芸誌に載る見込みがあったわけでもなく、自信作の用意ができたわけでもないんだけれど、とにかくもう、それで文字どおり餓死すれば、それでもかまわない。だって、私はそれがやりたかったんだから。それもそんなに悲惨な気持ちじゃないの、悲愴でもないのよ。何かスラッとできたの。前は

てたわけよ。ところが悟ったのね。

――それだけ、書きたいという願望が強かったのでしょうね……。

河野 出来ても出来なくても、これで餓死するんだったらそれでもいいと。このままただ生きて終わるのって、そんなの生きながら一生埋められているようなものだ。餓死してもいいから辞めようと思って、そこで辞表を出したんですよね。そうしたらね、そこは官庁の外郭団体だったんだけれども、普通はそんなの常識として考えられないわけでしょ、私はもう三十過ぎていましたから。それで役員の人に呼ばれて聞かれるわけ、「職場で仕事の邪魔をされるんじゃないですか」とか、「意地悪する人がいるんじゃないですか」って。「いいえ、そんなことありません」って言ってもね、遠慮して私が言わないと思われて。他の人には「結婚するんですか」なんて聞かれたけれど、まさか「小説書くために辞めます」って言えないでしょ、通じませんよね。学校に行くからとか、自分で商売しますって言えば、これは通じるけれども、小説家になるなんて、まるで奇跡みたいですもの、通じないですよ。「商売でも始めるんですか」、「お国に帰るんですか」、「いいえ」って言うものだから、役員の方たちどうしていいかわからなくて、とても困られたんだけれど、まあとにかく辞めさせて欲しいということで。それでね、辞めた時には蓄えなんか何にもなかったのね。まあ、退職金っていうのを僅かでしたけれど頂いて。そうしたらね、この一年の間に必ず世に出ようとか、そんなこと考えていたわけじゃないのにね、辞めて丁度一年後に出版されたの、『幼児狩り』が。

――そうでしたか……、やっぱり女性の方が男性よりも大変なんでしょうか。「小説書きますから辞めます」って言っても、理解してもらえる世の中にまだなっていなかったということでしょうか。男性だったら、もう少し理解してもらえたと思われますか。あるいは、たとえ男性であっても、「プロ作家になるため」とはまだ言いにくい時代だったのでしょうか。

河野 言いにくいとか、そういうことじゃなくて、つまり、まったく通じないと思ったのね。雲をつかむようでしょ、普通の人間の話としては。タレントになりますから辞めたいよりも、それは通じないと思うの。

―― では、男性も女性も同じだったんですね。

河野 同じでしょう、と思うんですよ。今はね、もう多様化しておりますけど、だけど、私たちよりずっと昔の人の方がもっと大変だった。イギリスのブルーストッキングを御存じでしょう。あの人たちっていうのは、結局は「するための準備」ね。まず世の中と闘わなきゃいけなかったわけね。日本の場合は、佐多稲子さんあたりまでの世代が闘っておいて下すったから、ずっと速やかに創作に向かえたわけです。

私は男と女の頭をこう輪切りにしたら中は同じだと思う

―― なるほど。日本の『青鞜』も、女性の権利獲得の運動でしたね。

河野 そうそう。初めはね、創造的な仕事を、女性の才能を開発するための運動だったのね。ところがそうするためには、家庭内で自縄自縛になっていますでしょう。家庭というものがあり、社会というものがあるという、それに縛られていたわけですよね。それで結局は、その縛っているものとの闘いだけで終わっちゃったわけよ。だから最終的には、女性解放運動みたいになっちゃったの。でも彼女たちが女性解放運動をそこまでやっておいて下すったお陰で、私たちはかなり楽なの。ですからね、樋口一葉、彼女はね、お兄さんが亡くなったり、あるいはいらしても力がなかったりなんかして、女家長だったの。戦前の家の制度、御存じでしょう。一葉が女家長だったのよ。だから彼女はかわいそうに二十歳くらいなのに、一家を背負ってね、借金に行ったり、大変な苦労をしてますわね。でも、それをする代わりに当時の女性には考えられなかった自由を得てるわけ。朝寝はする、夜遅くまで書いてくたびれているからって、起きないで寝てるわけ。それから食事の世話はお母様と妹のくにさんがする。一切家事はしないの。お金儲けるために、よその洗濯したり縫いものなどはしたわよ。したけど家の中でのね、お茶碗洗ったり、御飯炊いたりっていうことは彼女しないの。

――あの当時の女性に、そういう自由が許されたんですか。するとその後、もっと締め付けが厳しくなったのでしょうか。でも女家長とは珍しいですね。例外ではないのですか。

河野　珍しいの。だから彼女の才能があそこまでね。昔はね、女性に対する束縛が強くて、いつも家の中でしょ。彼女はですから、外へ出て行けたわけよ、借金しに行ったりね。それから、男の作家のところへ弟子入りしてね、向こうが一人でいるところへ女が訪ねていくなんて、そんなこと普通の家庭の女性は、お嬢さんでも奥さんでもできなかったの。それでも、彼女は誰からも文句言われることなかった。それから彼女の家へも男の人が出入りして、そんなことありえないわけよ、当時の女性としては。そんなもん、昭和になってからだってありえなかった。

――今だって、変な目で見られるでしょうね。

河野　そうよ。だから彼女の文学は、女家長の文学よ。奇跡的に自由があったの。社会的に苦労があったと同時に、自由が……。

——そうですか。それを考えますと、女性がもし社会的、精神的にもっと自由だったら、より優れた面白い文学を書くことが可能だったかもしれませんね……。

河野　だから彼女はね、才能もあったけど、奇跡的な自由があったということね。まあ大した社会的自由じゃないけど、何とかって占い師で実業家の男のところへ手紙出したり。大体知らない男のところへ手紙出して、その返事が来たなんていったら、もうこりゃ大騒ぎですよ。それを彼女、男の人のところへ手紙出して、来た手紙にまた返事書いたりしているでしょ。あんなことありえないわよ。それから馬場孤蝶〔1869–1940、英文学者〕とかいろんな人、泉鏡花とだって手紙を交換してたしね。

——そうですか。話が変わりますが、昨日、短歌がご専門の大学の先生と話していましたら、その方が「最近は女流短歌も随分盛んになりました」とおっしゃったんです。女性が子育てを終え、子どもたちも家を出てしまってから、短歌をやり始める例が多いとのことだったんですね。でも、そのような短歌を少し低く評価していらして、「あれは純文学ではない」とおっしゃるので、ドイツ人が余計なことをと思ったのですが、ストレートに「では「純文学」の短歌とはどのような短歌ですか。どこで区別がつきますか」とお尋ねしたんです。でも、その問いに対するはっきりした解答は聞けませんでした。結局、「女流」と言いますと、小説の場合もそうですが短歌の場合も、ちょっと見下したニュアンスが入るのが普通のようですね。その先生も日頃そういう短歌ばかり御覧になって、ちょっとうんざりしているのかなあという感じも受けました。でももし、女性がやる文学はいわゆる「女流」の二文字が付く文学であり、男性の創る「文学」とは区別されるという考えが日本で一般的であるとすれば、女性にとってかなりやりにくい状況ではないかなと思ったんですが。

河野　特に小説の場合はね。小説の場合はさっきも言ったように、やっぱりかなり集中してやらなきゃいけないところがありますでしょ。私の父なんかは、「文学、小説というものは決してつまらないものではないけれども、やっぱり自他共に大変な犠牲が伴うから、短歌じゃいけないのか。俳句じゃいけないのか」って私に言ったことがあります。やっぱり、そちらの方が手軽なところがあると思われているからでしょうね。もちろん、本式にやればやはり大変だと思うのですけど、和歌や短歌はやろうと思えば、もうちょっと手軽にもやれるのね。小説の場合だって今、カルチャー・センターとかで、気軽な気持ちで書く方もいらっしゃるけど、短歌に比べればやっぱり相当本格的ね。そういうことで、どうしても短歌の場合、率としては奥様芸の人たちの数が多いんじゃないでしょうか。

—— お茶やお花の代わりにするようなものですか。

河野 そうそう、たしなみとして。それとまあ、これは本筋から離れるけれども、子育て終わった人たちが時間ができて何かしたくなり、お付き合いしたい、お友だち増やしたい、とにかく家を出て、いろんな人と会ってお茶を飲んだり、お食事をしておしゃべりしたい。そういう欲求から、カルチャー・センターとか、俳句の集まりとか、和歌の集まりとか、そういうところへ行く女性が今は増えているようです。

—— そうらしいですね。ただ私が少し残念に思うのは、「女流」という言葉に、いつもある種の主観、というよりも、偏見が入っているんじゃないかと感じられることです。

河野 入ってますね。

—— 小説に話を絞りますと、小説はそんなに簡単に、まるでホビーのような感じで、ちょっと書いてみるというわけにはいかないと思いますし、やはりプロフェッショナルとして、自分の天職としてしかできない仕事だと思うのですけれども。

河野 そうですよ。

―― だとすると、「女流」という言葉はかなり問題ですね。「女流」が付くと当然のように、区分され一段低く見られる心配があるからですが。

河野 それは、外国でもそうだと思うんですけれどね……。

―― でも、そういう表現はないですよ、「女流文学」という。

河野 ないと思うのよね。たとえばイギリスなんかだって、もう完全にないですよ。ビクトリア朝の頃の「ビクトリア時代の女流文学」とかね。

―― ありますか、そんな表現？ たとえば英国だったら、"women's literature" とは言うかもしれませんけど、それは日本の場合のように「女流文学」という、一つの名詞として使われているわけじゃないと思うんですね。

河野 そうそうそう。そういう意味じゃないと思うのね。

―― 「あの当時は何人かの女性作家がいて小説を書いていた」というような言い方は勿論できますけれど、それは「女流文学」というような、一種の「カテゴリー」を示す言葉ではないですね。

河野 あのね、女性と男性の絶対的な性差、それぞれの特色ね、結局その女性と男性の本来の違いとは何かって問い詰めていけば、肉体の差、相違ということになりますでしょ。で、その差異が絶対的に支配している仕事の世界にはね、その女性○○、女流○○っていうのがないのよ。女性ソプラノ協会とか、ね？

―― （笑）。

河野 女の女性歌手、男の男性歌手っていうのがないように、女性のソプラノ、男性のバスっていうのはないのよ、これはもう絶対ね。特に声楽家の世界では、男と女の差はもうどうしようもないわけ。そういう世界であればあるほど、「女流」はないの。女性歌手協会なんてないのよ。男と女の差っていうものが必ずしも絶対的ではなく、それが抽象的である世界ほど、女性○○があるわけよ。だからこそ、女流文学者会なんていうのがあるの。

――なるほど。でも西洋人の眼から見ますと、日本の社会の中では、特に男性と女性の生活のスタイルや活躍する範囲などが、非常にはっきりと区分されているように思われます。男性の文芸評論家の発言に往々にして見られる、「女性作家に男性は描けない」、あるいは「男性作家は女性を完全に描写することができない」というような考えも、そこに根があるような気がします。お互いに接する機会自体が、非常に少ないのですね。一般日本人の日常生活の中では、男性と女性の間の精神的交流の機会や場があまりないんじゃないかと感じます。それは、人生経験の大切な部分でもあるはずですが。

河野　そういうところは、まったくあなたのおっしゃるとおり。

――非常に惜しいことだと思います。

河野　あのね、私がこれから申し上げるようなことは、男女の交流を通して控えめになっていき、たとえ長い間かかるとしても、だんだん解消されていくことだと思うんですけれどもね。私は男と女の頭をこう輪切りにしたら中は同じだと思うし、仕事そのものだってね、男と女を比較して、特に女が劣性だと私はまったく思わないんですよ。まあ、ドイツとか、ヨーロッパの場合どうかわからないけれど、日本の現状を見るとね、女性は「紛争処理能力」、トラブルになった時処理する能力がだめなのね。どうしてかっていうとね、家庭内ではトラブルの経験しても、社会的なね、世間、世の中でのトラブルの経験が少ないの。男の方はトラブルの経験があって、それだけではなく、トラブルになった時にそれを処理してきた伝統があるの。その伝統も、まことに日本的なんだけどね。たとえば仕事で意見が食い違ってこう、けんかにでもなった時に、その二人の人間をなだめるのに適した立場の人が「飲みに行こうや」とかね、そういうことがあるの。そんな時に「やだよ」って言ったら、これは男性社会から脱落してしまいますよ。そういう時はもう、行くものと決まっているのね。そして行ってお酒でも飲んで機嫌直して、またそこで再び喧嘩にでもなったら、場所を替えてとかね(笑)。

いくらカッカしていても、そこで妥協しなきゃいけないという伝統があるし、またその伝統の機会を与えるように、誰か両者に対して適当な立場の人がそのきっかけを作らなければ、その人は駄目だということになる。ところが、女性の場合それがないでしょ。で、その時にそういう伝統もなければ、女性自身も、どこでどうトラブルを決着させるかという経験もない。ですから女性は仕事の上で、もっと突っ込んで言うべき時でも、トラブルになった時に収拾がつかなくなるから、なるべくそれを避けるのね。それから男のほうも女とトラブルになった時はヒステリーだとか、すぐそういうことを言う。「今ご亭主、外国へ行っていないんじゃない」とか、実に勝手なことを言うわけね。

―― とても興味深いお話ですね。その「紛争処理の方法」ということですが、それはたしかに日本とヨーロッパでは違うと思います。私、テレビでよくホームドラマなどを見てそう思いますけれど、家庭内における紛争処理もあまり上手じゃないという気がしますね。もう何年も前のことですが、私は東京のある私鉄の駅にあった看板を見てびっくりしました。そこにはこう書いてあったんです、「口論を見たら警察へ」。口論と呼ばれるものは、ドイツではもう日常茶飯事、ある意味では単なる自己主張、自己正当化の技術みたいなものですから、どこでも見かけます。でも日本の場合、口論といいますと、すぐに本格的な喧嘩につながるんですね。あまり言葉に信頼を置かず、徹底的に言葉によって事実関係を明らかにするという努力をしないで、次にはすぐ手が出るということであれば、口論のやり方というか、自己主張があまり上手でないということになると思いますが。

河野　上手じゃないんですね。特に女の場合はね、すぐ喧嘩になるの。だから喧嘩にしたくないから、意見が違う時でも徹底的にやらないで、もういい加減にしておくとか。もし喧嘩になっちゃった時は、もうあんな人と一緒に仕事できないとか、そこまで行っちゃうの。そういうところがね、遅れていると思うんですよ、日本の女性の場合。だけどこれはまあ今まで伝統がなかったんだし、一般的に言って日本人って論争が下手なんだから、そういうところを心掛けてね。

それとね、日本の男性はずるいところがあるの。まあ、だんだんそういうところもね……紛争処理のためのディスカッションということも、かなり進んできましたから、男性と女性の意見が違う時でも、男性の方も、まあ一応まともに相手するようにかなりなってきているの。ところがね、女性の方の論が正当であるということを、男性の方が認めるしかない場合、以前は女の言うことなんか決して認めなかったけど、今はまあ、ある程度認めるようになっているわけですよ。それで認めて、そこで止めておけばいいのに、男性はね、最後に一言言いたくなるのよ、「やっぱり、女は強いなあ」なんて、ね。そういう捨てゼリフをバーンと置くのね。

――何故そういうことを言うんでしょう？

河野　結局ね、男性としての面子、つまりプライドね。もっと徹底的にやれば、こんな相手はチョイだけど、一応女だから譲ってやったんだという皮肉なの。

――ああ、なるほど。

河野　そんな時に女性がもし、「やっぱり、男は強いわね」って言ったら、現実がその通りなんだから、男性がやっぱり偉いんだって、すんなり皮肉じゃなくなっちゃうでしょ。だから男性が「やっぱり女性は強いな」って言う時はね、必ずそういうニュアンスなの。……いや、あなたにこんなことあんまり教えちゃうと(笑)。

—— そういうところはたしかにありますね。先程からの、その「紛争処理」ですが、私がテレビドラマなどを見ていつも不思議に思うのは、何か問題が起こった場合、当事者の側が何故そういう経緯になったかを説明して、自分を理解してもらおうという努力をしないし、相手の方でも、それを求めていないということですね。この間も、ある思春期の少年が、非行少女と家出をするという設定のドラマがあったんですけれど、発見されて連れ戻された少年に、お父さんが「もうあの女とつきあっちゃいかん!」と、一方的に言い渡すだけだったんですね。少年の方では何故その少女とつきあうことになり、また二人で家を出る決心をしたのか、説明したいと思っていたかもしれないのに、それについての話し合いは両者の間でまったく行われないんです。権力を持つ側が「これはいけない!」と判決を下し、それでもう話は終わりということで、結局、自分の望みを受け入れられなかった息子の方は、また家を出て暴れるという展開になりました。

本当に美しいものなら反俗になります。でもそれの地続きのところだったら、それは通俗ね

河野 戦争責任のことだけど、あなたは戦後にお生まれになっても、それがやっぱりあるのですね?

—— あります。その重みはどうしても感じざるを得ないですね。外国へ行った場合などもそうですが、ある時ユダヤ人と一緒だったことがあって、初めは相手がユダヤ人であると分からなかったんです。する

と向こうから、自分はユダヤ人であり、どこそこの収容所で自分の家族や親類が殺されたのだと話し出しました。私は戦後に生まれた世代ですけれども、やはり大変なショックを受けました。「過去の克服」、この言葉はドイツで一つの名詞になっていますが、それは、なかなかできることではないんだなというのが実感ですね。私はドイツ人として、そんな人々とどのように接していったらいいのか、そういうことをつくづく考えさせられます。あっ、随分暗い話になってしまって、すみません。

河野 いえいえ。私はですからね、戦争中は工場で働いたりなんかして、その間に試験というものがあんまりなかったの。試験するにもね、しようがないわけです、工場で働いてばっかりいたから。だからよくね、学校を卒業してからでも試験の夢を見るっていう方がいらっしゃるけど、私は試験の夢なんて見たことないの。それよりやっぱり空襲と、何より怖いのは市街戦。ドイツが降伏した時のね、ベルリンのあの時の印象、私にはやっぱり強烈でしたよ。

中立国スイスの、ジュネーブ辺りから回されて来る報道があったの。だんだん前線が迫って来るとか、もうそれが刻々日本の新聞に載ったのを、今でもよく覚えています。五月の初めでしょ、ドイツが降伏したのは。そして四月の末にベルリンが陥落した時にはね、「ベルリンの溝という溝は血のりで埋まり」っていう報道でね。それから何日かしたら、街には電灯が、再び電灯がついたっていうの。あれは日本がまだ、空からどんどんやられている最中よ。「ああ、いいなあー」って、もうとにかく生き残ったドイツ国民を心から羨ましく思いましたよ、あの再び街に灯りがついたっていう報道には。

―― そういう経験は一生忘れられないのでしょうね。

河野 忘れられないわね。

―― そういう経験を文学になさるおつもりはないのですか。

河野　したいという気はあるんです。ところがね、やっぱりしようと思って構築していってもね、具体的にこう着手していく準備していても、その基本というものが変わらなくてもね、やっぱりどこか、激しく揺さぶられるところがあるのね……。

――そのような経験を文学にする場合ですが、文学によって戦争の恐ろしさを表現するというのは、価値のあることだと思いますし、高い文学性を持つ作品がそこに生まれるかもしれません。でも、もし読者がその作品を読んだ後、戦争というのは恐ろしいものだという感想を持つだけだとしたら、それではいささかもの足りない気が……。

河野　文学じゃなくてもいいということになりますよね。

――そうですね。それもありますし、まあ、戦争の恐ろしさというものは、誰もがある程度までは想像できるわけです。でもそれを超えたところで、人間はどうしてこんな壮大な愚行を犯すのだろうかとか、どうすればこんな過ちを二度と犯さないですむのかという、心の深いところで感じさせるというか……。

河野　そうね、よっぽど深いところの、人間性の問題から進めていかないとね。私はこんな経験をしましたとリアリズムだけでいくんじゃ、今おっしゃったようにつまらないわけね、もっと何か深いところで、衝撃を与えるようなものにしないと。それと文学っていうのは、やっぱり反俗的なところありますでしょ。ところがね、戦争、特に原子爆弾……またはあの、焼夷弾が降って来る時ね、上がね、ピカッとするの。それからシュウシュウと花火みたいになって、それから今度は滝のように……光の滝に。その描写をきれいだというくらいではね、きれいですよたしかに、きれいですよ視覚的には。それをきれいと書いても問題にされないけれども、原子爆弾をきれい、あの原子雲がきれいと書くと、それは原子爆弾というものを賛美することになるの。

――はい。

河野　そうかといって、じゃあ今度は「原子爆弾反対」の文学を書いたらどうかと。原爆に反対するグループは強い勢力ですよ、反対する側は。すると、それはそれで一つの政治的通俗になってしまう危険がある。原子爆弾を認めるのは、もちろんとんでもない通俗だし、そこが苦しくって、谷崎潤一郎は『残虐記』を書くのをやめたの、途中で。あれは原爆を扱っているから。

――でも通俗と言えば、必ず美的描写ということになるのですか。どのような対象であっても、「それなりに美しく」描写するということは許されるのではないでしょうか。

河野　本当に美しいものなら反俗になります。でもそれの地続きのところだったら、それは通俗ね。

――美しさにも、いろいろあると思いますし、結局この問題は「文学の究極の目的」という問いにも繋がると思うのですが、でも感動を与えるということであれば、醜いものを醜く描写することによっても感動が得られると思いますが、いかがでしょうか。

河野　それも可能だと思います。でも私はね、すべて芸術っていうのは、人間であるということ、この人生と、この自然を含めてのこの世、そのすばらしさへの感動っていうものが、あらゆる芸術の基本だと思っているの。どんな前衛音楽であろうと、前衛美術であろうと、そして文学であろうとね。その感動がなければ、芸術っていうものは成り立たない。だから芸術っていうのはね、大きく言うと、人間否定というところにはあり得ないと思うの。ここは否定ここは肯定と、そうなるかもしれないけれども、一番の基礎となるのは、やっぱり肯定的なものだと。ずっと全部肯定である必要はないの。でもその根底には、自然を含めてこの世のすばらしさ、人間であることの喜び、その感動が基本になっていなければっていう信念を持っているの、私。いい文学っていうものはね、読み終わった時に、この世とか、人生とか、人間っていうものの良さをね、良さっていうものを再確認させられた喜びを、読者が味わうことができる、それがいい文学だと。まったく何も変わらないでしょ、通俗小説とか週刊誌とか、下らないものを読んだ後は。つまり、読み初めたところと読み終わったところの間で、何の変化もないのよね。

――なるほど。

河野 自分が人間である喜び、自然を含めたこの世に生を享けて、ここに存在しているということの良さ、親愛感を触発されるということがそれですね。だから文学とは、いかに生きるかを問うものではないと思うの。それは、読んだ後で読者が自らに問うことでしょうね。もしこの世がすばらしく思えない時は、人間として少し風邪を引いているのよ。

――(笑)。

河野 そうだと思う。

――でも、具体的にいろいろな問題がありますでしょ。あまりにも現実的な例で、それこそ通俗的かもしれませんが、たとえば公害問題とか……、人類にはすぐに解決できそうもない問題が山積みになっていますが、それはどうすればよいのでしょうか。

河野 だから今言ったように、文学と言っても、すべてがめでたしめでたしで終わる必要はないの。「人間万歳」とか、必ずしも、そういうものである必要はないのよ。主人公がたとえ悲劇的な最期を遂げたとしても、人間というのは素晴らしい、味のある、いいものなのだということを感じるのね。だってこの世というものが、実際はいいものなんだという確信がなければ、公害問題に対してだって怒りが湧かないと思うの。「世の中にはそんなこともあるんだ」「世の中に悪いことが出てくるのは仕方ないよ」って、そんな認識では、本当の怒りが湧かないと思うんですよ。

――そうですね。

文学っていうのはね、狭義の才能だけで勝負できるものじゃないの

河野　で、日本の文学の気に入らないところは、外国は宗教っていうものがあるから、宗教のことは宗教に任せてありますわね。文学の中でも、宗教は出てくるけれども、それは日本の文学の中にお金のことが出てきたり、食べるものが出てきたり、お酒のことが出てくるのとおんなじように、あちらでは宗教がいつもごく自然に出てくるのね。特に宗教のためっていうことじゃなくって、いかに生きるべきかは宗教の問題なの。私はだから、外国の文学の方が豊かではないかという考えを持っているんだけれども、その要素の一つはそれだと。日本ではすぐに、いかに生きるべきかという日本人の大好きな求道精神が入って来るから、日本の文学は痩せてしまうの。だから日本のテレビで歌を聴いてごらんなさい。陰々滅々でしょ、ほとんどが。もう、とにかく悲しくって、苦しくって、つらいでしょ。

――たしかに歌詞も、必ず涙とか悲しみとか別れとか、その類のものが多いですね。

河野　メロディ自体が、もうそうでしょう。日本と朝鮮以外は、南方にしたって、ヨーロッパにしたって、アメリカにしたって、生きている喜びですよ。もちろん、向こうの歌だって「死」や「別れ」を歌ったものもあるし、オペラなんかだったらもう、悲劇のオペラたくさんあるわよ。だけど、たとえば歌劇『トスカ』の一番最後、男性の主人公が処刑される前に歌うアリア「星は光りぬ」、あれは日本の悲しみの歌とはまるで違うわけよ。この世や人生はいいものであって、それを楽しむために人間は存在している、

それなのに自分は今死ななきゃならないという悲しみと怒りの歌だから、結局は人生賛美の裏返しなのよ。口裏返せば人生賛美の歌だから、あんなに強くて美しいの。外国のオペラ聴くと、それがよく分かるの。

――なるほど。

河野 とにかく陰々滅々が好きなの。だから日本の酒と女と歌とね、外国の酒と女と歌は違うの。で、日本の女の恋愛の歌っていうのは、捨てられたとか、捨てられても捨てられてもついていくとか、私を捨てたあなたを思って一人飲む酒はとか、もうそういうのばっかり。

――それでは、先にテーマとなったマゾヒズムにつながってしまいますね、捨てられても、捨てられてもついていくというのでは。

河野 それがつまりは「生活の知恵」なの。あなたがさっきいみじくもおっしゃった人間の知恵でね、日本っていうものの弱さ、そこのところで何とかささやかに喜びを持とうとすると、そういうことになるのね。でもやっぱり、そんなところで低迷していちゃ、私は人間としてせっかく生まれてきた甲斐がないと思うのよ。だって、そうでなくする要素は、もう日本だって相当できているのにね。それでね、外国文学の専門家だ、フランス文学の研究家だ、なんとかかんとか言っているのに、会議などのお開きでお酒飲みながら歌を歌う段になるとね、そのなんとも悲痛な演歌を歌うのよ。日本の文芸家協会の総会でだってそうなのよ。

――(笑)。

河野 本当にそうなんですよ。

――そうですか。すると人生の楽しみ方というものが随分違うのですね。まあ、私もそれを時々感じますけれども。

河野　違うのよ。
――日本の方と普段そういう話をしますと、日本はそれほど豊かな国ではないから、生活に追われて、結局こんな楽しみ方しか出来ないんだという返事が返って来ることがよくあります。私はそれよりも、基本的にはただ余暇に対する考え方が違うのだと思いますね。日本人は働きづめで、労働時間などヨーロッパと比較した場合ずっと長いからです。法律上は休暇が取れることになっているようですが、実際は様々な理由で休めない。もっと自分の権利を主張したほうが良いと思いますが。
河野　あのね、禁欲的で、奉仕的なの。それも自主的な奉仕ではなくて。これは儒教の伝統と武家政治の長かったこと。武家政治ではお殿様には絶対服従。命も差し上げるの。変な武家のモラルとね、儒教の求道が結び付いてこうなったんだと私は思うの。その前はそうじゃなかったんだもの。奈良へいらしたことある?
――はい、あります。
河野　奈良の雰囲気っていいでしょう。大らかでしょう。
――そうかもしれませんね。
河野　ずっと前はそうだったんです、平安時代以前は。だって万葉集の歌がそうだもの。
――あっ、そうですね。万葉集はとても伸び伸びした歌が多いですね。西洋人にも、すぐピンと来て同感できるようです。
河野　おそらくそうだと思うの。ところがあの、『徒然草』なんてのは、あんまりピンとこないんじゃない。万葉の方がわかりいいと思うの。
――ところで、今気が付いたんですが、予定の時間を大幅にオーバーしてしまいました。

河野　私は結構よ、構わないわよ。

――　そうですか。日本文化論にまで発展してしまいましたが、話が面白くて……。

河野　あなた、谷崎お読みになったことある。たとえばどういうもの？

――　非常に面白いと思いましたのは、『蓼《たで》喰ふ虫』、『瘋癲《ふうてん》老人日記』、『陰翳礼讃』などですが、随分驚いたところもあります。

河野　（笑）。

――　でもだんだんわかるようになりました。「刺青《しせい》」や「少将滋幹《しげもと》の母」などの作品も読みました。読んでいる時は強く引き込まれて魅力的なんですが、読後の感想としては、作品内で描かれている、たとえば生活の享受のしかたなどがひどく偏っていて、作品世界が非常に狭いのではないかと、時々感じることがあります。

河野　はいはい。

――　でも、読むとやはりすごく面白いんですね。『春琴抄《しゅんきんしょう》』も読みましたが、描写がすばらしいと思いました。精神的に引きつけられるというよりも、特に複雑に描写されている性的なつながりにですね。もちろん、それを超えた、精神的なつながりも描写されてはいますが、一人の人間の生活というものを考えた時、はたしてあのように生きることが可能なのかどうか、いささか疑問に思いました。

河野　ああ、そこがね。

――　あそこまで描かなくてもよかったのではないかと思いました。文学としての魅力は十分にありますし、読者は楽しむことができるのですが……、あくまでも西洋人として、一つないものねだりをすれば、それは一種の「宗教性、精神性のなさ」とでもいいますか、深い内省的側面がほとんど感じられない点ですね。

河野　あの人はね、『卍《まんじ》』の次にはそのまま行くべきだったの。そこを行けばもっと上に行けたはずなのよ。『春琴抄』は素晴らしい傑作だけれども、そっちへ行ったというのはね……、『卍』の先を追うべきだったのよ。ところが、あのような日本的なものの方に行ってしまったので、そこのところで今おっしゃったように、読んでいる間は面白い、一つのものは出せているけど、もう片一方の方へ突っ込んでいかなかったのね。『卍』は大変な失敗作だけれども、それでも、その『卍』の先をこそ追うべきだったの。その先の部分にようやく戻ってきたのが、晩年の『瘋癲老人日記』だったけれど、遅いわよもう。『卍』は谷崎が激しく闘っている小説です、文学的にね。

――河野さんは日本の作家の中で、どなたを一番評価してらっしゃいますか。

河野　うーん、やはりまず谷崎ね。そういうことでは、見はてぬ夢でね。実現はできなかったけど、『卍』の先を現代物で追求していっていたらということを、やっぱり考えてしまいますね。「その先」を捨てた谷崎が、もしも「その先」に進んでいたら、文句なしに最高だったと思います。女ではやっぱり樋口一葉と、それから与謝野晶子〔1878–1942〕の歌。与謝野の小説と戯曲は、同じ作者とは思えないほどつまらない。でも、あの歌っていうのはやっぱりね、スケールが大きいわ。それと平林たい子〔1905–1972〕。彼女は非常にあの時代の人として……今日生まれていたらどれほどすばらしい作家になっただろうかと思いますね。あの平林たい子は見事なものです。非常に新しい女の生き方を追求していますが、これは当時の時代的な束縛からいっても、止むを得なかったんでしょうね。それと、今日本では女流がね、戦前に比べてずっと伸びて来ているから、これはね、電気洗濯機の出現も関係しているかも知れないし（笑）。それからさっき言ったように大小説書くには、サルトル〔ジャン＝ポール・サルトル、1905–1980〕が「自由への道」で降伏したように、あんまり世の中が大きく様々に変わるから、文学として成熟しにくいの。だから男性は、もっと大きいことをしたくてもこぢんまりしちゃってね。すると女性に回ってくるということもあるけれども、その他にもう一つね、あの、思想っていうことがあると思うのね。思想って言ってもマルクスだとか、いわゆる思想くさい思想ということじゃなくて、もう少し意味を広げた思想、ね。男性は思想を持ちにくい状態なの、今。

――どうしてですか？

河野　う一ん、それはやっぱり世の中の様々な変わり方、変動の激しさっていうこともあると思うんですけれども。ところが女性の場合はね、その他に、つまり女性解放の問題がまだあるのね。だから女性解放の問題を直接テーマにしなくても、違うテーマであっても、女が文学するということは即ち、一つの女性解放である、自動的にそれに参加しているようなものだし、自らそこで何らかの思想を持ちうるということね。そのことが割に女性の文学をこう、作り易くしているところがあるのね。

――なるほど。どちらかといえば、今女性が創造の道に入ろうと思った場合、男性より容易な面があるということですね。

河野　そうです、そうです。

――言いたいことがまだたくさんあるからですか。

河野　そうそう、あるわけ。男性にはそれがあんまり……なんかもやもやっとあるみたいだけど、じゃあ具体的に何が言いたいかっていうと……。

――なるほど、そういうことですか。

河野　女のほうは、もやもやっとしている中にもなにかあるわけね。わりと認識の浅い人は、さっきおっしゃったようにやっぱり女の苦労話を書くかもしれないし、あるいは既に開放されている性について書く人もあるし、いろいろあるんだけど、やっぱり書きたいことっていうのが、今男性より摑み易いってことね、それがあるでしょうね。

若い作家の中では、私はやっぱり津島佑子さんは優秀な人だと思うし、それから金井美恵子さん、この二人というのは、私は早くから面白い作家だと思って見て来たの。ただ津島さんの方が、もしかしたら早く老化するんじゃないですかね、文学が。非常にリアリズム。

―― 自伝的な色合いが濃すぎるということですか。

河野 濃すぎる、そうね、はい。そしてあの調子でいくと、やっぱりリアリズムっていうのは、割に早く行き詰まると思うの、彼女の場合ね。その時に彼女がさらに飛躍できるかどうかということだけども、やっぱりちょっとやりにくくなるんじゃないかなあ。で、二人の才能を比べるとね、金井さんの方が未知数ね。同い年なのよ二人は。文学っていうのはね、狭義の才能だけで勝負できるものじゃないの。それを育てていく才能とか、他から吸収する才能とか、いろんな才能がこう作家を取り巻いていなくちゃいけない。その取り巻いている部分がね、津島さんはちょっと弱いのかな。金井さんというのはね、一見ちょっと小生意気みたいだけど、とてもいい子なのよ、素直で。

―― 私も話がよくできました。金井さんは随分ヨーロッパ的な思考をなさる方だなと思いました。

河野 そうなの。ちょっとあれだけの人いないです。あれだけ才能があって、よく勉強してるしね。考え方が非常にこう、ダイナミックで柔軟なの。私は好きなの。ただあの人はあんまり優秀なんでね、まだちょっと認められるのが遅れているの。でもそのうちにきっと……。それから中年では、やっぱり大庭さん、大庭みな子さん。

―― かなり知的な色合いの濃い文学ですけれども。

河野 そうですよ、しかも浮ついていないでしょ。

―― でも日本文学の中では、女性の文学としてかなり認められにくいところもあるんじゃないですか？ 作品を読んだ男性に、こんなのは女の書くもんじゃないって言われるんじゃないでしょうか。

河野 それで彼女、損してます。それととても上質なことで。高橋たか子さん〔1932-2013〕知ってますか？ 彼女も私非常にいい作家だと思うし、「相似形」(一九七一年)とか『誘惑者』(一九七六年)なんてのは、私はとてもいいものだと思うけれども、こなれてないのね、ごりごりして生煮えのところがあるの。それだけに、知性と感性のバランスが取れていない人が読むと、なんだかんだと言い易いの。つまり、高橋さんの作品には胡椒も、ガーリックも、ナツメグも入っているけど、全体にまだこなれていないから、「ああ、これは胡椒の入っている文学」って言えるけど、大庭さんの方はそれがまったくきれいに、全体にお味がしみてよくできているのね。ですからかえって、知性と感性の釣り合いが取れてない読者にはかなり捕まえにくいの。

―― なるほど。高橋さんは七月までパリにいらっしゃるということで、今回お会いすることができなかったんです。

河野 この間こっちにいらしていたようですよ。ちょうどあなたと擦れ違いくらいじゃないかしら。

―― 向こうで生活していらっしゃるわけですか。

河野 そうです、普通は。そして年に二度ほどこちらへ帰ってくるの。

―― 向こうで本を書いていらっしゃるのですね？

河野 そうです。出版するのはもちろんこちらね。

――日本人の作家として、外国で生活しつつ文筆活動を行い、日本で出版していくというのは、かなり大変でしょうね。

河野　（笑）。あなたは本当に、知性と感性がそれこそ整ってらっしゃるわねえ。

――ありがとうございます。河野さんに褒めて頂いたところで、本当にこれで終わりにしたいと思います（笑）。今日は長い間どうもありがとうございました。オープンでとても刺激的なお話を伺うことができました。

（一九八二年四月二十八日）

「詩人というのは要するに、人間と神様を繋ぐ役割です」

4. 石牟礼道子さん

Michiko Ishimure
1927-2018

……いしむれ・みちこ……

デビュー作『苦海浄土《くがいじょうど》──わが水俣病』(1969)により、繊細で芯の強い一人の女性作家が、日本社会を揺るがす大きな衝撃を与えることとなった。その地で、また身近な人たちの間で、激しい反発に曝され続けた石牟礼道子は、このことを決して語らなかった。不知火《しらぬい》海の故郷の美しさと文化的豊かさを輝かせた語り手として、石牟礼は末永く記憶に残る詩人である。

「水俣」をずっとやり通せば、そりゃもう、世界のすべての苦悩と繋がるんじゃないかと

石牟礼 まあ、皆さんいろいろおっしゃっておりますけど、そうですね、だけど随分誤解もされまして。

—— 誤解というのは、どういう誤解ですか。

石牟礼 どう言ったらいいんでしょうか。こう、社会評論家みたいにね、公害の闘士みたいにね、思い込まれてしまったり。非常に政治的にだけ発言する、発言屋みたいに思われたり。

—— ああ、なるほど。

石牟礼 それは私にとって、まったくの誤解だというふうに思ってましてね。

—— 西ドイツでしたら、そういう問題をテーマに選ぶこと自体が、既に初めから政治的、社会的背景を孕んでいるんだっていう考え方をされますね。

石牟礼 それを含んでいないことはないんですけれどもねえ……。

—— 石牟礼さんのご希望としては、むしろ文学として読んでもらいたいということでしょうか。テーマ自体が大変重いものですから、それが政治的に取り沙汰されるということは起こり得ると思われますが、それでもやはり文学として……。

石牟礼 うーん、……そうでもないんですね。文学としてだけ読んでほしいとも思いませんです。状況

が状況で、事柄が事柄なもんですから、どういう表現を採れば一番本質が伝わるかというのがありまして。それは表現の問題としてね、いろいろ考えました、で、ああいうふうにしか書けなかったわけですけれども。あっ、わたくしが誤解と言いますのは結果で言っているわけで。もちろん文学として読んでほしいと思っても、読む方は様々ですから。読者を私は選べないわけでして、それでまあ、いろいろな反応がございましたけれども、その結果で言っているんですね。いろいろなところから、講演の依頼が来たりとか、各地で現実に起きている住民運動がドオーッと。あれをきっかけにしてワアーッと、日本列島に住民パワーがね、出てきたんですね。

私たちも組織を作りました。患者さんを実際そのままにしておけなかったものですから。組織といいましても、個人のね。従来のいわゆる政治的な既製のセクト、そんなのには絶対ならないようにと思って。肩書きのない個人の集合体で、一人の無名の個人の責任で責任をとる運動、なんかそういう団体を作りました。ところがそれでも、もうセクトのように思われて。ちょうど七十年代の反安保の状況と重なってきますし、学生運動の最中でもありますし、そういう人たちがドオーッと押し寄せて来たりして。そういう状況の中だもんですから、すっかり何といいますか、公害反対の名士みたいにされそうになっちゃって(笑)。

それで私は必死で、「そういうふうには生きたくない」、ただ水俣にだけにずっと関わることはできない、と。完全に関わることは、そりゃできないものですから。一人の人間が、そんなにいろいろできないですよね。人間と人間という関わりを考えても、それこそ夫婦でさえも完璧に関わり通すことは、ねえ、難しいでしょ。それは、親子でも兄弟でも。ですから、一人の人間と人間がペアになった時に、どこまで関わることができるかという意味でも、水俣にずっと関わり続けることはできないだろうと思い定めまして。

まあ反響はいろいろありました……。ですから、ご招待などをお断わりするのが大変。今も大変です（笑）。ほんとにエネルギーがいるんですよね、方々に顔を出さないようにするということは。

――では石牟礼さんは、「水俣」に公害の象徴的意味を見い出していらっしゃるというよりも、むしろそれを自分と自分に関わりのある人々の問題に限定して考えられ、「水俣」についてお書きになったものが、これまで世間に投じた波紋については、埒外《らちがい》のこととお考えなわけですか。

石牟礼　いえ、そうではございませんのね。

――私が特に伺いたいのは、そこなんです。「水俣病」は今や、日本だけでなく世界的に、もちろんドイツにおいても、公害問題の一つの象徴としての意味を持っているわけですけれども。

石牟礼　ある普遍性の……普遍性の原点だというふうに考えてます。

――それについて書かれること自体が、その背景などを意識していなくても、すでに社会全体に対する態度表明のようなものを確実に含んでいる、そう私は見ていたんですけれども。

石牟礼　それはあると思うんです、私も。

――それでも、「水俣」と一個人としてのご自分との関わりだけに限定したいとおっしゃるのは……。

石牟礼　それはね、普遍的な立場をそこで……どう言ったらいいんでしょうかね……、ちょっと逆説めいてまいりますけれども、「水俣」に徹底的に関わることで、逆にその普遍的なものをより象徴的にしていきたい、より純粋に、より強く、普遍化したいというふうに思ったんですね。

――ああ、なるほど。つまり通俗的なかたちでの政治問題としては、このテーマを扱いたくなかったということですね。それなら私にも分かるような気がします。先ほど、文学の表現の問題であるとおっしゃいましたが、以前「水俣」を詩を通して表現されたこともおありでしたね。その詩に対する、一般の反応はいかがでしたでしょうか。

石牟礼　詩を書いたのは、非常に小さな雑誌ですので、読む人が少ないでしょ。それに詩のかたちだけでは、やはり一般性を持てないですよね。それで、『苦海浄土』のかたちにまとめましたのですけれども。詩を書いていた段階では、まだ本当に小規模の読者だけでしたし、表現としても完璧ではなかったと思うんですね、あの水俣病に関しては。

――難しいでしょうね。詩という形式にもいろいろあるでしょうが、おっしゃるように、読者の数も限られますよね、小説よりは。

石牟礼　限られてます。現代詩の詩壇というのがありますが、これが今はまるで技術集団みたいになってしまって……。古代のヨーロッパなんかにもあった叙事詩、そんな時代はもうとっくに過ぎ去ってしまったのでしょうが、でも民族の問題を書こうと思ったら、叙事詩のかたちを取った方がよろしいんですね。それを復活させたいという気持ちはございました。『苦海浄土』では、それを試みたいという気持ちでもあったんです。

で、詩人についてですが、人類史の中で詩人が最初に登場した時の役割というのがございますでしょ。インドの文学史なんかから考えてみましても、そうですけれども、詩人というのは要するに、人間と神様を繋ぐ役割ですね。ですからそういう原初の役割をね、詩人はもっと自覚しなければいけないんじゃないかというふうに、私は思っています。ずっと思い続けています。今、詩の力が衰えてきていますから。

――石牟礼さんは今も詩を書き続けていらっしゃるのですか。詩の役割と小説の役割とは別であるということを意識なさいますか。小説を通して表現できることは、詩を通して表現できることと違うのでしょうか。

石牟礼　本来は異ならないと思うんですけれども。あのう、現在は科学などが非常に細分化してきていますでしょ。近代というのは、そんなふうな細分化の歴史ですよね。その影響なのか日本の文学も細分化して、これは私小説だとか、大衆小説だとか、たいへんおかしいと思いますけど。文学はそんなに、そう……たとえば宗教とも区別できない、音楽とも切り離せないですよね、本来は。

――でも形はいろいろあるんじゃないですか。

石牟礼　それはいろいろ形はありますけれども。日本の近代文学に焦点を合わせて言えば、一応文学の世界というものが成立して、その文学が形を整えてくるのは、まあ明治二十年くらいからでしょうかしら。そのあたりから考えなきゃいけないんですけれど、日本の文学伝統について考えてみますと、だんだんと、特に戦後になりましてから、何かね、モンタージュとか、記録文学とか変な区分けをして……これは私小説だとか。

――でもそれは、近代において文学の用途が広まったこととか、文学全体の成熟の証とも言えるのではないでしょうか。

石牟礼　逆に言えば、たしかにそうなりますけれどもねえ。

――明治以前は、たとえば小説にしても、戯作と呼ばれてあまり高く評価されていなかったわけですね。結局は単なる娯楽としての意味しか持たなかったので、その存在の意味が、文化全体にとっての戯作あるいは小説の意味ですけれども、それがかなり狭かった。でも現在なら、小説を多目的な媒体として用いることができますね。政治小説とか観念小説とか、あるいは自伝にしてもルポルタージュにしても。つまりそれは文学の利用方法そのものが、自由で多岐にわたるようになってきたことの証明でもあります。ですから悪いとばかりは言えないと思うんですね、社会の中で、今いろいろな機能を果たしているわけですから。徳川時代でしたら、いわゆる戯作は娯楽の機能しか果たしていなかった、町人の暇つぶし的にしか考えられていなかったわけですね。現代なら他のいろいろな目的のために使えます、たとえば「啓蒙」であるとか。

石牟礼　ええ、そうですね。ですけれども、語りものの文学なんかが伝えている真髄みたいなものは、本当に普遍性を持っていたわけですよね。ある分野のことでは、今あなたがおっしゃったようなことは言えると思います、たしかに言えると思いますけれど……。でも作り出している人たちの意識の中でね、世界が非常に狭められているんです、狭められている傾向に今あると思うんですね。そして自分の分野から決して出ない。出ないというのは、表現の形もそうですけども、それよりも……なんかこう、科学の中でも細分化というのはやっぱり起きてて、全体を見通すというか、人間全体のことを考えるみたいな努力が欠けてきている。そりゃ表現の形はね、どういう形を取ってもいいんですけれども。あの、ここはたいへん難しくて……。じゃあね啓蒙、今あなた啓蒙ということをおっしゃいましたが、啓蒙的な文学を作ろうというふうに思うの、私は嫌なんですね。

――そうすると石牟礼さんのご希望としては、啓蒙する作家というか、社会問題を扱う作家としてよりは、純粋に芸術的創造にだけに携わる作家として見られたい、そういうことですか。

石牟礼　それはまたちょっと違いますけれどもねえ。見られたいということよりは、もっと自分の内部の問題。見られるという結果じゃなくて、創る側としてしか自分を考えられないんですよね(笑)。で、そこでいろんな反応が返ってきますが、その反応にいろいろ違和感を抱くことはございますね。なるほど、そんなふうにも読まれるかなぁとよく思いますけれど。でもまあ、書く人間としては、そういう読まれ方だとなんとなく窮屈だと、私自身がね。私自身が、創っていく人間として全面的に解放されていないと、作品の中では解放されていますけれど。作品を狭められたという感じは、そういう意味で言っています。社会的な位置付けとして、純文学の作家として見られたいとか、社会的な位置付けのどこにいたいとか、そういうのは、ちょっと創造の根源から言えば矮小化されているような気が致しますのね、はい。やはり、普遍性というのはどういうことかと。で、日本だけではなく、人間にとってそれは何かと、人間にとって創作するとは何かということだけ一生懸命考えていきたいと……そう思うのです。

——今、読者の反応ということをおっしゃいましたが、「水俣」を自分自身で経験した人たちと、ほとんど想像すらできなかった人たちとでは、その反応は随分と違うと思われますが、そこに男女の間の受け取り方の違いというのもありましたでしょうか。

石牟礼　そうですねえ……、男の人が特にとか、女の人が特にとか、それはあまりないですね。

——ではむしろ、実際に「水俣」を経験した人とそうでない人との受け取り方の違いの方が大きいのですね。『苦海浄土』に対して読者の手紙などがもしあるとすれば、どんな手紙が来るのか、私にはまるで想像ができないのですが。

石牟礼　やあァ、それはあまりないですよ、そういうものは。

——たとえば石牟礼さんがさっきおっしゃったような、自分が狭められていると感じさせるような反応がありましたでしょうか。

石牟礼　まあ、様々ですよねえ。お見せしたほうが一番早いかな、と思いますけれど……。読者カードというのがありますねえ。まずそれが殺到しました。最初それは出版社に送られるわけですけれど、その後でこちらにも送ってきます。それはもう大変、大変。読者の直接の反応は、こういうことがあっていいものでしょうかって、もう怒って、怒って(笑)。患者さんを助けなきゃいけない、こういうことがあるのを初めて知った、そういう怒りの投書でしたね。だからあの『苦海浄土』という作品は、直接訴えかけるものを持っていたんでしょうね。それはまるで、渦を巻くといった雰囲気でしたね。

書くこちらの方にも計算はあったわけでして。本ができて、大体読まれる頃、それを目指して現地で患者さんをお助けすることにとりかかったんです、照準を合わせて。実態が知られないと、援助する人数が集まりませんから。本が出回る頃を目指して組織を作り始めておりましたから、それはやや予測できた反応でした……予測を大分上回りましたけどね(笑)。

―― なるほど、やっぱり。

石牟礼 それは普通の読者の反応ですが、それに対する批評等は今もずうっと続いています。

―― 批評というのは、評論家の書く批評ですか、それとも政治家などの反応もありますか。

石牟礼 いやあ、政治家は読まないです。

―― ああ、そうですか(両者笑う)。でも水俣の実態は大きな話題になりましたでしょう? それについて意見などを求められることがないんでしょうか、政治家たちは。

石牟礼 どうなんでしょうかねえ、あの人たちは。

―― 水俣病は大問題になりましたでしょう。国際的にも非常に有名になりました。ドイツでは、ごく一般の人も「水俣」の名前を知っていますし、新聞や雑誌にも写真が載りましたので、それがまた逆流するかたちで日本の世論に影響を与えたと思いましたけれど。でも、そんなに話題になっても、政治家がそれを読まないとは……。

石牟礼 アハハハ、読まないですよ。うん、政治家って本読まない人たち(笑)。

―― (笑)。でも普通は本を読まないとしても、これだけ根本的な社会問題を扱った本ですよ……それでも読まないのですか。

石牟礼　読んだ気配ないですねえ(笑)。ドイツの政治家はどうか知りませんけれど。

――そりゃもう、当然ドイツの政治家だったら、すぐにインタビューされますからね。いつでもどこでもインタビューです。テレビにも出ますでしょ、そこで知らない、読んでないなんて言えないですよ。絶対に自分の意見を持たなくてはならないはずです。

石牟礼　意見持たないですよ日本では(笑)。日本の政治家は困ったもので、それが不思議な伝統でしてねえ……。あの、本読んでいる人たちといっても、ある限られた層だろうと思いますよ。一般庶民が全部読むかというと、そうでもないわけでして。本を読む層というのがありますですねえ、日本には。で、そういう人たちの中へ、入っていったわけですけれど。それに、日本の政治的風土というのは、もうまるでドイツと違うんじゃないのかしら、今のお話を伺うと。

――そういう点では、たしかに随分違うようですね。

石牟礼　ええ、違う。ですから、日本民族の意識の形成のされ方というのを、もっともっと勉強しなきゃいけないと思ってね。それはもう一つの大変なテーマなんですよ、私の。今まで知られている日本文化の伝統というものがありますね。様式化されて世界の文化市場にまかり通っている日本文化の伝統というのがあるわけですが、それをポジとすると、ネガの方が、ネガティブな日本文化の伝統というのがあるわけですよ。それと日本の政治とが、こう繋がっているわけね。いわゆる、日本的な政治風土というものを作っているわけです。だから、それがどのようになっているのかね、それを文学でやりたいと思ってね。

まあァ、日本の語り物文学というのは、ある独特の様式、とてもいい伝統を持っているわけですね。お芝居も、お能も、伝統的な日本の音楽、雅楽も全部が確固とした様式で形成されていて、それは必然性があって、これまである達成度を保ってきたわけです。伝統というものは積み上げ、受け継いでいくものですが、でも詩人というのは、単に伝統を受け継いでいくだけではなくて、やっぱり新しく創造していかなければ意味が、今日的な芸術の意味がないわけですから。

それでね、じゃあ何を創るのかといえば。そういうポジティブな伝統文化を受け継ぐのは、職人的な完成があればある程度できるわけですよ。そりゃあもうね、世襲で受け継いでいけるわけですから。でも二十世紀というか、二十一世紀に向けるメッセージは、それだけではやはりねえ……。何のために芸術家がいるのか、不完全ですよねえ。日本文化の伝統がそういうふうにあるのだけれども、しかし今のように、何て言いますか、世界が繋がってしまったようなね、様々な言語を持つ民族たちが一斉に何かメッセージを発していて、今日の文化的状況に対して、これでいいのだろうかという総点検をしていかなければならない時期には、詩人もやはりもっと自覚を持ってね、新しい芸術的な創造とは何を主題にすればいいのか、この苦悩している現代にね、言語で参加するにはどうすればいいかという……。

伝統を受け継ぐことは、それはそれで大切に残しておいて、古い人たちが歩んで来たそこから、私たちは文化的に最良のものを受け取れますけれども、同時に、根元が腐っているような民族(笑)を再生していかなけりゃね。しかも、最底辺の人たちをも含めて、本当に魂がこう新しく蘇らなければならない。この苦悩を抱えた時代を生き抜いていかなけりゃならない。そういう時代の芸術のテーマというのは、一体何かと考えるわけですね。すると、苦悩が一番凝縮したところはどこかというと、それが私の場合は「水俣」。「水俣」をずっとやり通せば、そりゃもう、世界のすべての苦悩と繋がるんじゃないかと。

――そういう考え方は、日本の文学者の中ではまれなのではないかと思いますが。

石牟礼　なかなか分かってもらえないんですね(笑)。闘い、闘いなんです、それは。それはアウシュヴイッツにも繋がりますし、原爆にも繋がりますし。ほんと、世界のすべての苦悩している存在とね、芸術を通して繋がらなきゃいけないと思っているわけね。

私はねえ、果たして人間だけが意識を持っているのだろうかと、不思議に思うことがあります

——なるほど。さっきおっしゃった、芸術あるいは文学と宗教が繋がっているということですが、それは……?

石牟礼　宗教も今、堕落してますから(笑)。

——どういうふうに繋がっていますか、宗教と文学は。

石牟礼　たとえば仏典もそうですが、聖書もそうですよね。あれはもう非常に結晶度の高い文学です。

——しかし、もともと文学としてではなく、深い宗教的な真実を含んだ本として書かれ、読まれてきたわけですよね、優れた文学であり得るかもしれませんが……。

石牟礼　優れた文学だと思いますが……。

——でも、それはあくまで一つの効果としてそう感じられるのであって、本来の目的というわけではないですね。聖書を例にしても、それは神の言葉として流布したのであって、必ずしも、その文学性や芸術性に意味があったわけではなかったですね。おそらくそれは、石牟礼さんの目指されることとは、根本的に違うと思うのですが。ご自分の芸術的な創造を通して、同時代人にメッセージしていく、それとはちょっと……。

石牟礼　うーん、私は違わないと思うの（笑）。神様の言葉と言いましても、神様は人間が作ったわけですから。まあそれは長い歴史があるわけですが、人間が作りましたよね。神様も仏様も作っちゃった。

――人間が神様を作ったとおっしゃるんですか。

石牟礼　うん、そうそう（笑）。私そう思うのね。

――ああ、そうですか。なるほど。

石牟礼　人間の一番偉大なことは、神様や仏様を作り上げちゃったこと。

――どうして作る必要があったんでしょうか。

石牟礼　それはやはり、象徴としてキリストが、実在の人間だったからだと思いますけれど。仏陀も実在の人間だったわけですよね。彼らはやっぱり人間のために非常に苦しみました、人間の幸せのために、人間の解放のために苦しんだ人たちだと思います。

（ここで、近所の農家の人と思われる初老の男性がやって来て、縁側から「こんにちは」と声を掛ける）

――こんにちは。

石牟礼　あの、隣ですか。昼寝しとりますでしょう？

農家の人　野菜をじょん持ってござった。病気でな、身体ももう動かんもんで、なんも作られてないもんじゃけえ。

石牟礼　あらあら。どこに行きましたでしょうかねえ。あの、縁側に腰掛けて待っとんなされば。

農家の人　はいはい。皆さん、お邪魔しました。

石牟礼　この隣で待っとんなされればよろしゅうございます。あの、こたつで寝とると思いますよお！

農家の人　はあ。（農家の人去る）

石牟礼　面白いでしょう、ここの方言(笑)。

――いいですねえ(笑)。

今おっしゃったことですが、つまりは、西洋的な神の概念と東洋的な神の概念の違いということに要約できるでしょうね。西洋でしたら、まずは神様が存在し、人間を作り出したんですから。

石牟礼　はいはい(笑)。

――神様は絶対の真実であり、人間が存在していない場合でも、神様は存在するわけです。ということは、東洋的な神様とは逆ですね。

石牟礼　そりゃまあ、東洋的な考え方とも言えないかも。私個人の考えでしょう、それは(笑)。日本の人が、かならずしもそう思ってるとは限らないんです。西洋でいったん文字に書かれれば、そういうことになるんでしょうけれど。やはり神の存在というのも、神を感じるのは人間ですから、だから飛躍して神を人間が作ったというふうに。人間が感じなければ、神様はいないわけですから。

――いないわけでは……。少し理屈っぽくなるかもしれませんが、西洋人はですね、人間は神様を感知するキャパシティを持っていて、それは人間にしか与えられていない能力なのだと考えています。だからこそ、人間と動物が区別されるのだと。神の存在を否定する人間もいますけれど、それは神がいないということではなく、ただその人間に神の存在が理解できないだけなのだと。ですから、順序が逆なわけですね。

石牟礼　ははあー。

――この宗教観の違いは、東洋と西洋の文化的背景の違いからくるのかもしれませんが。

石牟礼　はい、はい、はい。今あなたがおっしゃったことを聞くと、そう言えば、仏教には「生類」という言葉があることに思い当たります。生きている者たちは、皆平等だというね。それは、草も木も動物も人間も同じです。人間が位が上ということはあるのかな……。今の時代になりますと、人間の位が上みたいな考えもありますが、仏教では本来、生類は皆平等という考え方があります。それは西洋と少し違いますか、大分違いますか。

――そういう考え方もあります。皆が平等ではあるのですが、神の存在を認識しているのは人間だけですから、他の動物や植物とは区別されるという考え方です。だからといって、人間にそれらを滅ぼす権利があるというわけではないのですが。

石牟礼　ええ、ええ、ええ。つまり意識を持っているのは人間だけだということですね。私はねえ、果たして人間だけが意識を持っているのだろうかと、不思議に思うことがあります。

――たしかに科学的に証明できることではありませんからね。私の使った「意識」という言葉が、あまり適切でなかったのかもしれません。経験から言っても、たとえば猫を可愛がれば、猫にも感情のあることが分かります。しかし自分がやがては死ぬ運命にあることですとか、自分の存在に関する多くのことを認識できるのは人間だけです。結局は、その差だけなのかもしれません。

石牟礼　そうかもしれません、そう思いますねえ。

――それは、動物が苦しみを知らないということではないと思います。

石牟礼　絶対ないと思いますね。つまりね、聖書は文学作品を作ろうと思って作ったわけじゃないけれども、今見ればあれほど深い文学があろうかというふうな意味で、先ほど文学だと申し上げたんですけれど。文学の古いかたちを辿っていけば、インドなんかも随分やっぱり理論みたいなのが、最初から出てきますよねえ。古代の叙事詩から、たくさんの理論が出てきます。

この二十年ばかりね、沖縄の周辺の小さな島々に伝わっている古い唄を、本当は「水俣」を書く前にそっちをやりたかったんですけれど、「水俣」に力を注いだためまだできないんです（笑）。私は、日本の近代詩が非常に衰弱してきたなあと感じていまして、今の近代詩のような形式ではどうも自分は詩を書けない。ポエムっていうのがどこから来たんだろう、どうして人間は歌うのだろうかと。それでなるべく古いかたちの唄をね、ずうっと探し求めていったりしてて。それから実際に肉声を聞いたりね。そんなふうにしていると、どうもなんか、宗教心みたいなのを考えなきゃいけないような感じがしますね。宗教の中には、歌う面とお祈り、お祈りは歌うのが最初ですからね、神を説く、神の役割と人間の役割を繋げて理論を作っていくみたいな、ね。だからどうしても、古い叙事詩と古い歌謡を両方考えなきゃいけない。歌のかたちの一番美しいのは、インドあたりのお祈りの鐘の音とか、お祈りの声とか、ものすごく音楽的ですよね。だからあの……、何を言おうとしていたのかな、

―― 宗教と文学と芸術の繋がり。

石牟礼 宗教と文学と芸術。たどり着くべき頂点というのを、やはり宗教がね、一番持っていると思うの。その美しさ、お祈りの言葉と、それに伴う楽器と言っていいのかしら、鐘とかドラとか鈴とかね、それから筒、非常に単調な笛とか。

―― ええ、ええ、そうですね。

石牟礼 それからアメリカ・インディアンやアフリカの人たちとか、文字を持たない世界、文字を持たない文化にある太鼓の役目とかね。太鼓の叩き方一つで叙事詩を語っていくとか、ありますでしょ？

さっきほら、分極したり、分化してしまって、全体を担う役目がなくなってきたと言いましたけど、そ

こから考え始めるとそういう古い形の、極端な場合には文字を持たないような文明がいまだに持っている非常に純粋な形のね、物語とか、音楽とか、そういうのがもう、そのままポエムですから。そんなの、いろいろ考えてそういうふうにたどっていくと、一番これが宗教だというふうなのがあれば、それはそのまま文学であり、芸術であるという。そういう意味で文学というのは、逆にね、宗教でなけりゃいけない。それは当然宗教性を帯びてくるはずだ……はずなんで、うーん、いや来ます、宗教性を帯びて来ます。水俣を見ていても、本当に……。

ですから開祖たち、釈迦もそうですし、キリストはなおさらもう象徴的ですけど、非常にやはり肉体的な苦痛、一番極限的な苦痛、死刑にされたわけですから、そういう深い受難、キリストだけでなくて、ローマに登録されている聖人たちは皆そうです。必ずやっぱり自分の肉体を通して、そうは望まなかったのだけれど、殺されることで宗教性を高めてきたというのか、宗教の伝統を自分の血で洗い直して、宗教自体を救済してきたという伝統ありますよね。で、水俣の患者たちを見ていてもね、そうだと思うんですよ。それを患者たちは言わない、言わないけれど、自分の言葉では言わないけれども、もしそれを翻訳してみれば、きっとそういうことだと。私はそれを代筆する翻訳家(笑)。

生身の苦痛、肉体的な極限的な苦痛を通して、神になる過程というのがありますね。今はそんなふうに皆思わないけれど、これ後世になってみるとね、それはキリストと同じ。キリストのように意識して人間のために闘ったわけじゃない、それは強いられたのであって自分から望まなかったけれど、非常に極限的な受難がここ水俣であったわけですからね、その人たちをずっと見ていると。

―― 日本人の受難に対するそういう見方は、西洋人の私にとって非常に理解が難しいのです。それは水俣の問題、ここで引き起こされた問題だけじゃなく、自分で経験した例でもあったのですが……。

私の夫が子どもの頃、しばらく東北のある港町の親類の家で生活したことがあったそうです。太平洋に面したそこの海岸はとても美しく、彼にとってはいい遊び場だったそうです。ところが、十年ほど前に私たち二人がそこを訪ねてみると、すぐ近くの海岸に大きなパルプ工場が建てられており、もう遠くから鼻をつまみたくなるような悪臭がしました。海では当然泳げなくなっていましたし、それに住民の多くが漁師ですから、生活にも関わってくる問題だと思うのです。住民たちが、反対もしないで黙ってそれを受け入れたのかどうか知りませんが、とにかく私は非常に驚きました。日本人はそういう時、意外と簡単に「運命論者」になってしまい、自然災害と人間が引き起こした災害を区別しないで、「仕方がない」と諦めてしまうようですね。私なんかから見ますと、「天災」と「人災」はしっかり区別すべきだと思います。もちろん不意の地震や津波なんかでしたら、仕方がないと諦めるほかないでしょうが、その諦めのよさが人間が引き起こす自然破壊などにまで及んで、皆でさっさと悟ってしまうようですね（笑）。

「水俣」の環境汚染は、巨大な被害をもたらした悲劇です。患者の救済などの対策について考えた場合、日本人の災害に対するそのような態度が、この場合も不利に働いているような気がします。むしろそんな態度は、人災をより大きくしてしまう要因になっているとも考えられますね。私の見方はちょっと厳し過ぎますでしょうか。

石牟礼　いやいやいや、いやまったくその通りでしてね。だからそれに対して一生懸命ものを言っているわけです。そう、まったくおっしゃる通りでしてねえ、水俣も本当にその通りでしてねえ……。実際、被害を受けた患者たちというのは……まあ自分たちがねえ、助からないような状態に追い込まれていけば、発言する人も出てくるわけですが、それでも声を上げない人もいます。私なんかはとっても異端なんですよ、この水俣では（笑）。それでもずっと書き続けていると、それこそなんか非常に過激派みたいに思われてね。

――そういう意味で批判されたこともおありでしょうね。

石牟礼　そりゃもう、しょっちゅう。脅迫電話が来ますし、脅迫状も来ますしね。

――それはどこからですか。チッソからですか、それとも一般の市民ですか。

石牟礼　一般市民もそうだと思いますね。会社もそうだと思います。それから右翼とかね。

――その人たちはどうしてそんなことをするんですか。

石牟礼　どうしてするって……私も聞きたいですよ(笑)。匿名で来たり、卑怯ですよね。だから少数派の一人なの、私は。本を読んだ反応というのも、遠くに離れている人たちが多いですね。地元の人はまず読まない。

――えーっ！

石牟礼　理解も同情も無いし、患者さんの状態を全然知らないし。お見舞に自分で行く人ってあんまりいないですよ、このせまい町で。

――うーん。

現代に詩を復権させる、それが私のライフワークなの

石牟礼　それでもうねえー、金の世の中なのね。お金、お金。どうしてこんな……。昔の日本、百五十年前くらいの日本人はね、あっ、あのイギリスの女の人で旅行家がいて、明治維新の直前くらいに日本に来ているのね。彼女が来た時の日本がねえ、もう実に面白いんです。外人さんを珍しがってね、島国で閉

ざされていましたから。当時欧米人が珍しいのは、まあ当たり前なんですけれど、なんだか今とちっとも変わらないの（笑）。だけど泥棒はいないですね、その頃。彼女が何を置いておいても、皆ただ興味津々で、寝てると障子が外され、襖も外されて、皆が黙ってこう、寝てる姿を村中が一晩中眺めてるんですって。目がパッと覚めてみると、障子に穴を開けたりしてね、まだ見てるの。お読みになってみるといいですよ、実に面白い。

だけど彼女があちこちと日本を回って、一番プライドが高いのはアイヌ。アイヌの人は失礼なことをまったくしないって。でも日本の庶民たちはね、その好奇心を露骨にねえ（笑）、出しているわけですよね。でもお金、何でもかんでも金にしたいというのは、まだなかったんですね。馬に乗って、乗り継いでいくわけ、当時は他になんにも交通手段がないから。それでもお金を取らなかったりと、大変に親切。好奇心旺盛で皆が親切なの。

―― 今でも親切ですよ、日本人は。ただ私も今強く感じるのは、物質文化・文明が日本の場合とても徹底していることです。それに対する抵抗力が無いと、大変なことになってしまいますね。

石牟礼 大変なことになってるんですよ、今。もう大変なことになってる。もうほんとに絶望的な状態ですねえ、その物やお金への貪欲さというのが。しかも今、宗教の力が非常に弱くなっていて。宗教家が皆もう、何て言いますか、堕落してますから。大体私がやってるようなこと、ほんとは宗教関係の人がしなきゃいけないんですよ。

―― 石牟礼さんは現在、お寺で著作のお仕事をなさっていると聞きましたが。

石牟礼 そこは私が尊敬するお寺でして、今の宗教界は大変堕落しておりますけれど……。以前、京都のお寺の学校で講演しました時、一人の娘さんがそこに来ていて、熊本に帰りました後、その人熊本のお寺の娘さんだったものですから、遊びに来るようになって、お父さん、お母さんともお付き合いができて。私が仕事場に借りていた所を出なきゃならなくなった時に、家へ来なさいと言って下さり、すぐもう、お寺の離れみたいなところを貸して下さった。ほんとに仕事場がもうなかったんです。水俣はしょっちゅういろんな人が尋ねて来ますし、物理的にもう書く時間がなくなっていました。私ね、本当にやりたいことは、詩をちゃんと書きたいということなんです。どうしてね、現代の詩がこんなに衰弱したんだろうか。現代に詩を復権させる、それが私のライフワークなの。どうして詩が衰弱したのかというのを、体系的に考えてみなきゃ、そしてそれを書かなきゃいけない。

――それは文学になりますか。それとも研究書になりますか。

石牟礼　研究と言いますかねえ……。その後、それを作品で実証しなければならないので、フフフッ、衰弱させないために。

――詩の歴史的な発展についてもお書きになりますか。

石牟礼　はい。それをぼつぼつまとめて、今までにも書いていますが、大きくまとめる仕事があります。作品もね、書かなきゃいけないものですからね、その仕事の延長の中で。あの高群逸枝さん〔1894-1964〕というのね、日本で初めて女性史を体系づけた人ですが、その人が本当に詩人でしてね、彼女の詩がまたいいんですよね。

――詩はまだ読んだことがありません。

石牟礼　ああ、詩を是非お読み下さい。『日月の上に』〔一九二一年〕という。全集が出てますから。その中に彼女の詩が全部入っています。『日月の上に』是非お読み下さい。それでね、彼女の仕事も今、随分研究書が出ていますけれど、私は目が悪いからなかなか進まない。「水俣」からなかなか手が離せないもんですから、非常に遅れてましてね。ライフワークがあるんですよね、二つくらいね。

―― そのライフワークについてお聞きしたいんですが、今、高群逸枝さんの例も出ましたが、女性がライフワークに取り組むと、生活上の障害が大きくなって大変じゃないですか。

石牟礼 大変です。

―― ドイツの女性作家も同じ状態のようです。男性の作家でしたら、奥さんが日常的雑事を全部引き受けてくれますので、仕事に没頭しやすいのですが、女性になりますと、特に結婚している場合は、夫や子どもの世話をしながらというのではなかなか大変です。代わりに家事をやってくれる人がいるという例は稀ですし。不自由な思いをなさることもおありじゃないですか。

石牟礼 はあー、それはもう、ええ、不自由の連続でしてね(笑)。『苦海浄土』なんかは、隠れて書いてましたしね。だから目が悪くなってしまったんですけれど。片目失明しちゃったんですよね。

―― まあ、そうですか！

石牟礼 何て言いますか……日本の近代文学者っていうのは、封建的な田舎をみんな逃げ出したくてね。家というものが特殊で、それが日本の場合ありますでしょう。家の問題というのがちょっとヨーロッパとはやっぱり違う、男尊女卑ですからね(笑)。もう、この地方もそうですから。で、そういうのが息苦しくて、皆が東京へ逃げて行って、それで日本の近代文学っていうの成り立ったわけ、その体系が。だけど文学者たちが置き去りにした故郷の方は、水俣病のようなのを引き起こしているわけです。でも、それは文学者だけではありません。中央で名をあげ出世をしていったような人たちは、全員が東京へ出て行ったんですね。日本の近代文化を作ったあらゆる分野の人たちは皆、故郷を捨てて出て行ったわけ(笑)。そこには必然性があるわけでしてね。もう、こういう後進的な田舎にはそういう煩雑さがあり、仕事だけでなく、精神的にも束縛が強くて、そういう束縛を断ち切ってみんな東京へ出て、文化を作ったわけ。ところがその間に故郷はどうなったかというと、水俣のような状況になって、あるいはあなたがおっしゃる東北のような（笑）。

非常に卑俗な意味の物質文化、中央も地方もそれはほとんど同じなのね。物質文化、それが浸透してしまって。それで田舎では、何て言うのかな、本質的な意味のインテリジェンスというか知性というか、啓蒙的な思想とでもいうものが打ち捨てられてしまい、また中央の者は田舎の方に物差しを、目の射程をね、届かせようとはしなかった。だから、こんなふうになっちゃったんでしょうね（笑）。知識人がね、ほんとは田舎の方を見なきゃいけなかったの。でも、それを全然しなかったんですよ。今ちょっとね、高度成長がどうも間違ってたんじゃないかと、日本の近代を見返すという作業がどうやら始まったようですけれど。

――　地方文化という言葉もちょっと流行ってますね。

石牟礼　あれ、流行りでね。この村なんかも、今はこういう見かけになりましたけれど、非常に零細な百姓村だったんですね。それで、百姓女はもう労働力でしかないんですね、価値は。学問をするとかね、本を読むとか、新聞を読むとかはまるでなかった。

――　すると、書くテーマが悪いということではなくて、文学作品を書くということ自体で、気まずい思いをなさったでしょうね。

石牟礼　書くことも、読むことも。「あそこの嫁は、なんか、字ィを読む」とかね。字ィを、字を読むっていうのは、なんかこう非常に非生産的なんです。良い畑を作るとかね、外に出て働く姿を見せなきゃいけない。それが人間の価値を決める基準なんです。だからみんな逃げ出すわけですよ、勉強したい人たちは。針のむしろっていう言葉があるでしょ。針のむしろなのね、字なんか読む人は。だからみんな逃げ出すんですよ。

——石牟礼さんは名を知られるようになってからも、なおここで生活していらっしゃるわけですが、それはやはり意識して。

石牟礼　やや意識して、ですね。

——ああ、そうでしょうね。

石牟礼　というのは、やっぱり地元にいなきゃ分からないから。知識人たちは皆が出て行ってしまう。知識に向かって上昇しようとすれば、村にはいられない、いたたまれなくて。「石をもて　追わるるごとく　ふるさとを　出でしかなしみ　消ゆる時なし」っていうでしょ。啄木の歌ですけど。その通りなんですよ、皆やっぱり追われていくわけ。

——今もここで作家活動をしていらして、それでは不自由を感じられることも多いでしょうね。

石牟礼　非常に不自由です。たとえば本なんかね、まあ、片目はまったく見えない、もう片っぽうの目も大変不自由なんですけれど、それでも資料が要りますよね。本をね、注文してくれないんですよ。本屋さんにこういう本が欲しいと、何度電話掛けても掛けても来ないの、本が。ある時、直接催促をいたしましてね、そしたら店員さんがうっかりこう言ったの、「どこの石牟礼さんですか。あっ、そこの石牟礼さんには配達しないことになっております」って（笑）。

——どうしてですか。わざとですか。

石牟礼　わざとです。

——あの、政治的な意味でですか。

石牟礼　そうなんです。今はね、少し違ってきましたけど、本屋さんが圧力を受けるわけ、私の本が店頭に並べてあると。私が村にいて本を読むのは、村の人たちとか、家族とか、親類とかから監視され束縛されるんですが、同じ圧力を本屋さんがやっぱり受けるわけ。水俣市民とか、チッソとか、市当局とかの目を意識して、私の本を棚に並べることをためらうというのか。まあ、本屋さんも商売ですからね、商業資本の方。水俣の商店街が最も強力に、私たちの運動に反対しているんです。その商店街の人ですから、だから本を置けないわけ。

――うーん！　すると石牟礼さんにとっては、東京に逃げてしまったら、その方が何倍も楽でしたよね。それは一度もお考えにならなかった？

石牟礼　考えました、それは考えましたよ。今でも考えないことはないです。それはもう、脱出したいです。うーん、ですけど……。

――ご家族はもう、石牟礼さんのお仕事を認めてらっしゃるとのことでしたが、それは作家として成功なさり、有名になられたからでしょうか、それともお仕事そのものの価値を理解してくださったのでしょうか。ちょっと変な質問かも知れませんが。

石牟礼　ええー、あのう、有名っていう言葉嫌いなんですけど……。

――お仕事が世間に認められるようになったから、ご家族も……。

石牟礼　家族が一番最後でした。やっぱり一番近い者が、一番最後に分かるもののようですね。それはもう、何かの法則だと思います。水俣病そのものに対しても、周りの者ほど分からないわけでして。突如、なんかねえ、だって見かけもちっとも変わらない、貧之な家の娘が大人になっていく、その生い立ちを村の人たちは全部見てるわけね。その頃とちっとも変わらないその娘が、突然本を読み始めて、何かこう文章書いたりするんですけど、そのテーマがよりによって水俣病なんですよ(笑)。もうこれは鬼っ子が生まれた、村に鬼っ子が生まれたと言われるの、よく分かりますよ。

―― 二重苦ですね。テーマのこともありますが、それに加えて女性が文学を書くということもですね。

石牟礼 はい。誰もいないわけ、そんな人。貧之人のくせに、学問もない、学校も行かないくせに、しかも女のくせに、というのありますよね。それはやっぱり、家族が一番強くて。ですけど妹がおりまして、これを最初に味方につけました。日本のね、非常に典型的な田舎の下層の家ですから、女の子は家にいられないんですよ。口減らしに外に出なきゃ。お嫁に行く前も家にいてはいけない。男系の家ですからね、男兄弟に嫁さんが来ると、女の子はもう実際邪魔になるわけでして。そして口を減らさなきゃならない、食べる口を。

妹もだから中学を出て、集団就職で紡績工場に働きに行きました。集団就職履修というのがあってね、まだみんな学校出て十六歳くらいなのにね、親元を離れていかなきゃならない。それでこう、集団で汽車に乗せられて行く、それを見送りに行って本当にもうあんな辛いことはもう(涙声で)、ほんとに……。それでもう帰って来れない。どこで転落して破滅しようがね、家に帰ることできない。

だからその妹を呼び寄せるのが、まず最初大変でした。村の、私が嫁に行った先の家に呼び寄せたわけですが、妹と私が食べるものを確保しなきゃならない。これが大変でした。それ確保するから来てくれ、そう知らせると、妹とても心配で、ねえちゃんが自分を食べさせられるかしらと思ってね(笑)。そこで、手伝ってくれって頼みました。で、妹、とてもいい結婚をしまして。義弟になった人がとてもよく理解してくれて、二人で私を助けてくれますけど、うん(笑)。

―― 本当に大変でしたね。

石牟礼 大変。

もう最後の瞬間まで出来る限りのことをやるしかないなと思って

―― 突然違う質問になりますが、最近文学についての雑誌、『国文学 解釈と鑑賞』とか『國文學』とか、要するに文学研究の雑誌ですね、それらの雑誌が女流文学についての特集を組みましたが、その中で石牟礼さんのことについてはあまり触れられていないんですね。どうしてでしょう。何人かの女性作家はまるで判で押したように、この種の企画には毎回登場しますのに。石牟礼さんの文学は、いわゆる「女流文学」の枠の中からはみ出すと解釈されているんでしょうか。

石牟礼 女流文学という言葉は、いつ頃から出てきたんでしょうかねえ。

―― そうですね、近代じゃないですか。

石牟礼 それもなんかヘンな言葉だなあというふうに思いますけど。

―― 私も変だと思います。つまり女性作家の書く文学というだけの意味なのか、それとも、同時にある特殊な傾向をも指しているのか、よく分からないんです。

石牟礼 私にもよく分からないですけど。女流文学とか、女流歌人とか、女流詩人とかね。女が男のようにはできないわけですけれど、女たちが「できない」状態が歴史的にあって、できない時代があって、平安時代はまた別ですけれども、ですから平安女流文学というふうに言いますよね。女が書くのが途切れますけれども、また明治になって出てきて、だからそれが平安の女流文学を継ぐという意味もあるでしょうし、いろんな意味がそこに合まれていると思いますね。男とは別の、女性特有の感性で表現する女たちという意味もあるんでしょうし、差別ではないけれども、なにか資格を規定する意味とか、従属する意味とか、いろんな意味が含まれているんでしょうねえ（笑）。

で、わたくしはそういう既製の女流文学の中には、ねえ……、少し生き方も違いますしね。いわば文化人的なスタイルを採ってないでしょう、女流文化人風な。極端に言えば、王朝文学の流れをくむような、着るものから衣食住のすべてまで（爆笑）。ある時期から「女流」というのを登録されますとね、生きている姿においてある姿を取り始める、取り始めさせられる、そういうのしたくないの。ですから、相変わらず田舎に住んでいる者らしい衣食住をしている（笑）。本が少しこう、あるだけで。それもありますし、それとやはり水俣だけしか書かないと思われていて、それこそ公害運動の旗振りをまだやってるという誤解もありますし。それとどうかなあ……今度の反核署名にはたくさんの方が署名なさいましたけれども、運動の中心周辺はかなり騒々しくて、私もそういうのを多少引きずっておりますのでね、そういう存在だもんですから。

――すると評論家にとっても、石牟礼さんは特異な存在ということになりますか。

石牟礼 どうなんでしょうかねえ。

――私は立場が全然違いますので、自分ではよく分からないんですけれど、日本の評論家を見ますと、文学を文学そのものとして解釈するというよりも、その作家がどういう人間で、どこでどういう生活をしており、どう文壇人として振る舞っているかどうか、それを視野に入れて位置付けをしているような気がするんですが。

石牟礼 文壇的な生活をしていないものですからね、私が。物理的な意味でも、そういう人たちとまた縁が薄い。敢えて私が出て行かないようなこともありましてね。つまり文壇社交みたいなのがありますが、そこでまあ、社交の中にあまり入りたくないというのが私の中にもありますし。しょっちゅう皆さんパーティやったり……しょっちゅうじゃないでしょうけれど、いろいろとパーティをやるグループがありますね。私パーティが嫌いでして(笑)。そんな要素があって、女流文学と呼ばれるのは好きではないし、他にもいろいろとあまり好きではないものがある。相関関係で、そうなっているんだと思います。

―― ある評論家がたとえば、「これは女性にしか書けない文学だ」と言った場合、石牟礼さんにとって、それは褒め言葉にならないですか。どう受け取られますか。

石牟礼　いやあ、女性にしか書けないと言われれば、そういうことはあると思いますねえ。女の感覚でないと見られないこととか、書けないこととか、感じられないこととか。そういうことを言われたことありますねえ。それに対しては別に抵抗はありません。

―― 今「女の感覚」ということをおっしゃいましたが、そう信じられているうちの、どのくらいが本当に先天的な女性の感覚なのだろうかと、いささか疑問に思うことがあります。生理的な女性の感覚であると思われていることでも、もしかしたらこの社会に生きていることによってそう教育され、そのようにしか思わなくなった結果であるのかも知れません。先天的、生理的に備わっている「女の感覚」と、すでに出来上がっている社会の中で、制度的に作られてきた「女の感覚」というものを区別するのは、とても難しいと思いますし、ある程度そんな事実をはっきり意識していないと、多くのことがうやむやにされてしまいそうですね。「女性的感覚」を標榜することは、女性にとって強味であると同時に、女性という立場に閉じ込められてしまうという弱みにもなるわけです。男性の場合はその点、「男性という立場」に限定されてしまう危険などずっと少ないでしょう。「女流」という言葉も問題だと思います。男性が書くのは「文学」であって、女性が書くのは「女流文学」。

石牟礼　うん、なんかおかしいですね(笑)。

—— 男性の評論家が「これは女性にしか書けない」と言う場合はですね、それは褒め言葉であると同時に、もう一つの意味では、「女性」という特殊な地位に閉じ込めてしまうための戦術でもある、極端な言い方をすれば、悪用されるところがなきにしもあらずという感じもしますが、いかがでしょうか。

石牟礼 それはもう、ずうっと昔から歴史的にね、女性はそんなふうに言われて来たから、「ああ、また言われている」という感じでね。そういう意味で気に留めないってことはあります。それはもう、評論家だけじゃなくて、あらゆる日常の、日々生きている中で言われ、女性はそういうふうに位置付けられているんです。それに対してあまりこだわらないというか、実は非常に深くこだわってはいるんですけど、今は言葉によって即解決できないだろうし、そういうことに対する反論みたいなものは、やっぱり生涯かけて書くだろうと思うんですけれど……、でもなかなかね、分かってもらえないわけでして。男の人たちのお書きになる評論でも何でも、どうも男だけの世界を作っているようなね、そんな書き方をなさいますね(笑)。

—— そうですね(笑)。

石牟礼 それでも、女性はたしかにいるのですから、ずっと存在しているわけですから。実際はお互いが作っている世の中っていうのがあるわけですよ、女性の役割が分け隔てられたり、限定されたりしていない、もっと両者が渾然となっているそういう世の中の、何と言うか、女の役割、女の感覚……まあ母性ですかねえ、たぶん究極は。私は、母性という言葉でしか言えませんけれど、その究極的な女性的存在、それは仏教的なものに近いんですよね、たとえば生類という。(イルメラが、石牟礼宅の猫を膝の上に抱き上げているのを見て)あなた猫がお好きのようですが、何か人間が最も奇形だというように、そういうのを直感するのは女性がもう非常に率直に、理屈でなく、生きていることで直感する、生きていくことでね。この世はあらゆる生命で充満していて、まだ形にならない生命との邂逅に充ち満ちている。それを受け取るのが女性なんです。そしてそれは、やっぱり愛の姿なのだと思いますね。

――もし母性の原理が愛であるとしても、その「愛」は現実を動かす強い力としては働かないのですね。現実の世界を支配しているのは男性であり、そして男性の原理は何かと言えば、理論とかその類のものであり、母性は社会の基盤であると言われながら、やはり社会権力の場では弱いのですね。ですから、もし女性が現代の社会に影響を及ぼすことができるとすれば、それは女性的な立場を強調するより、むしろ男性原理に拠る他ないような気もします。つまり、女性も権力を持つ必要があるのではないですか。その権力を内側から構成するのは、理性あるいは論理だと考えれば、それは男性的なものと思われている原理ですね。ここで難しいのは、女性が自分の立場を主張しようとすれば、この社会を動かしているその原理を利用して初めて、目的を達成できるだろうということです。それは愛とか母性とかの、いわば柔らかい原理を通しては達成できない。そこに難しさがあるように思いますが。

石牟礼　うーん、いやいや、あのね、そういうふうに考えた時期もありました、若い時に。私今度ね、核戦争に反対する集会に行ってみて思ったんですが……、行くまでが大変でした。田舎におりますし、夜もよく眠れない。もう心配で心配で、この世の中どうなるのかと思って。「水俣」でさえアップアップしているのにねえ、それに加えて核戦争でしょう。今の世界の情勢、日本政府のやり方、皆の反応などを見ていると、もう間に合わない、もう間に合わない。これはもう、本当に末期の時代に入ったんだなと思って。

この前の戦争の時の、戦没学生の遺書なんか読むと、非常にその一日が澄んできてね、花が美しく見えたり、鳥のさえずりが本当にこう入ってきて。死刑囚なんかもそうらしいですけどね。死を前にしている人たちは、非常に感覚が研ぎ澄まされて、この世が大変美しく見える。私もちょっとそんなような感じで、ずうっといたものですから、末期の時代が近づいたと思った。それは幻想ではなく、本当にそう思ったんですけれど。

その集会にね、アメリカから原爆のフィルムを買い戻す運動〔10フィート運動〕を始めたごく普通の主婦たちがいたんです。日本にもその原爆投下直後のフィルムがアメリカから返されてあるんだけど、文部省が隠して出さないから。それでそのフィルムを買おうというんですね。アメリカって面白いですね、あれ、売るんですよ。アメリカという国は本当に資本主義(笑)。主婦たちが買うお金を集めてね、皆さんから。私たちももちろんお金を出しましたけど、今少しずつフィルム買っているんですよ、アメリカから。

――どういうところから買うんですか。国防省かなんかからですか。

石牟礼　占領直後、アメリカは原爆の効果を調べるために調査団を送って来たんですね。原爆落としてどういう効果があったかという、そのフィルムなんです。当然、国家機関が持っているわけ。ところがそれを売る、日本の市民たちが買う(笑)。東京の主婦たちが始めたんです、それ。原爆の被害者の人たちで、まだ生き残っている人がいるわけですから、そこには三十何年か前の自分の無残な姿が映っている。名前が分かっている人たちを探し当てて、その投下直後の悲惨な姿、もうケロイドだらけになってね、その姿と二重映しにしていく過程がある。もう二度と原爆のことを話したくないという、生き残りの人たちも当然います。それから自分が人類の役に立つなら、この醜い身体でも映してくださいと言う人もいて、説得していく過程などもあるんです。要するに、そのアメリカのフィルムを基にして、二十分くらいにすべてをまとめたんですね、その主婦たちが。「原爆の直接の被害者が嫌なら、離れている私たちがやります」って作っちゃったの〔『にんげんをかえせ』一九八二年〕。それ、どこかでご覧になってドイツにお帰りになるといいと思いますけれど。それを複製して貸し出して、皆で見る運動が今広がっているんです。

―― 去年、私もそれを見ました。東京に駐在しているドイツ人ジャーナリストが、東京在住のドイツ人たちを集めて見せたので、私は夫と一緒に見に行ったんです。その後ドイツのテレビでも放映していましたし、とてもいい企画だと思いました。

石牟礼 それやったのは、普通の主婦たちなんです。

―― 日本の公の機関が、その貴重な記録のために動いてもいいと思いますけどねえ。

石牟礼 いいえ、それはもう全然だめ、覚悟していましたけどね。……その主婦たちの代表がニューヨークに行き、国連代表にそれを見せようという運動をしてて。それで「私がやります」と言って出てきた奥さんが実にしっかりしてましてね。淡々としてその経過をね、どうやって作るようにしたかなどを報告して。ちっとも政治的な発言じゃなくて、「実際に皆さんでご覧になって、ご自分で判断なさって下さい」っていうの。で経過報告だけ、どうやって主婦たちが取り組んだかっていう。何か非常に日常的なペースでやっているんですよ、ちっとも演説したりなんかじゃなくて、ごく日常的スタイルでやってるの。

―― それはいいですね。

石牟礼 ええ、私それ見て大変感動しまして。もうそれ知っただけで行って良かったなあと思って、その集会に。私、とても勇気づけられて帰って来ました。ですからそういう生き方というか、そういう問題の提出の仕方というか、ちっとも政治家的じゃなくて、ちっとも運動家的じゃなくて、日常の中にそういうの持ち込んでやってて、で、どんどん広がってるんです、それに加勢する人たち。

それ見ますとねえ、希望が持てるというか、こういう人たちと一緒に最後まで最善を尽くそうというね、もう最後の瞬間まで出来る限りのことをやるしかないなと思って。それは権力じゃない、決して権力じゃないですよね。でも、男の人は世の中に対してものを言う時、権力構造の一部としてしかものを言えないし、どういう政治体制下でも、権力構造をまず成さなければならないんだというふうに思うらしいんですが、私はそれが実に不思議なんですねえ。女はそんなふうにならない。いやまあ、なる人もいるかも知れませんけどね(笑)。

―― では、希望が持てるエピソードになったところで、インタビューを終わらせていただきたいと思います。長い間、どうもありがとうございました。

石牟礼　いえいえ、こんな遠いところまでわざわざ、本当にご苦労さまでした。

(一九八二年三月八日、熊本県・水俣市　石牟礼氏自宅にて)

「文学修行の厳しさに耐えかねて堕落した田辺聖子（爆笑）」

5.

田辺聖子さん

Seiko Tanabe
1928-

……たなべ・せいこ……

並外れて多作な田辺の小説やエッセイはいずれも、ありふれた日常生活を正確に観察し、上から目線ではなく善意とユーモアに満ちた絶妙なタッチで描くことにより、新鮮な驚きと深い納得を読者にもたらすことに成功している。「感傷旅行（センチメンタル・ジャーニイ）」（1963）により芥川賞を受賞。また、自伝的作品や古典作品についてのエッセイや現代語訳も数多い。

我々は女流で馬鹿にされた上に、大衆作家だというので黙殺されるって、そういうことがあるんですねえ(笑)

田辺 とっても日本語がご堪能でいらして、助かりました。あたしはもう英語もさっぱり、ドイツ語もできなくて申し訳ないんですけど。

―― いえいえ、そんなことは。日本文学について知りたいと思っているのは私の方ですから、私が勉強すべきです。それでは早速インタビューを始めさせていただきます。

日本の文学の中では昔から、まあ江戸時代などは別にしまして、特に平安時代など、女性が大変重要な位置を占めてきたわけですが、それは明治時代以降もそうでしたね。しかも現在、女性の文学はますます勢いを増しているように思えます。その意味からも、日本文学はとても面白いと思いまして、ドイツにおいてもぜひ詳しく知ってもらいたいと思ったのです。

田辺 ほんとにここ最近はまた特に、ごくごく普通の主婦の方が筆を執るようになって、その点ではとても、文壇というか、そういうものに風通しが良くなったようですね。文学が一般の人に開放されて、たくさんの人がそれを楽しむっていうことができるようになって、とてもいいことだと思うのですけどね。

もともと、日本文学の特質みたいなものが、女が書くのになにかピタッとするところがあるんじゃないでしょうか。感情がきめ細かいでしょう。

女手《おんなで》ってあたしは言うんですけどね、男の人が書く荒々しいものと違って「もののあわれ」とかね。まあ、感情が細かすぎて一部の人はそれは「かなわない」と言いますけれども、そういうのを表すのは、女の息づかいですねえ。そういうものがピッタリしてるから、どうも小説書くのは女の人の方が適しているんじゃないかなあと思ったりしますねえ。

―― でもおっしゃいましたように、もし女性の方が感情が細かいというのであれば、その女性の文学は男性の読者にも理解できるでしょうか。

田辺 う―ん、そうね、そこなのね。やっぱり一部の人は小説に馴染むけれども、馴染まない人たちもいるっていうのは、そういうことじゃないでしょうか。どうも日本の男の人っていうのは、実用書はね、「如何にすれば煙草を止められるか」とか「賭け事が止められるか」とか、それから「原子力利用について」とか「米ソの関係は如何にあるべきか」なんていうのは必死になって読むけど(笑)、どうも文学っていうのはまだ読まないですねえ。そういうことも、日本の本質的な文化の一部なんでしょうかねえ。

―― 今おっしゃったような、男性は社会の実用的な半面に主として興味を示し、女性は生活の感情的な面に拘泥するということですが、それは結局、女性が「私生活だけに閉じ籠もっている」という現在の状況を表しているのではないでしょうか。男性には公の存在として外に活躍の場がありますけれども、女性の方はそこからシャットアウトされていることの証であるように思えるのですが。

田辺 そうです。今までの社会的な女性の地位ということも影響してるんですねえ。プライベートな部分を女性が受け持ち、パブリックな部分を男性が受け持つとでも言いますか。それから、日本語では「建て前と本音」と言いますけれども、一応、表面的な建て前は男の人で、本音の部分はみんな女が受け持っている。そうすると、小説ってのはどちらかと言えば本音なので、どうしてもそういうことになってしまいますのねえ。男が読めない小説っていうのも困るので、私も小説を書く時は、なるべく男の目から見たように書くというのがあるんですけどねえ。

—— たしかに田辺さんの物語の中には、男性の目を通して描かれたものがありますね。『感傷旅行(センチメンタル・ジャーニイ)』(一九六四年)なんかがその例でしょう。それでもまだ、「いかにも女性らしい」などと言われているようですが。外国人の私にとって不思議な感じがするのは、日本においては、女性の目と男性の目がはっきりと区別されていることです。女性と男性の生活の場が交差することが、おそらく少ないのではないですか、結局は。

田辺 そうなの、そうなの、ほんとうに。日本の女って隔離教育されていて……。今はまあ、男女共学ですけれど、大学まではいいんだけれど、社会に出たときにガクンと下がっちゃう。企業なんかが募集する時、ほら、「男性に限る」っていうのがありますね。「何年までに生まれた大学教育を受けた男性」って、こういうことでもガクンとなってしまいますからね、女は。女は女の世界だけでものを見る、男だって男の世界だけでって、こういうふうにはっきり区別が出来てしまうんでしょうね。いかに日本の女性が、社会的地位に関しては、まだ男性と同等になっていないかということじゃないでしょうかねえ。

—— それは非常に残念なことではないでしょうか。男女がお互いを本当に理解するためには、まず互いの生活をよく知り、その上でよく話し合って、ということになると思いますが。

田辺 いいえもう、その点はほんとにおっしゃる通り。女性と男性が日本においてはね、同じように個と個で、個人と個人で話し合えるというところまでは、いっていないと思います。

女流作家の中には社会的な問題を扱われて、それが大変なベストセラーになって、そういう点で男性の読者もたくさん獲得してらしてという方もいらっしゃるけれど。社会的な問題とかね、それぞれ女流作家が男性との接点をどこで捉えるかということで、みんな苦労していらっしゃると思うの。私自身はね、もっと愛情問題とかね、家庭の中の問題ということの目を通して、そこで男の人たちに分かってもらったり、読んでもらえたりで、同じ接点を見つけられればいいなあと思う。そういう方向を考えてるんですけど、難しいですね、なかなか(笑)。

―― うーん。

田辺 私の場合は、小説だけでなくエッセイも書きますでしょ。そのエッセイがかなり男性の読者を獲得できるっていうことがあって。それはね、私は一九二八年生まれですから、終戦の一九四五年の時は学生で、十七でしたのね。で、そういう戦争の時を潜り抜けて今こういう時代に来たっていう、世代的な好奇心というか、興味や関心で男性読者を獲得するってこともあるわけですね。

―― そうですか。田辺さんの小説の読者は、どちらかというとやはり女性のほうが多いですか。

田辺 そうね、本当にそう。ドイツではどうですか。

―― ドイツでは、その逆とは言えないですけれど……でも、著者が男か女かによって読者の性別が決まるということは、まずあり得ないと思いますね。大体、文学を読む人の層が、日本に比べると薄い、貧弱ですね。ですからベストセラーが出たといっても、量的には日本にはるかに及ばないですし、つまり、全体としては日本ほど出版界が盛んじゃないと言えると思います。その結果、社会の中での作家の地位も日本ほどではないですね。日本で有名な作家は、まるでスターみたくなりますから。

田辺 ほんと、そうね。

―― そういうスター的な存在というのは、ドイツではほとんど見られないです。そういう意味でも、文学世界を取り巻いている様相が、両国ではかなり違っていますね。女性作家がここ十年のうちに増えたといっても、まだまだマイナーですし、そもそも出発の時点から、すでに様々なハンディキャップを背負わされていますので、随分と女性ならではの苦労もあるようです。

田辺さんはいかがでしょうか。女性として作家活動をなさる場合、男性作家と競争していく上で、何かの弱点といったものを感じられますか。

田辺　弱点ねえ……、私の場合はほとんどないんじゃないかしら。

——ドイツの女性作家がどういうところでそれを感じるかといいますと、男性作家のように日常的雑事のすべてを一手に引き受けてくれる、妻的な存在を期待出来ないことなんです。たとえば、ドイツの作家トーマス・マン〔1875-1955〕のカチヤ夫人〔カタリーナ・プリングスハイム、1893-1980、カチヤは愛称〕のようなですね。

田辺　あっ、なるほど、それはありますね。そういう方がいたら、特に私みたいに主人がいますと、夕方六時になると仕事はもう止めなければいけないでしょう。今ちょっと主人が身体を悪くしてますので、ずっと家にいますが、もう一つ同じフロアに部屋を借りて、そこは日当たりがいいので、昼間はそこにいて書いて、六時になるとこっちに来るんです。主人が一人でいるのに、私が仕事してるわけにはいかないので、もうどんなに集中して書いている時でも、止めちゃってここに来ますから（笑）。主人がいれば、もちろん面白いこともあるけど、そういう点ではねえ……。で、今あそこにいるおばさんが日常的なことをしてくれます。もしそうでなければ私が全部しなくちゃならないわけで、これは大変ね。

——男性でしたら当然、奥さんが全部やってくれますね。

田辺　そう、そう、ほんとにそうなんですねえ。だからいつも私たち女流作家が集まると、男性作家は女性作家より何割かいいものを書いて当たり前だって言うんですよ（笑）。

――それはドイツでも言われていますね。

田辺 そうですかあ(笑)。

――女性は仕事をしようと思ったら、結局は自分のプライベートな生活をある程度犠牲にせざるを得ないのですね。そして本当にもう仕事に集中したいと思ったら、結婚も出来ないし、子どもも作れないということになりかねません。男性はあまりそんなこと考えなくてもいいわけですから、女性にとってはちょっと不公平ですねえ。

田辺 前に「私にとって弱点はない」なんて言ったのは、出版社関係に対してで、女性だから作品を読んでくれないとか、そういうことはなかったからです。仕事の上ではフェアな世界で、駄目なものは取ってくれないし、良いものは受け入れる。それは男も女も関係ないと思いますね。ただ、初めにこう、有名な先生にコネがあったりして、原稿を読んでもらうということはあるかもしれませんね。私はそれはやらなかった。全部ね、懸賞募集ばっかり。人見知りする性質なので、知らない人に会って原稿見せるのは恥ずかしいから、すべて懸賞募集の時に出したりして、特別な先生などにはつかなかった。

――ところで、同人雑誌っていうのは、あれ日本だけの制度なんでしょ?

田辺 そうみたいですね。

――そこに載った作品が芥川賞もらって、それで注文が来るようになったので、ほかの面はまったく知りませんでしたね。

――逆に、女性だから面白がられる、男性のものより特別に扱われるということはなかったですか。それとも平等に、作品の質や面白さによって判断されるわけですか。

田辺 そうねえ、私はそう思いますよ。とても厳しい世界だから、第一作にいいものが書けても、次々に出さないと作家ってプロになれないわけでしょ。ただ、一番初めに懸賞募集に投稿した時に、出版社の商業政策によって、たとえばそうね、今度の堀田あけみ〔1964- 〕っていう子みたいに、十六歳のかわいい高校生で、小説書いて一等になったっていう、こういうのだったら社会的な面白さがありますから、得をするっていうのか、女の子であることでねえ、面白がられるってのがあるでしょうね。でも実際にはそういうのはあまりないんじゃないですかねえ。

―― 田辺さんは評論家から、男性作家と同じように、平等に扱われているとお考えですか。それとも、やはり女性作家には異なる基準が採られるのでしょうか。たとえばドイツで私が感じているのは、女性ですと作品以上に、その作家自身の方が話題になったり、批判されたりということが多いように思うのですが、それは結局、「女性であるが故」の特別扱いということになると思います。もっとも、ドイツでのそのような傾向は、むしろ日本よりも少ないと思うのですが、それについてどうお考えでしょうか。

田辺 たとえば私小説めいたものを書いた時に、「これは彼女の半生記である」とか「自分の私的な体験じゃないか」なんて、いらない詮索をされたりすることがありますね。それに評論家っていうのはね、もう女性作家を故なく蔑視する、馬鹿にしているっていうのが、それはあるみたいですね。

そしてまた、私なんかの場合だと二重に差別されるのは……純文学っていうのは日本だけのものでしょうが、純文学の作家のは評論の対象にするけれども、大衆小説っていうか、中間小説っていうか、娯楽小説っていうのか、そういうのは相手にしませんから、我々は女流で馬鹿にされた上に、大衆作家だというので黙殺されるって、そういうことがあるんですねえ（笑）。

―― でも、田辺さんは芥川賞を受けていらっしゃいますでしょう？ 芥川賞というのは、純文学の賞ではないのですか。

田辺　それはそうなんですけど、出発の時はそうだったんですけども、評論家に言わせますとね、田辺聖子は文学修行の厳しさに耐えかねて堕落したってことになっておりまして（爆笑）。ただ書いてるうちにね、資質的にね、ああいうところを追究していっても、袋小路ではないかって感じたの。で、それぞれの資質に合ったものを書くべきであり、もう決まった道を、皆がやってるみたいなことをやっててもしょうがないって気持ちになってね。だから、感じが全然違うものをだんだん書くようになっていったんです。

――でもたしかに、その純文学と大衆文学の区分は、外から見ると、あまり意味をなさないように思われますね。

田辺　そうなんですねえ。

――すると結局、読んで楽しいものは純文学ではないということになりますでしょ。

田辺　楽しいものは純文学じゃないっていう傾向が、たしかにありますね。（小声で）面白いですね、あれは。

――田辺さんの小説の解説にはよく、社会批判的な要素が底にあると書かれていますけれど、田辺さんはどちらかと言えば、読者を楽しませたい、ユーモアを味わってもらいたいという意図を強くお持ちだと思います。ただ私は、読者がそのユーモアによって一種の開放感を味わうと同時に、作品の社会批判的要素が不徹底にならないか心配してしまうんです。もっともこれは、ドイツ人特有の論理の先走りかもしれませんが、つまり開放感を与える書き方と社会批判的な要素が、互いに相殺し合うのではないかということなんですが。

田辺　そうですね。たしかにそういう面があると思います。ただね、私の場合、何かそういう目が明いてくればいいのでね。ちょっとしたことで、あとで思い当たるということがあればいいというのですけどね。とにかく、本を読んだ後味が悪いのは困るのね。私自身がそうなんですけどね、読んで楽になったとか、もう一度気を取り直して働こうとか、何とかなるんじゃないかとか、こんぐらかった人間関係にちょっとこう、別の角度からカメラのアングルを当てるとかね、そんなことが出来ればいいなと思うんです、せっかく本を一冊何千円か何百円か出して買った以上はね。そういう側面があるとすれば、私はそれで社会批判の一部ではないかと思いますね。ただ、まったく社会批判なしでね、面白がらせるだけで書いていているんだったら、私はやっぱりそれは良い小説とは何かがそこになければ、面白いだけだったら困るのね。困るっていうのは……まあ困らないけれども(笑)。

——では、その社会批判の効果というのはいかがでしょうか。たとえ読者の一人一人がその社会批判に気がつき同意し、後でその問題について考えたとしても、その個人が女性であった場合、結局は何も現実的に変革する力を持てないのではないかということです、この社会の中では。女性は私的な領分で暮らすことがほとんどですし、表に出てものを変えるのは男性です。その点いかがでしょうか。

田辺 たとえば私の小説を読んでいただいて、なにか気が明るくなったり、それからものの見方がちょっと変わったりした時に、女性っていうのはある意味で社会の根本の部分を支えているから、次の時代の子どもたちを育てますね。そういうところで、少しずつ変わっていくっていうふうなもんじゃないかしら。男の人たちはなあーんにも知らなくてただシャカリキに働いていますが、ふと気が付くと、蟻の小さな穴からね、堤が壊れたみたいに、少しずつ少しずつ社会の基盤がぐらぐらしていき、いや、これはどういうことだって男の人たちがアップアップしてるうちに、だんだんそこから川の水が流れ出すっていうふうな、そんな状態になるかもわからないですね。

私の場合だと、わりかしこの頃男性読者が増えているような気がします。で、私よく中年の男性を主人公にした短編をいくつも書いて、いかに女性に苛められているか、奥さんに苛められているか、そんなの書くのが好きなんですけど（イルメラ、笑う）、そういうのを書いて男の人がそれを読んで面白いと思って作者を見ると、これがなんと女である。女がこんなふうな、男の目と女の目と複眼で書くことが出来るならば、ウチの嫁ハンも、意外とこんなんに気い付いとんのかも分からへん、ということになるかもしれない。そういうのが、一つの大きな社会批判にもなるってことです。

——そうですか、社会批判ですか……。

田辺　社会批判というとね、なんかとても恐ろしい、難しいことのように思うけれども、横暴な男を書いたりして、それを読んだ女性が自分の息子を育てる時に、「あっ、お父さんのようになっちゃあ困る」って、そういうことなんです。

——私が考えていたのは、たとえばこういうことなのです。さっきのお話にもありましたが、田辺さんは戦争を経験なさっていらっしゃいますね。西ドイツは日本と共通の歴史、帝国主義、ファシズム、戦争、敗戦という過去を持っていますが、それ以来ドイツ人はあらゆる面で、もちろん文学上でも、そのような「過去の克服」のために努力してきました。でも、それは非常に難しいことです。田辺さんは文学者として、「過去の克服」の必要性を感じられますか。

田辺　そうですねえ。小説ってのはやっぱり、時代時代の証人ですから、私たちが経てきたような戦争の苦難、ああいうのは二度ともう、ねえ……。築き上げたものを壊すって、破壊本能ってのは男性の本能で（苦笑）。破壊本能も、創造する、ものを創り上げる本能によってうまく中和されるといいんですが、戦争になるとすべてが破壊本能だけになってしまうのねえ。これは大変恐ろしいことです。でもそんなふうに考えていても、たくさんの人の気持ちを動かすことは出来ないので、何か一捻りして……一捻りっていうか、なんかやっぱり読んで面白くって、そして後へズシンと大きく残るようなものにしたいっていつも考えているわけね。だからそういう意味での、大きな流れから見た女の一生のようなものを書きたいですね。私には反戦文学というような、確固とした内面があるわけではないのですが、自分の作品『欲しがりません勝つまでは』(一九七七年)とか『私の大阪八景』(一九六五年)なんかには、若い人たちにも読んで欲しいと思って、文章や文体を易しく分かり易くして、そういう戦争時代のことを書きました。

女の人生にはね。すごく余裕がないとユーモア小説なんて書けません

――また戻らせていただきますが、読者が田辺さんの作品を、作者が女性であるという意識のもとに読むことを希望なさいますか。それとも、そのことは無視なさいますか。

田辺　うーん、本当はね、無視したいほうなんですけどね。もし、女だから読まないって言われるのは困るんだけど、「女がこれを書いたのか!」というふうに見られたら、とても面白い、うれしいです、それは。

――そうですか。では「これは女性にしか書けない」と評論家が言った場合、それを褒め言葉として受け取られますか。

田辺　うーん、そうねえ。そういう場合は褒め言葉とは思わないわねえ(両者笑う)。これは困るなあ。

――ちょっと複雑ですね。

田辺　そうね、ちょっと矛盾してるみたいですけど、それは評論家という前置詞があるから、これは困

るんで、大体、評論家を私あんまり信用してないんです（笑）。評論家がそう言った場合に限って、彼等には悪意があるんですね。普通の一般のサラリーマンの男達が、会社への通勤の行き帰りに読んで「思わんかった、女がこんなもん書くとは思わんかった！」って言われたら、私はとても嬉しい、名誉だと思います。

――そうですか。とすると、評論家がそう言う場合は、どうしても女性を軽視しているということになりますか。

田辺 そうなんでしょうね。多分まあ、私は二重の意味で大衆作家だから、そうかも分からないですけどね。うーん、私あんまりそっちの方に関係ない場で生きてきたから、まあよく分からないですけど。たとえばね、私が全集出してもらって、『お聖どん・アドベンチャー』（一九七七年）とか『おせいさんの落語』（一九七四年）っていう一冊の時に、解説を筒井康隆さんにお願いしましてね。で、筒井さんに「大体女というのは、こういうSFとか落語なんかは書けないものだけども、田辺さんは女に珍しく書いてはる」って言われると、これはとっても私には嬉しい批評になって、褒め言葉だと思いましたけどねえ。

――でも逆の見方をしますと、それは同時に、著しい女性軽視にもなりますね。田辺さんへの評としては褒め言葉であっても、SF的想像力やユーモアが女性から発すること自体がまるで想像できないと言っているのですから。

田辺 そうか、そうなんですねえ。特に面白いものとか、破天荒なこと、全然日常と違ったSF的発想なんてのは、女には関係ないものだとされてきましたからね。そういう点では、たしかに女性差別を感じますね。

――そう思います。結局その根底にあるのは、女性というのはあくまで、平板な日常世界に閉じこもっている存在であり、想像の力で飛翔することなどは出来ない、それは男性作家の能力だ、との思い込みなのでしょうね。そのような男女区分の明確さに、私はいつも驚かされています。

田辺　ふふっ、そうかもしれない。

――日本の場合、男性と女性は最初から別々の世界で生きているみたいですね。

田辺　そうなんですねえ。

――面白いと思うのは、欧米の女性は今、フェミニズム運動などの影響もありますが、これまで男性の基準が支配的な社会で生きてきましたので、女性としての真の自分とは何かを発見するために、一度男の世界から離れて生活してみたいとの願望が生まれてきたんです。

田辺　うん、うん。

――それに反して日本では、これまでずっと男性と女性の世界が分かれたままだったのですから、むしろこれからは互いに近づく努力をしたほうが意味があるのではないでしょうか。考えてみると、実に興味深い皮肉な状況ですね。

田辺　そうですねえ、うーん。

――西ドイツでは、作家をも含めた多くの女性が、男性中心の社会の状況から、少なくとも一時的に離脱し、自由になり、女としての真の自己を確立するために、ある期間男性との関係を絶ち、彼等から距離を置くよう努めています。それをして初めて、純粋に自分を中心とした人生体験を積み、自らの欲求を発見し、真の意味での女性らしさを開花させることが出来ると考えられているようです。日本の場合は、出発点がまるで違うと思いますね。日本において女性は、たしかに男性とは異なった日常の領域で生活してはいますが、それでもたとえば「女らしさ」という基準などは、あくまで男性の嗜好から導き出されたもの、という気がします。男性の基準の内で媚を売り、あるいは男性を中にして女性同士が競争したり。

田辺　そうです、そうです。

――そういう意味からも、女性が真の自分というものを発見するために、男性支配の社会から一度離れてみる必要がある、田辺さんはそう思われませんか。

田辺　うーん。日本ではね、女の人は、女同士の中から自分を発見するの、かえって。男性社会によっていかに自分が毒されたり、差別されたり、苦しめられたり……苦しめるっていう言葉あまり好きじゃないけど。今はもうほとんど男女共学で、大学もそうなっていても、その後の就職の時に、自分の社会の真の姿っていうか、もう恐るべき姿に向き合って、女子大生たちは唖然とするんです。それまで、あまりに甘やかされてきましたからね。その時になってびっくりして、初めてまあ一人前になるっていうんですけどね。私たちもこれまで、男の基準でものを考えてきたんだけど、そうね、私も小説を書き出してから、ここ十年位は女同士の中でいろんな議論をしてきました。そして、そのほうが実りが多かったんです。多分若い女の人も今そのことに気がついている人も多いと思いますねえ。だから私、エッセイを『週刊文春』なんかに書く時は、フェミニズムや女権拡張というか、女性差別などについてなるべく発言するようにしてるんですけど、週刊文春の編集長は男だから、それを歓迎しないわけです(笑)。

――そうですか、やっぱり。そこまで影響されるんですか。ああここではこんなことしか言えないとか、そういうふうに考えるわけですか？

田辺　私はもう何度も書いてきましたから、そのまま載りますがね、それ以外のことを書くと、「いや、今週のは面白かった」っていうふうになるんですよね(笑)。でも少しずつそんなふうなのに慣れて、あの雑誌は男の人たちが読みますからね、彼等を啓蒙するっていうか、そんなのしないといけませんね。たしかに、いつまでも男性社会の基準だけでものを見ないようになるため、意識的に距離を置いた方がいいのかもしれませんね。

——私も、なんかそんなふうに感じています。今はまだ男性中心の社会ですから、その中で活動しようと思ったら、どうしても男性と同じ振る舞いをしない限りは、女性であることが大きなマイナスになりかねません。でも男性とまったく同じ行動をとるなんてことは、そう簡単には出来ませんよね。つまり、出発点からして不公平なんです。

田辺　不公平なんですねえ。その中で戦っていくしかないですね（両者笑う）。

——それしかないですね。

田辺　ただね、そういう時にもし、一緒に暮らしている男が男性文化そのものだったら、こりゃもう、どうしようもないんで。で、だんだん洗脳していって変えていったらよかったけど、ウチの主人なんかまったくもう鹿児島育ちでしょ。あそこは男尊女卑の中心地みたいなところだから、大変だった。だから一生懸命しゃべってしゃべってしてるうちに、だんだん、だんだん、女性がこの世界の中で、世界っていうか日本の社会の中で、どんな地位に置かれているかってのが分かってきたみたいよ、フフッ。

私のね、友だちというか、私の担当編集者たち、女性のね、彼女たちの話がやっぱり面白いし、東京から来る人たちは生き生きしてて、そして毎日働いているから美人だし。そんな人たちと付き合っている時に、ウチの主人を呼んで呼んで、また呼んで、だんだんそういう話を聞かせて少しずつ頭を柔らかくしていくのね。ウチのは開業医でしょ。開業医ってのはお勤めしてる病院の勤務医とは違いますので、お友だちがないのね。独立してんの。医師会なんかにはね、ゴルフ部とか釣り部とかマージャン部、碁クラブなんていうのがあるんですけどね、そういうとこ行ってもあんまり話が弾まないし、同窓生と会ってもあんまり話がないんですって。医者って世界が狭いですからね。滅多にブラームスがどうの、ベートーヴェンがこうのという話は出ないの。結局、「大阪の薬屋で薬何割引かした」なんですって（イルメラ、笑う）。そんな話ばっかりしてるわけですよね。だから私たちのおしゃべりグループなんかへ引き込むと、とても面白かったみたい。それからだんだん女の子の話聞くうちに、女性に対してかなり目が明けられたみたいでね、うん。だから女も仕事を持たなきゃいけないとか、そんなことを分かり出したみたい。

―― なるほど。ここでまた文学についての質問になりますが、評論家の柘植光彦が「女性作家の作品は、どうも私には完全に読んで理解することが不可能だが、どうしても残るその〝わからなさ〟が逆に魅力であり、関心を向ける理由でもある」と書いていますけれど、男性も田辺さんの作品を理解出来ると思われますか。もし難しいとしたら、どういう点が難しいのでしょうか。

田辺 私の作品に限って言えば、そんなに難しくないと、私は理解できると思っていますけれど。そうねえ、どの作家のことを言ってはるのかなあ。多分柘植さんだったら、純文学の女流作家なんでしょうけど。なんか、制度的な問題なんでしょうかねえ。

―― 随分包括的に論じられている部分からの引用なので、特にどなたについてということではなく、一般的に女性作家を念頭に置いているのだと思います。柘植さんのこの意見は、日本における男女世界の厳然とした区分けを象徴しているように私には思えるのですが。女性は情動の世界に生きる限り自分を自在に表現できるが、男性にはそれはあまりなくて、意識が現実的、実用的な面に限定されがちであるとおっしゃっているんですね。そういう意味では、男女の間には基本的なズレというものがあるのでしょうか。それは文学に限られるのではなく、日常の生活の中でも感知し得ることでもあるのですか。

田辺 ええ、それはやっぱり違う部分があると思いますねえ。それはどうしようもないんじゃないかしら。やっぱりそこが柘植さんの言うように面白いところで、いつまでも興味を掻き立てられるところじゃないんでしょうか。両性が何から何まで分かり合うということは、もう絶対に難しいと思うのね。

――それが文学の上にも現われてくるということですか。

田辺 私はそういうふうな難しいところまでは書かないけど、そういうのあるかもしれませんね。大変に緻密で細やかな心理小説なんかが書かれると、私たちが読んだらよく分かるんだけど、男性にはちょっと、というところがあるかもしれませんね。私はそこまで細かくは書かないでもっと大雑把だから。

――でも実際にそういうことがあるとしたら、どういうところでしょうか、男性には理解できないというのは。

田辺 生理的なもんじゃないですか。

――柘植さんは同じ文章の中で、こうも言っています。ある女流作家が男性読者を「締め出そうとする」と。そういう事実があり得ますか。

田辺 それはないと思いますねえ。物書きは一人でも多くの人に自分を読んで欲しい、理解して欲しいという本能があると思うので、閉め出すことはあり得ないでしょう。結果としてそうなるということなのかしら。

――田辺さんは作品を特定の読者層に向けて書いていらっしゃいますか。

田辺 それはまず自分ね、読者は。私が読みたいと思うようなものを自分で書く。ほかはあまり考えないですけど……。読者っていうのは……、自然にできるんじゃないかな。ただ嬉しいのはね、男性の読者が読んでくださるのは嬉しいけど、若い女性が読んでくれるっていうのも嬉しいね。十年位前に書いた恋愛小説がやっぱり今でも絶版にならなくて、文庫になっても、単行本の大きい本になっても売れるっていうのが、とても私には嬉しくて。女子大生あたりから手紙が来たりすると、ああ今の子は随分変わっているように見えても、恋愛感情なんかでは、やっぱり永久に変わらないのかなあと思ったりして、書いといてよかったなという気にもなりますね。

――男性からもそういう反応がありますか。

田辺　男性から手紙が来るのは、これはもう中年ばっかり(笑)。若い男性はほんとに読まない。たまにね、ごく若い高校生あたりのが不思議とね、高校生のくせに『女の長風呂』(一九七六年)なんていうのを読んでね、「お酒でも飲みませんか」なんていう手紙が来ますよ(笑)。

――これは田辺さんには当てはまらないかもしれませんが、ヨーロッパやアメリカの女性作家は一般的に言って、自伝形式に惹かれているようです。日本においては私小説の例もあるように、女性に限られたことではないと思いますが、やはり男性に比べ、自分の経験から何かを伝えるという方法が、何かを新しく作り出す方法より好まれているように思われます。その点に関してはいかがでしょうか。

田辺　それはもうまったく私もその通りで、私小説の形態は取っていないんですけども、わりかし自分の経験したことから、小説をいろいろ書くことが多いですね。実際に一人称で「私は」っていうの、恋愛小説でもそうだけど、ほとんどないですね。女の人ってね、自分自身にしか興味がないんじゃないですか(笑)。

――そうですか。

田辺　歴史小説を書いている杉本苑子さん〔1925-2017〕だとか、永井路子さん〔1925-　〕もいらっしゃるけれども、そういう場合でも、何がしかは自分の影が投影されているんじゃないでしょうかね。そうねえ、そう言えば、とってもいろんなふうにかたちを変えて自分が出てくるから。

――でも、もしおっしゃるように結局女性は自分のことにしか興味がないとしたら、女性の世界は非常に狭いということになりますね。

田辺　ええ、狭いです、非常に。ただその、自分が一番興味を持つものを、今度は外へこう拡げていくって場合がありますけどね。ただそういう場合に女の人がね、いろんなデータをたくさん集めて、一つの社会的な事件を書くという場合に、体力的にとか、それからコネクションね、顔がきかなかったり、そんな点で男性より大分難しいということがあるかもしれませんねえ。

――すると、現実的、具体的な困難のために、私小説的な傾向が強くなるということですか。

田辺　取材が難しいということはあるでしょうね。でも、今は新聞社や出版社などに、こういうものが書きたいので取材協力してくれと申し出れば、向こうは検討して力を貸してくれるかもしれませんね。私の場合はあんまり調べて書いた小説ではだめで、やっぱりどこか、なんか自分が経験してよく知っていないと、書きたいという気が起こらないということがあるの。いろんなふうに形は変えますけれども。

――まあ、本質的には男性作家も同じでしょうね。結局は、自分が関心を持てるものしか扱えないでしょうね。それはどうしてもそうなると思います。

田辺　そうでしょうね。

――田辺さんの場合には、人間関係が最も中心的なテーマになりますでしょうか。

田辺　人間関係とか、ある種の気分というのを手の中に捉えたり、それを文学として定着したいという。詩で表してもいいんですけど、詩よりももっと歌謡を入れたり。それから私、地の文が好きなので、地の文を書きたいという欲求があって、それで小説を書き上げるっていうのがありますねえ。そしてもう、日常生活のごく大きな流れ、みんな忘れてしまってどんどん流れて行きますけれども、ある小さな心のときめきとか、そういう嬉しさとかね、そんなものをこう、短編小説の短いかたちにして文字で残しておくという、そういうふうなことをしたいですねえ。

——ある座談会で、田辺さんがこう発言されたのを覚えているのですが、「女の人がユーモア小説を書くのは難しい」と。それは何故でしょうか。

田辺　まあ、日本の中だけかもしれないけれど、社会の真面目な部分を一手に握って、男の人たちが勝手にこうパッと踊り出したり、暴れまわったりしているのを、女たちはいつも岩みたいになって、底のね、家の土台の岩ですが、その女たちが暴れ出しちゃうと、もう家も社会もひっくり返ってしまうという躾をずっと受けてきた。これは躾のせいだと思うんですよ、江戸時代からの。自分が家なり社会なりの物差しにならないといけないっていう躾をずっと受けてますから、律儀で真面目なのねえ。夫や子どもの手綱を取るっていう、そういう役目を押し付けられているわけねえ。それとね、大変腕力が要ります、腕の力が、女の人生にはね。すごく余裕がないとユーモア小説なんて書けません。ゆとりを持ちにくいのですねえ、日本の女は。

——今おっしゃったようなことは、日本に限らず万国共通のところがありますね。結局もし差があるとすれば、程度の差だけですよ。

田辺　特にね、子どもを育てるってことが、私はね、女からユーモアをなくすと思うの。ほんとはそうじゃないかもしれないけど、それに、私自身は子どもを持っていないからよく分からないですけどね、でも見ているとね、ちっちゃな子どもは水気がなくなると干上がってしまうし、三度三度のご飯とかね、することがあまりにも多い。それをやってる時、女にゆとりなんかありませんもの。ゆとりっていうものはもともと、私やっぱり男のものじゃないかと思うのね。もし女にそういうものがあるとすれば、もっとかたちの違った、ユーモアなんて言葉ではちょっと表現できないような、ある種のものではないかと思いますねえ。ユーモアなんてのは、男が作った文化ですよ、きっと。それは冷たい、ほんとはあったかいはずなんだけど、ある程度は客観しなければ出てこない発想ですからね。それはもともと、女のものじゃないような気がするのね。

―― でも日本で生活して思うのは、日本人にはあまり、皮肉・アイロニーというものがないですね。皮肉など言うことは、男性にさえ許されていないような気がします。それも、今おっしゃったようなことと繋がっているのではないですか。男性にもそれほどのゆとりというものが無いため、自分を客観視することができない。要するに、自分を取り巻いている社会的な繋がり・ネットワークから、離れることができない構造になっていますから。皮肉なんか匂わせたら、とんでもない物議を醸す原因になりかねませんから。

田辺　日本てのは、ほんとにもう、真面目な真面目な国でねえ（笑）。だけど今の若い世代は少しね、ダジャレなんかうまくなってきましたよ。ダジャレはまだユーモアの中に入らないか。でも、ぼちぼちね、そのツンドラみたいな土を耕して、だんだん柔らかくなりつつある途中なんじゃないか、過渡期じゃないかと私なんかこう、希望を持っているんですけどね。でも私たちの世代、中年の世代っていうと、何かといえば男も女も「わろてる場合やないやろ」って言うんですね。もっと笑えばいいんですけどねえ。

―― そういう点では、ドイツ人にも似たところがあるかもしれません。ドイツ人も、自然なユーモアをうまく使いきれない性格のようです。

田辺　ふふっ、なんか、ほかのヨーロッパ人にからかわれているみたいだけど。

―― そうですね。また田辺さんのご本の話になりますが、そこの解説を読みますと、作品そのものへの批評より、田辺さんの個人的生活について言及されている場合が多いんですね。たとえば『ここだけの女の話』(一九七〇年)の文庫版(七五年)解説では、「結婚を境目としてその作文も文体も変化している」とか。ドイツ人の作家でしたら、それを読んで腹を立てると思うのですが、いかがでしょうか。

田辺 そうねえ、ちょっと困るなあってのはありますけど……。

―― 日本ではそういうことは普通のようですが、女性作家に対してその傾向が特に強いようです。失礼だとは思われませんか。

田辺 うーん、結婚の方へ比重がかかったりね、文学よりかねえ。そうねえ、ちょっとそういうのは困るなあっていうか、まあ、しゃあないなあっていう感じですね(笑)。

―― 真面目に怒っても、しょうがないですね。

田辺 でも私の小説をお読みいただいて、大阪弁があるから分かりにくくないですか。

―― 時々そういうところもありますが、人に聞けますし、またそれが田辺さんの持ち味でもありますから。でも、もし翻訳するとしたら、それは大変ですね。何故かと言いますと、大阪弁という方言の面白さを再現するためには、やはり個性的なドイツの方言に移し変えることになると思います。でも、日本語全体に対する大阪弁の位置というか役割、それに相当するドイツの方言がはたしてあるのでしょうか。ピッタリ当てはまるものはないでしょうね。ドイツの読者に、田辺さんの文章の面白味を味わってもらうとなると、なかなか難しいことになりますねえ。

田辺 そうでしょうねえ。もし翻訳されるとしたら、それはしょうがないでしょうね、一般的な標準語になっても。ただ、それでまだやっぱりその小説としての価値が残っているかということがねえ。それさえ残っていればねえ。私はフランスの作家フランソワーズ・サガン〔1935-2004〕が大好きで、朝吹登水子さん〔1917-2005〕がお訳しになったものをすべて読んだんですけど、朝吹さんが、ほんとはサガンの文体はもっともっと手の込んだ、繊細な美しいものなんだけれど、どうしてもその趣、フランス語のきれいな響きが日本語に移し変えられないって、後書きの中で嘆いていらっしゃいました。それは我々には想像できないことなんですが、でも何となくそういう気分が感じ取れるような気もします。

―― 翻訳という作業には、どうしても途中でなくなってしまうものが随分あるようですね、雰囲気だけは再現させたいと努力しても。残念ですねえ。

田辺 それはしょうがないです。言葉の宿命です(笑)。

―― これで、私がお聞きしたかったことは皆お答えいただきました。今日は長い間本当にありがとうございました。

田辺 不十分な答えで申し訳ありません。

―― いえいえ、本当に面白かったです。日本の作家でもドイツの作家でも、「女流」には随分と共通点がありますね、社会が違い生活の仕方も違いますのに。とても興味深く伺ってきました。今回いろいろな女性作家の方々とお話ししたことをまとめて、何かのかたちで発表したいと思っています。

田辺 それは楽しみですね。

―― 最後にお願いがあるのですが、記念の写真を撮らせていただけませんか。

田辺 はいはい、どうぞ。ここのお雛様を背景にしましょうか、明日はお雛祭りですから。

（一九八二年三月二日、兵庫県・伊丹市　田辺氏の自宅マンションにて）

「私は男性の視点だけで戦争を捉えたくないのです」

6. 三枝和子さん

Kazuko Saegusa
1929-2003

……さえぐさ・かずこ……

三枝和子は文学評論家の森川達也(1922 - 2006)と一九四八年に結婚し、以来二人は理想的なインテリ・カップルであった。森川が一九六三年に実家の寺を継ぐと、二人は兵庫県に移り住み、東京の家と寺とを往き来する生活を送る。三枝は自らの体験をもとに、十六歳の女生徒の視点から終戦を描いた『その日の夏』(1987)、『その冬の死』(1989)、『その夜の終り』(1990)の三部作を完成させ、また、初期のフェミニズム文学批評に数えられる『恋愛小説の陥穽』(1991)を始めとする慧眼を感じさせるエッセイを数多く発表した。一九八〇年代以降の三枝は、一時期ギリシャ演劇・神話について執筆するためにギリシャに暮らしてギリシャ語を学び、また日本の古典、特に平安文学の登場人物を自らのさまざまな作品に取り入れたりもしている。

女の立場で、やっとものが言えるようになったということだと思います

——ご自分の作品について論文などが書かれることがあると思いますが、書く人を個人的に知っていらっしゃることが多いですか。

三枝 それはいろいろです。知っている方がなにか書いてくださることもあるし、知らない方もいます。書いている内容についてもこちらが「そうだそうだ」と思う場合もあれば、「こんなふうに考えているのか」と首をかしげることもありますね。

——腹が立つということもありますか。

三枝 女性が書いた時は、怒ることはほとんどありません。でも男の人には、意思が通じていないと思うことがありますね。

——それは男性だからということでしょうか。

三枝 そうですね。

——なにか具体的な例がありますか。

三枝 ええ。『崩壊告知』(一九八五年)という作品があるのですけれど、これは実際に私が個人的に付き合いのある、若いひとたちをモデルにした作品で、ある女性が未婚の母として子どもを産む。しかしいろいろな事情があって相手の男の人が、生まれてきた子が果たして自分の子どもだろうかと悩む、という部

分があるんです。それである時、男の批評家の方がそのことについて、「自分と付き合いのあった女の産む子どもが、自分の子かどうか思い悩むなど男の風上にもおけない」と書いたんです。つまり、そのような男性にはリアリティがないということらしいのですが、このような批評にはかなり違和感を覚えます。その方は私より三つか四つ年上の方ですが、結婚制度というものは確固としたものであると信じているのでしょうね(笑)。このような批評に出会うと、やはり男性の立場というものが気になります。

――同時にその批評家は、自分が考えていることを、ほとんどの男性も考えていると固く信じている、そうも言えますすね。

三枝　そうです。女性作家に対するそんな姿勢が、男性には多いですね。

――女性にそういうことを書かれて初めて、自分が男性であることを意識するということなんでしょうか?

三枝　まだ今ほど女性作家がいなかった時代には、批評家は男性としての立場をそれほど意識する必要がなかったのでしょう。つまり個人対個人という視点だったのですが、女性の作家が数多く出てきた今は、男性対女性の視点で見ようとする人がいます。もちろん一つの作品について、いろいろな意見があって当然だとは思いますが、私の書いていることが女性一般を代表しているような、あるいはその批評家が男性一般を代表し得るような書き方をされると、とても違和感があります。もっとも私は、批評家にどんなことを言われてもあまり気にしないで、むしろ自分の書いたものに対する発見をしたり、言葉の持つ不思議さを感じたりすることの方が、実は多いんです。以前はよく芝居を書いていたんですが、その頃よく思ったのは、役者さんによって同じセリフでも随分違って聞こえるということでした。つまり同じ言葉でも、自分が意図したのとは違う世界が開けてくるような感じを覚えたんです。「この言葉が持つ幅はこんなにもあったのか」と考えさせられ、それは私にとってとても新しい経験でした。言葉というものは、広がりを持つものなのだと思うことがあります。そのようなかたちで、自分が書いた言葉に対する客観性を獲得できるのは嬉しいことですね。

―― 作曲家が自分の曲を演奏されるのを聴いた時の驚きや新鮮な気持ちは、そんなものかもしれませんね。

三枝 そう、きっとそうでしょうね。むしろ、音楽にはもっと幅があるかもしれません。言葉ほど民族的にセクト化していませんから。

―― たしかに、言葉は音楽ほど抽象的ではないですね。

三枝 そうです。

―― 女性の評論家は現在まだ数が少ないわけですが、どうしてでしょうか。女性の評論家が男性の作品について書くということも、興味深い視点を提供してくれるのではないかと私は思いますが。女性の評論家が少ないのは、日本的な現象なのでしょうか。

三枝 日本で女性の評論家が少ないことに関しては、原因はある程度はっきりしていると思います。作家は必ずしも大学に行く必要などなく、自分の思いを紡いで行けばまあいいわけですが、批評家は一定の高等教育を受けていないとだめなようなところがあります。ところが、女性に一般の大学に行くことが可能になったのは、戦争が終わった後のことなんですね。確か、昭和二十一年か二十二年になってからでしょう。私は二十三年に大学に入ったんですが、その時は大学で女性は自分一人きりという感じでした。つまり大学教育を受ける女性の数そのものが、当時きわめて少なかったんです。

―― そんなにまれだったんですか。でもそれは時代とともに大きく変わってきているわけですよね。

すると単に教養や学歴の問題ではなく、社会的な地位というか、女性批評家に対する需要の問題もあるのではないでしょうか。

三枝 それもあると思います。またそれは、女性の自己規制と関わっている部分もあるでしょうね。つまり女性の批評家が男性作家の作品を批判したりすると、「生意気だ」と言われたりして風当たりが強いとか。

―― 女性にはまだ、ストレートに自分の考えを表わすことが許されていないということでしょうか。

三枝 いいえ、それは許されているんです。でもそれは「女が言っているんだ」という調子で、あまり相手にされないのね。そういうかたちで言ったことは、無効になってしまうのです。

―― 富岡多恵子さん(1935–)などは、女性の立場から批評を書いていらっしゃいますね。

三枝 そうです。私も小説のほかに少しずつ批評の分野で書き始めていて、文豪とよばれているような人たちの恋愛小説を、男女間の対等な関係ではなく、上下の関係を描いているとして批判するものなどを発表しています。それを始めたところで富岡さんに会ったら、「あなた、やり始めたわね」と言われました。彼女は文芸時評をやっているので、かなり風当たりが強いようです。そのときは「お互い負けずに頑張ろう」と言って握手をしましたけれどね(笑)。

―― 少し前に(一九八七年)、大庭みな子さんと河野多恵子さんが、女性として初めて芥川賞の選考委員に選ばれましたけれど、それはなにかの動きが現われてきたということでしょうか。

三枝 そう思います。

―― 女性であることが、小説を書く上で有利になるということもありますでしょうか。三枝さんの『その日の夏』(一九八七年)という作品には、その意味で女性の視点からしか書けないという部分があるように私は思いましたし、三枝さんも確かそのように書いていらっしゃいましたが、そのことについて説明していただけますか。

三枝 私は日本に限ったこととしてではなく、戦争を男性の視点からだけで捉えたくないという気持ちがあるんです。反戦の小説も、今までのものは男性の立場から反戦を考えていた。女性の作家は、男性の視点ではなく女性の視点から戦争を描こうとするのですが、男性の視点に合わせたようなかたちでしか書けないような気がするという人が多いんです。お書きになった方自身がそうおっしゃるんですね。どのようになってしまうかというと、夫や息子を再び戦争に送らないようにしよう、そういうふうになるんです。でも私は、男女の間にはもっと違う部分があるんじゃないかということと、あと敗戦国という環境の中で、女性はどのような状況に置かれるのかということを、根本的に考えてみたいという思いがあったのです。この作品についてはさらに、続編ではないんですが、関係したものを最近『群像』(一九八八年九月号)に発表していますが。「その冬の死」というんですが。

―― ああ、それは私も見ました。

三枝 それを多少手直しした本を来年(一九八九年)の一月頃に出すことになっています。この作品は『その日の夏』の直接の続きというわけではないのですが、内側からつながって行くところがあって、レイプの問題が出てきます。

―― それは戦争直後の日本人の間のレイプということですか。

三枝 いえ、進駐軍の日本女性に対するレイプの問題です。当時はそういうことが随分あって、考えてみるきっかけになりました。本のあとがきにも書いたのですが、私は今の若い女性が通りすがりの男性にレイプされるのと、当時敗戦国である日本の女性がアメリカ兵にレイプされるのを同じと考えられないんですね、自分の内では。でも女性の視点を突き詰めて行くと、ひょっとしたら同じなのかも知れない。そのことが私自身の内側でなかなか解決がつかないところがあって、その解決ができない間は戦争にこだわった小説を書き続けると思います。もうちょっと突き抜けることが出来れば、むしろいいのでしょうが。「突き抜ける」というのは、「同じだ」というふうに捉えていきたいということなんですが。

―― そのテーマは『その日の夏』にもありますね。

三枝 そうです。それがこちらではもう少し顕著な形で出てきます。

―― 戦争について今書くということの意味、つまり当時のことを四十年経ったあとで書くという時間的な距離には、なにか意味があるのですか。

三枝 女の立場で、やっとものが言えるようになったということだと思います。あの当時、戦争について書いていたらどのようなものになっていただろうと考えると、たとえば爆撃が大変だったとか、日本が戦争に巻き込まれていったファナティックなものへの反省だとか、そういう小説になるしかなかったと思うのですね。

―― たとえば十年後や、二十年後の一九六〇年代の初めになっても、戦争を扱うということは難しかったのでしょうか。なぜかといいますと、八〇年代半ばになってそれを書くというのは、すでに相当な時間的距離があるからです。戦前生まれの世代よりも戦後生まれの世代の人々が今多くなっているわけで、そのことからも私は、教育的な背景もあるのかなとも思ったのですが。

三枝 教育的な背景は考えていませんでした。もっとも学校の教科書には載るそうですけれど(笑)。

―― そうなんですか。

三枝 ええ。昭和六十四年度の高校の現代国語のテキストに。でも私自身は教育的なものとは全然考えていませんでした。ドイツの戦後の女性の場合はどうなのか知りませんが、私の年代の人間が、男の人と同じような発想でものを考えるのに、それだけの時間が必要だったということだと思います。今の若い方も、当時の男女の差がいかに大きく、それを乗り越えるのに、我々の世代が大変な困難を抱えていたということが理解できないようです。当時と現代では、教育の形態からして違いました。

昔のドイツの学校制度はどうだったのか知りませんが、戦前の日本では小学校だけが共学で、その上は別々だったんです。男子は中学へ行くのですが、女子は四年あるいは五年の女学校へ行く。そこで私がどういう経験をしたかというと、当時私は算数が得意だったのですが、小学生の頃の夏休みに、同い年の従兄弟と一緒に勉強している時、私は彼の分からないところを教えてあげたりしていました。ところが彼が中学校に入り、私も女学校に入ってまた夏休みに会うと、どうもむこうの方が少し進んでいるなということが分かるんです。そして二年生の夏休みになって相手の教科書をみたら、もうちんぷんかんぷん、なんのことかさっぱり分からなくなっている。つまり学校のカリキュラムそのものに、はっきりと差が付けられていたんですね。それは数学に限らず、外国語もそうでした。私の行った学校は、裁縫などを習う花嫁修業のための学校ではなく、専門学校などへも進学できる普通の学校でしたが、男子の学校と比べるとまったく違うのです。専門学校というのは、現在の短大のレベルぐらいだと思うのですが、女性は一般の大学には行けませんでした。もっとも、それ以前に同じ年数勉強しても、やっている内容は初めから全然別にされていたんですね。

―― 従兄弟の方が男だからという理由で、自分より進んだものを学んでいるということで、口惜しさや怒りのようなものがあったんじゃないですか。

三枝　もちろん、物凄くありました。

――その気持ちを、何らかの形で表現する方法や機会というのは、あの頃あったんでしょうか。

三枝　出すところはありませんでした。あの頃の日本の教育は、「お前は女に生まれたのだから、それでいいんだ」という姿勢でしたね。

――それにしても、当時の女性はうまく利用されていたんですね。そういう教育によって黙るように躾けられてしまうのですから。

三枝　そうです。女性はこうであるべきだということが決められていたので、それをはね返すのに、自分の中ですごく時間がかかりました。

――では書くまでの四十年という年月は、作品の内容に対する距離だけではなかったのですね？

三枝　その通りです。むしろ自分自身への距離を生みだす過程でした。自分を男の人に対して対等に出せるようになる、男の人の真似ではなく自分自身のものの考え方を、男の人の力をまったく借りずに作り上げていくという努力過程だったのです。男性というのは歴史的に、同性の先輩たちがすでに多くの考えを提出してくれたという側面があると思うのですが、私たちの場合はそのような女の先輩がほとんどいなかったわけです。だから、自分で自分の考えをずっと積み上げていかなければならなかった。女の先輩が考えていたことをまるで知らないということは、女性の作家が大なり小なり抱えている問題なのですが、それはきっとヨーロッパにもあることだと思います。

私は今若い女性を含めて「ボーヴォワールをもう一度読み直す会」というのをやっているんですが、そこで若い女の人たちは「ボーヴォワールってこんなに古いの」って言うんですね。でも私たちの世代にとっては、彼女の本はバイブルみたいなものだったの。そんなことは、今の若い方にはなかなか通じないようです。まあ通じないことはともかく置いといて、ここまで来るまでの女性の考え方の歴史を、とにかく自分なりに積み上げて行かなければならないということで、ずいぶんと時間がかかったのだと思います。

私は戦争の場合、被害者とか加害者という意識で捉えないようにしようと思っています

—— 非常に大雑把な質問ですが、戦争の暴力と男性というのは、三枝さんにとって同義語ですか。

三枝 最近になってやっと同義語になって来ました。戦争の暴力という問題については、男性も自分の中で感じていますよね。でも、その感じ方と女の感じ方は違うということが分かってきたということです。おそらく男性は、戦争だから暴力を行使しているのだ、そう言うに違いないんですが、そういう意味で男性が考えている暴力と、女性が思っている、というよりは、感じている暴力とでは、かなり違うと思うのです。そのことをさらに探っていきたいですね。

—— ただ、女性の立場を加害者として見ることもできるのではないでしょうか。戦争にもいろいろな意味で加担の問題があって、女性も、たとえば地位的にも明らかに加害者側に属していたとか、強制されて加担したというようなこともあったんじゃないでしょうか。

三枝 日本の場合、加害者になり得ることはほとんどなかったと思いますが。

—— もし日本という国そのものを加害者と捉えるのであれば、女性も加害者ということになりますね。

三枝 ええ、それはもちろん。日本という国が加害者であるならば、その国の半分を構成しているのが女性なのですから、女性たちも当然加害者である、そういう論法もあり得るでしょうね。

—— 立場の問題ですが、戦争中に一部の女性が権力を持つ立場にいて、そこから自動的に、加害者的

な行動を取ったということは考えられるでしょうか。

三枝　日本の場合は、そういう女性はいなかったと思います。社会制度上、そういう状況にはなり得なかった。たとえば戦争の最高責任者を天皇であるとした場合、その配偶者である皇后が加害者であるかというと、日本の場合にはそれはあり得ないと思います。というのは、女性は夫の公的立場から切り離されているからです。東条英機の夫人に戦争責任があったかということも、政策の決定に際して、なにか言うことができたのではないかなどという、漠然とした追及のしかたができるだけであって、彼女自身が権力を行使する立場にいたということではないでしょう。大抵の国でも、女性そのものが権力のある立場に立ったということはありませんよね。

――　たとえばナチスの時代、ヒトラーの次に権力があったゲーリング元帥の夫人が、戦後に罰せられたわけではない、そういうふうに考えれば、ドイツでも女性が権力のある地位に就いていたとは言えませんね。三枝さんがおっしゃりたいのは、戦争被害者としての女性は、被害者と加害者の両面を持っていた男性の立場とは違うということでしょうか。男性は戦争の中で、敵国の人間を殺すという意味においては加害者でしたが、同時に、戦争へ駆りだされ戦死しなければならなかったという意味においては被害者です。でも女性の場合は、少なくとも直接の加害者ではなかったということで、被害者としての立場が男性の場合よりもずっとはっきりしていますね。

三枝　そうです。ただ私は戦争の場合、被害者とか加害者という意識で捉えないようにしようと思っています。『その日の夏』を書いている時にレイプについて書く際にも、被害者として捉えないということがありました。それは、男と女の在り方を考えることだったわけですから。問題が別の方向に行くかも知れませんが、レイプをどこまでレイプとして捉えるか、あるいは動物には輪姦がないのに人間にはなぜあるのか、といったように考えていくと、それはもはや被害者、加害者の問題ではないのです。

——動物には、もともとレイプは不可能ですね。

三枝 そうですね。もっとも本当のところは分かりませんね。「あの猫は嫌がったんだろうか?」とか(笑)。嫌なときはできないように体の作りができているらしいですね、動物の場合。

——三枝さんにとって、レイプは一種の比喩なんでしょうか。

三枝 そうです。男性社会の、日本に限らず男性社会そのものの比喩ですね。たとえば古代からレイプはあったのだろうかという問いを立ててみたり、あるいは攻撃的にではなく、レイプを男性的な一種の悲劇として見ることもできるのではないかとも考えました。その場合、男性も何処かで被害者になっていて、それでレイプに走るということがあるかもしれない。そういう視点で見ていくと、戦争も被害者、加害者という単純な枠組みでは覆いきれないんですね。とくに戦争というものの大昔からの流れの中で捉えた時、レイプは組織的なかたちで行われてきたものという気がします。そして前にも申し上げたように、戦争についてそういうふうに考えるのは、やはり四十年経ってみなければできなかった。侵略国、被侵略国という枠組みは、終戦直後の当時としては、戦争を論じるよりどころとしてあるべくしてあったのだろうけれども、侵略国の中にもいた被害者という視点をなくしてしまいます。ですからそこからはなれて、もうすこし大きく見てみたい。ギリシアを研究し始めたのもそのためです。

——私の学生たちが知りたがっていたんですが、小説を書くにあたって当時の日記やノートなどを参照されたりしたのでしょうか。

三枝 それはありませんでした。たしかに作品を書くに際して、当時の新聞の復刻版を読んだりして、報道に関して事実がどの程度公にされていたのかということを確認する作業はしました。でも、あの頃日記はつけておりませんでしたし、大体日記が書けるような状況ではなかったんですね。私のいた明石という町は、連日爆撃がありましたから。まあそういう種類のことならば、私はすぐに書けたと思うんです。たとえば、戦闘機に追いかけられたとかというようなことですね。艦載機が飛んできて自分に向かって機銃掃射をしたなんて経験などは、かなり鮮明な記憶として残っているわけです。もっとも飛行機が行ってしまった後で見ると、機銃掃射の弾の跡は随分離れていたんですが(笑)。そういうことはすぐ書けたんです。でもそんなことだけを書いても仕方がないという気がしました。空襲がどうのこうのというのは、日本だけでなく戦勝国・敗戦国どこにでもあったことだし、もっと根本的なことを考えていこうと思ったんです。

―― 女性の個人的な戦争体験と、あの時代の全体の流れが重ね合わされているわけで、それは単なる戦いの描写ではないんですね。

三枝 ええ。そしてそれができるようになるのに時間がかかったんです。

―― 日記はないということですが、それでも自伝的な要素はあるのではないですか。学生が働かされる場面など、そんな気がしたのですが。

三枝 はい。個々の体験は私の個人的な体験をふまえて書いています。私が女学校一年生か二年生の頃、全国の公立学校を中心に徴用令というのが出て、働かされた経験がありますから。

―― 三枝さんは河野多恵子さんと同じ世代でいらっしゃいますよね。河野さんにもそういう作品がありますね。

三枝 はい、ありますね。「幼児狩り」とか「塀の中」。

―― 『遠い夏』(構想社、一九七七年)という短編集にまとまっていますね。

三枝　ええ。彼女はわたしより三つか四つ上だと思います。

――『その日の夏』は一九八七年に発表されたわけですが、この作品を書くにあたってどのような経緯というか、どのような背景があったのでしょうか。

三枝　この作品の背景には二つの方向性があったと思います。ひとつは先ほど申し上げたように、私が女性のものの考え方を確立していきたいと思っていたことです。このテーマを模索していて、私はギリシアの母権論に突き当たりました。当時のギリシア文学には、母権社会から男権社会に移ったということがはっきりと現われているんです。もちろんどこの国だって、母権から男権へと移ったのでしょうが、現在私たちが文学として読めるもので一番古いのは、古代ギリシアのものですよね。ホメロスや一連の悲劇作者など、あの規模での古い文学作品は他にはありません。それで私は、そこから女性と男性という問題を考えてみようと思いました。私は男と女という問題では、民族も文化も越えてしまうんです（笑）。それでギリシア文学を女性の観点から考えてみたのですが、読んでいくうちに戦争の問題に行きついたんです。

――ギリシア文学の中のですか。

三枝　ええ。どういう形で戦争が起きて、それが女性にどんな影響を与え、さらに社会にどのような変化を促すかという問題がはっきりとあるんです。私はそれを、男性が読むのとは違う目で読めるようになったと思います。このことが、私の内にずっと通奏低音としてあったんですね。

その一方であったのが、私小説的な作品を書くことの問題です。私は私小説をほとんど、というより全然書いていませんでした。日本の作家としては珍しいとか、損な立場だとか周りに言われていたんですが……。

――私小説を書かないのは損なのですか。

三枝　日本では私小説を書くととても受けるんです。ですから、編集者など皆から「書け」と勧められる。でも私はそれに対していつも反論していましたが、その反論というのがこうなんです。私小説は、作者が自分自身を裁くというかたちで書いた時、最も良いものができる、そう私は思うのですが、日本には絶対的な神というものがありませんから、宗教的な告解の持つ機能を、私小説を書くということで果たす。するとその告解が、人の心を打つということがあるんです。ところが女の立場で自分の生活を書くと、被害者意識ばかりが先だって、恨みつらみ、男性に対する攻撃がどっと湧き出てくるということになりかねない(笑)。だからそれは小説になりにくいんですね。そこで私の反論は、女も社会的な加害者になれるような立場にいれば、きっといい私小説が書けるでしょう、ということなんです(笑)。

――それはかなり皮肉な説ですね(笑)。

三枝　それを理由にして、ある意味では逃げていたんですが、私小説的なものを書くというのか、やはり自分自身の生き方、考え方を変えた体験を追究してみたいと思ったんです。幼い頃の体験をずっと書きつづっていくというようなことは、まあもっと年をとってからでもできる。そういうのはいつでも書けるものなんです。でも自分を精神的に変えた体験というのか、大きな衝撃を受けた時のことなどを、一度私小説的に書こうと思っていたの。それが今度の『その日の夏』なんです。というわけで、先ほどのギリシアの問題と私小説的なものとが、この作品でドッキングしたかたちになったのですね。

――では『その日の夏』に関しては、私小説的な部分があると認められるんですね？

三枝　はい。この作品は私の作品の中で唯一、私小説的な発想で書かれたものです。

――自伝的であると受け取ってもよいのでしょうか。

三枝　自伝というと、編年体という感じがしますが、この作品では自分にとって大きな変革があった一つの時期とその場所を問題にしています。自分にとって、それから日本という私の属している共同体にとって、大きな変革となった一つの区切りですね。実際の作品は、十日間に起こったことだけに集中しています。私はそこで、個人と共同体が共に変革を経験する場所を書きたいと思いました。その場所が自分が考えてきた女性の問題と重なってくるのです。

――作品が発表されたとき、批評の反応はいかがでしたか。個人的な、私小説的な側面と歴史的な側面と、どちらが大きく取り上げられたでしょうか。

三枝　それは両方取り上げられました。私が私小説的なものを初めて書いたおかげで(笑)、これまでになかったほどたくさんの方々が関わって、いろいろなことを書いて下さいました。一つには、終戦直後のあの十日間だけを書いた小説というのは、これまでなかったということが言われましたね。当時の日本国民はその十日間、実際には力が抜けてボーッとしていた。だから、その期間だけ書けと言われてもなかなかできないようですね。私たちの世代にとっても、その十日間は真っ白なんです。それを書いたというので、ある批評家は「当時の真空状態を書いた記念碑的作品」という言い方をしていました。そしてそれは、男の立場、女の立場を離れたところでの問題ですね。それから「この作家が初めて書いた私小説だ」というのもありました。

――一般の読者はどうでしたか。若い世代が読んだのか、それとも同じ経験を持った人が読んだのか。

三枝　それはやはり、同じ経験を持った方々がたくさん読んで下さったと思います、男性女性を問わずに。でも、批評などが出た後では、女性の読者が増えたでしょうね。

今度高校の教科書になったら、若い人たちにも知られることになるのでしょうが、もっとも高校の教科書ですから、全部を扱うわけにはいかないので、十九日のところだけ抜き出されることになります。天皇の放送の部分がないと話が見えてこないため、その部分の説明が一ページ半ほどあって、それから十九日の部分全部がきます。ちょうど私が敗戦を体験したのが今の高校生と同じくらいの年頃だからなんでしょう、議論への提案として「作者が歴史に対してどう考えていたか討論してみよう」とか、あとこれが面白いんですが、「作者と妹の関係を討論してみよう」というのがあったんです。私はこの作品の中で、妹との関係なんてまるで考えてもみなかったので、いったいこれはどういう意味なんだろう、文部省とは不思議なことを考えるところだと思いました。

私はどちらかというと訳し易い部類に入るそうなんです。それはどうなんでしょうね……

――あとお聞きしたいと思ったのが、最後に出てくる「湖畔の宿」(作詞・佐藤惣之助、作曲・服部良一)の替え歌(昨日生まれた豚の仔が、/汽車に轢かれて名誉の戦死。/豚の遺骨はいつ還る、/四月八日の花祭……)ですが、あれは本当にあったんですか。

三枝 ありました。あれは実際に流行っていた歌です。

――ということは当時、かなり厭戦気分があったということですね?

三枝 そうです、戦争末期には。

――とても皮肉が利いています。

三枝 そうですよね。少しずつ文句が変わっていって、いろいろなバージョンがあるということを皆さんから聞きました。

——作品のなかに出てくるバージョンだけでも、えっと思わされますね。文句が変わるのは、戦況にあわせて変わっていったんでしょうか。

三枝 むしろ場所によって違ったみたいですね。たとえば「四月八日の花祭り」と歌うところを、旧暦でお祝いをする土地では「五月八日」にしたりするという違いです。あの歌はでも、あらゆる機会に聞きましたね。工場などでも、工員さんたちがやけのやんぱちで歌っていたんですよ。

——さきほど日記の話がありましたが、当時は日記を書くことが禁止されていたなんてことはありましたか。

三枝 いえ、禁止はされていませんでした。でも時間的に書けなかったんです。工場から帰ってきてすぐ夕食でしょう。それが終わったらすぐ消灯でした。当時は電力を節約しなければなりませんでしたから、書くことはなにもできなかったの。電力のために寝かされて、次の朝はまた早く起きて工場へ行くという生活でした。

——日記などを書く気持ちの余裕もなかったでしょうね。

三枝 そうですね。でも当時すでに有名になっていた作家はみんな書いています、永井荷風だとか。私なんかは、はっきり言ってやがて死ぬと思ってましたからね。

——「その日の夏」というタイトルについてですが、これはドイツ語にとても訳しにくいんです。というのも、日本人にとって昭和二十年の「夏」と「八月十五日」というのは、いわば歴史的、国家的なシンボルの意味があり、戦争の終わりにまつわるすべてを象徴しているように思えます。その二つは、終戦を描いた文学作品の中に必ずと言っていいほど出てきますね。戦争の終結をテーマにしたもので、「夏」という言葉がタイトルに入っている作品はかなりあると思いますが、三枝さんはどういう意味で「その日の夏」という題を選ばれたのですか。

三枝　私の頭の中の「その日」は、玉音放送のあった八月十五日のことです。その日からすべてが変わっていったわけですから。また先ほど申し上げた「その冬の死」は、戦争が終わった年の、夏からしばらくたった「冬の死」という意味でつけたものです。きちんと言えば「その年の冬の死」ということになりますね。

――そのほうがまだ訳しやすいですね。「その日」が入ってくると難しくなります。

三枝　でも「その日」は絶対に入っていなければならないんです。

――普通に言ったら「その夏の日」ですよね。でもそれでは「夏」が「その年の夏」にならない。その年であるということが、「その日」によって規定されていますから。でもドイツ人にとって、終戦の日はそれほど重要ではないんです。そこには当然、天皇の存在が関わっていますね。それを考えますと、あの「玉音放送」が、日本人にとって実に大きな意味を持つことがよく分かります。大学の授業で一度、『瀬戸内少年野球団』〔監督・篠田正浩、一九八四年〕という、終戦をも扱った映画を学生たちに見せたのですが、そのなかにも玉音放送の場面があって、改めてこの放送の象徴的意味の大きさを、その時映画を観たドイツ人の誰もが感じたようです。ドイツの終戦の日には、これほどの象徴性がまったくないので、日本語で「その日」あるいは「夏」という言葉が連想させる意味の広がりが、非常に興味深いです。ですから、それをどういうふうにドイツ語に訳したらいいかが問題なんですね。

三枝　私にとっては、その日がターニングポイントであるということが大切なんです。ですから、ドイツ語で「ターニングポイントの夏」というふうにしたらいかがですか。私にとっては、そういう意味の入ったものがぴったりくるんですけど。

――でもそうすると、ちょっと直接的になりすぎるのではないですか。

三枝　それはそうですね。

――それに、「その日」という言葉が持つ含みが、あまりにも一義的になってしまいますから。

三枝　なるほど。それと同じかもしれませんが、日本語で「八月十五日」とすると、かえって含みがなくなるんです。

――ああ、そうでしょうね。「夏」が入るタイトルでは河野多恵子さんの「遠い夏」、加賀乙彦さんの「帰らざる夏」などがありますが、それらもやはり、八月十五日を軸にしてついたタイトルだと言えますね。

三枝　そうですね。まあ、ドイツ人の感覚で訳していただいて結構です。「夏」が入らなくても、あるいはかまわないかもしれません。

――私はやはり入れようと思っています。日本人にとって、これはとても重要なキーワードですから。解説で「夏」が何を意味しているかを説明して、ドイツの読者にも理解できるようにしたらいいかもしれませんね。

三枝　そうですね。私はドイツ語の感覚がわからないので、それはあなたにお任せします(笑)。

――翻訳については、もう一ついろいろと考えさせられる、興味深い問題があります。つまり日本語の時制なんですけれど、日本語は過去のことを叙述する時に、現在形と過去形を混ぜて使うことができるのですが、ドイツ語では普通、過去形で統一します。この作品では、主人公の少女が、書かれているその瞬間にその出来事を体験しているかのように、現在形で書かれているところもあれば、出来事から時間的な距離を置いて書かれているところもあり、それがかなり混ざっていますので、その扱いをどうしようかということなんです。ラフに訳したものに手を入れて、今いろいろと試みているのですが、最終的にはスタイルを統一しなければなりません。この語りの時間的な二重構造を、一体どういう形で表現していったらいいのかが目下の懸案です。ドイツ語の場合、もちろん現在形で書くことによって、少女の現在の体験を表現できるのですが、それでも、過去を振り返って語っているというスタンスがそれに重なってきます。日本語ではそのへんを曖昧に書けると感じるのですが、語りの現在と回想のなかの現在というものの差をどうやって出すか、ということですね。

三枝　なるほど。

――現在形で統一することも実際は不可能なんです。第一章からそれはあって、初めは非常に抽象的な叙述にはじまって、次に少女時代の思い出が現在形で、現在その出来事が起こっているかのようなかたちで描かれる。しかし最後には新聞の引用などがあり、この引用するという行為は小さい時の時点では起こりえないということから、やはりこの少女時代は単なる現在ではなく、はめ込まれた現在だということになるわけです。その差をドイツ語でどのようにつけたらいいのかということが、実はとても難しいのです。でもその難しさが逆に、翻訳ということを通して文化や文学を考えるというアクチュアルな意味合いを持っていて、私にはとても興味深く感じられます。これは日本語において可能なことが、ドイツ語では可能でない例なのですが、それは、それと等価の別の方法を採って内容や意味の伝達を試みる以外ないので、その点が翻訳の際、私たち外国の日本文学研究者の重要な関心事の一つだとも言えるでしょう。私たちが今そのような問題を解決しようと努力していることをお伝えしようと思ったのが、今日ここへお話しをしに来た理由の一つでもあるのです。

ところで、学生たちと一緒に翻訳した時の話ですが、私は文学作品を訳すという難関に挑むことで、彼らがいつかうんざりしてしまうのではないかと懸念していたのですが、むしろ皆が大変な熱意を持って参加してくれ、私としてもとても楽しい作業でした。わずかな部分を訳すのに何時間もの議論が必要なこともあったのですが、必死になってテクストを理解しようと努力してくれましたし、また言葉のもたらす連想を、ドイツ語でどのように再生したらいいかというような、非常に高度な創造的作業をすることで、その授業全体がとても意味深いものになったと思います。この前もある学生が「楽しくてしょうがない」と言っていました。

三枝 そうですか。

―― それを聞いて私はほっとしました。

三枝 私もほっとしました(笑)。

―― 個人的に、これはとても嬉しい経験ですね。最終的には、私が作品の文体を統一することになりますが、今までの授業で翻訳されたものは、すでにかなりの水準に達していると思います。初めのうちはさすがに、どのようなスタイルにすべきかなど、本当に何時間かかったか分からないくらい話し合ったんです。テクストの箇所によっては、いろいろなスタイルが可能なわけで、それをどのような種類の文体にするかということですね。最初の部分などは、抽象的で非常に訳しにくかったです。たとえば悲鳴をどのように訳したらいいかなどに、随分と時間をかけました。まずは第一章全部を訳したのですが、第一章への参加者は延べ十三人でした。日本学の学生だけでなく、英文学や仏文学の学生もいて、その約八割が女子学生です。もちろん私がひとりで訳したほうが楽なことは楽なのですが、学生にとってこれは本当に貴重な経験だと思います。この本は有名な大手出版社から出されるということもあり、そのレベルを目標に翻訳する場合は、特にいろいろな配慮が必要となるでしょうが、でも今出来つつあるものは、そのレベルに充分適うものだと思います。

三枝　後でスタイルを統一していただくというかたちで、学生さんに訳していただくというのは、私としても嬉しいですね。日本の作家の文章というのはわりと訳しにくいということを聞いているんですが、こんどアメリカで私のものの翻訳が出るそうで、私はどちらかというと訳し易い部類に入るそうなんです。それはどうなんでしょうね、たとえば志賀直哉さんとかはすごく難しいということですが。

――　難しさというのはいろいろあると思います。私はこれまで河野多恵子さん、円地文子さん、大江健三郎さんなどを訳していますが、難しさはそれぞれで、おなじ種類の難しさというのはないのですね。また自分に合っている作品とそうでない作品があるということも、そこに加わってくると思いますが、いずれにしても、その作品を評価していないと、訳す気がおきませんね（笑）。

三枝　なるほどね。たとえば大江健三郎さんは、日本語としてはかなり翻訳調だということが言われるんですけれど、どうですか。

――　そんな意見は、彼の文章を訳しているとなんとなく納得できます（笑）。

三枝　それで訳しやすいだろうと思ったら、サイデンステッカーさん〔エドワード・サイデンステッカー、1921–2007、アメリカ人の日本学者〕がむしろ訳しにくいと言ったんだそうです。でもそれは翻訳者によっても違うんでしょうね。女性の作品は訳しにくいという話も聞いたことがありますが？

――　それは男性が言ったんじゃないですか（笑）。でも、それはないですね。

三枝　ないですよね（笑）。

――　たとえば河野多恵子さんの文章はとても密度があるのですが、非常に論理的に書かれていますから、訳しにくいということはありません。でも作品を大切に扱えば、誰の作品だって訳すのが難しいのです。言葉の表面が合ってさえいればいいのなら、なにもこんなに苦労はしません。結局は、翻訳された文章が、読む人に与える効果の問題だと思います。日本語ではない言語へと訳すのですから、日本語とは違った様々な戦術や手段を使って、できるだけ似たような効果を生むことが翻訳の要になるわけで、それが一番難しいのですね。でもそれはある意味では当然で、言語で成り立っている芸術作品を、そんなに簡単に他の言語へ置き換えられるとは思えません。ですから学生たちがこういう経験をするのは、「作品を集中的に、精密に読む」ことを通して、「翻訳」だけでなく、むしろ「解釈」の練習をするという意味もあり、その体験には二重の価値があると思うのです。ある意味では、翻訳者ほど作品をよく知っている者はいないと思います、評論家の何倍も(笑)。

三枝 それはそうですね。

―― 私自身、初めは文学の翻訳をやらなかったんです。普通の翻訳は情報が正確に伝わればよいという側面もあり、それがきちんとしたドイツ語になっていればいいのですが、文学の翻訳はまったく性格が違うので、なかなか手を出せませんでした。でも一度やってみるととても面白く、それまでは使われなかった、自分の隠されていた側面を活かせるようで、もっとやりたいと思い始めました。でも、そのためになかなか自由な時間が取れないのが残念です。それだけに、翻訳ができる人たちを養成したいという願いもあります。それが私たちの新しい課題です。

三枝 そうですね。日本の文学作品が翻訳を通してもっと広く読まれるようになれば、こんなに嬉しいことはないですね。どうかよろしくお願いいたします(笑)。

(一九八八年十二月二十日、東京都・西荻窪 三枝氏仕事部屋にて)

7. 大庭みな子さん

Minako Ōba
1930-2007

「女は男より ずっと自信があると 思いますよ」

……おおば・みなこ……

技術者だった夫、利雄のアラスカ赴任に同伴した大庭みな子は、見知らぬ地で執筆を始め、一九六八年『三匹の蟹』で芥川賞を受賞して世間を驚かせた。一九七〇年に夫・娘とともに帰国すると、大庭は『浦島草』(1977)や『舞へ舞へ蝸牛』(1984)など、自らの体験や神話、記憶などをもとにした多くの作品を矢継ぎ早に発表して精力的な創作活動を開始する。結婚が大庭にとっていかに夫とのギブ・アンド・テイクの関係であったかは、一九九六年に脳梗塞で倒れたときに明らかになる。リハビリを続ける妻にとって最も信頼できるパートナーとして、また秘書として、彼女の旺盛な創作衝動の追求を可能にしたのは夫、利雄であった。そのおかげで大庭みな子は、ひとりの自立した強い意志を持つ女性として、私たちの記憶に残っている。

結局フィジカルな感じで「産む」という感じが女は強いんでしょうね

―― 大庭さんの文学のスタイルについて少しお聞きしたいと思って、質問をノートに取ってきたのですが、そこから始めさせていただきたいと思います。大庭さんについての論文や記事の中に、「確固たる存在の根となるべきものを持っていない女の姿を描写する」そのように書いたものがありますが、「確固たる存在の根となるべきものを持っていない女性」、またその不安と孤独といったものは、女性独特の要素と捉えてよいのでしょうか。それとも人間一般の持つ要素なのでしょうか。まず、そのことからお聞きしたいのですが。

大庭 そんなふうにおっしゃっているのは、その方であって、私はそんなことを思っておりませんよ。そういう不安というのは二十世紀、今生きている人間は皆そうなんじゃないですか。今おっしゃいましたように何も女に限らず、男の人たちだって、ね。でも女というのは男に比べると、それほど不安ではないんじゃないですか。

―― 男性よりも不安は少ないということですか。

大庭 ええ、私はそう思いますのね。女性は子どもを産みますでしょ。実際に産まない場合でも可能性はあるといいますか。今の女の方は、お産みにならない方もいらっしゃいますけれど、産むということが観念の中にはありますわね。ですから女というのは子どもを産むということにつながっていることから、どこにいましてもあまり不安ではなくて、わりに大地に根を下ろしているというのか、そういうことってあると思いますのね。たとえばあなたも日本人の方と結婚していらっしゃるけれど、そんなに不安ではありませんでしょう。

―― やはりなんらかの不安はあると思います。たとえば、もし女性の最も重要な役割が子どもを産むことであるとしたら、まだ子どもを産んでいないことから来る気持ちなどもありますし、子どもを産むか産まないかについて、現代のように自分で責任を持たなければならないというのは、やはり一種の心理的圧力の原因になると思います。昔は子どもができてしまうというのが自然な成り行きで、それを自分で決める自由はほとんどなかったと思うのです。でも今はその自由を持てるようになり、同時にその自由へ対する責任を感じさせられますので、それが現代の女性にとっては精神的な重荷になるのではないでしょうか。産むこと産まないことを自分で決められるようになったという事実が、むしろ不安に繋がるのですね。いかがでしょう?

大庭　それはそうかもしれませんね。でも私の言っているのは、現実に子どもを産む、産まないということとはそれほど関わりがなく、男の人というのは帰属する国家とか会社とか、そういうものがないとすごく不安でしょ。女の場合はそういう不安というのがあまりないと思いますのね。あなたの場合は分かりませんけれど、私なんかはそうですね。

―― 大庭さんご自身、長くアメリカで生活なさった経験をお持ちですが、そういう時にこそ、自分が日本人であるという意識が強く出てくるのではないでしょうか。自分の感覚がアメリカ人と違うとか、価値観までもがちょっと違うというところが、はっきり出て来ると思うのですが。

大庭　それはもちろんありますけれど、同じ日本人の男の人に比べると、はるかに少ないと思いましたね。アメリカにいる日本の男の人たちというのは、一般に非常に国家主義的ですね。アメリカでなくてもドイツにいる日本の男の方たちだってそうではないかと思うのです。何故だか、ほとんどがそんなふうにおなりになるんですね。もちろん、国というものがあるのですから、それは分かりますけれど。でも女の場合には、そんなことはそれほど気にならないのではないでしょうか。

―― もし気にならないとしたら、それは女性が社会と直接触れ合う機会が少ないというところから来ているのかもしれませんね。

大庭　そうなのだとしたら、ある意味でそれは女にとって、とても悲しいことかもしれません。女には社会的地位がなく、いずれにせよ社会的権力に近いところにいないので、外国にいようと自分の国にいようと、たいして変わらないというわけですから。

―― 女性に不安が少ないということの背景には、そういう社会に対して消極的というか、受身的であるという要因が含まれているわけでしょうね？

大庭　そうですね。もしある社会的秩序の中で何らかの権力を持つ立場にある人が、よその国へ行き異国民の中で自分がはみださざるを得ない場合、もっと不安が強いと思うんです。ですけど女の場合には、もっと何というか原始的な、さっき言った子どもということも原始的な力に結びつくことなのですけれど、たとえ子どもを産まなくても、原始的な生命力に繋がっているというようなもので、その住んでいる土地に結びつくということができると思うんですね。それに加えて、もしそこで子どもを産んだなら、余計にどっしりと構えてしまうということがありますでしょうし、もし産まなくても、男よりスムーズに、新しいコミュニティの中で自分が生きていくということを見出せるのではないでしょうかね。

―― 女性は結局、男性よりも原始的な要素との繋がりが強い。そしてそれは、子どもを産むということから来ているだけでなく、子どもを産まなくても、そういう要素があるとおっしゃるのですね？

大庭 それは産まなくても記憶の中に産む可能性があるんです。自分は産まなくても、今までずっと自分の母なり祖母なりが産んできたと。ですから実際に肉体を持った赤ん坊を産まなくても、思考の中にメタフィジカルにものを産む、そういうことにつながると思うんですね。だからそういう点で女は男より自信があると思います。

―― 何かを産むということは、たとえば作品を産むということでもあるのですか？

大庭 はい、作品を産むということですね。

―― ものを産むという作業でしたら、男性にもできるのではないでしょうか。ただフィジカルに子どもを産む、それだけは絶対男性にはできません。でもそれ以外のものを産むという可能性は、両方にあると思いますが。

大庭 それはもちろん男の人にもありますが、結局フィジカルな感じで「産む」という感じが女は強いんでしょうね。メタフィジカルなものに対してもフィジカルな感じでですね。たとえば私は日本人でしょう、日本人がずっと今まで伝えてきたものをそういう感じで産み出すということに対して、男より自信があるんじゃないかな。私なんかそう思いますね。アメリカにいようと、ドイツにいようと、そんなにインフェリオリティ（劣等感）を感じない。きっとあなたも、そうでいらっしゃるのではないかしら。ゲルマン民族が今まで持ってきたいろいろなものを産み出すということは、子どもをフィジカルに産まなくても、やはり産むということですね。

―― 私にとって、それは必ずしも女性であることとは繋がらないんです、少なくとも感覚の上では。

ですから、もし私がなにかの本を書く場合でも、「産む」という点から言えば、男性と自分の立場が違うと感じたことはこれまでないと思います。

話が少し変わりますが、日本の文壇の中で女性の書いたものが、特別に扱われるという風潮がないとはいえないと思います。たとえば「女流文学」などという表現がありますから。

大庭 そういう言葉、私は気に入りませんね。

――「男流」というのはありませんからね。

大庭 ええ。ですからそんなふうに特別にいう必要はないと思うんです。でも私は男と女は違うもので、同じだとは思わないんですね。絶対に男がいるから女がいるわけで、男がいるのは女がいるからであって。ベターハーフという言葉がありますけれど、まさに半分なのであって、自分にない要素というのを充分に男の人たちに認めていますから、そういう意味ではまったく同じだとは思っていませんよ。

―― 今おっしゃったように、両方が各々半分だとすれば、それがある意味では理想的なかたちですけれど、でも現実の日本を見ても、結局女性というのはまず子どもを産むものなのであって、どうしても二次的な存在となってしまい、社会と直接接触し、その中で活動するような可能性がずっと少ないのですね。たとえ子どもを産むという能力が認められたとしても、それだけでは満足できず、女性の中には様々な欲求不満が溜まってしまうようですが、それを女性の身勝手と受け取るべきなのでしょうか。それともその背景には、自分が一人前の人間として認められていないという、心からの不満があるのでしょうか。

たとえば今朝、偶然テレビで見たのですが、NHKの「主婦」をテーマにしたディスカッションで、結婚して初めて子どもを産み、一日中赤ちゃんとしか付き合わない女性が往々にしてノイローゼになるという話で、最初にある女性からそういう時どうすればいいのですかという質問が出され、それに解答するかたちで番組が進行しました。でもそこで具体的になされたアドバイスというのは、女性がもっと子どもを自分の相手として認めて、子どもとよく遊んだりすればよいということだけだったんですね。でも、それで本当に満たされるのでしょうか。赤ん坊ばかりを相手にしていたのでは、人間としてあまり成長できないのではないですか。もちろん赤ちゃんと遊ぶことも大切ですし、非常に貴重な経験です、それによって満たされることも当然あるでしょう。でも一日中それればっかりやっていたのでは、たとえば夜になって夫が会社から帰って来ても、対話が難しいということになりかねませんね。

大庭　それはまったくあなたのおっしゃるとおりでしょう。社会性のない暮らしをしているということなんでしょうけれど。でも、まったく視点を変えていきますと、人間というのは社会的であればあるほど個人的になりたい、そういう欲求がありますでしょう。そして個人的であればあるほど社会的にならざるを得ない。両方なければ生きていけませんでしょう。歴史的に長い期間、男の人たちは女よりは社会的に生きてきましたから、ある意味で女より個人的な部分が失われていると思うんですよ。たとえば国家が戦争を始めたとしますと、自分はそれをいいと思わなくてもそこに巻き込まれてしまうという悲劇性を女よりはるかに持っていると思いますの。またたとえば会社が倒産したとすると、その中には自分が何としても納得のいかないことも出てくるわけで、そこには一種の男性としての悲劇みたいなものがありますでしょう。女のようにそういうものはどうでもよいと、自分は絶対に原始的な力だけで生きていく、というところになかなかポンと行けないというところがありますね。ですから、それは歴史的に培われたものだと思うけれど、マイナスではあるが、プラスにもなる特性を女のほうは持っていると思うんですね。つまり原始性に結びついている個体の維持っていうのかしら、そういう本能的なものを男よりみずみずしく持っているということです。そういうことから女というのは、男の人たちの作った社会がだんだん固まっていってそれがどうにもならなくなった時に、それを崩す役割というのをすると思いますの。

それからインターマリッジ、国際結婚という、たとえ子どもを産まなくても違う国との性的な結び付きがありますでしょ。そうしますと、そういうかたちで女は男より、社会がある柔軟性を持つきっかけになると思いますのね。でもそれはもともと、生物としてのリプロデュースを前提としたところからきているのでしょうけれど。そういうものを割合若いかたちで女のほうが持っているということはあると思いますの。だからあまり硬直しなくてすむ。さっきあなたがおっしゃったように、子どもとばかり家にいては、それは駄目になるにきまっていますよ。いくら人間、個体の維持が肝要といっても、社会性がなければ生き続けられませんから、やはり両方がなければ駄目ですけれど。でも現実の状況では、男が何千年か社会的な力を持っていたのに比べて、女は原始的な部分に近いところにずっと生きてきたから、それは女にとってマイナスであると同時にプラスの面でもあるということなんです、私の言いたいのは。だから男の人よりは不安でない。たとえば外国なんかに行った場合、女のほうが不安でないように思いますのね。

――おもしろい説ですね。

大庭　それはきっとあなたもお感じになると思うんです。あなたが日本にいらして感じる孤独よりも、あなたの旦那様がドイツにいらして感じる孤独の方が強いのではないですか。

――二人とも、あまり孤独を感じることはないと思うのですが。

大庭　それでは不安は。

――ちょっと比較できないですね。個人的な話になりますが、私の夫は日本の社会の窮屈さにいろいろと不満を感じて、まあ若者に典型的な不満だったのでしょうが、外の世界を経験したいとヨーロッパに来た人なんです。彼は芸術家ですから、芸術家としてヨーロッパで自由に生活できるという、そういう満足感の方が不安よりもずっと強いようです。私のほうは日本文学研究家として日本に来た場合、たとえば大学の先生たちと話をしている時など、自分が女性、特にまだ若い年下の女性であることを強く感じさせられることが多く、そういう点で私なりの欲求不満が募ることはあります。ですから私たち二人の経験することは、その経験の次元や性質などがかなり違いますから、直接比較するのは難しいと思います。もちろん私は日本に来て、自分がドイツ人もしくはヨーロッパ人であることを痛感させられることが度々ありますが、同時にそれは、自分を知るための素晴らしい経験でもありますから、そんな経験ができることに対しては本当に感謝しています。

日本での様々な経験は、個人としての勉強にも、学問上の勉強にもなっているからですが、でも、果たして私のほうが夫よりも不安が少ないかどうか、それは簡単に比較できないように思えます。大庭さんが今おっしゃったことを、私も理屈としてはわかるような気がするのですが、でも文学を研究する者としての私は、男性とほとんど同じ条件を与えられていると信じたいですね。

大庭　それはそうですね。もう一つ付け加えて言えば、現在の状況としてヨーロッパでも、お国のドイツでも、日本でも同じだと思うんですけれど、社会的な力を持っている割合は男性のほうがはるかに大きいと思うんです。

――　それは圧倒的にそうですね。

大庭　そうしますと、女が社会的に生きようとする場合、関わり合う相手は大抵男性のわけです。すると性が違うから、そこでずっと楽だということがあるわけですよ。

――　甘やかしてくれるということですか。

大庭　そうです、甘やかしてくれるということです。もしあなたが男であって、今と同じお仕事をしていらっしゃるとしたら、大学教授などもマジョリティは男のわけですから、あなたが日本にいらして日本の同業者たちとわたりあう場合は、男のあなたのほうが女のあなたよりずっと大変かもしれない、そういうふうにはお考えにならない？

―― たしかに、甘やかしてくれる部分があるかもしれません。でも逆に、平等に、真面目に扱われないという部分も大きいでしょうね。大学というところは、かなり保守的な世界ですから。ドイツの場合も、特に文科系など、女子学生の数が五十パーセント以上であっても、後で助手になれる女性の数はずっと少ないのです。教授の数も、特に正教授の場合、女性はまだ全体の一パーセントにも満たないのですね。この統計結果は、明らかに大学の保守性の証だと思います。はっきり言えば、女性にはチャンスがないのです。甘やかされるというよりは、むしろ抑えられている。対等な競争の段階までいけないんですね。

大庭　そのこともあると思うんですが、でもどうなんでしょう、男の方と女の方を見ると、よその国へ行ってうちひしがれるというのは、男の人の方が多いように思いますよ。あなたの旦那様は、おそらく例外的にうまくいっていらっしゃるのであって、一般に日本の男の方で外国へいらっしゃっている人たちを見ていますと、女の人の方が楽なんじゃないかなという気が致します。それはつまり、外国の社会の中で力を持っているのが皆男の人なんですね。その男の社会の中に異国人種である日本人が入っていくということは、とても難しいわけですよ。でも女の人であって、非常に力のある場合には、それよりずっと摩擦が少なくて、容易に同化できるということになるんです。

―― そういうことはあるかもしれません。でも、外国へ行った日本女性の例を、一般化して考えてもよいのでしょうか。外国で生活している日本女性というのは、どちらかと言えば普通よりも学歴があり、性格や意志が強い女性だと思うのですが。

大庭　それはたしかに、日本の中でも強い人が出て行くでしょうね。

——そういう女性が成功する可能性が大きいのは、ある意味では当然かもしれません。もしかすると彼女たちは、日本の社会に残ったとしても成功する人たちだと思います。ですから外国へ行った日本人の中で、男性よりも女性の方が楽である、同化に成功しているという事実がもしあったとしても、その女性たちがある程度特別な女性であるという背景も考えなければならないと思うのですが。

大庭　それはそうでしょうね。

私ね、女としての被害者意識っていうのかな、それがほとんどないんですよ

——日本でお仕事をしていらっしゃる作家として、大庭さんはたとえば評論家によって平等に扱われているとお思いになりますか。それともやはり女性の作家として特別視されているとお思いになりますか。

大庭　それはやはり平等ではないでしょう。

——どういうところにそれが出て来るとお考えですか。

大庭　例は挙げられないけれど、平等じゃないんじゃないかって気がしますわよ。そういうことは私からは言いにくいので、作家よりもむしろ編集者にでもお聞きになるといいと思いますわよ、女のエディターに。私は私自身のことになりますから、どうしても主観的になりますのね。

——まあ誰もが主観的にならざるを得ないわけで、特に自分のことを話す場合、最も主観的になるでしょうし、純粋に客観的な見方というのは、私はあり得ないような気がします。皆の主観を集めて初めて、

客観化がある程度可能になるのではないでしょうか。でも、怒りを感じられることはないですか。たとえばご自分の作品に対して、男性的な偏見が述べられることはないのでしょうか。

大庭　それはあるかもしれませんが、私はもともとあまり評論に関心がありませんのね。ですからほとんど読みませんの。というのはかなり不快なことも多いわけです。しかもそれをあまり正当だとは思いませんのね。ですからそんな正当でないものを読んで腹を立てるよりは、もう読まなくてもいいとかね。特に文学の場合、日本には女の人たちの王朝以来の伝統がありますでしょう。それに大体、日本文学自体がかなり女性的ですよね。

――　たしかにそう言われていますが、具体的にどういうところが女性的であるのか、お聞きしてもいいですか。

大庭　現代文学にしても……、とにかく文学というかたちでは、男性の書いたものでも社会的なテーマを大きく取り上げているものが割合少ないですね。西洋文学に比べますと。

――　なるほど、そういう要素が女性的であると思われるわけですか。でも私としては、それを女性的であると捉えたくはないのですが。

大庭　それはたしかにあなたのおっしゃるように、いずれそれが女性的であるという言い方を避けなければならない時代がやって来るとは思いますよ、まもなくね。だけど少なくとも現在の状況では、大多数の女が社会的に生きていないということが事実ですね。いずれは、それが変わらざるを得ない方向に行くのではないかと思ってはいますけれど。

――　日本でもそうなるでしょうか。

大庭　ええ、日本でも。世界中で社会と個人というものが並行してあるような方向に。ただ私も、それがまったく平等になるかどうかは分からないと思いますの。というのは、女が子どもを産む限りね、ある期間をとられますでしょ。もしかしたらあなたは子どもを産まないかもしれないけれど、すべての女が一人も産まなくなりましたらそこで終わりになりますから。

——そうなったらもちろん大変な問題ですから、子どもを産まないようにするというわけにはいきませんけれど。でも、もし女性が子どもを産むことによって、社会的に男性と共存できずに不公平になるのなら、その問題を「出産」という生物的能力をあきらめる方向で解決するのではなく、社会全体を変えてその問題を解決する方向にもっていくというのが、ヨーロッパ的な考え方になるのですね。つまり、男性と女性の社会的な共存のかたちを、今と違ったものにしていくということです。子どもを持った場合、女性はどうしても時間を取られ、集中できなくなるというのでしたら、男性も子育てに協力するとか、社会のシステムをその方向に変えていくとかしない限り、女性には競争も協力のチャンスも与えられないという状況がずっと続くことになりますから。

大庭　それは本当にまったくその通りですね。でも今、週に五日なり働いているけれど、もうそんなにしなくてもよいということもありますでしょ。

——女性がですか。

大庭　人類すべてがです。そうすれば男の人たちだって、半分家のことをすればいいという考え方だって出てきますわよね。

——それに付け加えて言えば、日本女性の平均寿命は既に世界一位で、現在七十六歳ほどになっていますよね。そのうち二十年くらいを子どもの教育に取られるとしても、あとの何十年かは自分なりの生活をしなければならないので、子どもを中心とした生活だけに集中しますと、後でどうしても問題が出てくると思うのですが。

大庭　それはもう絶対出てくるでしょうね。女としましては、自分なりの生き方を見つけなければね。

――日本では「母性」というものが強調されるようですが、これがある意味では大きな問題ですね。この社会において、母性を中心としたシステムの外で女性が生きるのは、本当に大変なことだと思います。日本で生活して、つくづくそう感じました。日本の女性はドイツの女性よりもはるかに強く、子ども中心の生活をしていると思います。「教育ママ」などという表現もあるようですが、そうなりますと、子どもが家から出て行った後、すごく空っぽになってしまうのではないでしょうか。

大庭　本当にそうでしょうね。今までのやり方ではない、別のやり方を見つけなければならないでしょうね。

――日本的な状況の中から、それを見つけ出すことができるでしょうか。

大庭　やはりそういうことよりも……、私には女性運動家的な要素は大変少ないんですね。ただそういう方がいらっしゃることは知っていますし、そういう方がいらっしゃるなら支持します。私も、もし文学をやっていなければ、それをやったかもしれません。でも文学をやっている限りは、文学のことに集中したほうがよいと思うのね。そしてそこで、やはり女の問題だけを取り上げるわけにはいきませんでしょ、人類とか、人間そのものとか、人間の悪とか、そういうことのほうがもっと大きい関心があるわけです、私の場合は。ですから女性問題に関しては、専門家にお任せしたほうがよいと思うのね。

――そこでお尋ねしますが、たとえばある評論家が、大庭さんの作品を「これは女にしか書けない」と言ったら、それを褒め言葉として受け取られますか？

大庭　そうですね、褒め言葉とも何とも。どちらでもあまり気になりませんね。まあ、女であることは事実だから、そうお思いになるならその方のご自由だと思うけれど。特別嬉しくもないけれど、腹も立ちませんね。

——結局、自分を女としてしか見ていないのだとか、そういうふうには受け取られませんか。

大庭 私ね、女としての被害者意識っていうのかな、それがほとんどないんですよ。劣等感とかね、それも私にはほとんどないみたい。今までの日本の女の文学って、大体被害者意識で書いてきたんですね。

——ヨーロッパの現在の女性文学も、大体はそんなふうですね。

大庭 そうですか。それはきっとこれまでの事実から出たのでしょうが、私たちの世代ぐらいからそうでない女の人が出てきたんじゃないのかな。どちらかというと私は、男の人のほうがかわいそうだという感じがするんですね。

——どういう点がかわいそうなんですか？

大庭 なんかね、男ってどんなに知識があっても女から見ますと、ちょっともの足りないところがあるんです。

——それは、日常生活でのことですか。

大庭 どんなに知識があって、どんなに学者であっても、生命そのものに根差すところでは、女から見ますとどこか宙に浮いたところがあるように思えますの。だからそういう意味で私は絶対、女としての自信があるんですの。だから被害者意識的なもの、そういうものはあまりないんですね。

——それはつまり、大庭さんから見た場合、女性としての自分の生活のほうが、男性のそれよりもうまくいっているといった自信ですか。つまり自分の可能性を使って、与えられた環境の中で、自分なりに上手に生活できるというような自信ですか。

大庭　いいえ、そうではなくてね。それはなんか、生物的なものじゃないんでしょうかね。

――私は男性のほうが、女性よりもっと自分の人生を生かす可能性があるのではないかと思いますが。経済的な力からいっても、社会的な立場からいっても、やはり男性のほうに、女性よりもずっと大きな自由や可能性があると思いますね。

大庭　それはありますけれどね。大体そういうことをやるのはみんな女がいるからやっているのであってね。女がいなかったらあの人たち何もしませんわよ。

――そうですか。

大庭　しませんわよ。ナポレオンだろうと、誰だろうと、女がいなければ何もしませんわよ。

――でも私の考えとしましては、まあナポレオンはロシアまで遠征して逃げ帰ったのは大変だったでしょうが、でも結局、自分の野望をかなり満たした人生を送れましたし、彼なりの達成感を十分に楽しんだと思うのですが。

大庭　いえ、それは単なる結果であってね、なぜそんなことをしたかというと、女がいたからしたんですわよ。

――間接的には女がしたということですか。

大庭　いえ、女性的なものに掻き立てられることがなかったら、ああいう男性的な生き方もありえないということです。もし地上に女というものがなかったら、あんなことをする人間はいませんわよ。

――ああ、そういう意味での女の自信ですか。

大庭　そういう意味ですわよ。どんな大政治家であろうと何であろうと、自分の奥さんであるとか恋人であるとか、そんな個人的なことを言っているのではないですよ。基本的に女性的な要素というものがなければ、何もしませんよ、あの人たち。

――でも、そういう意味での女性の自信というのは、まあ言葉の響きは悪いかもしれませんが、「女中さんやお手伝いさんの自信」と同じじゃないですか。私がいなければこの家の日常は何も動かない、そんな自信ではないでしょうか。

大庭　いいえ、いいえ、そんなことでは全然なくてね。つまり女の魅力が無かったら……、女のためにしたってことです。女を喜ばせるためにしたってことです。

――でも、どの女もナポレオンに頼みませんでしたよ、ヨーロッパを征服してくれなんて。

大庭　女の人たちにやっぱり褒めてもらいたかったんですよ。それは直接的に結びつくわけじゃありませんよ、間接的に。男が何かするのは女の称賛を得たいんですよ。

――つまり男が「ものを産む」のは、産む喜びそのものからではなく、女を喜ばせるためにするということですか。たとえば芸術作品を創ることもそうなのでしょうか。

大庭　ええ、たぶんそのことだって。ですから私は女のほうが強いって気がしますのね。

――そういうお考えでしたら、まあそういうことなのでしょうが、つまり男性が男性としてそこにいるだけでは、価値を認められるのに十分ではない。女性のために何かをして初めて、認められるべき価値ができるというわけですね？　でも現実としてはやはり、社会における女性の地位は明らかに男性より低いわけです。それでも男性は、そんな女性のために何かしなければならない必要性を感じるのでしょうか。ちょっと、しつこくなってすみませんが。

大庭　そうなんじゃないのかしら、そうお思いにならない方もいるかもしれませんけれど。芸術家だって皆そうなんだけれど、何かをする場合に女の人がいなかったら何もしないと思うの。身の回りのことをしてくれる女中さんがいるってことじゃないですよ。それを喜んでくれる人がね、つまりすべての原動力は女性的なものにあるんじゃないかって感じがするんですね。それで私、女であることがみじめだと思ったことがないのですね。

結局自分でない、異性の立場というものに対して想像力があまりないんですね、お互いに

―― そうですか。では、別の質問に移らせていただきますが、大庭さんは普通どのような読者層のために作品をお書きになっていらっしゃいますか。たとえば主に女性のためであるとか、特別な読者層というものがあるのですか。

大庭　書き手っていうのは、どういう人が読んでいるのかよくわからないですね。

―― 書く時に想像なさいませんか、どういう人が読むのだろうかと。

大庭　やっぱり女性ならば、働いている人が多いのではないでしょうかね。お家にいらっしゃる方はあまり興味がないかもしれませんね。たまに読者の方にお会いすることがあるんですが、どちらかというと平均よりおできになる方が多いんです。私なんか駄目じゃないですか、なんてことを言われたりしてね。ご自分でお仕事を持っていて、有能な方が多いようですね。もちろん、そうでない方もいらっしゃいましょうけれど。

―― 男性もそうですか。

大庭　男の方も割合多いですね。

――また評論家の意見になりますが、柘植光彦さんがある女流作家について男性読者を「締め出そうとする」ということを言っているんですが、大庭さんにはそのような事実がありますか。

大庭 私にはないみたい。私の場合は割合男性の方も読んでくださるのかもしれませんよ、よくわかりませんけれど。まったく男性の読者がいないのでもないんじゃないかしら。少なくとも私はあまり女のみじめさみたいなものが気にならない人間で、それは自分でも欠陥かもしれないと思っているんです。そのことがあまり念頭にないんですね。

――それでもかまわないと思われますか。

大庭 まあ、そういう女は気にいらないという男の人がいますでしょうね、そんな強気な女は。そういう人は私の作品をあまり好きではないのじゃないですか。

――なるほど。評論家の文章を読んでいて時々気付くことなんですが、女性の書いた文章を、男性側が自分と同じ性ではないと意識して読むこともあるようですね。たとえば先ほどの柘植さんが、別のところで次のようにも書いていました、「女性作家の作品は、どうも私には完全に読んで理解することが不可能だが、どうしても残るその〝わからなさ〟が逆に魅力であり、関心を向ける理由でもある」と。大庭さんの作品の場合、男性にも理解できると思われますか。それとも難しいところがあると思われますか。

大庭 やっぱりわからないところがあるのではないでしょうかね。

――どういうところが男性にとって理解しにくいのでしょうか。

大庭 やっぱり身体が違うし……。違う部分の不気味さっていうのかしらね、そういうものが分からなくて。でもそれはいいのではないでしょうかしらね。

――でも、その身体が違うことからくる感覚ですか、女性の感覚が違うと男性側が思うことは、他にも日常生活の中でたくさんあると思うのですが、その感覚のすべてを男性がわからないということなのでしょうか。私には、女性の感覚は自分のものとまったく違うと、男性側が勝手に思い込んでいるだけのようにも見えるのですが。ですから、もし女性側がそれは「自分たちに特有の感覚」だと主張したら、男性側は当然「それじゃあ自分には分からない」になってしまうと思うのです。でも、それは本当に理解不可能なことなのでしょうか。

大庭　それはね、身体の問題だけではなく、やはり歴史的な、社会的なことだと思うんですね。長い間女が生きてきたあり方とか、男が生きてきたあり方とか、それによって習慣づけられたものがあると思うんですね。そこの部分において、結局自分でない、異性の立場というものに対して想像力があまりないんですね、お互いに。お互いに対しての想像力がない。たとえば女に生まれたことによって強いられる、不合理なことがいっぱいありますわね。それと同じように男だって、男の子は泣いちゃいけないとか、そういうふうにずっと言われますでしょう。男だったら女房、子を養わなければならないとか。女だったら別に養わなくても当たり前だけれど、男だと養わなければ非常に恥ずべきことだという。それだって考えてみれば、なぜ男だけがそうしなければならないかという、そういう言い分だってありますでしょ。

――それはあるでしょうね。お互いへ対する想像力と、今大庭さんはおっしゃいましたが、でも日常生活の中では女性のほうが、男性の様々な欲求を読みとる責務をより強く担っていると思うのです。男性は結局、たとえば家に帰ればもう甘えるだけといった感じですから。そういう意味では、女性のほうが男性を理解してあげる必要にせまられていると思うのですが？

大庭　ええ、そうでしょうね。ですから女の人のほうが想像力はあると思うのね。個人的には、女のほうが男の人よりイマジナティブだと思いますよ。もっともね、それが社会的なことになりますと女は想像力がまるでないから、同じじゃないのかしら。非常に社会性がなくて、自己中心的で、横のつながりというものに対して想像力が男ほど働きませんのね。

——経験のなさからくるのでしょうね。

大庭　そこからくるのでしょうかねえ……。ですから男の人たちにしてみれば、女というのは考えが浅いということになりますでしょ。でも夫と妻といった個人的な場面では、男のほうの想像力のなさというのがありますので、結局その割合は双方同じくらいではないでしょうかねえ。

——男と女の不可解度や、お互いに対する理解度を比べる手段もないですね。

また女性問題に関係することなんですが、一例を挙げると西ドイツにおいて、女性が女性独自の立場から男性に対して自己主張することは、非常に困難であると認識せざるを得ない状況が存在するわけですね。男性と競争するということは多くの場合、彼らに支配されている社会の基準を受け入れ、それに順応することを意味します。それで男性中心の社会状況から独立し、自由になり、女として真の自己を確立するために、作家を含めた多くの女性が少なくともある期間、男性との関係を断ち、彼らから距離を置くよう努めています。それをして初めて、自分自身の経験を積み、自らの欲求を発見し、真の意味での女性らしさを開花することができると考えられているようですが、この点についてどうお考えになりますか。ある期間男性から距離を置くという経験が、本当に必要でしょうか。

大庭　必要かどうかは分からないんですけれど、現実の問題としてそういうことはあると思うんです。というのは私は高等学校も、大学も女子だけの学校なんですね。もしも共学の大学へ行きましたら、そういうふうな自己主張をしなかったと思いますね、結果としてですけれど。他の方たちを見ていても、女子だけの期間を過ごされた人のほうが、はっきりとした自己表現がおできになるのね。つまり若い頃からずっと男性と一緒だと、性的な慣習に負けてしまって、はっきりとした自己表現ができなくなってしまうのではないでしょうかしらね。しかしそれは結果のことであって、私たちが望んでいるような社会になってしまえば同じだと思いますよ。でも今はまだ過渡期でしょ。過渡期の状況として現実にはまだそういう問題があるのかもしれませんわね。もちろんそれにも個人差があって、大変強い方なら男女共学を経験されても、そうならないこともあるかも分からないけれど。

—— 違う話になりますが、今ヨーロッパやアメリカの女性作家は、一般的に自伝形式に引かれているようです。日本では、私小説の例もありますように、女性に限られたことではないと思いますが、それでもやはり男性に比べると、自分の経験から何かを伝えるという方法が、何かを新しく創造する方法より好まれているように思われます。その点についてどうお考えになりますか。

大庭 そのことについては私、別に女のほうがということはないと思いますね。小説でもエッセイでもまあどんな形でも、文章というものは小説という形態を取らなくても良いと思いますのね。

—— 小説の中でも、自伝的な要素が男性より強いということではないのですか。つまりドイツ文学を例にしても、最近女性作家が多く出てきたんですが、彼女たちの書いているものは殆どが自伝的なものなのですね。小説という形をとってもそれは結局自伝なんです。そういうところを見ますと、それがちょっと典型的な女性の書き方のようにも受け取れます。日本の場合は私小説の伝統がありますから、そのような傾向はたしかに男性と女性の両方にあると思いますが。

大庭 男の人たちも皆そうですものね。ただまあ、『源氏物語』みたいなものもありますでしょ。

—— もちろんそうでない作品もたくさんありますけれど、ただ傾向としてはいかがでしょう。

大庭　それは女の問題としては考えたくなくて、日本に限らず、世界的にある意味で何か私小説的になっているということもありますのでね。つまり、ある社会性に絶望しているところもあるのではないですかねえ。内面の問題のほうが大きくなっているというか。ですから女の問題というだけではないのではないでしょうか。男の方たちも、西欧の作家たちも。

――そうですね。それと関連することですが、最近世界中において、たとえば日本では「内向の世代」的な傾向が強いと思われます。自己中心的な感覚がすべての基盤となり、その感覚の繊細さ自体がその文学の魅力であるとされているようですが、意識が自分だけに限定され、そのことが他人の問題に対する鈍感さを生むという結果が出てきていると思われます。その繊細さは本来自己のためだけにではなく、同時に他人や社会に対する意識の基盤ともなるべきだと思うのですが、それについていかがお考えでしょうか。

大庭　たしかに、そういうふうに反省が促されていかなければ駄目なものなんでしょうね。つまり日本に限らず世界中でそうなんですが、特に先進国といわれるような所では、こういう工業主義的な生き方をしていますから、自分が殺されるかもしれないという恐怖が強いわけでしょ。女に限らず、男の人でも、つまり社会的に生きている人でも。そうしますと、それの回復ということから結局、日本の私小説的なものこそ本当だ、生きているってことで本当だ、そういうふうになるんだろうと思うんです。そうでないとあまりに殺されるということが多いから。ですから今、日本の私小説的なものというのは世界中に蔓延していますわよ、御存じでしょう。どこでもそうですが、それは社会そのもののあり方に対する反逆だと思いますの。

――でも、文学の中でのそういう傾向が、あらゆる方向から批判されることもありますから、そんな批判が必要だという意識もたしかにあるのですね。その後に、では社会性というものを、作品の中でどのように表現すればよいのかという問題が残りますが。

大庭　そうですね。何故そうなってきたかと、それをもう一度社会性のある問題として還元する必要が当然ありますでしょうね。

――自己中心的な世界だけに閉じこもり、それが芸術であると世に出すだけでは、結局それを読む側にもいろいろと欲求不満が出てくると思いますが。

大庭　それは出るでしょうね。自分だけに閉じこもるということは、結局死につながることでもあるでしょう、生、人類そのものの存続ということから考えると。勿論個人性がないと生きられないけれど、それだけではまた困ってしまうわけです。先程の個人性と社会性のバランスの感覚から言いますと、片方にあまりウェイトが行き過ぎれば、当然、そうではない方向にも行きますでしょうね。

日本人というのはあまりロジックがないでしょ

――女性は一般的に男性に比べて、政治に対する関心や働きかけが少ないと言われていますね。大庭さんは文学は社会的、政治的要素をもつべきだと思われますか。いささか抽象的な質問ですが。

大庭　持つべきかどうかわかりませんけれど、それは当然入ってきますでしょうね。リアリティみたいなものはそれがなくてはね。

――無意識的に入ってくるということですか。

大庭　無意識的にも入ってくるものではないでしょうか。もしそれを排除してしまいましたら、本当のものではありませんでしょう、部分的なものになってしまって。

――もう少し具体的にお話ししますと、また西ドイツの例になりますが、西ドイツは帝国主義、ファシズム、戦争、敗戦という日本と共通の過去を持っています。戦後私たちドイツ人は、その過去の克服のために文学においてもその努力をしてきたのですが、大庭さんは日本でもその必要性を感じられますか。たとえばその「過去の克服」ですが、ドイツではこの言葉が一つの固有名詞になっています。もちろん今でも、歴史が大変な苦渋を私たちに強いているからですが、文学の中でもこの問題が非常に頻繁に扱われているんです。日本の場合にも、その必然性があると思われますか。

大庭 それはありますでしょうね。というのは、私が今書いているものには、過去、過去といっても私の過去ばかりではなく、人類の過去ですけれども、そういうものが全部、未来をも含めて全部一緒に入ってきます。殊に私は戦争を経験していますから。原爆も経験しているし。

――ということは大庭さんの場合、人類の一人としての一般的な過去ばかりでなく、日本人としての特殊な過去を経験なされたということですね？

大庭 ええ、ですからそのことを忘れるというわけにはいきませんね。それが当然入ってくるし。私はあまり理論家ではないので、ボーとしていて何となく、無意識的にやっている方がいいんじゃないかと思いますけど。

――それはもちろん、そういう形を取ることも可能だと思います。その問題をいつも意識していて、意図的にそれを出そうとするような書き方は、必ずしも誰でもができることではないと思いますから。

大庭 そうなさる方もいますけれど、私はそうするよりは、ボーとしている中から自然に出てくるものがいいと思っていますのね。

――日本の場合は特にこの問題について、あまりメディアでも取り扱われていませんから、そういう点がドイツとかなり違うと思いますね。ドイツでは今でも殆ど毎日といっていいくらい、その過去の問題、特に戦争とナチスについて、いろいろな番組が放送・放映されていますから。日本ではそういう点で、日常この問題を意識させられる機会がずっと少ないと思うのですが、いかがでしょうか。日本という国全体が、そのことをもう大分忘れてしまったかのようにも見えます。その経過をもう一度見直さなければならない、それがもう二度と起こらないように過去を知らなければならないといった問題提起が、日本のメディアの中ではあまりされないように思うのですが。

大庭　それはありますね、非常にあると思います。少なくとも私なんか、やはりそう思いますね。男の方でも、加賀乙彦さんなどは非常にそういうものに集中して書いていらっしゃいましょう。

――たしかに文学作品の中で扱われることはありますが、でも日本ではあまりその部分に触れたくないという傾向が強いように感じられるのですが。触れると、当然痛いですから。ドイツ人にとっても、もちろんそれは激しい痛みが伴うことです。

大庭　歴史的にかなり違うように歩んで来ましたから、違っているところがありますでしょうね。たとえば西洋には何でも物事のあるべき姿という考え方がありますけれど、東洋にはそれはあまりありませんでしょ。あるがままに受け取るというか。東洋にはもともと絶対という概念がありませんのでね、神であるとか、一つの絶対というものが。あるものそのままという傾向が強いから、そのあたりで多少過去のことに関してもお国でやっていらっしゃるような反応とは違うかも分かりませんけれど。もっとも私は今このように言いましたが、本当に深いところではそんなに違わないものではないかと思っていますね。西洋だろうと、東洋だろうと。

―― でも現実のレベルでは、いろいろなことが違っていますね。たとえばアジアの中での日本と、ヨーロッパの中でのドイツとはやはり随分違いますね。具体例を挙げますと、ドイツ人が隣のオランダへ行った場合、私のように戦後に生まれた人間でも、ドイツ人であるのだから自分にも罪がある、自分はそういう戦争犯罪を犯した国から来ているのだという意識を持たされてしまうんですね。そういう時、どうしてもその問題を各個人が自分の問題としても受け取らざるを得ないんです。そういう意味で、若い日本人はわりと楽な立場にいますね。たとえば彼らがグアムや香港、東南アジアなどに行っても、あまりそういうことは言われないでしょうし、感じさせられることもないようですね。アジアの中のいろいろな民族は日本に対する反感や恨みを、少なくとも表面では、忘れてしまったかのように振る舞っていますし、それをあまり主張しないようです。そういう意味で、東洋と西洋とでは大きな差があるようですね。

大庭 きっと韓国と日本の間が、あなたがおっしゃったような関係に比較的似ていますね。ドイツ人がオランダへ行った時に感じるような、自分は戦争の後の生まれでも、何となく日本人であるというだけでいやな目で見られるとか、そういうことは日韓関係にあると思います。でも一般に東洋思想の中では、あるものをあるがままに受け取って、それを個人のせいではないとする考え方がわりとありますわね。人間を自然の一部として、自然と区別しませんのでね。

―― 人間のなしたこと、たとえばその政治的な成り行きなどを、まるで自然災害である地震や台風などの天災と同じように扱うというやり方ですね？

大庭 たとえば公害なんていう言葉がありますでしょ。英語では pollution というけれど、汚染といわないでなぜ公害などという言葉ができるのか。ちょっとおもしろいでしょう。よその国では考えつきませんわよ。汚染という言葉をそれぞれの国の言葉で使うと思いますの。それを平気で日本では汚染というより、公害という言葉が使われているわけです。というのはやはりそういう思考があるんですのね。言葉っておもしろいですわね。

―― またさっきの戦争経験に戻りますが、大庭さんはアメリカにいらした時に、現地の人の恨みや反感などを感じられましたか。アメリカ人はヨーロッパ人とはまた少し違うと思いますから。

大庭 うーん、アメリカ人はまた違いますね。それはまあ、真珠湾のことなんかは言いますけれど。アメリカ人だって、本当はドイツのヒトラーや日本人がいたから戦争ができたわけでしょ、それを理由に。戦争しなければ、あの国はそれなりに困ったわけだから。

―― アメリカ人がもしそう見ているとすれば、日本人はその点で立場的には楽ですね。

大庭 いやアメリカ人だってね、まともな人はそれくらいは分かるわけですよ。自分たちが誰かのせいにして戦争を始めたということは。それで自分たちのほうがずっと富を持っているし、日本のほうが実際にはひどい目に遭っているわけですよね。いくら日本に軍国主義があったにしろ、なんと言っても原爆を落したんですから。ですからどちらかといえば、日本人に同情するような見方のほうが、あの当時は強かったと思いますよ。

―― 原爆投下に関して、アメリカ人には罪の意識があったのですね?

大庭 どちらかといえば、日本にパール・ハーバーをしなければならないように差し向けて、とそういうことも分かっていると思いますよ。ですからね、そのあたりはたぶんなるべく触れないようにしているのではないでしょうか。こういうことは政治的な問題になりますけれど、それは何もアメリカに限らず、人類すべてどこだって皆持っていると思いますのね、たぶん。

―― でも責任というのは、それとはまた別の問題ですね。結局はドイツもひどい目に遭っていますが、それでも自分たちのやった事に対する重い責任意識を持っていますし、また持たざるをえないのですね。ですから、今でも大変な問題です。それにドイツには、ユダヤ人の問題もありますから日本とは随分違うと思います。「過去の克服」というのは大変なことであるとつくづく考えさせられるのは、もしかしたらドイツがヨーロッパにあるからかもしれませんね。

大庭　そうでしょうね。ヒトラーなんかに対しても、ドイツで大変関心が深まっていますでしょ。

――　いえいえ。もちろんドイツには、右翼も左翼も過激派もあります。今まで右翼というのは殆どなかったのですが、最近少しできるとたちまち世界中の新聞が書き立てます。でもそれは一般の人の話ではなく、極右か極左か分からないような人ばかり、というか、とにかく随分常識外れで過激な人たちですね。もちろんそれが代表的意見ということではありません。右翼よりも左翼の方が今ずっと勢力がありますが、ドイツ人の半数以上がそれらと意見を異にしています。ドイツ人は世界中で一番よく旅行しますが、そういう機会に自分の過去とぶつからなければならないことがよくあるんですね。国の中でもこの問題はなかなか処理できていませんし、実際どのように処理したらよいのか誰も分からないという状況です。国内にまだ過去の「遺産」も残っていますから、とにかく難しい問題です。ドイツの話はあまりおもしろくないでしょうね。

大庭　いえいえ。しかしまあ、日本人というのはあまりロジックがないでしょ。お話しなさっていてそういうふうにお思いになるでしょう？　論理みたいなもの。

――　日本人流の論理というものは、ありますね。

大庭　だけど心のどこかでは論理がないというか、論理を軽蔑しているんですの。つまり誰でもある程度の論理がなくては生きていけませんので、そんなことくらいは分かるわけです。でも論理というのは無視してもいいのではないかと、日本人は思っているかもしれませんわよ、きっとどこかで。だから論理的でない喋り方を平気でしてますでしょ。

（中断）

まさにその知的なところが、日本で気に入られないところなんですよ、私の

大庭　ゲーテ〔1749-1832〕の『ファウスト』を読み直しましてね。若い頃だったらマルガレーテみたいなの、女から見ますといるはずがない、変だと思いましたの。二十歳くらいの時でしたが、こんなのは男が勝手に作ったのであって、女から見れば承服しがたいと。でも私今の歳になって読みますと、そういうのやはりわかりますね。つまりあれは夢に過ぎないかも分からないけれど、そういうものによって動かされるということが、ある救いであるということがね。『ファウスト』はまあ、原爆にでも通じるものですわよね。ある意味では。

―― 男性の原理ですか。

大庭　無限に好奇心をああやって暮らせていくと、どうしても作ってしまう、作ってしまったらその後は次に……と、そういうふうにどんどん進んでいく。ガリレオからずっと続いている、そういうものじゃないかと思いますのね。やっぱり年代によって違いますね、感じ方が。

―― 私も作品を繰り返して読みますと、必ず新しい発見があります。それはまた当然なことなのかもしれませんが。自分が積んだ経験によって、全然違う見方になるということを最近よく感じます。ですか

ら、たとえば話題の作品、大庭さんの『三匹の蟹』(一九六八年)を初めて読んだ時は、ほとんど手掛かりがなかったんです。ところが最近読み直してとてもおもしろいと思いました。それは結局、いろいろなものを経験した結果、今はまた違う見方になったということなんだろうと思います、おもしろいですね。私は博士論文のテーマとして三島由紀夫の文学について書いたのですが、彼の作品はドイツ人の私が入りやすいものでしたので、おもしろいと思ったのですが、でも今読むと、あの頃のようには惹かれなくなりました。

大庭　そうね、三島由紀夫というのは、論理だけなのでしょうね。……ゲーテの『ファウスト』には、不可解な不気味さというものがありますよ、特に第二部の方なんかには。第一部は大変わかりやすいから、一般的ですけれど。

——でも、日本の一般的な文学作品と比べると、三島はずっと知的ですね。また私事になりますが、ドイツには教授資格論文というのがありまして、私は日本の私小説について書いたので、私小説作品も集中的にたくさん読みましたが、一読者として私が一番不満だったのは、知的側面のなさ、貧弱さということでした。ヨーロッパ文学にはそれがもっとあると思うのですが、その点で、大庭さんの作品をおもしろいと思ったのでしょうね。

大庭　ということは、私の作品が日本の文学の中では良いということを、あなたおっしゃるわけですか。

——はい、私にとっては刺激的な作品でした。描写そのものが知的であるというよりも、その背後に知的な考え方の存在を感じさせる作品、そう私は受け取っています。

大庭　あなたは褒めるつもりでそうおっしゃってくださっているのかもしれないけれど、まさにその知的なところが、日本で気に入られないところなんですよ、私の。日本では多くの人が、知的だ知的だとおっしゃってくださるんですね。でもそれは必ずしも褒め言葉ではないんです。つまり私の作品が気に入らないということだと、何か私はそう感じるのね。たぶんそうじゃないかと思うの。

――私は参考文献などでそんなことを読んだ覚えはないのですが、『三匹の蟹』を読み直した時に私が面白いと感じたのは、その知的な面ではなかったかと思うのです。でももしそれが日本でネガティブな意味を持つのでしたら、それはちょっと驚きですね。つまり、一般的に言って、「知的」だということは褒め言葉ではないということなのですか。それとも知性は、女性の文学にそぐわないとでも言うのでしょうか。

大庭　いえね、褒め言葉ではあるんですよ、建て前としては。でも非常に日本語って屈折していますでしょ。同時にそれはそっぽを向く言葉でもあるんですね。ですからあまりストレートに取れない言葉なんです。

――でもある程度まで知的でないと読者にとっても……。

大庭　つまりませんわよね。知的であろうなんて努めているのではなく、自然になってしまうのですが。私は育ちがね、祖父の世代から比較的西欧化された、日本の中では割合進歩的な、自由主義的な、ちょっとインテリ風な家に育ったんじゃないかと思いますの。自分では意識せずに自然にそういうものを得てしまったと。子どもの頃から西洋の小説ばかり読んでいましたしね。ですから私の場合は、努力してそうなったというのではないんですよ。

――それは分かります。

大庭　それが、日本の一般の読者にとっては、スノッブというか、西洋かぶれみたいに見えるのかもわかりませんわね。

——大庭さんのような考え方とか問題の扱い方、あるいは問題の見つめ方自体が、既にスノッブであり日本的でないと言うのでしたら、日本においては知的要素の通用する範囲がとても狭い、というか、非常に偏っているのではないですか。

大庭　偏っているんですね。

——もし文学において知的であることが受け入れられないとしたら、これはちょっと大変なことですね。

大庭　本当にそうなんですね。だから私、あなたと話していると久しぶりにかみ合った話ができますけれど、普通話していると、こんな話ができないのでエネルギーが余ってしまうのね。それでつまらないわけですよ。喧嘩するのもいやだから、はあはあ、なんて聞いていますけどね。

——それは女性だからあまり直接に話せないということではなく、男性同士でもそういう話はできないわけですか。

大庭　日本ではそうじゃないですか。男の人同士でも、それをやったら日本の社会では生きていけないんじゃないかしら。

——そうしますと、男性にもそういう欲求不満のある人が必ずいるはずですけれども。それは日本語の性格自体が、そんな可能性の邪魔をするんでしょうか。私にもよく分からないのですが。

大庭　ただね私、今日本的なものに対して必ずしも否定的ではないですよ。もしかしたら、そんな態度のほうがもっと狡猾なのかもしれないですね。だから何を喋っているのか分からないような、のらりくらりとしたああいう言い方というのは、つまり「個」というものに絶望したというのかしら、個をあまりあてにならないものだと感じた、その歴史が西洋より長いんだと思うんですね。

――でも個に信頼をおけないという考えは、個があって初めて可能になるわけですよね。そもそも個がなければ、絶望もできないわけですから。大庭さんは過去の日本文化の中に、個というものがあったと思われますか。個を持つことは可能だったのでしょうか。

大庭 私はあったと思いますよ。つまりずっと以前、農耕民族として定着する以前に。たとえば大和王朝の歴史を見ますと、本当に壮絶な、血で血を洗うような兄弟同士の殺し合いですよね。日本文化はどっちみち、中国や大陸から来たものですから、それ以前といえば中国にさかのぼることになりますが、結局そこで最初狩猟民族であった間は、つまり農耕が定着する以前は、そういうものが強固にあったと思うんですね。でも「それではもうやっていけない」と、そうでない形を、農耕の歴史を持たざるを得なくなったということがあると思いますの。殊に日本に渡って来ると、日本なんかは小さい社会ですから、その中でどんどん管理社会の中に組み込まれて。特に徳川期にはああいう形で、非常に密度の濃い共同体を作りましたでしょ。それでまあ、日本人のこういう思考が出来上がったと思いますけれどね。

――そうなるとまさに二千年にわたる話ですね。

大庭 ええ、そうだと思うんです。結局その農耕以前の狩猟民族というのは、自分の技を競いますでしょ。その人自身の力というのが非常に大きくて、まあ、一騎打ちの勝負というのがありますけれど。それが西洋の場合はごく近年まで、もちろん千年単位の話ですけれど、日本に比べますと割合最近まであったのだと思うんです。だから個をまだ持ち続けていられるのですけれど、あまり長い間そうではない共同体の中にいれば……。やはり歴史的なものなのではないですかね、そういう個に対する意識というのは。だけどそれが二千年間続けば、殺される自我というものにやりきれなくなって、明治以後はもう必死になってそういうものを回復する日本文学の時代になりましたでしょ。

でも私、西欧の文学を読みますと、ゲーテが先程出ましたけれど、ドイツ文学に限らずフランス文学だって、イギリス文学だって、それから北欧の文学も、イプセンなんか殊にそうですけれど、個、セルフを持つことによっていかに苦しんだかという、そこから逃れられないという文学の方が多いでしょう。それなのに日本は反対に明治以後いかにしてそれを取り返すかと。「自我の確立」なんて言葉が日本にはできましたけれども、あれはむしろ反対だと思いますのね。西洋では既にそれを持っているからこそ、自分を孤独に追い込み、そこから逃れたいと、そう思っているのじゃないかしら。

―― 西洋にそういう苦悩があったにしても、文学とは結局それでも自我を前提としており、その上でそういう苦悩を描写するものなのですね。そこから逃れたいという意識が存在することは確かですが、また一方で、そこからは逃れられないという認識があることも確かです。ですから、日本における「近代自我の確立」という表現は、どうも私にもあまりぴんと来ないのですが。

大庭 そうでしょう。日本人はあまりにも容易に近代自我の確立なんて言うけれど、西洋ではその段階で既に自我に苦しんでいるわけですよ。文学を読めばすぐ分かります。どれを読んだって、自我というのは当然の前提条件であって、それによって不幸になるということを嘆いているわけです。

―― しかし、不幸にはなっても、西洋でそのオルタナティヴ(代替)は見つからないわけです。それなのに日本で同じ道を辿ろうというのはおかしいですし、それは不可能でもありますね。歴史を見ても、精神的、思想的、社会的背景などがまったく違うのですから。

大庭 大体日本というのはヒューマニズム、人間主義ではないんですね。神代の、八百万の神の時代からね。人間だか、山だか、木だか分からないけど、皆ほとんど同じだと。何故そういうふうになったかというと、さんざん殺し合いをした後、それを続けていってはいけないということに気が付いた時に、そういうところに行ったのだろうと思うんですのね。

（中断）

——今、女性の作家がたくさん出てきているということは、文学の世界での一つの事実であり、また注目を浴びるのも、往々にして女性作家の書いた作品です。先ほど「今日本の女性に表現力がついてきた」とおっしゃいましたが、では何故「今」なのでしょう？　今が過渡期だからでしょうか。

大庭　女の人の教育程度がかなり高くなって、経済的にも余裕ができてきたんですね。ある意味では王朝の女流文学に似通った、女の人にそれだけの暇とそれだけの知識が持てるようになった時期なのだと思いますの。文学というのは、あまりみじめでもできないわけですよね。そうかといって驕り高ぶっていてもできませんでしょ。あるエネルギーがありまして、それを生かせるだけの場があると、ね。そういう条件が今、比較的整ったんでしょうね。

——少なくとも文学の場では、女性と男性が条件的に近づいてきたということですか。

大庭　それは一世代くらいでは直りません、何世代もかけてね。女のほうが一般に暇があるから、たくさん読めるわけですよ。それは自分が最初でなくて、母も祖母もと、そういうものの中で育ってくるわけですね。そうしますと、男よりはるかに豊かになっているわけです、その想像力の世界が。

——女性には想像力がないという意見もありますが、私はそれ、ちょっと容認できなくて、女性を一段低く見る男性の偏見から出る言葉のように思われます。もっとも女性の中にも、そうおっしゃる方もいます。たとえばつい最近、高橋たか子さんがあるインタビューの中で、「女性には想像力がない」と言っていましたが、何故彼女がそう思うのか、私には不思議なんです。もしかしたら男性の偏見を、彼女が受け入れてしまったのかもしれませんね。もともと女性が家の中に閉じこもっているという状況がなければ、男性も女性も本来持っている力は同じではないでしょうか。そこに性的な差があるはずはないと思いますから。

大庭 女が外に出て行けば、そうでしょうね。でも家に閉じこもっていますと、社会的なものに対して想像力がなくなることは確かでしょうね。

―― 家の中だけにいれば、当然外の世界の経験を積むことができなくなりますから、人生経験もそれだけ狭く浅くなりますね。でも前提としての条件が男性と同じになれば、少なくとも理屈としては、女性の社会的な想像力なども豊かになると思います。本来の能力自体に男女差があるはずはないのですから。

大庭 本を読む時間が女の方がありますしね。

―― つまりそれは、作家として独り立ちして作品を書き始める段階では、男性と女性は同じ条件であるということですね。女性が本を読む暇を持つことができれば、それに刺激されて書くようになることもあるわけですし、一旦作家になってしまえば、女性も男性も差がないように思われます。まあ女性にはどうしても、男性よりも日常的な雑事が多いとは思いますけれど。

大庭 それはありますね。同時に男の方は、男に生まれてしまったばかりに、一家の生計を支えなければならないわけでしょう。女房、子どもを養わなければならないわけですよ。そして文学で家族を養うということは、エンターテインメントでないもので生計を立てるということは、これは大変難しいわけです。

―― そういう意味で、心理的な圧力は男性のほうが強いということになるのですね?

大庭 そうですね。そうなりますとどうしても、女より作品が奔放になれないということがあると思いますの。もちろん女性だって御主人がいらっしゃらない方もあるし、自分で生計を立てなければならない方もいっぱいいらっしゃいますよ。でもその場合でも、率いる一家の成員が男に比べたら少ないんです。男だったら、女房に何人かの子ども、そしてもっと上流で華やかな生活なども要求されるわけでしょ。でも女でしたらそこはそれほど要求されないですむから、そのエネルギーが作品に向かうということがありますよね。

―― なるほど。でも女性がどうしても、日常的雑事にエネルギーを費やされなければならないとすると……。男性の場合、ドイツの作家トーマス・マンを例にしますと、カチヤ夫人が全部日常的な雑事を片付けて、手紙まで代筆して、彼の方は作品を書くことだけに集中できたんですね。そういう条件が女性には揃っていないのですが、でも経済的に一家を支える心理的な圧迫はないというわけですね。良し悪しですね。

大庭 良し悪しですよね。結局相殺して、女にはすべてをやってくれる奥さんのような人がいないということはハンディキャップだけれど、でも現在の状況では生計を立てるということはかなり負担になる問題ですので、男性はやはりお気の毒だと思いますよ。そういう人に比べれば、私はまだ割と自由に書けるんじゃないかと思いますの。娘ももう大きくなってしまったし、子どもの教育費のこととかも考えなくてすみますでしょ。幸い夫も要求が少ない人だから、そういうことで煩わされるということはないですね。

―― あっ、すみません、また始めてしまいました(笑)。今日は長い間、本当にありがとうございました。とても有益なお話でした。

(一九八二年四月五日、東京都・上目黒　大庭氏自宅マンションにて)

「子どもとは時間を盗み食べてしまう生き物です」

8. 戸川昌子さん

Masako Togawa
1931-2016

……とがわ・まさこ……

心理犯罪小説やミステリーの作家として知られるようになる以前の戸川は、ナイトクラブのシャンソン歌手だった。一九六二年、デビュー作の『大いなる幻影』により早くも江戸川乱歩賞を受賞。『猟人日記』(1963)や『火の接吻《キス・オブ・ファイア》――26年目の不信の再会』(1984)などの数々のベストセラーは、一九八〇年代以降、多くの外国語にも翻訳されていった。また、映画やテレビ番組に出演し、レコードを出すなど、自由奔放なライフスタイルを貫いたことでも知られている。

私自身は書くことにおいて男性女性の差をなくすことから出発したんですね

――いくつか質問を準備してきましたので、読ませていただきます。まず、女性の作家として男性作家と競って行くうえで、何か特別な弱点になることがありますでしょうか。

戸川　まず申し上げたいのは、競争意識そのものがないということです。批評家のなかには「これは女流作家の視点である」のような書き方をする人もいますが、私自身は書くことにおいて男性女性の差をなくすことから出発したんですね。ですから私が初めて賞を受けた『大いなる幻影』(一九六二年)でも、「女性の観察眼をもって」というよりは「人間として」見ることを目指していました。たしかにこの小説は女ばかりのアパートを舞台にしています。しかしそれが題材になったのは、当時私自身がそのような環境に住んでいたという偶然によっているのです。女流作家は私小説をよく書くといわれますが、この小説はこうした条件的な経緯を持っていて、私自身の内面を作品化したのではないという意味で、いわゆる「私小説」ではありません。

ただ、反対のことを申し上げるようですが、ある意味ではこの作品も私小説的な要素を含んでいたかも知れません。私が書いた人物というのは、どうしても私の分身である部分を持っていると思います。それにあの作品では十人の老婆のことを描いたわけで、当時二十九歳だった私が老婆たちを見る目というのは、やはり女性の目だったのではないかという気もします。女性が女性を見ることは、男性が女性を見るのとは明らかに違うのですから。こうして考えてみると、自分では意識しないところで、男性と女性の差が出てくるのかも知れません。性差による捉え方の違いということについては、違っていて当然であるし、だから面白いということなのでしょう。競争心は意識しないけれど、男女は違っていて当然なんですね。小説を書く上でも、男性が関心を持つテーマ、女性が関心を持つテーマがあって、バランスを保っている部分があると思います。

——ただ女性の作家が創作活動をするに当たって、生活の実際面でしなければならないことが多いため、男性の作家に比べずっと大変なのではないかと私は思ったのです。たとえばトーマス・マンは夫人のカチヤ・マンが、日常の雑事を一手に引き受てくれたおかげで、創作活動に専念できたということです。それに対して女性の作家には、代わりに家事をしてくれたり子どもの面倒をみてくれたりする人がいないわけですから、その部分がなかなか難しいだろうと。

戸川　それは本当にそうですね。家事にかける時間と労力はたしかに負担です。しかし子どもということになると、私の場合は少し違っています。主人であれば話し合いをして決めるようなことでも、子どもの場合は無条件に受け入れてしまうところがあります。これは不条理とも言えるのですが、母親と子どもというのは論理外の感情で結ばれている気がします。ただ時間の問題は実際難しい。私は長い間ひとりで暮らして来ましたから、当時は自分の時間を自由に持つことができて創作も自由にしてきました。ですが今は、なにか時間を持っていかれてしまうような感覚があります。もっとも、それだからといって私がそれを特に不服に思っているかというと、そうでもありません。男の人は好き勝手にできるけれども、子どもといろいろなことを分かち合う時間はないのですから。そういうところでバランスをとっているのではないでしょうか。
以前の日本では、男の作家は家庭の外で何をしても許されるような風潮がありました。つまり奥さん以外の人と遊んでも、そうした体験をすることで作品が生まれるのだ、そういうような理解のされ方をしていた。それに対してかつての女流作家が、どういうふうに仕事や夫、子どもなどとのバランスをとってきたかというのは、私にも分かりません。でも私自身は夫や子どもを持ってみて、物理的な時間をとられる一方、ひょっとしたらこれは、将来作品になるかも知れないと思うような無形の体験を重ねている気もします。

―― 今のお話の中に、家事などによって時間をとられることをさほど不服に思っていないということがありましたが、ドイツの女性作家は書きたいことがあっても、生活上の雑事に追われてなかなか書けないという状況を、家事をしなくてよい男性作家に比べて不公平であると、かなり不服に感じているようですが。

戸川 それは日本でも、作家に限らず仕事を持とうとする女性が抱えている不満で、私も不公平だと思います。ですが、私はまさにその意味で作家で良かったと考えています。というのは、作家というのは貪欲な人種で、どんなつらい立場に置かれても「ああ、これがいつか作品になるかも知れない」と思えるのです。私は家の中のいたるところにメモ帳を置いていて、子どもの世話などしている時に、「あっ、これは書かなければ」と思うと、すぐ書けるようにしてあるんです。もちろん、全体としてみれば本当に不公平なんですけれど。私はドイツではもっと進んでいるのかと思っていました。

―― 男女の役割が公平に分かれている国なんて、世界中どこに行ってもないと思いますね。家事は結局女性がやるわけですから、職業を持つということに関しては、どうしても平等にならない。体力も集中力もとられて、自分の仕事に専念することができません。そういう意味でも、職業上のスタートラインがすでに違うと思いますが。

戸川　本当におっしゃる通りです。このごろやっと子どもの手が離れてきて、時間的にも体力的にも書き始められるかな、というところでしょうか。この四、五年はほとんど短いものしか書けませんでした。以前、私は歌手でしたので、作家にはなろうとしてなった訳ではないのですけれども、書きたい、書かなければ、というような衝動があって雑誌に投稿したんですね。日本には文芸雑誌が沢山あって、私はそこで賞を受けてデビューすることができました。そういう舞台があったおかげで、今の作家としての私があるのですが、ドイツでは女性の作家が作品を発表しようと思ったとき、そういった雑誌のようなものがあるんですか。

――　それは、日本に比べるとはるかに少ないため、発表する機会が非常に限られています。それに対して日本では、比較にならないほど多くのチャンスが提供されていると思います。あとドイツでは、たとえば女性作家が出版社に作品を持ち込んで、その出版社にすでに二人の女性の作家がいたりした場合、三人目は必要ないなんて言われたりするようです。ですから、女性が文学作品を書き始めるのは、ここよりもずっと難しいと思います。

戸川　なるほど。でもどうして三人目は要らないんですか。

――　やはり互いに競争になると、出版社にとって不利になるでしょうし、結局、あまり真面目にとられていないんじゃないでしょうか。でも最近では、どちらかといえば女性作家の方が面白いものを書いているといった傾向もあり、状況があまりかみ合っているとは言えません。それに、評論家側にも偏見があると思います。

戸川　かつての日本でも、女性が軽く見られていた時代があったのですが、最近は女性もがんばっています。むしろ女性の方がパワーがある。ドイツで男性が女性のことをどう見ているかというのは興味のあるところですが、日本には「女がものを書く？　面白いじゃないか」のような空気もあると思います。もっともこうした言い方というのは、女性にとっては嬉しいものではないですけれど。

――「女性だから」面白いというのは歓迎できませんね。女性というよりも、一人の作家として見て欲しいわけですから。

戸川「女でもこんなものを書いたよ」のような差別意識ですね、私はそれが非常に不愉快です。

――日本にもやはりそういう差別意識があるんですね？

戸川　もちろんあります。

――ドイツでも、男性の作品は客観的に批評する評論家でも、女性の場合、作品ではなく書いているその人についての評論を書いたりします。

戸川　そうですね。私もそういう評論家に対しては、非常に腹立たしい思いをした時期がありました。私のことが文芸雑誌などで紹介されると「歌手・作家」と肩書きがつくんです。そういう書き方にはどうも興味本位なところがうかがえるんですね。私ではなく、作品を評価してもらいたいと思いましたね。

――なるほど。

戸川　書いたものについて問題にするのであれば、私はただ「作家」と呼ばれるべきだと思いました。その後、私がレコードを出した時には、「歌手・作家」が逆になり、「作家・歌手」という肩書きがついたんです（笑）。こういうことを克服していくには、とても時間が掛かると思います。つい先ごろ〔一九八二年二月九日〕日航機の墜落事故がありましたよね。機長が神経症だったため、人為的に事故を起こしたということなんですが、私はまったく同じテーマでその二年前に一つ作品を書いているんです。最近テレビでそのことに触れていましたが、その時も「女性がこんなことを予見していた」のような調子でした。飛行機事故というのは男性のテーマなのかな、と私は首をかしげましたね(笑)。そんな偏見がまだまだあるんです。

―― すると戸川さんは、評論家が「これは女にしか書けない」というような書き方をしたら、褒め言葉という感じがしないですか。

戸川 ええ、もちろん。たとえば女性が日常的なことを新鮮な視野から書いたりした時には、そういう褒め方もあるでしょう。でも反対に、さっきの飛行機事故のようないわゆる「男の世界」を描くということになると、批評家はそういう表現は絶対使わない。やはり男女間の長い歴史が、批評家にもそうした物言いをさせるのでしょうね。

―― 戸川さんは女流作家として、編集者や出版社に対して特別な地位をお持ちとお考えですか。ドイツでは女性の作家は本を出そうと思っても、あまりまともに扱ってくれないという話もあるようですが。

戸川 私が最初の作品を書いた時、実は雑誌に投稿する段階で、男のペンネームを使ってみようと考えたことがあったんです。

―― そうなんですか。

戸川 ええ。作家にどうしてもなりたいというわけでもなかったので、そういう余裕があったんでしょうね。実際には締め切りぎりぎりになってしまい、実名を使ったのですが、そうしたら賞の選考の席で、「これは世の中を斜めに見る老女の作品に違いない」という意見が大半だったと聞きました。その後で私が出版社に行ったら、「なんだこんな若いのが書いたのか」と編集者が驚いたそうです。彼らにしてみればその時、「これは面白い、売れるかもしれない」という計算があったのかもしれません。この時期というのは、私にとって非常に大変だった一方、ある意味では幸運だったとも思います。当時は今ほどには雑誌がなくて、その作品の後しばらく小説の注文がなかったんです。処女作で江戸川乱歩賞をとった後の一年ほどは、私がどういった経緯で小説を書くに至ったかというような手記などを書いていて、小説は書かせてもらえなかったんです。その時期、小説の注文がないことに苛立ちがあり、出版の世界というのは、私のようなぽっと出の三十そこそこの女には厳しいところなんだ、男だったらもっと違った扱いをしてくれるだろうなあ、そんなことも随分考えました。でも、もし当時沢山注文があって次々と作品を書いていたら、私の歌手兼作家としての側面ばかりがマスコミに面白おかしく取り上げられ、作品本位でない上滑りな成功に酔っていたと思います。そんな苛立ちの中で、私は『猟人日記』(一九六三年)という二作目の長編を書き、それが直木賞候補になったのです。当時もし注文があって短編ばかり書いていたら、おそらく長編は書けなかったでしょうし、直木賞候補になることもなかっただろうと思います。そうした過程があったからこそ、この二作目は生まれたわけで、この作品で私の実力が初めて認められたのだと考えています。

―― 注文とおっしゃいましたが、その場合にテーマなどが出版社側から決められていたら、かえって窮屈ではないですか。

戸川 テーマそのものが決められることはありません。先ほど「手記」と言ったのは、婦人雑誌のための出世物語的なエッセイで、小説とはまったく別の枠で来た仕事です。今は文学賞を取ったら仕事もすぐあるようですが、当時は賞を取った程度では編集者も「一作書いただけじゃないか」という調子で、なかなか認めてはくれなかったですね。

二人いればどちらかが男性になり、一方が女性を演じる

――先ほど男性の名前で作品を発表することを考えたとおっしゃいましたが、つまりそこには、男性としてなら作品を客観的に見てくれるかもしれないという思いがあったんでしょうか。

戸川 私はかつて、タイピストとして一般企業で働いていたことがあるのですが、そのときに、たとえば女性の社員が上役に近づいて、良いポストを得るようなことを沢山見てきたんです。女性作家にも、先ほど申し上げたように、「女が小説を書く」といった調子の、女性であることそのものが商業上の武器になる部分もあると思うのですが、そういう意味での「女の武器」というものを避けたいという思いがあったのかもしれません。

――戸川さんの作品は、男性の著者名を与えても構わないという意味からも、女性作家に多い自伝的小説ではないと言えますね。

戸川 そうですね。それに自伝的小説ということに関して私は、作家として最後に書くものだと思っているのです。これはまあ独断でしょうけれど。もちろん先ほど言ったように、作品中の人物はある意味で私の分身なんですが、私が推理小説を書いていること自体、いわゆる私小説とは違うということと関係しているでしょうね。

――自伝的な小説を書くことは、今、女流文学の世界的な傾向なのですが、日本では私小説が立派にジャンルとして存在していることもあって、女性に限らず一般的に言っても自伝的スタイルに傾斜していますね。

戸川　私もそう思います。私自身も、厳密には自伝ではないのですが、ほとんどそれに近いものを、推理小説、つまりフィクションとは別に、二作書いています。その際面白かったのは、読者からの反響なんです。私の推理小説の読者は大半が男性ですが、その二作を書いた時は、圧倒的に女性が多かったんですね。その女性の読者たちが、沢山手紙を書いてくれたんです。

――どういった内容の手紙でしょう、批判とかもありましたか。

戸川　批判とは正反対で、読み手が私の人生に共感して、それにのめり込むという感じでしたね。感動したとか、はげまされたとかいう内容のものが多かったです。自伝と推理小説との違いは、読者と一体になれるということなのでしょうかねえ。こんなにも違う反応があるのかと、びっくりしました。読者にしてみれば、その作品の世界はフィクションではなく、私が実際に経験し涙を流し血を流したということで、共感の仕方が違うのでしょうね。私は小説、つまりフィクションとは、ひとつの世界を作り上げることだと思っています。つまり読者の実際の生活とは関わりのない別の世界を作り上げて、読者にその世界を体験させ楽しんでもらい、読み終わったら自分の世界に帰っていただく。でも私小説の場合、読者は作者と非常に近いところにいるんですね。戸川昌子なら戸川昌子が吸っている空気を、読者も呼吸しているとでも言うのでしょうか。

――そういう読み方というのは、女性に多いようですね。

戸川　ええ。

――男性と女性で、小説の読み方が違うというのは面白いですね。男性は日常の世界から逃れたくて、まったく別の世界である虚構に入り込んで行くということでしょうか。

戸川　男女の差ということについては、いろいろなことが言われていますけれど、私はこれは差というのではなくて、男と女は別々の生き物だという気がするんです。子どもができてからそのことを強く感じます。男の子というのは生まれて一歳二歳のころから、興味を示す対象がまったく違うんです。

―― でもそれは周りの環境が「男の子あるいは女の子はこうあるべきだ」といった無意識の圧力をかけているからではないでしょうか。

戸川 私は違うと思います。私の子どもの遊ぶおもちゃなどを見ても、自動車や漫画のヒーローの人形を誰にいわれることなく手にとっているような気がします。ですから男と女とは、生まれた時から別のものだと思うのですが。

―― ドイツにもそのような議論があります。女性の場合、女性として生まれた時から女らしくあることを周りのすべてから要求されていて、それが子どもを育てる母親、同じように女はかくあるべきという環境の中で母親になった女性によって、さらに強化されていくのではないかと考えられています。つまり女性は女性らしくあれという、男性社会の暗黙の要求によって女性らしくなり、彼女たちが母親になった時もこのプロセスが繰り返されることになるわけです。ですから、ドイツでは作家なども含めた知識人女性が、男性から一定の期間離れて生活するという活動が行われています。それは男性との交流をある期間断つことによって、女性らしく振る舞うべきだとする社会の強制から自由になり、本当の自分らしさとはどういうものかを発見しようとする試みのようです。

戸川 私も、一時期男性との関係を断つことによって、自己を再確認する必要性があるだろうと思います。自己を保ち続けることの出来る強い女性は、男性と生活しても自己を維持していこうと努めるはずですが、もちろん男性の側は、自分たちの考え方に同化しない女性を好みませんから、そこで女性が自己を守り続けるのは、本当に大変な努力がいると思いますけれど。

—— 女性が男性と一緒にいると女性同士で競争になったりして、一人の人間である以前に、女性としての振る舞い方しか出来なくなってしまうのですね。女性だけで暮らすというのは、男性の存在に起因する女性の無意識的行動の原因を取り除き、まず一人の人間としての自らを確認するということなんです。でもその一定期間が過ぎて男性のいる社会に帰って来た時、彼女は自らを確認し直して変わって来たはずなのですが、周りの男性は以前のままですから、難しさはまだ残っているのですね。結局は、両方が変わらなければいけないということでしょうね。

戸川 私自身、自己を発見するという意図はなかったのですが、一時期男性に対する興味を失って、女性の中で暮らしていたことがあります。でもそこで、女性そのものが変わるということはなかったですね。というのは、女性の中でも一つの社会を作ってしまって、誰かが男性の役割を演じ、誰かが女性になってしまうのです。疑似男性とでもいうのでしょうか。つまりこれは、男性が男性の中だけで暮らしても同じなのではないかと思います。二人いればどちらかが男性になり、一方が女性を演じる。その意味からも、「真の人間」に至るということは、あり得ないことではないでしょうか。自分が自分自身であるためには大変な努力が必要で、ほとんどの場合、そのような疑似男性、疑似女性的な役割分担に陥る可能性がある。そう考えた時、女性だけで生活して自己を確認しようとするのは、あまり意味がないのではないかと思います。私は一度そういう経験をして、また男性のいる世界に帰ってきたわけです。ですから、女性だけの世界にいたとしても、本当の自由というものは獲得できないと思うのです。

—— では、女性としての真の自由を捜し出すというのは、一種の幻想、夢に過ぎないということですか?

戸川 というよりも、自分自身で作りだす以外にないのではないかと思うのです。たとえば政治的、社会的な自由、まあ具体的な自由とでもいいましょうか、それは実際に獲得することができると思います。私が幼いころは日本は軍国主義で、女性は男性と歩いてはならないとか、天皇や政治家の批判をしてはならないとかいろいろな制約がありました。そうしたことは戦後になって改められ、いまの日本は、少なくとも制度的にはこれほど自由な国はないと思える程になりました。それはやはり、我々の手で獲得されてきたんだと思うのです。こうした社会的な自由の問題や、心理的な自由など、今の日本の女性が考えている自由にはいろいろなものがあって、その一つ一つが固有の問題を持っているんです。

女性に甘える男性がこのままはびこっている限り、日本の女性の解放も難しいのではないでしょうか

——仕事の上での自由あるいは平等、つまり待遇が同じだとか出世の可能性が開かれているということなどでは、日本にはかなり問題があると思います。たとえば会社などでも、女性は結婚して子どもを産んだらやめなくてはならない、あるいは周囲がやめるような雰囲気や状況を作ってしまうなどということもありますよね。ですから女性側も、初めからまともに働こうとは考えなくなってしまう可能性があると思います。

戸川　ドイツもそうですか。

——ドイツは少し違っていて、少なくとも法律的にいろいろ保障されていますから、日本よりはそれらが実際の制約となっています。もちろん、それでも完全というわけではなく、給料なども、日本ほどではないにせよまだ差がありますし、そういう意味で、まだまだの部分が大きいと言わざるを得ません。

戸川　私もテレビなどでディスカッションに参加する機会がありますが、最近は「男性自身の自立」が話題になっているんですね。でもそんな場合も、女性は自分の仕事も家事も育児もしなければならないというわけで、男性とは比較にならないくらいひどい状況なのです。これを改善するには、やはり男性も家事などを引き受けるべきなのですが、それをいざ実行しようとすると、これは本当に気の遠くなるような時間がかかるわけです。

――日本の女性がおとなし過ぎるんじゃないですか。状況を変えていくことを強く望んでゆけば、必ず改善につながると思うのですが。

戸川　女性は子どもの時からお爺さんに尽くしているお婆さん、父親に尽くしている母親を見て育ちますから、自分が恋をして、あるいは見合いをして結婚した後も、メシだフロだといわれると、ついタオルから石鹸からそろえてなんでもしてあげる。男性のほうも、そういうものだと思い込んでしまっているわけです。それで結婚してから数年経つと女性は、なぜ自分だけこんなに苦労しなければいけないのだろうと気がつくのですが、すでにもう遅いんですね。女性だってもちろん、自分が夢見ていた人生を生きたいと望んでいますから、こんな生活は嫌だと思い、そう言うのですが、しかし男性のほうはすでに奉仕されることに慣れてしまっているんです。それで離婚率が高くなっていく。こういう状況になってしまう、あるいはそうさせてしまうことについては、もちろん女性側にも責任があります。

――「女性は男性のために生きている」という考えを刷り込まれて男性は育ちますから、それを変えるのは非常に難しいでしょうね。また女性は女性で、男性側の思い込みと平行して成長するので、自分自身の人生を生きるという考えに至るまでに、すでに男性側が考える、「女性のあるべき姿」というものの再生産に加担してしまっている。そういう意味では、もう遅いんですね。自分の人生ということを考え始めるのも、ほとんどの場合、結婚生活を体験し育児を終えてからやっとなわけですから。

戸川　私も結婚するにあたっていろいろと悩みました。今まで作家として暮らしてきた、もうそれほど若くない人間が、普通の結婚生活を送ろうとするのは無理ではないかと思ったんです。それで、初めから別居生活をしようということになった。作家の仕事というのは、「夫が帰ってくるから夕食の支度をしなきゃ」という調子では、うまく行くものではありません。良い妻、良い母親でありたいと自分を強制せず、書いている時は書くこと以外何もしたくない。そういう状況が出てきた時に、問題が起きて変な別れ方をするくらいなら、最初から別居という形式をとったほうが賢明だと思ったのです。

先ほど申し上げましたが、結婚生活で、たとえ初めのうちは、愛情の表現として何でもしてあげたいという気持ちがあったとしても、時間が経つにつれ、特に働く女性の場合は、一緒にいるのが負担だと感じるようになってくる。それでダブルベッドが別々のベッドになり、別々のベッドが別々の部屋になりというかたちで、だんだん遠ざかって行ってしまうことはよくあります。そこで私は平日はひとりで暮らして、週末に夫と子どもが私の家にやってくるという形をとりました。夫にはまだお義母さんがいるのですが、ドイツではどうだか知りませんが、日本ではお嫁さんとお姑さんの関係というのはうまくいった試しがなくて……。

――　それは世界中どこでも同じなようですね(笑)。もっとも日本とは違って、親が息子夫婦と一緒に住むということはほとんどありません。老人の場合は、自分たちだけで独立して住むか、むしろ養老院に行くことのほうが多いです。ドイツでは、たとえば十五歳で最低限の学業が終わった時点で職を得て働き始めた場合、その段階ですでに親から離れて自立することもあり、学生でも実家から大学に通うということはあまりありません。つまり一定の年齢に達したら、一人で生活するということが当たり前なのです。

ですから日本の家族生活の在り方とは、そのかたちが始めから違っています。子どもが独立して去っていくのは当然ですから、親の方でも自分が残されてかわいそうだなどとは思いません。むしろ二十歳をすぎても親元に入り浸りのようだと、かえって変な目で見られるようなところがあります。もちろんそれでは、家族関係が冷たいというふうにも見えるでしょうが。

戸川　日本にはそういう部分で、まだ家族の重みというものがあり、その反動としての核家族化現象などもあります。でも結婚してはじめて自立するということになると、親の方では急に寂しくなってしまうようなところがあって、親と子の確執などもまだありますね。私の話に戻りますが、夫が私の仕事を理解してくれて、いまは一応別居ということになっていますが、それがいつまで続くかはわかりません。男性は女性よりも寂しがりやというか、安心できる場としての家族を求めていますから。

――　男性の方が甘えが強いですか。

戸川　ええ。日本では特にそうだと思います。私はそれが問題の一端を担っているという気がします。欧米では男性がずっと独身でも問題ないと聞いていますが、日本では男が三十歳過ぎて独身だと変な目で見られるとか、上役に結婚させられるとか、昇進の障害になるなどということがあります。それで皆が結婚し家庭を持つのです。ですから、女性に甘える男性がこのままはびこっている限り、日本の女性の解放も難しいのではないでしょうか。男性は子どもの頃から、そんな状況に慣れてしまっているんですね。男の子なども、自分の脱いだものをそこらにポイポイ投げ捨ててそのままにしてしまう。それを母親が拾っては片付けるのを見て育つのですから、母親が面倒を見てくれるのが当たり前だという考えが身についている。ですから大人になっても、六歳の子どもと同じような甘えの体質を持ち続けるわけです。

――　それが一生続くんですか⁈（笑）女性のほうも、自分を甘やかしてくれる男性がいないというのは、つらいのではないですか。甘えるのは男性と決まっているので、女性は甘えられない。緊張と言っては言い過ぎでしょうが、なにかほっとできない状況であると思いますが。

戸川　私は、結婚して疲れないということはないと思います。でも、もう一方では、日本の女性は結婚した途端に安心し切ってしまって、精神までゆるんでしまうということもあるようです。そうした怠惰になってしまった女性に対して、今度は逆に男性が不満を持つ。そこには、お互いの責任があるはずですけれど。

――私が非常に興味深いと思うのは、いわゆる「倦怠期」というものです。「倦怠期は結婚して七年くらい経てば自然にやってくるものだ」というようにマスコミなどが吹聴していますが、それを皆がそういうふうに思い込んでしまって、実際に倦怠期がやってくることもあるそうです。でもそのような発想は、私たち西洋人にとって、まるで考えられない部分があります。というのは、普通なら、男女の間に緊張感が完全になくなるということは考えられないからです。

戸川　緊張感がどうしてなくなってしまうかということに関しては、日本の夫婦の間における力関係が関わっているような気がします。西洋の男女関係は力関係が五分五分という感じがするのですけれど、日本では言わば七分三分なんです。女性が男性に従属している。ですから力の拮抗がないんです。たとえば夫は「会社のことに口を出すな」というような調子で、妻に意見を求めるようなことはまずありません。欧米では相手に意見を求めるということは、ごく普通にあることだと思うのですが、日本では「男の仕事に口を出すな」というような態度は当然であり、むしろ男らしいというように考えられているため、対話が成り立たないのです。

――でも仕事の後で飲みに行った時は、バーのママとは会社の話をするわけでしょう？　ということは、女を相手にしないというのではなくて、妻を相手にしないということではないのですか。

戸川　そう。つまり奥さんはもう女ではなく、女房になってしまった。ですから自分の本当の悩みを打ち明けて、真剣に話すことなどばかばかしくてできない。そうした背景があるから奥さんの方でも、一緒に暮らしてはいるけれども、夫とは別の世界に住んでいるようになってくる。お互いに刺激を与え合うということが、ほとんどなくなるんですね。なにかの共通の場があれば会話は広がるのですが、奥さんの話すことは夫の世界とまったく関わりがないので、夫の方でも興味が湧かないなどということが積み重なり、その結果意思が通じなくなるのではないでしょうか。それから、五年とか七年ということに関してですが、結婚して二年くらいで子どもができ、子育てが落ち着いた頃、「なんてつまらない生活なんだ」という思いが襲ってくることがあるようです。その間には夫も、自分の生活から遠い人になってしまっている。そうして、夫は会社からお金を運んで来る者、妻は家で食事を準備する者、という役割分担というかたちに落ち着くのです。

――つまりは、人間としての部分がほとんど抜け落ちてしまって、もう役割の部分しか残っていないのですね。

戸川　ですから私は、単なる男女の役割分担ということではなくて、人間としての、異なる属性を持った人間としての役割の分担を、これからは考えて行くべきだと思いますね。

――なるほど。ところで話が変わりますが、日本とドイツは歴史上、帝国主義、ファシズム、戦争、敗戦など類似した経過をたどってきたわけです。ドイツではその過去を克服するために、これまで様々な努力をしてきました。そのことはドイツ文学にも大きな影響を与えています。戸川さんは作家としてこの「過去の克服」ということに関して、どのようにお考えですか。

戸川　戦争やファシズムなど過去の体験は、私自身のなかに深く根ざしている問題です。やはりそれを克服しながらここまで生きて来ましたが、その過程をなくして今の自分は考えられないと思っています。私は偶然、日本に生まれたわけですが、人は国の歴史とともに歩むものなので、私がもし日本に生まれなかったら、おそらく違う人間になっていたでしょう。社会的環境は人間を変化させ、作っていくものだと思います。現代は物にあふれた社会ですが、その意味で私たちは、物にとらわれた心の貧しい生活を送っているような気もします。むしろ現在では、そのようなことが日本人のテーマなのではないでしょうか。

――　女性は男性より政治に関心が少ないと言われていますが、戸川さんは、女性としての立場ということを含めて、文学にも政治性、社会性がありうるとお考えですか。

戸川　はい。以前は「女は男の世界に口を出すんじゃない」ということが言われ、それがまかり通っていましたが、女の目はやはり開きつつあると思いますし、男性社会を支配してきた考えも、今ではその説得力を失ってきています。男性には素晴らしいところもありますが、どこか子どもみたいなところがあって、冒険に走ってみたり、いまだに戦争ごっこをしてみたりする部分もあります。ですからそうした暴走の契機が兆してきた時に、それを制止するのは女性でしかないのだと思います。戦争時代の女性というのは、これまでただただ男性に仕えるものでしかなかった。男性が言うことがすべてで、批判することなどありませんでした。千人針をご存じですか？　当時はああいうことをするのが女性の役目だったのです。

これからは違って、女性もいろいろな影響力を持つようになると思います。

――　でもそのためには、女性が社会においてもう少し力を持たないといけませんね。

戸川　そうですね。でもそれは一朝一夕にはどうにもならないと思います。男性は今のところどうしても、女性が自分の領域に介入してくることを嫌います。会社でも「女が口を出して」というようなことをよく聞きました。どのように変えて行くかということでは、ウーマン・リブの運動家などがいろいろ発言していますが、そういう人の発言は、たとえば会社での現実などを見ていないようなところがあって、説得力がないような気がします。ですから、この男性社会を一体どこから突き崩して行けばいいのかということを、つくづくと考えてしまいますね。

――ところであなたはドイツのどちらからいらしているんですか。

戸川 西ドイツの真ん中あたりです。

実は私、七一年頃に東西両ドイツに旅行したことがあるんです。

戸川 ――そうですか。いかがでしたか。

――西ドイツはとても繁栄していて、それに対して東は、とても暗い印象を受けました。壁を境にして、差が極端に大きいと思いました。

――それはお仕事だったのですか。

戸川 そうです。ドイツをテーマにした小説を書きました。

――それは知りませんでした。

戸川 でも自分で題も思い出せないんです。短編だったのですが。

――どうしてドイツを題材になさったのですか。

戸川 やはり同じような歴史ということがあったんではないでしょうか。戦争時代は例の「日独伊」ということばが子どもながら耳に焼きついていましたし、自分で歌手として歌っていた時も、ドイツの歌「リリー・マルレーン」がずっと持ち歌だったんです。そういうわけで関心があり、行ってみたいと思ったんです。

――歌がきっかけというのは面白いですね。どちらに行かれたんですか。

戸川　ハンブルクに滞在して原稿を書いていました。その時は十二月で、初旬から二十日過ぎまでいたのですが、濃霧で飛行機が飛ばなくなってしまい、ホテルにずうっといたのを覚えています。

――それは寒かったでしょう。しかも十二月は一番暗い時期ですからね。作品も暗くなったんじゃないですか？（笑）

戸川　そうですね（笑）。

（一九八二年二月二十六日、東京都・青山一丁目の喫茶店にて）

Ⅲ　「戦後派」の憂鬱

9. 津島佑子さん

Yūko Tsushima
1947-2016

「私、歳を取ると男女同じになっちゃう気がするの」

……つしま・ゆうこ……

津島の作品は、作者の精神的地平の広がりを伝えてくれる。父親のいない母子家庭の暮らしを描く、『光の領分』(1979)に代表される初期の小説は、窮屈な家庭という空間を忌避したい男性作家たちが好んで用いてきた私小説の典型的パターンを、社会が大きく変貌していく状況下で裏返した作品である。その後の「野辺」(1996)や『笑いオオカミ』(2000)などの作品では、ときにシュールで実験的な語りによって、母性やパートナー関係が批判的に問い直されており、無理強いされ新たに見出された社会、また集団的な記憶や歴史に対して鋭い視線が向けられている。

なにしろ男性はメンツっていうのがあるから、変なことでかわいそうなんじゃないかってね

――津島さんは女性作家として他の作家、特に男性作家と競争していく場合、女性としてなんらかの弱点といったものを感じていらっしゃいますか。

津島　現在の状況の中でってことですわね、そうね、まあ、弱点ということで言えば、どうしても私の場合、子どもがいて、家の中のことをしなくちゃなりませんのでね。だから取材でどこか遠い所へ行くとか、そういうことはできないですね。ただそれも時間の問題であって、今はできないというだけでね。考えればしゃくにさわるけど、歳を取って五十位になれば、まあ男女とも同じになっちゃうなって気もしますけれどね。

――でも大変ですね、女性として。

津島　どうしても母親っていうことで、精神的にもね。子どもは母親にいろいろなことを要求してくるから、その重みはありますよね。そんなことで男性ほど自由には動けない、どうしても動く場所が狭くなっちゃうっていう、それはとても感じていますけれど……。でも逆に、「自由ならいいのかしら」っていう気持ちもあるから。自分が過ごしている現実の中で、「もしかしたら得をしているのかもしれないし」っていうようなことも、感じることがあるんで。男性はもちろん、同じ立場には立てないわけですよね。

子どもがいてもお父さんであって、お母さんにはなれないわけだから。日本の場合特に、まだまだ男親、女親っていう区分けが強いですから。でも男性の方はそれをやっぱり喜んでいるのかしらって気もするけれど……。いわゆる「家庭」というところに入り込んで、じっくりとものを見つめるってことができないもんだから、いろいろ外に出て取材して小説書いていくっていうような書き方になるのかもしれない。両方はできませんものね。

―― そうですか。ドイツでは最近、両立させようとする傾向が強くなっていますね、男性が会社の勤務時間をできるだけ短くして。やっぱり自分の子どもは自分でも育てたい、女性にばかりに任せてしまうのは不公平だという気持ちですね。子どもを育てるということは、自分にとっても貴重な精神的体験になるわけですから、自分もそれを味わいたいと。だからできる限り子どもと一緒にいて、パートナーと同じようなことをしたいという男性が増えてきているようですね。日本の方が、まだまだ役割を区別する意識が強いと思います。

津島 そうそう。だから同じ年頃の男性には、今そういう気持ちを持っている人が増えていると思うんですけど、現実にはいわゆる「主婦」っていう女性が、なかなか譲らないですからね、お母さんの部分。

―― そうなんですか。

津島 それは強硬です。やっぱり日本の場合、簡単には変わりそうにないなっていうのが実感ですね。そういう奥さんを持っていたら、男は嫌でも外に出て行っちゃいますよ。

―― 面白い見方ですね。

津島 そういう感じですよ、でも。

―― 外から見ると、むしろ逆に見えますけれど。つまり主婦が譲らないというよりも、男が女を家の中に閉じ込める。「閉じ込める」というのは古臭い表現で、もう現実にはそぐわないかもしれませんが、「男は外に出て働き、女は家を守る」ですね。男が外に出ていった後、女はしょうがないので子どもの面倒を見る、見なくちゃならない。したくてしているのではなく、まあ、それが制度であり、一種の諦めでもあるような、そんな形に見えますけれども。さっき津島さんがおっしゃったこととは、まるで逆さまのようですね。

津島　そういう面もあるかもしれませんけれどもね。もちろん男だって主婦が譲ってくれないって、そう思ったら悔しいから、外の方が楽しいんだっていうふうに思い込んでいるところもあると思いますけれど。でも自分の友だちとかを見ていると、どうもそうじゃなくて、男性の方が家族から排除されちゃっているみたいなんです。外がそんなに面白いという時代でもありませんからね。昔だったら、侍とか金持ちは威張っていられましたけど、今はしがないサラリーマンですからね。何も面白くないっていう感じがあるから。お母さんが楽しんでいる部分を、自分も楽しみたいっていうのがあるように見えるんです。家族の中に入り込めないっていう感じが、どうもあるんじゃないかなって感じがしますね。

――　男性にさえ面白くないんだったら、女性はもっと外へ出て行きたがらないはずですね。ドイツの話をしますと、特に子どもが小さい場合、女性が子どもとだけ一緒にいると、精神的、知的に欲求不満になる傾向が強い。それで子どものいる人でも、ずっと子どもの面倒を見るのではなく、半日くらい外に出て社会人としての生活をすることができれば、一番バランスの取れた理想的なライフスタイルだと考えられるようになってきているんです。日本の場合、育児の時は母親が二十四時間子どもに付き添っていないとだめだという考え方がまだ……。

津島　まだ強いですね。私なんかもそういう考え方しか持っていなかったんですけれど。結局母親というものだけを、まだ神話みたいな感じで信じているところがあって、それは男性も女性も同じようにね。とにかく、子どもの幸せは母親といることだっていう考えが、今でもがんとしてある社会だと思うのね。その前では、皆もう深々と頭を下げちゃって。でも、本当は外に出たいとか、みんなありますよね、もちろん。みんながそれを楽しんでいるわけじゃないんだけど、子どものためだっていうことでそういう形になっちゃったみたい。

——自分をある程度まで犠牲にしなくちゃならない。

津島　お父さんもお母さんも、両方共ね。

——お父さんの犠牲というのはどういうものですか。

津島　もちろんお母さんが大事なんだろうから、お母さんを子どもと一緒にいさせてやらなければいけない。自分は働いて、一人で家族みんなを養って、やがて自分の家も買わなくちゃいけない、そんな感じですよね。それが大多数じゃないかしらね。そうすると、通勤に一時間、二時間かけて会社に行って、うーんと仕事して(笑)、夜十時頃家に帰って寝て、朝六時に起きて家を出て行くっていう生活ね。そうすると家族と、もう全然コミュニケーションがなくなっちゃって。でもそれは家族のためなんですからね、子どものためでもあるし。

——私にはどうしても、自己矛盾みたいに聞こえますねえ。家族のために働くという理由で、その家族とのコミュニケーションがなくなってしまうわけですから。

津島　そうそうそう。でもそれが現状でしょうね。で、こちらなんかはあまりそういうのと関係ないところにいるから、もどかしいっていうか、みんな一切パッと切り替えちゃえばいいのにな、子どもは子どもといれば幸せなんだ、なんて思うんですけれどね。

―― そうですね。それが一番でしょうね。

津島 でも、そこらへんが変わらない限りは、社会全体も変わりませんからね。そうするとどうしても、作家っていう職業でさえ、男と女っていう違いは出てきますよね。男性作家っていうのは、そういう奥さんを持ってるわけでしょ、やっぱりそういうお父さんなんですよ。でも、作家だから子育てに熱心だという人、あまり聞いたことないですよね(笑)。ほとんど家に帰らないとか、そういうお父さんばっかりで(笑)。やっぱり女性作家でお子さんがいる人はね、わりと書くものが少なくなっちゃったり、対外的なパーティなどにもあまり出なくなっちゃったりとね。同じですね、社会のそういう姿とね。こちらとしても、そのとばっちりはある程度は受けてますから。最初に言ったように、自由にパアーっと、自分の気の向くままに、今度はちょっと一年か二年アメリカに行くとかいう人のこと聞くと、何となく悔しいような気もしますよねえ、当然(笑)。

でも家族のことを考えると、一概には羨ましいとも思わないし、それを弱点だとも思わない。日本の場合はむしろ女性の方が、そういう意味じゃ隠れたところで得してるっていうか、男性は損してるっていうのか、なにしろ男性はメンツっていうのがあるから、変なことでかわいそうなんじゃないかってね。子どもとのコミュニケーションというものや、赤ん坊というものをまるで知らない存在にさせられちゃってる日本の男性は、それでも政治とかを、子どもを知らないままで考えたりするっていうふうになっちゃうから、何か変に見えるんですよね、私なんかから見ると。やはり子どもを育てながら政治を考えていけば、もっと生きた考え方、生きた政治ができると思うから。年取ればお互い同じになっちゃうかもしれないけれど、でも今のところむしろそういう意味で、女は得してるのかなって思うのよね。それでもね、現実的にはしゃくにさわることがいっぱいあるわけですよ。私があまり面倒見ないから子どもがかわいそうだとかね、そういうこと言う人が多いんですよ。

―― それはまた大変ですね。仕事をしている女性に対する風当たりは、日本ではまだまだ強いのですね。それを見ていると、女性に対する定義のほとんど百パーセントは、母性なのかと疑いたくなりますね。さっきおっしゃったような、母性というものの神秘化ですね。そしてその神秘化という戦術から、むしろ男女を明らかに区分する考えが生まれて来るのですね。たとえばそれは、女性は自然と深く結び付いた存在であり、一方男性は社会や歴史を作っていく存在であるというように、両方を明確に分ける考え方に繋がります。その結果、日本の女性が現実に生活する範囲が、随分と制限されてしまうという方向に進むわけですね……。そのような意味からも、日本人のそういう考え方が、女性が自由に行動するための足枷になっているのではないかと思います。

津島 ですからどうしても、書いた作品にそういうことの影響が、やっぱり働いてきますよね。つまり女性は即ち母性である、というような考え方をする人が多いことへの反応として、自分の書く小説の中で、ごく普通の女性が自分の子どもを蹴っとばしちゃうとかね(笑)。自分が欲求不満な時に、はけ口としてそうしちゃうとか、まあいろいろありますよね。離婚をする話にしたって。そんな話を書くと、一つ別の見方で判断される色合いっていうのがありますよね。

―― そういう見方をひっくり返そうとする気持ちがありますか。

津島 それを、文学作品の持つ説得力が超えなければいけないなということは、やはり感じてますよね。いわゆる一般的な考え方に負けるような作品だったら、私が駄目なんですね。いい作品を書けば、当然それを乗り越える説得力があるだろうし。読者がね、自分はこう考えていたけれども、どうも女性ってそういうものでもないし、男だってどうも違うんだな、そのような感想を持ってくれるのが、おそらくはいい作品なんでしょうね。だからそういう意識はありますよね、こちらも基本的には、何かしら男と女に関する考えを持っているわけだから。まあ女だから私は、こういうふうに生きていきましょって考えたことはなかったけど、それでも現実にはそれにぶつかっちゃうことがあったから。どうしてもそういう体験がベースになりますよね。それが、主人公の物の見方とかに影を落としますよね。

――たとえばある評論家が津島さんの作品について、確かこんなふうに書いているのを読んだことがあると思うのですが、「女性は母性であり、母性は自然である」と。そういう論理しかその評論家の頭にないとしたら、そんな認識は浅薄だとお考えになりますか。

津島 まあ、それもありますね。書く者としてはやっぱり、自分がもっと説得力のあるものを書けばいいんじゃないかと思っているわけです。なかなか難しいですね。なかなかできないというか……。伝統的に言えば、紫式部なんかが昔頑張ってくれたわけだけど(笑)、その伝統にのっかってこう大きくなればいいいんですけど、今もう時代が変わっちゃっているから。何て言うのかな、じれったいって言うのかしらね。なかなかすうーっとは出て来ない。たとえば現代社会で、光源氏みたいな男性を作って同じように書こうとしたって、同じようにはなりませんものね、いろいろと結婚制度なども変わっちゃってるし(笑)。でも結婚しない独身同士で、みんながああいうふうに恋愛をしていくっていうような筋にはできるかも知れないけど、そういう場合でも、非常に男性の抵抗が大きいですよね。だからよっぽどいい作品書かないと認めてもらえないっていう、そういうことはあると思うのね、同じ男性像書くにしてもね。

――男性側の抵抗というのは、何に対しての抵抗ですか。

津島 たとえば女性が書く男性像の、その男性について。だからもう常に自己批判ね。そこには、もっと自分がいいものを書けばいいんだっていう反省があるわけですけれどもね。もう少し付け加えて言うと、たとえば男性作家が書いた女性像を見ていると、非常に優れたものはもちろん別にしての話ですけれど、まあこんな女性像はちょっと考えられないなあという作品も、当然あるわけですよね。

―― 現実離れした女性像ですね。

津島 そうそう、もうなんかニンフみたいな女性とかに憧れるのは、まあ分かるんだけども（笑）。でもそこにまるで反省がなくてね、そのまま書いちゃっているのを読むと、非常に不愉快だってことはありますよね。でも男性作家の場合は、そういうのがわりと通ってしまうのね。しかし女性作家の方は、そこで非常に厳しく批判されるってことはあると思うのね。何度も言うようにとてもいい作品になれば、話は別だと思いますけれど、ただ入り口の所でそういう手厳しさがどうしても女性の方に……。でもまあ逆に、甘やかされないからいいんじゃないかってことも言えますね（笑）。

―― それ、面白いですね。日本でよくそういうことを聞くんですが、結局、男性の書く女性像に対しては女性が不満を持ち、また逆に女性の書く男性像に男性が満足しないということですけど。その場合、男性にしか男性を本当に理解することはできないし、女性がどういうものであるかは、同じ女性にしか分からないのだという先入観が、双方にあるのではないかと思うのです。私から見れば、いくら同性だからといっても、たとえばある一人の男性をすべての男性が理解できるとは限らないですし、また男性には女性をまったく理解できないということもないと思うんです。女性にしても然りですね。

津島 いや、本当にその通りでね。だから私も、とにかく男性を主人公にしてバンバン書いてやるぞと思っているんですけれど、でも現実的には、まだまだそういう風潮が強いっていうのかな、要するに実際には互いの接点が少ないから、小説にもそれが反映されるってことでしょうね。たとえばある作家に妻がいて作品に妻のことを書くとすると、人間としてのその妻と、普段どれだけコミュニケーションがあるかということが関係してきますでしょ、どうしたってね。形式上、妻だと思っているだけならば、「ただの妻」っていう感じの作品しか書けませんよ。だからそういう現実の反映ですよね。実際に妻と人間的な関係を持っている人は、やっぱりちゃんと書けますよ、女性をね。それは妻じゃなくて恋人でもいいわけですけど。だからそういう現実と重ねて、作品の描き方に不満を感じることも多いですね。この作家、もうちょっとこうね、たとえば結婚しているんだったら、自分が夫で妻がいるっていう、それをみんなが一般的に考えているようなところだけじゃなくて、もっと突っ込んでどうして考えないのかしらとかね。そう見ていくと、その人その人の家庭生活の内部まで大体分かってくるという感じが、ねえ……(笑)。まあ、そういうのはたいした作品じゃないから、相手にしなければいいわけでね(笑)。

――もう少し具体的にそのことをお聞きしたいのですが、たとえば津島さんが次の作品で男性の主人公を登場させるということになれば、編集者から「ちょっとどうでしょう、内容を変えてもらえませんか」というようなことを言われるわけですか。

津島　そういうことはないですね。ただなんとなく読み方としてね、ワンクッション置かれちゃうっていうのかな。まあ、それこそ私小説の伝統がありますからね。その方が読みやすいのでしょ。読者は私っていう女性に重ね合わせて読めるような作品だと、同じことを書いても、非常に感動してくれるっていうことはありますね。だから非常に難しい書き方になる、男性を主人公にすると。同じ出来事を書こうと思っても、男性が主人公だと読者の方もちょっと戸惑いがあって、こう遠ざけて読むっていうんですか、そういう感じがあるんですね。で、一体この作者は、つまり私は、この男性の主人公が好きで書いているのか、こういう男性って素敵だなと思っているんだろうかとかね、そういうことを考えたりするわけです。こちら別に好き嫌いとは関係なく、一つの存在としてこういう人間がいるってことで書いているだけで、私が女性として、ああこういう男の人って素敵だなと思って、自分の夢を書いているわけではないんだけど、どうしてもそういう読み方をされてしまうっていうようなことはありますね。

――では、出版社や編集者に対して、女性作家としてある種の特権、あるいは有利な立場といったものを持たれていると思われますか。それともその反対でしょうか。両方あり得るとも思えますが。

津島　両方ですね。特別扱いということがあるんだったら、それはいいように見えても、実は悪く扱われているのかも知れないし、ということはあると思うけど。

――どういう面で悪い扱いをされていますか。

津島　本質的にはあまり変わっていないと思うんですけれども。結局は、それこそコミュニケーションの点でね。つまり男性編集者と男性作家同士ですと、わりと遠慮のないところで、それこそお酒を飲みながらとかそういう感じで、次の作品はこういうテーマだったらどうだろうかとかね。それがよく作用した場合には、作品を創る原動力になることもあると思うけれど。女性作家はどうしても、そういうコミュニケーション持てないから。やっぱりこちらが女性だってことで遠慮しちゃうみたいで、男性とのようなチームワークを組めないっていうことはありますね。

――女性の編集者はまだ少ないですものね。

津島　少ないですね。

――それでは編集者以外に、たとえば男性の評論家からは作品が公平に、客観的に扱われていると思われますか。それとも女性の作家に対しては特別な扱いがあるのですか。

津島　……まあ、まるっきりそういうことはありません、というのは嘘になりますね。特に評論家の世界の方がほとんど男性ばっかりですのでね、今のところは。それで、仲間内というような感覚で、男性作家の書いたものだとわりと見過ごしちゃうような点でも、女性作家の場合、分からないようなところがあったりすると、すぐにちょっとお手上げっていう感じになってしまうんですね。

――厳しくなるわけですか。

津島 好意的な場合でも、これは女性的な部分だから男にはどうしようもない、分からないという言い方ね。でもそれはあくまで好意的な場合で、駄目だと思えばもっと手厳しくなりますよ。こちらから見ると、そんなに神秘化して考えることないと思うんですけれどもね(笑)。実際に女性を分からないと思っているから、小説読んでいてもそういうことになるんでしょうかねえ。たしかに、戸惑うことがあるみたいですねえ。

――では、こういうこともありますか。たとえば西ドイツを見てみますと、女性作家の場合、作品そのものよりも、その人自身の生活の方が話題の対象とされることがあるんです。男性作家の方がむしろそれは少ないですね。日本でもそういう現象があるでしょうか。

津島 油断していると、わりとすぐそういうふうになってしまうということはありますね。

――日本では、男性作家に対してもそうなりがちですね。

津島 ええ。私小説の伝統がありますから。

――作家の実生活と比較しながら読む、というようなことにすぐなりますね。

津島 ですからそういう伝統の上で、男性との恋愛みたいなことを書くとしますね、そうするとそれをそのまま作者の実体験と読まれてしまうとかね。それであの女性作家は、ちょっとふしだらなんじゃないかとか(笑)。そういう反応は、常に少しは覚悟していないといけないいなっていう思いはありますよね。

――なるほど。

津島　でも、気にしたってしょうがないから。

――では、読者が津島さんの作品を、この作者は女性であると意識して読むことを希望なさいますか。それとも、それを念頭に入れずに読んでほしいですか。

津島　そこがまあ、難しいところですけれど。やっぱり入り口としては、女性であるってことで読んでほしいですね。それで出口の、読み終わって感想を持つところでは、女性も男性もないっていう感想をもってもらえれば一番いいですね。つまりどうしてもこういう世の中ですから、どっちからか入らなければいけないわけですよね。男と女という存在が関係ない入り口っていうのは、ないと思います。もしそうだったら、非現実的で、抽象的なことになると思いますね。小説は抽象的な世界じゃないですから。あくまでも女なら女ってことから入っていかないと、つかめないんじゃないかしらっていう気がしますけれど。

――次の質問ですが、もし評論家の一人が津島さんの作品に対して、「この作品は女性にしか書けない」と言った場合、それを褒め言葉として受け取られますか。

津島　そうね、それも微妙ですね、とっても。よく言われますけどねぇ、そういうのは(笑)。常套句なんですよね。

――ああ、なるほど。

津島　そう言っとけば、無難だってことでね。それこそ褒め言葉のようでもあるし、といってまあね、まるきり褒め言葉でもない。便利な……。

――それが女性の限界である、というようにも受け取れますからね。

津島　そうそう。だからその言葉ばっかりピシャピシャぶつけられたら、腹が立ってきますよね(笑)。

あくまでも男性との関係の中でしか
私は自分を女性だと思わない、もう今さらね

―― テーマが変わりますが、西ドイツにおいて、女性が女性独自の立場から男性に対して自己主張することは、非常に困難であると認識せざるを得ない状況に何度も直面してきました。男性と競争するということは多くの場合、彼らを中心に構築されている社会の基準を受け入れ、それに順応することを意味します。それでそのような社会の要求から自由になり、女として真の自己を確立するために、作家を含めた多くの女性たちが、少なくともある期間、男性との関係を断ち、彼らから距離を置くよう努めています。それをやって初めて、自分自身のための経験を積み、自らの欲求を見いだし、真の意味での女性らしさを開花させることができる、そう考えられているようなんですけれども、この点についてどのようにお考えになりますか。

津島 その、「ある期間、男性から距離を置く」って、現実的にはどういうふうにするんでしょう。

―― そこで考えられているのは、男性のパートナーから離れ、女性の中だけで生活する経験をもつことです。何故このようなかたちで試みるかと言いますと、いくら女性同士で暮らしていても、男性がその中にはいってきますと、女性同士の関係が微妙に変化します。一人の男性をめぐって女同士で敵対したり。また、そこまでいかなくても、自分の意思に関係のないところで、様々なことに対する反応が違ってきますよね。女性として自分が真に求めているのは何なのか、それを発見するためには、とにかくまず男性の影響の届かない環境に自分を置いてみることから始めよう、そういうわけなんです。これは主としてイン

テリ女性の試みであって、その真の自己に目覚めるためには時間がかかるかも知れませんし、本当にそうすることによってそれを発見できるのかどうかもわかりません。でも、また元のように再び男性と一緒になっても、今度は女性がもっと自由に、男性の支配を受けないで生活ができるのではないかと考えられているんです。ずっと男性と別れて生活するというのは非現実的であり、その必要もないのです。一種の、学習のための暫定的な実験ですね。そのような方法が、最近よく取られているようです。

津島　そうね、私自身で言えば中学、つまり十二歳の時から二十一歳まで女ばっかりだったんですね。カトリックの学校だったから、男性のいない世界ですよね。男性のいない社会だったわけで、そこで十年間、一番大事な時期を過ごしたんです。で、私は学校時代も、どっちかと言えば男性的な要素を求められていたし、自分からも進んでそういう男性的な要素を発揮していましたしね。だから私は女性ばっかりの場所になると、むしろ自分が女性であることを忘れちゃうんです。自分が女性だつて意識が、どうも湧かないんですね。もともとの気質で言えば、皆が標準だとすると、むしろ私は男性的な人間なんだと思うの。だから非常に個人的事情から、類似の経験を持つ人間が今のお話伺ったわけだけれども……(笑)。大人になっちゃってからは、男性といて初めて自分が女性だって思うんで、あくまでも男性との関係の中でしか私は自分を女性だと思わない、もう今さらね。つまり男性がこちらを女性だと思うから、「ああ、そうなのかしらね」って(笑)。だけど、子どもとの暮らしの中で、あるいは女友だちと一緒の時には、自分が女性だなんて意識してないですよね、ちっとも。忘れているわけ。親ではあるけれどもね、別に女の親だとも思っていないし……。まあ、働いて子ども育てている親だとしか思っていない。それがたまたま男性の方がこっち向くと、ああ、私も女性なんだなって思うだけなんで。でもそのことは私、大事にしたいと思っているのね。だから今伺っていて、もしずっと男性と一緒に育ってきちゃったら、もしかしたらそういう経験も必要になるのかなあっていう気はしましたけどね。つまり日本の、私の周りでも公立の学校だとずっと男女一緒に高校まできてね、特にインテリというか、頭のいい人たちがいい大学なんかに行けば（笑）、そこでもまた男性の方がむしろ多い。男性がリードを取って、女の子はどうしても数も少ないから、何かしてもサブみたいな感じでね。男性の方が委員長をやって、女性は副委員長とか、そういう感じで。共学でやってきた人の方が、むしろそんなことを言っているみたいね。「女同士で雑誌を作りましょうよ」とかね。そういう人を私も見ているのね。だから一度はやっぱり、そんなことをしてみたくなるものなのかなっていう気が、たしかにしますね（笑）。

私も振り返ってみると、たとえば大学時代なんてね、とても不満だったんですよ、男の子がいないってことがね、悔しかったんだけれど（笑）。でも今思い出すと、男性がいなかったから女の子みんなでやるわけでしょ。だから本当に自由に好きなことを、男性に遠慮しないでやっていたんですよね。私がもし、男の人のいる大学に行ってたら、やっぱり私もシャイだし（笑）、意識しちゃうでしょ、きっとね。そうするとあんまりこう、出しゃばったことすると嫌われるかしらとか、二十歳くらいだから気にするでしょ。そんなことでね、好きな事出来なかったかも知れないっていうことを考えると、まあ良かった面があるのかしら……。女の子だけの学校って嫌いですけれどもね。ただ、そういう今おっしゃったような意味では、意義があるのかなって気は、たしかにね……。

いつも男性が一緒で、家に帰ってもお父さんのいるような人だと、分からなくなることがあるかもね。だけど私は家に帰ってもお父さんはいないでしょ。女ばっかりでね。お母さんが威張っているような家庭で（笑）。また学校に行けば、女ばっかりっていうところに育っちゃったから、これまで特に何も考えないで来ちゃっているんですよね。

―― でも同じ教育の場に男性がいない場合でも、女性としての自己意識を植え付けられるという傾向は、日本では特に強いように思いますが。もちろんそれは、ヨーロッパにもある傾向です。たとえば女は女らしく振る舞わなくちゃいけないとか、そういうふうに、いってみれば幼児のうちから躾けられます、男性が近くにいるいないとは直接関係なくですね。

津島 そういうこと伺うと、日本もヨーロッパもあんまり変わりないんだなっていう……(笑)。

―― 程度の差だけですね。根本的な差はないと思います。結局ドイツでも、たとえば私が大学で教えていて、学生の数は男女半々なのです、文科系は特に女性が多いですから。でも後に大学で職を得た女性の現在の比率を見ますと、女性の正教授の場合、全体の一パーセントにも達していないんです。その過程で一体何が起こるのだろうと、本当に不思議に思いますね。それは、女性の能力が劣ることの証明ではあり得ません。大学まで行ったということは、それだけの努力を重ね、学力的にも優れていたはずですから……、女性は途中で諦めるんでしょうか。教授になるまでの道程がいかに厳しいかは、私にもある程度経験があるので分かりますが……。女性の側も、そんな厳しい状況を是が非でも乗り越えようとはしていないようですし、また男性の側でも、手を差し延べたりは絶対にしないんですね。上に行くための競争は熾烈ですが、私にとって苦痛なのは、男性が私を単にライバルとしてではなく、何か歪んだ色眼鏡で、つまりは「女」の競争相手として見ることですね。

つまり、日本の状況はもしかしたらヨーロッパよりもう少し悪いかもしれないというだけで、基本的にはまったく同じだということです。で、果たしてその原因は女性自身の中にあるのか、それとも男性がいけないのか、あるいは社会全体が悪いのかということを考えても、答えはなかなか見つからないですね。いろいろ複雑な歴史的発展などがあって、それで結局今のような構造が出来上がってしまったんですから。

難しい問題ですよね。

津島　難しいですね。だからまあ、どこかがどうだって、一つだけは絶対取り出せないと思いますけれど。でも自分は女性だから、女性側の反省は多少は分かるからそれを考えると、やっぱり女性の内側にも原因はありますよね。つまり男性を意識しているということで、それでかなり足を引っ張られていますよね。つまり日本の場合ですと「女だてらに」というね、そういうことを言われたくないっていう気持ちが、男性を意識すると出てきてしまい、自分をセーブしちゃうのね。

前にも何か文学の大きな賞をもらった女性の作家がね、これは名前は言えないけれど(笑)、いたんですね。その方のコメントが新聞に写真入りで出たんですけれど、それ読んでとってもしゃくにさわって、腹が立って、ガックリしちゃったんです。その女性作家の方は、「私の仕事なんかは、家の仕事をやって、もうほんの片手間に、余っている時間に本当にチョロチョロっとやるだけの仕事なんです」っていうふうに書いてあったのね。それはねえ……、それじゃあ、賞を上げた方だって腹が立つしね。そんな自分の仕事を馬鹿にした……家の仕事の片手間にチョコチョコっとやれるような仕事じゃないことは、誰が見たって分かるわけですよ。ただ彼女自身は謙遜したつもりで、そうするととってもこう、謙虚で気持ちも何かツンツンしていない、いい女性だなと思われると思って(笑)、ついついそう言っちゃったと思うんですね、威張っていると思われたくなくて。だけどそれはおかしい、非常におかしいことなんじゃないかなあ……。同じことをもし男性作家がね、「いやあ、僕は会社の仕事とか他の仕事の片手間に、チョロチョロっとやっただけですよ」って言ったとしたら、皆がもう、腹が立ってしょうがないと思うんですよね(笑)。一生懸命書いたから賞をもらえたわけでしょ。で、そういうところで、女性自身が自分の足を引っ張っちゃっていることが、とても多いですね。

――それはありますね。私は名前を言いますけれど（笑）、高橋たか子さんが『國文學』の中の座談会（川村二郎司会、「女流をつき動かすもの」『國文學』一九八〇年一二月号、pp. 6–25）で、女性には想像力が無いとおっしゃったんです。高橋さんには、他の座談会や対談での発言にしても、またお書きになるエッセイの中でも、女性を卑下、蔑視するニュアンスが感じられることがあるんです。どうしてそんなマゾ的な気持ちを持たれるんだろうと思ってしまいますね。でもそういう女性の態度って、別に珍しいことではないですね。それも津島さんがおっしゃったような、「女性が自らの足を引っ張る」ということに繋がるという気がします。

津島　岡本かの子〔1889–1939〕、御存じですか。岡本かの子みたいに女性賛歌っていう感じで、ああいう感じで、「女って素晴らしい！」とかね、言いきっている女性作家は非常に少ないですね。だからとっても岡本かの子の存在は珍しくって、読んでいてスカッとするし、私は好きですけれども。ああいうふうなプラスの方向で、自分の性を見ていくっていうのは稀ですね。たいていマイナスとして受け止めていく。で、マイナスの面ももちろんあるかも知れないけれど、でもどうせなら、プラスの方が読んでいて楽しいし、面白いんじゃないかと思うんですけれどね（笑）。

――今度は読者についての質問になりますが、どのような読者層に宛てて作品をお書きになりますか。

津島　そうね、……そうだ、やっぱり男性ね。

――男性ですか。それで男性の中でも特別な層、あるいはグループを念頭に置かれていますか。あっ、その前に、どうして女性じゃないのですか。

津島　結局女性だったら、それこそある程度の基盤で分かりあえる部分がある、そう思っているのね。だから作品の質が、まあこのくらいのものを書いても、女性はわかってくれるだろうっていう安心感があるんです。ところが男性はそれが全然ないから、一番手強い相手だっていう。でも分からせてやる、いつか分からせてやるっていう意識があるのね(笑)。そういう意味で女性を相手にして考えていると、自分も甘くなっちゃうの。

「ねえ、あなた分かるでしょう」っていう、女同士のおしゃべりみたくなっちゃうのが、私はすごく嫌なんです。時代が違って、しかも性も異なる男性が読んでも感動してもらえるようなものをね、やっぱり書けなくちゃおかしいと思うんですよ。そうすると、男性が一番そういう意味じゃ遠い所にいるから、その男性が思わずおやっと思うような、「あれっ、どうしてだろ。これ分かっちゃうなあ」なんていう気持ちになってくれれば、もう「やったあ!」という感じで、やっぱり一番うれしいなあって思うのね。

そんな状態ですからね、自分がある意味じゃ女性の代表っていうのも変ですけれど、まあ、代弁しているっていうような意識もあるわけね。だから自分を語っているとは、あんまり思っていないから。女性の方はそういう意味では仲間、むしろ最初から仲間だから、あまり考える必要がないのですね。

—— でしたら、啓蒙的な意味がそこにありますか。男性に対して女性の立場を解説してやるっていうような、そういう意味での。

津島 いいえ、啓蒙じゃなくて、むしろ掻き回してやりたいっていう、意地の悪い方よ(笑)。

—— 意地の悪い教育ですか(笑)。

津島 戸惑わせてやりたいっていうのかしらねえ。そしてもう、それで最後には屈服させてやりたいっていうの、ああ女性ってすごいなあって、実感させてやりたいっていうような(笑)。

—— 評論家の柘植光彦が次のように書いています。「女性作家の作品は、どうも私には完全に読んで理解することが不可能だが、どうしても残るその〝わからなさ〟が逆に魅力であり、関心を向ける理由でもある」ということなんですが、男性もやはり津島さんの作品を理解できると思われますか。もし難しいところがあるとすれば、一体どんなところでしょうか。このことはもう、先にも触れたことですが。

津島　だから私はもうはっきり言って、そういう部分があるんだったら、それは私が下手なんだって思っている。やっぱりそういうことはありえない、そう思うのね。もし本当にいいものが書けるんだったら、圧倒させちゃえばいいわけですから。圧倒されちゃえば、何か分かったような気になるものでしょ、人間て。だからそのくらいの力を持たなくちゃいけないんで、それだけの力が自分にないから、結局そんなことを言われるんだろうと思ってるんですね。楽観的なのかも知れないけれど、本来はそういうものなんじゃないかなあ。理解なんてものじゃないと思いますね。

大体小説っていうのは、理解する理解できないなどと考えちゃいけないものだと思うんですよ。そんなのは言葉のあやですから。要するに、感動したかしなかったかっていうことでしょ。で、たとえばフォークナー〔ウィリアム・フォークナー、1897-1962〕を読んでね、きっと私なんて分かってないかもしれませんよ、全然。でもやっぱり感動はしちゃうわけ、何となく。でも、それでいいんだと思うんです。別にフォークナーが何考えてて、どういうおじさんだったかなんてこと、私が知らなくたって全然かまわないんでね。たとえばフォークナーの書いているキャディ〔『響きと怒り』の登場人物〕、ああいいなあっていうふうに、私が思っちゃったら、それでフォークナーの勝ちでしょ。だからそれと同じことだと思うんですね。そういう魅力ですよね、要するに。

——同じ評論家が、またある女性作家について男性読者を「締め出そうとする」ということを述べたことがあります。津島さんにもそのような事実がありますか。もしあるとすれば、それは何故でしょう。この質問も重複しますけれど。

津島　そうですね、だからさっき言ったように、女性作家の一つの難しさっていうのかしら、落とし穴はたしかにあると思うのね。つまりさっき言った、女性同士だと低いレベルで分かり合っちゃうということかもしれませんね。女性同士で分かり合えるという部分を頼りにして書き出すと、「いいわ、どうせ男性なんかには分かりっこないんだから、相手にしないわ」っていうふうになる可能性が非常に大きいですよね。女性読者だけを相手にしたって、ある程度売れますからね、生活はできるから。ただ私はそれをやっぱり嫌だと思うんですね。やっぱりそれでは不完全、男と女がいるんだから、そのコミュニケーションの上で小説を、私は書いていきたいと思うから嫌なんだけれど。

ややもすると、たとえば女性編集者と女性作家の間でも同じなのね。非常に難しいのね、かえって。男性編集者だと、お互いコミュニケーションが難しいって最初から思っているから、一生懸命気を付けますよね。気を付けて何とか相手に分かってもらおうって態度を持ちますでしょ。ところが女性同士になっちゃうと、編集者と書き手ってそれ以外のところで、たとえば「子どもを育てるって大変よねえ」とか「夫なんて嫌あねえ」とか、そんなところで世間話できますでしょ、女は女同士で。そうすると、なんとなくそこらへんで分かったつもりになっちゃって、非常に次元が低いところで止まっちゃうの、コミュニケーションがね。そういうことがあるんですよ、実際に。

だから私なんかは自分の体験として、むしろ女性編集者の方が難しいなあって思っているのね。だって気楽ですものね、なんと言っても。そんな話になれば、いくらでも話ってできるでしょ。男の悪口言ったり、「女って損よね」とか(笑)。そんなことを言ってれば、話には花が咲くでしょうね。でもそれで終わっちゃえば、何も生まれてこないでしょ。私まったく男性のいないところに移住しますっていうなら別だけど、どうしたってこういう社会で生きている以上は、男性とコミュニケーション断つわけにいかないから。

――それはでも、男性同士の場合も事情は同じでしょう。男性同士のコミュニケーションにもそんな欠点があるでしょうね。

津島　そうそうそう。だからそういうレベルの低いのを読むと、さっき言ったみたいに女性の方が「何よ、女を締め出しているじゃないの。とっても読めないわ」ってね(笑)、というのも出てくるわけです。だから同じだと思うのね、そのへんは。やっぱり異性を考えていくってことは大事なことだって、私は思うんですけれどね。

今、文学の方向も
そういう反省期に入っているんじゃないでしょうか、現実に

――また違う質問になりますが、ヨーロッパやアメリカの女性作家は一般的に言って、自伝形式に引かれているようです。で、日本においては私小説の例もあるように、それは女性に限られたことではないと思いますが、やはり男性に比べ自分の経験から何かを伝えるという方法が、何かを新しく創造、クリエイトする方法より好まれていると思われます。その点についてはいかがでしょう。

津島　私が小説を書き始めた頃、つまり十年以上前ですけど、その当時はもうまさしくそういう感じでありましたけれどね。というのは、十年くらい前だと、この十年でまた随分変わりましたけれども、もっと女性の生活の場所が狭くて、男性とも自由に外歩けないとかね、そのくらいひどいような有様でしたから、どうしたって狭くなる、取材ができないっていうようなことになる。そうするとどうしても自分を取

材して、自分から書いていくって方法しか取れなかったんじゃないかと思います。

でも今、多少そのへんが変わってきちゃって、大学を出て小説を書いている女性も増えてますでしょ。昔は大学に行くことも珍しかったわけだから。私の世代くらいが境目ですよね。だから古いタイプにはわりとそういうのがあると思うんですけれども。でも、いまだにそういう作品が読み易いとされている。その方が受け入れられ易いっていうことが、いまだに続いていると思いますけれども。ただ書き手自身は若い方たちどんどん出てきているでしょ、それでやっぱりちょっと違ってきてるし……。そうなればね、そんなふうに書かなくなればね、あきらめますしね。いくら要求しても、女性作家はそうは書いてくれないんだっていうことで(笑)。意外とそこらへんは平均化してきて、男性でも自分のことしか書かない人もいますしね。だから、わりと平均化してきてるんじゃないかなっていう気はしますね。

つまり以前のそういう時期から、今は反省する時期に入っているような気が私はしますね。で、もちろんずっと年配の方だったら、今さらスタイルを変えられないってことで、続けていかれると思うけれども、新しい世代の方ではそうとも言いきれなくなっているんじゃないでしょうか。

―― 次の質問ですが、最近世界中で、特に日本では、「内向の世代」的傾向が、私小説の例もあるように強いと思われます。自己中心的な感覚がすべての基盤となり、その感覚の繊細さ自体がその文学の魅力でもあるというのですが、するとその繊細な意識というものが自分だけに向けられるため、他人の問題に対する鈍感さを生むという結果が出て来ると思われます。その繊細さは本来ならば自分にばかり向けられるべきではなく、同時に他人や社会に対する意識の基盤ともなるべきだと思いますが、いかがでしょうか。

津島　それはまったくその通りで、だから今、文学の方向もそういう反省期に入っているんじゃないでしょうか、現実に。そういう内向の文学って言われているのが、この五年くらい前までやっぱり断然主流でしたけどね。今はなんていっても、つまんないですからね(笑)。いくら繊細に書いてくれたって、読む側が面白くないっていうのでは、どうしようもないですからね。というようなことでだんだん分かってきて、どうも文学はそういうものではないんじゃないかっていうような、反省が起こっているのではないかしら。

それは日本の小説でも同じで、だから今南米の文学なんかも好んで読んだり、民族学に目を向けたりしていますよね、たとえば、アイヌの方に目を向けたりとか。今まではインテレクチュアルな、いわゆる真理というものに目を向けていくという方向でいたけれども、どうも限界があって……。しかしそう思っても、なかなか筆の方が思う通りに進むとは限らないから、もうちょっと時間が必要かもしれませんね、それでいい小説が書けるまでには。

—— でも、そういう変化が起こったという確信はお持ちなんですね?

津島 ええ、それはあります。結局日本でいうと明治っていう時代に、わりとそういう自分中心の、その当時のヨーロッパの文学を輸入してきて、小説っていうのはこういうものだと思って、それ以来ずっと百年以上やってきた。でも「どうも、違うんじゃないか」っていう時代にきて。で、明治以前の日本の文学の流れっていうのもあるわけで、それが何も突然プツンと切れるはずがないということですね。たとえばそれこそ源氏とか、平安朝の文学を読んだり、万葉集読んだりっていうところから、小説の、今自分たちが書こうとしている文学の栄養にできないかっていう模索を始めてると思うのね、人それぞれがどこから栄養を取るかは別ですけれども。

—— そんな傾向は、以前にもありましたね。明治文学はヨーロッパ文学を模範として、理想像として掲げていたと思いますが、それと同時に、たとえば田山花袋のような熱心にヨーロッパを指向しているつもりの自然主義作家ですら、無意識のうちにいわゆる明治以前の日本の古典文学に立ち返っていたと思われます。現在に至って、同じような要求がまた高まってきているのでしょうか。

津島　そうそう。というか、ずっと悩んできたんだと思うのね、日本の文学の場合って。そういう万葉集からの伝統を一方では忘れていないんですよね。でももう一方では、西洋文学の概念っていうのがある。そこの二つの矛盾したものをどうしていけばいいんだろうっていうことで、ずっときているんだと思うんですね。何かが全然違ってるの。あっちは自我っていうものでやってるが、こっちはそれとあまり関係ないし、遠近法ともまるで関係ない(笑)、つまりあまり理性的、知的ではないんですね。その二つがうまく合わさらなかった、そういうことだったと思うのね。

それで、こっちは西洋的なものをずっと前向きに考えてきたんだから、やっぱりそれを中心にして自分を改革しなくちゃいけないっていう、そういう考え方だったと思うんですよね、今までは。もちろん泉鏡花とか、それと関係なくやれた人もいたけれども、この頃になって、もうちょっとこっちの日本の伝統の方に自信を持ったっていいんじゃないか、西洋的な生き方にも限界があるんじゃないかっていうところに来ていると思うんですね。

では、日本が何故そういうふうに思うようになったかというと、世界的に見て今、それこそ南米あたりからどんどんエネルギーが噴出しており、そこでの作品を読んで我が身を振り返ると、自分の文化が素朴に自然に湧き出るところで、もっと深く書けるんじゃないか、そんな気持ちを持ち始めたんじゃないかと思うのね。私自身ももちろんそういうふうに思っているし。……ただなかなかね、自分がこれまで指向し勉強してきたことが、どうしても西洋風のことですから。たとえば音楽一つ取ったって、私はピアノを習ったから弾けるけど、お琴は弾けないわけですよ、ね。そういうふうに、かたちは一応西洋風に育てられちゃってるから、どういうふうになっていくか分かりませんけど。でもね、やっぱり内側にあるものとしては、この風土からごく自然に出てきたものがあるんじゃないのかって、それなりにね。

人間の内側だけじゃなくて、さっきおっしゃったでしょ、社会っていうものを感じるからこそ、個人の悩みが出てきたり、感受性が育つっていう、そういう構造ですよね。社会を切り離したら、何も考えられない。だからそういう意味で、社会の中の個人、個人の中の社会っていう、そういうふうに考えていかなくちゃいけないんじゃないか、そういうことが全部繋がって、これから変わっていくような気がしているんですけどね。

―― そうでしょうね。でも現代の日本人はこれまで何世代にも亘って、その西洋的な要素、理性的・知的な要素というものを、模範としてかなり自分の内に取り込んでしまいましたよね。ですから、昔のような日本的な感受性だけを基にしての文学がこれから成り立つかというと、今のこの世の中では……。

津島　不可能でしょうね、それは。特にそういう伝承の、語り言葉だけでいってたものをいくらまねしようったって、こちらはもう書くこと読むことを知っていますからね。もう、絶対無理ですね。そこで要するに戻るんじゃなくて、まったく新しいものが出てくる、そういうことしか考えられないですよね。それは誰にも予想がつかないことですし、ただとにかく栄養としてね、今までは欧米的なそういう知的なものからの栄養しか考えていなかったのを、もっと身近なところからも栄養取れたじゃないかっていう、そういうことですよね、要するに。そういうものを栄養にしたらなにがこれからできていくか、それは分からない。だけど栄養は取れるんだから、どこからでも取った方がいいんだからって、そういうことですね。

―― すると「西洋」に対して抱く不満とは、知的・理性的な面が強すぎるという点にあるのですか。

もしそうでないのなら、他のどういうところでしょうか。

津島　不満っていうか、限界ね。つまり知的なものだけでは、物事は処理できないし、とても摑みきれないということがわかってきたっていうことなんじゃないかしらね。特に日本はこれまで、もうとにかく欧米に並び立たなくてはと努力してきたわけで、だから知的、理性的なやり方に非常に重きを置いてきたわけでしょ。だけど、どうもなんだかそれだけじゃおかしい、非論理的で不合理な面も人間にはあるんじゃないか。そんな事実を見下してはいけなかったんじゃなかろうかっていう、まあそんな感じですよね。

――　今おっしゃった合理性ですが、それが欧米人、特にドイツ人には強いと言われていますが、そのドイツ人の私から見た日本の現代社会、たとえば私が日常接している日本の知識人や一般の方々の生活や思考法などを経験しますと、むしろ、そのいわゆる「西洋的な知的要素」が非常に弱いように思えるんです。その代わりに何が際立つかと言いますと、それは必ずしも知的とは言えない、どちらかと言えば感情的、情動的な側面です。もちろん、日本人の眼には同じ状況が私とまったく違って映るのは、ある意味で当然かもしれませんが、でもその場合、知的な面がすでに勝り過ぎているのだと映るのですから、面白いですね。

津島　というか、つまり実際は変わらないですよ、そんなにね。だけどその不合理な自分が持っている不合理な面に、ずっと劣等感を持ち続けてきたこと、そういうことですよね。だからその劣等感だ、優越感だってことは、もうそろそろ考えないで、ありのまま、自分に正直にやっていけばいいんじゃないかっていう、そういうことですよ。やっぱり今まで、非常に強い劣等感を持ってきたんだと思うのね、そういう日本の不合理な面に対して。でもそんな習性だって、そう簡単には捨てきれるものじゃないとは思いますけれどね。

人間というものを考える時に、個人か社会かなんて分けるんじゃなくて、両方をいっしょに考えていかなくちゃ……

――また別の質問になりますが、女性は男性に比べて政治に対する関心や働きかけが少ない、弱いと言われていますが、津島さんは文学が政治的、社会的要素を持つべきだと思われますか。

津島 その政治という言葉で、何を意味しているかによるんですけれどね。

――そうですね。たとえば西ドイツを例として挙げますが、西ドイツは日本と共通の過去の歴史、帝国主義、ファシズム、戦争、敗戦などを経験しています。それ以来、私たちドイツ人は、その過去の克服のために、文学においても努力を重ねてきました。その「過去の克服」ですが、津島さんは文学者としてその必要性を感じられますか。結局、そのような背景によって、ドイツ文学に政治的、社会的要素が色濃く入って来たと思われるからですが。

津島 非常に大きく見れば、そう思っていますね。ただ私は直接、戦争時代を描くとか、そういうことは多分しないだろうと……いや、分かりませんね。まだこの先どういう気持ちになるか……書き始めるかもしれない。まあ今の気持ちしか分からないから、今のところは、そういうのを舞台としては書けないですね。たとえば政治家を主人公にするとか、国会を描くとかね、そういう小説はたぶん書かないと思いますけど。これまで、まるで政治的でないものを書いてきて、今も書いてます。だから誰も、私がそんなふうな小説を書くとは思わないでしょうね(笑)。

ただ、それこそが女性の発想であって、政治というものはすべてを覆っているものですからね。たとえば、そういう女性に関わる問題、「女に母性を見る」というようなこと一つ取っても、それはもう国の政策と関係ないものではありませんからね。絶対に繋がっていますから。国の政治、一つの国の運営……、これはどうしたって国家意識と結び付きますよ。そういうことに抵抗しようとすれば……、少なくとも、いわゆる一般社会の考え方のままではいけないっていう気持ちで書いている以上は、それは政治的な営みだと自分では思っているんですけど……。でも直接何かをするってわけじゃない、ただ小説を書いているだけでね(笑)。

それらは全部が繋がっているんじゃないですか。登場人物にしたって、現実の日本っていう国を舞台にしているわけで、その日本の歴史をまるで無視はできませんよね。当然、そこにはそういう過去があったわけですから、その意味でも。直接何かを告発するという形は取らない、そういう形を取った小説はおそらく書かないと思いますね。でも自分の意識の中で、そういう政治っていうものを考えていきたいとは思っているわけね、それは自分で出来ることですから。

社会や共同体、つまりは人間の集団ですよね、要するに。それが国っていうものになって、そういうものって一体何だろうということ、小説って要するにそれに尽きるんじゃないかっていう思いがしてるわけね。そこに属さない人間なんて、ちょっと非現実的でしょ、ユートピアにいるわけじゃありませんものね。そこまで架空の人物は作れませんよ。だからどうしても、実際に存在する国を前提にして、こちらはその中の日本人しか今のところは登場人物として書けませんからね。もしかしたら、ドイツから来た女性を登場させるとしてもね(笑)、それも現実のドイツが前提になりますよね。するとそのことが、すでに政治的じゃないかと思うわけね。そこでそのドイツ人をどういうふうに描くかっていうことが、もうすでに政治的なことなんじゃないかと思います。

――この質問はそういう意味ではなかったんですが……。たとえば、それがドイツの作品で、ドイツの実際の一般家庭が舞台になるとすれば、どうしても「その過去」が顔を出さざるを得ないのです。息子が学校へ行って歴史の授業を受ける。家に帰ってきてから父親に「お父さんはあの頃どうしていたの」と尋ねるとか、そんなシーンがふんだんに出てきますね。そして毎日のように、テレビでも「その過去」のことが話題になります。すると、一人一人がそれについて考えざるを得なくなるんです。自分自身の責任を考えたり、何故あんなことになってしまったんだろうと論議を重ねたり、それが今でもドイツの日常的な現実です。日本ではそういう要素が薄いように感じられますが、ドイツの日常には、たとえ間接的にではあっても、どうしても「過去の歴史」というものが必ず入って来ます。現代の一般的家庭を舞台にしたホームドラマであっても、政治とは縁の薄いテーマを扱う番組であっても、必然的にそんな要素が入り込んできますね。日本ではその必然性が非常に弱いようですが……。

津島　それこそ現実の政治が、そういう態度を取りませんからね。まあ嫌なことは忘れたいっていうような、そういう体質は今でもほとんど変わっていませんから。口に出したら自分たちを批判することになるから、それはまずいっていう政治ですよね。すると、一般国民もやっぱり同じように、それについて考えたくない、過去は過去っていうことでね。だから戦争の時に、自分がどうしていたかっていうようなことを、ほとんど語らないですよね、普通は。そういう違いがあるようですね、両国には。

でも、小説を書く者である文学者までがそれと一緒になってちゃ、それは困るんでね。もちろん、自分の国をどう思うかなどは、あくまでも個人の自由でしょうけれど。私は日本の国民であり、別にそれ以上でもそれ以下の者でもないと思っていますが、そのような国家意識とは切り離して、今の政治家はどういうふうに考えていて、何をどう目論んでいるのかなあって、そういうことを省いて書いてたんじゃおかしなことになっちゃいますよね。まあ、小説とはそういうものだって思っていたいんです。だから普通の人よりは、日本的に言うなら、嫌な部分をほじくり出して書いているかも知れないですね。だけどしょうがないわね、それは。

——そういうものが作品の中に出て来ると、読者が嫌がるわけですか。

津島　露骨な、下手な形で書けばね、ある政治家個人を取り上げるとか……。

——政治家だけの問題ではなくて、一般市民も同様に「その時、当時」を体験したわけですよね。ヨーロッパにいますと、周りの国がまだドイツとの戦争を忘れてはいないんです。もちろんその犯した罪というものは、永久に消えるものではありません。でも一般の市民も、たとえば私は一九四八年生まれの戦後世代ですから、直接戦争に関与したわけではありませんが、それでも、たとえば隣国のオランダなどへ行くと、オランダ人のドイツ人に対する嫌悪感や、ドイツ人に対して距離を置く態度を感じさせられることがあるんです。そういうことにぶつかると、私自身も考えざるを得ないのですね、どうしてあんなことが起こり得たのか、どうしてあのように展開してしまったのかと。私があの時代のドイツ国民の一人であったとすれば、一体どのような政治的立場を取っただろうか、私の両親の当時の態度ははたして正しかったのだろうか。正直に言いますと、自分があの時代に生きていなくて良かったと思います。責任を取りきれないほど重い歴史ですから。もちろん他人を非難するのは簡単です。あくまでもヒトラーが、ナチスが悪かったんだということで、この問題を片付けてしまう方法もあるでしょう。でもそれは逃げですね。少なくとも、皆でそれについて考えることにより、二度と同じ過ちを繰り返さない、すでに起こってしまったことは、ドイツ国民としての、人間としての自分の責任でもあると自覚しなければならないという意識が、多くのドイツ人の中には植えつけられていると思います。もちろん、日本の歴史はドイツと完全に同じ経過を辿ったわけではなく、比較できない部分もたくさんありますが、それにしても日本では、そういう「過去の克服」の努力があまり見られないように思いますね。あるとすれば、それはどちらかと言えば「過去の無視、過去を忘れる」試みでは……。

津島 無視というか、美化しちゃう。

―― 美化はもっと危ないですね。

津島 まあ、美化っていうのも変ですけれどね。

―― いや、それはありますでしょう?

津島 私たちの世代ね、あなたもほぼ同じ世代ですけれど。つまり戦後生まれの世代の間で最近言われ出していることは、結局戦争の被害者としての目でしか、これまで過去が文学化されてこなかったのは、どういうわけかっていう疑問なんですよ。戦争の後から生まれた者としては、非常に不思議な感じがするわけね。当然戦争なんていうものは、そこにどんな理由があるとしても、結局は互いに殺し合うことで戦争になるわけですから。被害者だけなんてことはありえないわけでしょ。それなのに、こんなひどい目に遭った、こんなにつらかったっていう、それのみが小説になる、その他の面は書かれない。それはどういうわけかっていう、そういう疑問が私たちの世代で起こっているの。あなたたちが語らないんだったら、私たちがやるしかないですねっていう。だけどまだ書けない、完全な形では書けないでいますけれども。でもぼちぼち戦後の生き方とか、そういうものにも遡ってタッチしていこうかと。

結局、日本の場合だって、あーっあーっていううちに、皆がある意味では同意したかたちで戦争へ走って行っちゃったわけですよね。で、その時にはとにかく「アメリカ憎い」っていうような感情をやっぱり持ったわけでしょう。そういう人間の動きっていうのは、いったい何かっていうね。だから個人的にただ繊細にものを思うんじゃなくて、そんなのはある意味じゃたいしたことではないのよ。集団になった時に人間がどういうふうに影響され合い、どういうふうに動いていくかよね。デマが飛んだり、そんな時に人間が思うこととか、敵に対して何をするかとか。そういう集団心理ですよね、むしろ扱わなくてはならないのは。

日本における戦後処理っていうものも、そこらへんの意識に繋がっていると思うのね。知的なやり方ばっかりでしたねえ。日本での知的という意味は、なんと言うか、非常にスマートにやっていくという意味ですからね。だから「過去の克服」の意味が違うのね、ドイツとは。私は戦後に生まれた者たちの、これからの課題なんじゃないかなっていう気はしているんですね。もっとも、戦前に生まれた人もこれからやるかもしれませんけれど。

―― そういう人たちの方が、その必要性を強く感じても良いはずですけれど。

津島　本当はね。だけど皆が他人頼みでねえ。他人がやるの、待っててもしょうがないでしょ、それは他人の問題じゃなくて、自分の問題でもあるわけですから。それこそ自分の親を考えるとか、そうやって自分の生まれてきた時代の背景とか、全部考えて。どの部分も切れませんからね、はさみで切り捨てるわけにはいかないっていうことで、総合的に考えていかなくちゃいけない。戦後三十五年経った今、「考えていかなくちゃいけない」、そういう時代になってきてるっていう気がするのね。

―― 時期から言えば、むしろかなり遅いですよね。たくさんの当事者がもう亡くなられてしまい、記憶もだんだんと薄れて来ていると思われますので。それでも、「遅すぎる」ということは絶対にありません。

津島　現実にはほとんど掘り返されていないというのが、本当のところですよね。

――そんな気がしますね。

津島　それこそ教育の場でも教えませんから、過去の悪い事は一切。国の政策としてね。でも、デモ行進するのは他の人に任せます（笑）。こちらは小説家ですから、小説にそれを書くしかないですから。どういうふうにやっていけるのか知りませんけれど……。私だけじゃなくて、意外と多くの人がそういう意識は持ち始めているんじゃないかなっていう気はしていますね。

――長くお話を伺ってきたんですけれど、とても面白いので、切りがなくて（笑）。で、最後の質問としてお聞きしたいんですが、先程南米の作家も今日本で人気が出てきたとおっしゃいましたね。津島さんも読まれますか。

津島　あのね、最初ボルヘス〔ホルヘ・ルイス・ボルヘス、1899–1986〕読んで、それからマルケス〔ガルシア＝マルケス、1927–2014〕。マルケスの『百年の孤独』は面白いと思いましたね。その前はフォークナーが好きで読んでいて、で、マルケスを読んで、フォークナーの影響を受けてなおかつ、マルケスはフォークナーを超えたんじゃないかなっていうふうに私は評価してるんですけど。その他の南米の作家を私は読んでいないし、今のところはそれ以上読みたいとは思っていないです。だからマルケスの『百年の孤独』が、非常に新鮮に読めたっていうことで面白かった。なんで面白かったかっていうと、結局マルケスの作品ていうのが、今まで私たちがずっと話してきたようなことなんですよね。その意味で言えば、非常に政治的でもあるし、一番考えなきゃいけないところを考えている、そういうところを書いているっていうことで、とても刺激を受けました。

――コスモポリティカルな世界を描いていますね。内向的にならずに、まさに外縁への広がりがある世界が描かれています。欧米人がもし日本文学に対して不満を持つとしたら、それはまさに、ガルシア＝

マルケスとは異なる、個人的な狭い世界に陥りがちなところだと思います。閉鎖的、自閉的なところですね。もちろん、一人の人間の内的世界を描写することによって、大きな世界を表現することもできるでしょうが、でもそれは、どれだけ社会というものを意識しているかによりますよね。そういう意味で、私小説というジャンルなどを見ると、非常に世界が狭くて、ほとんどいつも自分のことしか考えていない(笑)、そして自分の周囲に人間がほとんど登場して来ないような、実に閉鎖性の強い世界ですね。まあ、それが私小説の個性や魅力であると同時に、一種の限界でもあると思えるのですが。もちろんヨーロッパ人も、文学に対して様々な要求を持っており、南米の文学も最近非常に関心を持たれているようです。マルケスはドイツでも、今やはり人気のある作家です。ですから、今のお話を伺ってとても面白いと思いました。

津島　同じなんですね。人間の考えることって。

——そうですね。

共通点が見つかりましたね。

津島　第二次世界大戦っていうものは、ほとんど世界中が皆共通して体験しているでしょ。だから戦後三十年以上経ったっていうことも、もしかしたらそれと繋がっているかもしれないですね。今まではとにかくもう、生々しいところでしか見られなかったそれが、だんだん時間的にも距離を置いたところで、こういうふうに考えていけばいいんじゃないかっていうのが、少しずつ分かってきた時代なのかもしれませんね。それが文学の方でも同じようにね、人間というものを考える時に、個人か社会かなんて分けるんじゃなくて、両方をいっしょに考えていかなくちゃ、やっぱり非常に危険なことになっていくんじゃないかっていうね。文学が危険っていうことは、まああまりないのかもしれないですけどね。

——もう一つ、本当に最後の質問になりますが、南米文学などについてお話ししましたが、日本の古典文学にも興味をお持ちとのことでしたね。古典文学の中ではどのような作品を一番魅力的だと思われますか。

津島 そうね、平安朝なんかはやっぱり面白いですよね。

――そうしますとやはり、女流文学、女房文学になりますね。

津島 どうしてもそうなりますね。その中の男女の関係。時代がかなり古いものですから、そうするとその中で書かれている社会が、ほとんど今と変わってないんだなとか、そういう読み方もできるし、それから、女性たちが現在と立場が違うことによって、こんなふうになるのかって読み方もできるしね。私なんかもう不勉強ですから、学校で習ったものとは別に、自分で読み出したっていうのは本当に最近ですので、まだまだなんですけれど。ただ面白くて読んでるっていうだけなんです、本当に変わらないなっていう部分なんかをね……。

――面白いですね。昔の社会と今の日本の社会と比較した場合、どういうところが一番変わらないと思われますか。

津島 平安時代といったって、やっぱり男性社会ですからね。つまりそういう構造が変わらない限りは、どうしたって最終的には女性の立場も変わらないっていうことですよね。結婚の形態が違うって言っても、あの当時は貴族の世界ですからね、貴族イコール政治の世界でしょ。まさしくもう、権力争いの話ですよね、今残っているのは。今は庶民の世界を主に書きますでしょ。あの時代はむしろ逆で、庶民じゃなくて、貴族しか書いていないという、だからかなり特殊な文学なわけですから、そこも面白いですよ。つまり、権力っていうのはこういうものか、とか考えますとね。それは日本だけじゃなくて、どこの国も同じでしょうが、要するに、結婚も女もみんな自分の権力のために利用するわけでしょ。そういう駆け引きなんか、文学としてとても面白いですしね。

だからただの夢物語っていうんじゃなくて、非常にリアリスティックでね、こちらも大いに学ばなくちゃいけない面もあると思うんですよ。それこそ、政治っていうことが常に貼り付いているわけでしょ。政治が関係ない世界なんてありえないっていう、そういう発想も促してくれますよね。で、あんな世界を書いていた時、庶民は何をしてたかっていう疑問だって、当然起こってきますよね。外じゃみんな餓死していたかもしれないような、そういう時代背景ですからね。でもそれでありながら、非常にリアリスティックに描かれている世界だなあっていう感じで……。その意味では、現在の方があの時代よりもっと浪漫的かもしれませんね。

——なるほど。今日のお話、とても興味深く伺いました。長い間本当にどうもありがとうございました。

津島　いえいえ、勝手なことばっかり言っちゃって(笑)。

（一九八二年四月十二日、東京都・駒込　津島氏自宅にて）

「女性作家だという意識なしで読んでもらいたい」

10. 金井美恵子さん

Mieko Kanai
1947-

……かない・みえこ……

金井美恵子のテクストは、非常に洗練された独自のやり方で夢と現実の間を自在に往き来する。『単語集』(1979)所収のさまざまな物語や、同名の短編小説集に掲載されている「プラトン的恋愛」(1979)はその好例である。高い知的要求を掲げる作家が読者に強いる負担は大きく、限られた熱狂的支持者グループが形成されていった。世界の知的議論や芸術シーン、とりわけフランスの動向を注意深くフォローする金井に対しては、詩人・エッセイスト・評論家としての評価も高い。その飽くなき好奇心と天性の鋭い観察眼こそは、おそらく今日まで続く金井の芸術的創造力の源泉なのであろう。

「女流作家だから」と、男の作家なり評論家が女性の書くものを区分してしまうのは、やはり不精というか鈍重さでしょうね

―― 質問がかなり抽象的なので、お答えしにくいかと思いますが、申し訳ありません。ドイツ人として、どうしてもそんな面が出てしまうようです。

金井 日本の女性作家はあまり抽象的な話が好きじゃない人が多いから、難しかったんじゃないですか（笑）。

―― まず、どんな質問であるかお聞きになって下さい（笑）。女性作家として他の作家、特に男性の作家たちと競っていく上で、何か特別な弱点を感じられますか。

金井 私の場合、男性作家と競争するという意識はあまりなくて、こちらがライバルだと思っている作家が、たまたま男の作家であったり女の作家であったりするということなんです。女流作家としてどういうところが不利とか弱点になるかということは、自分の問題としては感じません。ただ〝制度としての女流作家〟という側面は実際にあって、たとえば本屋さんに行けば女流作家コーナーがあり本が分けられている。女流作家は他とは違う、分けられているということで不利になっていることはあると思います。ですがそれは、自分の小説家としての内面的な問題とはまったく別のところにあることです。

―― 本屋に女流文学コーナーがあるのは日本独特の現象だと思うのですが、女流文学は日本でどのよ

うなものとしてとらえられているのでしょう。日本には王朝文学以来、女性による文学がジャンルとして存在し、明治以降も女流文学という言葉が用いられているわけですが、この女性の書く文学を区分する伝統、区別しようとする意識が、結果として女流作家をひとつの枠組みのなかへ、つまり本屋の〝コーナー〟へ押し込めているということなのでしょうか。

金井　それはそうでしょうね。たとえば評論家のなかにもそういった意識はうかがえます。評論家というのは大抵が男で、女流の評論家というのはごく数が少ないわけですけれども、男性の評論家が女の人の小説について書くときには、一種独特のまとめ方があると思います。私は外国の女流作家の作品はあまり読んだことがないので、比較はできないのですが、日本の女流作家の作品では扱うテーマが出産や子どもを育てること、あるいは女の人の性感覚といった、女性特有の問題になっている場合がありますよね。そういうテーマの作品を批評するときに、男の評論家のなかには拒絶反応というのか、「女性特有の感覚だ」のようなかたちにまとめてしまう人がかなりいます。もちろん作品そのものにもいろいろな問題が含まれているでしょうが、「女流作家だから」と、男の作家なり評論家が女性の書くものを区分してしまうのは、やはり不精というか鈍重さでしょうね。ただ女性の作家のなかにも、女性的問題に安住してしまっている人がかなりいるとは思います。その辺の問題がいろいろと複雑に絡み合ってくると、もはや女流作家あるいは女性の問題というだけではなくて、「二十世紀に小説をどのようなものとして捉えるか」という、小説そのものについての考え方の違いということになるのかも知れません。しかし社会的な問題としては、本屋のコーナーからいわゆる文壇までといったさまざまな次元で、文学に関わっている女性たちをひとまとめに括って、仲間外れにするという現象はありますね。それを差別とは思っていないのです。

――批評家のお話がありましたが、金井さんは男性の批評家から公平に扱われているとお考えですか。

金井　それは批評家によりけりで、古い世代には〝女流作家〟という理由で特別扱いする人がかなりいるような気がするんですが、若い批評家の場合、少なくとも書いている文章の上では、そのようなことはありませんね。内実は、どうか知りませんけどね。

――古い世代の批評家が女流作家を特別扱いするというのは、具体的にはどのようなかたちで特別扱いするわけですか。

金井　それははっきり表面に現われてくる問題ではなくて、〝何となく〟特別扱いして遠ざけてしまうということです。実際に会って話をしたときの態度もそうだし、批評で扱う場合でも、女流作家をひとり取り上げて作家論を書くというのは、男性の作家の場合に比べてかなり少ないです。たとえば河野多恵子さんはとても優れた作家なわけですが、「河野多恵子論」という形で、長いまとまった評論が書かれる機会は、同年代の男性の作家に比べると、ずっと少ないのではないかと思うのです。ただ河野さんの場合には、彼女の作品そのものが難しく、それをどのような角度から批評していくかは、なかなか困難な部分があります。彼女についての批評が書かれないのは、そういう問題もあるのかも知れません。もしそうだとすると、〝女流作家だから特別扱い〟されるということではないのでは、という気がもう一方ではしてきますね。

――どのような読者を想定して、作品をお書きになっていますか。

金井　私は、自分と同じ関心を持っている人間に向かって小説を書いています。それはたとえば、共通する言語感覚を持っているというのか、言葉の問題に対してそれぞれ同じようなところで考えている人間ということです。それと、読者自身がものを書く人である場合と、そうでない場合とがあるわけですから、同じ現代的問題に関心を持っている人ということでしょうか。

――それでは女性のために書くというように性別で区別するよりも、知識人のために書くということでしょうか。

金井　そう言ってしまうと安っぽく聞こえてしまうのですが(笑)、結果的には、いわゆる知識人が対象ということになってしまいますね。性別については、ほとんど考えたことがありません。

――もし評論家が金井さんの作品について「これは女にしか書けない」と言ったとしたら、それを褒め言葉としてお感じになりますか。それともそのような形で褒められることはないのでしょうか。

金井　そういう書き方をされたことはもちろんあります。

――でも、そのような書き方は一種の常套句ですね。

金井　ええ、本当に紋切り型です。そんな場合には、そういうふうな物言いをする批評家に対する軽蔑の念が沸き起こるのですが、それで自分の小説が特別低く評価されたという気持ちにはなりません。ただ、紋切り型でしか評論が書けない人に対しては、侮蔑の意味で「商売だから」と思ってしまいますね。

――男の作家が書いたものに対しては、「男性にしか書けない」という言い方はされませんからね。

金井　はい。これまで繰り返して申し上げてきたように、女性を特別視することは、評価するにせよ、けなすにせよ、実際にあることです。ただそうなると、これは文学そのものの問題ではないと私は思うわけです。

――編集者や出版社に対して、女流作家としての特権があるとお考えですか。

金井　ないと思います。むしろ、軽視されているんですよ。ただかつて、女性の作家のなかには女性の編集者が来るのを嫌がる人がいた、そういう話は聞いたことがありますけれど。

――それはなぜですか。

金井　出版社のなかで、女性の編集者の地位って低いことが多いですよね。
――　なるほど……。
金井　最近は上のポストについている人もいますが、日本では少なくともこれまでは女性が出版社で高い役職を持つことはあまりなかったです。女性の編集者が来るというのは、つまり社内であまり勢力のない人が来るということのように言われてましたから、「自分が作家として大事にされていない」と考える作家がいるんですね。もしかして、女の人自身にも、女性に対する偏見があるのでしょうか。わりと社会的に活躍している女の人のなかに、「女が相手だとちゃんとした話が出来ない」なんて言う人もいます。それで、女性の編集者は嫌がられるんでしょうね。あと女対女だと、仕事としての付き合いでなくて、編集者の女性が身の上相談的な話を持ち込んで来るとか。以前はそういうことで問題もあったようですが、いまは少ないと思います。私は女の作家であるということで、嫌な思いをしたとか得をしたということはないと思います。
――　男性の編集者の場合には、男性の作家に対する時に比べて、特別視されるということはないわけですか。
金井　そういうことはないと思います。やっぱりよく売れたり、いい作品をつぎつぎに書いている作家が特別扱いされるわけですから(笑)。
――　良い意味での特別扱いですね。
金井　どうですかね(笑)。
――　金井さんは、読者がご自分の作品を女性が書いたものとして読むことを望んでいらっしゃいますか。

金井　私はそれは無視して読んでくれて構わないと思います。名前を見れば作者が男か女かは当然分かるんですが、それは関係なく読んでくれていい。私の場合は、むしろ女流作家だという意識を除いて読んでもらいたいです。でも、それは無理ですね。

思考すること、行為すること、創造することは、やはり知識を抜きにしては考えられないのであって……

――次の質問は文学とは直接係わりのない問題なんですけれども、女性としてお答えいただければと思います。

西ドイツでこれまで、女性が女性独自の立場から男性に対して自己主張することは、非常に困難だと認識せざるを得ない状況にたびたび直面してきました。男性と競うということは多くの場合、彼らに支配されている社会の基準を受け入れ、それに順応することを意味します。こうした男性中心の社会の要求から自由になり、女としての真の自己を形成するために、近年では作家を含む多くの女性たちが一定の期間男性との関係を断ち、彼らに対して距離を置くように努めています。それはこうしたプロセスを経ることによって初めて、自分自身のための経験を積み、自らの欲求を見いだし、真の意味での女性らしさを開花させることができると考えられているようですが、このことについてのご意見を聞かせてくださいませんか。

金井　いまおっしゃったことのなかに「一定期間男性との関係を断つ」というのがありましたが、それは具体的にはどういうことなんですか。

――いま申し上げた運動は、すでに女性としての経験、結婚や出産等のある知識人を中心に起こっているのですが、彼女たちは結婚や子育てを通じて、女性がいかに男性の価値基準に支配されているかということに気がつくんですね。そうした状況にあっては、「自分が何を本当に欲しているのか」という問いが生まれます。その問いに答えるためにも、男性の影響を離れて自分自身のことを考える時間を持つわけです。たとえば女性だけのグループを作って共同生活するのですが、そうすることによって、男性が身近にいる場合にはどうしても生じる、〝女性としての振る舞い〟から自由になり、独立した女性としての自己を発見する契機になると思われています。そうした過程を経た後で男性のいる世界に戻った時、女性は自分自身を理解した上での、より自由な生活を男性と共にやっていけるのではないか、それが大体の目標ということですね。

金井　フランスやアメリカではフェミニズム、ウーマン・リブ運動が盛んですよね。たとえばフランスでは、大学でフェミニズムに関する講義があったりしますけれど。

——　当然その影響もあると思います。フェミニズムもいろいろですが、ドイツを含めたヨーロッパ全体の大きな動きとして、先ほど申し上げたような考え方があるわけです。もちろん女性が完全に男性から独立した世界を形成して、そこで生きるなどということは不可能なのですが、これまでの社会は、どうしても男性によって作り上げられ支配されてきたため、女性が自分自身を発見するためには、一時的にでも、その男性中心社会の影響から遠ざかる必要があるのではないかと思われているのです。ある意味では、そのような意識を持つことだけでも、女性に新しい認識をもたらすかも知れません。

金井　グリム童話のなかに、塔のなかに閉じ込められたお姫様の話がありますよね。あれは民俗学では成人するための一種のイニシエーションだというような説があるそうです。そこでは、男の子も女の子もそれぞれひとつの館に集まって一定期間共に過ごすというのもあり、そのような儀式を通じて人は大人になるということです。その意味では、今のお話はそれの現代版といったところでしょうか。

――もしかしたら。ただ儀式と異なるのは、女性がそれを自ら意識的に望んでするという点だと思います。男性中心社会の制度の一部としての女性像というものが存在しているようですが、そこから抜け出して自分を発見することが目標であるわけですから。

金井 フランスの現代思想の潮流としてのフェミニズムには興味があります。しかし同時に、社会全体としてはそれは単に一部の現象であって、普通の女性はもっと基本的な部分で、まだ解放されていないと感じているのではないかと思ったりもしました。フランスと西ドイツでは、フランスの方が進んでいるということはあるんですか。変な言い方ですけれどね、どっちが進んでいるかなんて。

――同じだと思います。

金井 フランスの場合ですが、ユルスナール〔マルグリット・ユルスナール、1903–1987〕が女性の作家で初めてアカデミー・フランセーズの会員になったという時で、それに対する反発を示す女性もいたのではないかと思います。このことは女性が評価されたというのではなく、結果的には、女性が男性によって作られた社会的権威や権力の側にまわって、保守的な制度をさらに支えていくことを意味しているわけですから。このような形での女性の社会進出は、解放にはならないという受け取り方が女性の知識人の間できっとあったのでしょう。

――権力側に立つということは、結局のところ男性世界に深く入って行くということですからね。

金井 そう、最終的には何も変えないことになる。でもこの問題をさらに距離をとって考えてみると、私は非常に難しいことになってしまう気がしています。現在は一般的になった考え方として、西欧社会では男性によって築き上げられてきた知の世界が、いま破綻してきているということがありますよね。それは政治思想の問題であったり、科学的進歩と自然という次元では、原子爆弾の問題であったりするのですが、ギリシャ以来積み重ねられてきた西洋の知の世界が、内部でさまざまな矛盾を産み出して危機を迎えているという認識です。そこでフェミニズムの側からこの行き詰まりに対する打開策が出されて、それは女性が権威的な知識の世界に参加するのではなく、逆に遠ざかるというものでした。つまり、もともと権威や知識の世界から除外されていた女性の方が、男性による西欧的知のコンテクストを越えて、もっと自由に考えることができるのではないかというわけです。

こうした議論だけを聞いていると、分かりやすい考え方であるし、たしかにそこから何か新しいことが始められそうだという感じがするのですけれど、実際はなかなかそう簡単にはゆかない。なぜなら、思考すること、行為すること、創造することは、やはり知識を抜きにしては考えられないのであって、現在ある知識を批判するにも、その知識そのものを使わなければならないからです。

こうしたことを考えると、問題そのものがとてつもなく遠大で気の遠くなるような気がします。自分ひとりでは到底解決できることではありませんから、次に続いてくる人たちがいなければ手をつけられない。そして男性と女性という問題にしても、こうした背景をもってくると、一口にまとめて片付けられないのですね。男女の問題というのは、他にもいろいろと波及していくものだと思います。たとえば日本の場合では、女性が男性に対して劣等感、これは優越感という隠された劣等感をも内包していて、なかなか一口には言い表わし難しいものですが、劣等感を持っているという関係が、日本と西洋の関係に二重写しになる形で現われています。こうした多層性のなかでどうやってゆくかと考えると結論は出せないし、とりあえずどうするのかの見当もつかない。女性問題は私も興味があっていろいろ読んだり話を聞いたりするのですが、聞けば聞くほど皆の意見がそれぞれどうなっているのか分からなくなるようなところがあって、非常に難しいと思います。

——日本における女性問題やその運動などの傾向は、欧米と違うとお考えになりますか。今西洋の社会が行き詰まっているというお話がありましたが、社会の構造が異なる日本では、西洋的な意味での行き詰まりはない、そう考えられるかもしれませんね。ですから、女性問題がそうした理由からも、異なった様相を呈しているというような事実があるのでしょうか。

金井 基本的には同じ問題があると思います。ただ現われ方にずいぶん違うところがあって、たとえば、男性の場合もそうなのですが、西洋の人に比べて日本の女性は会話のなかで自己主張とか自己表現をしないとよく言われますよね。これは、本当にそうであるかは別にして、日本語の問題ということもあるかもしれません。というのは日本語は文法上主語の所在をはっきりさせなくても会話が成り立つのですね。逆に西洋語というのはドイツ語、フランス語あるいは英語でも、「私」とか「あなた」をはっきりさせないと、文章が成り立たない。そうやると、一見会話のなかでの自己主張がスムーズに行われているという気がしますが、そこのところはどうなのでしょう。あなたの質問のなかにも、女性は男性に自分を従属させる形でしか自己主張できないというような話があったと思うけれども。

——女性が自分なりの意見を持っているとしても、その基礎になる価値基準という線路は、もうすでに敷かれているんですね。そしてその線路は男性側が敷いたものですから、またもや男性に支配されるという構図になってしまいます。哲学にしてもロジックにしても、女性が何かを主張しようと思えば、男性によって作られたものにしたがってやるより仕方がないわけで、男性と女性の競争や争いも、結局は男性のグラウンドで行われるという事実から逃れ切れません。女性は男性支配という事実に無知であるか、あるいはそれを意識していても、仕方なく従属するかのどちらかで、女性による価値の基準があるかどうかということさえまだ分からない。ただそういうものがあってほしい、あるべきだというのが、ドイツの女性知識人たちの今の立場だと思います。

金井　でも新しい価値とかロジックとかが出てくる可能性があるとしたら、それはやはり、これまでの価値やロジックがだめだと批判している男の人たちと一緒にやらなければならないと思います。そうでなければ……。

——現実性がないってことになりますからね（笑）。

金井　そうです（笑）。

——さきほど、女性が男性に対して劣等感と同時に優越感を持っているとおっしゃいましたが、それはどういうことでしょうか。

金井　結婚して妊娠した女性などが、生物的に男性よりも優れているといったような考えを持つことです。それも〝私生児を産む〟というのではなくて、結婚して家庭を持っていることが前提になっていたりします。そのような優越意識が、生殖と家庭を支える存在としての女性のイメージに結びつくからでしょうね。性別の上で女性が男性に勝っていると信じているひとは女性に限らず、男性のなかにもいます。実際に、そういった指摘をする男性がかなりいます。

——でも女性が生物的に勝っているという発想は、旧態依然とした「母性」というものの神秘化になってしまいますよね。

金井　そうです、そうです。

——そこで、一体誰が母性を神秘化しているのかというと、これが主に男性なんですね。西洋にも、たとえばマリア信仰に象徴されるような母性崇拝があるのですが、崇拝ということにも問題があって、うやまい称えることによって、女性を高い台の上に登らせてしまい、結局は政治や社会に参加させないという側面があるように思います。女性崇拝というものが、女性の社会参加への抑止として機能するのであれば、それはまさに逆効果ですね。

金井　キリスト教というのは、私のような部外者から見れば実によくできた社会体制なんですね。父権的なユダヤ教の教義とヨーロッパ／ギリシャに古くからある大地母神的な女性のイメージを、「父と子と精霊」という父権的関係性とキリストの肉体的出自としてのマリアのなかに非常にうまく結びつけてあります。そういうわけで私などには、「父権を維持するために考え抜いてつくられた制度だな」という感じがします。最初から三位一体という考え方があったわけでもないし、聖母のイメージというのも途中からでてくるものですから、全体としてみるとどのように支配するのがより合理的かという、政治的な哲学を社会体制の発展のなかで突き詰めていったものなんですね。女性を排除する方向は、たとえば原始宗教的なものはすべてマリアのイメージに押しつける一方、いわゆる文化的な側面は三位一体に代表させることにも現われています。ヨーロッパが父権的な社会であるというのは、一般的な認識になっていると思うのですが、たとえば日本のユング心理学の研究者などによると、日本は逆に母権的な社会なんだそうです。

――　しかし母権的要素があるとしても、現実としては父権的要素が母権よりも強いのですね。ですから社会的な状況として、やはり女性は社会参加から締め出されているわけですね。

金井　いまちょっと思い当たったんですが、私の会ったフランスの女性たちは、日本の男性は女性に対して母親的なものを求め過ぎるからうんざりする、というようなことを言っていました。あなたも日本人の方と結婚なさっていらっしゃるんでしょう？

――　それはまた別として(笑)、そのような意見は分かる気がします。

金井　「自分はひとりの女性で恋人なのに、日本の男はまるで母親に対しているかのように、いろいろなことを要求してくるからいらいらする」ということらしいのですが、私はそれはその女性がフランス人だからとかアメリカ人だからそう思っているというのではなくて、日本人の女性もそう思っているのではないかという気がするんです（笑）。

――日本の女性も、そのフランス人女性たちが言ったような不満を感じているというわけですね。日本の女性は、むしろ母性的役割を喜んで演じているのではないのですか。

金井　私はそうではないと考えています。女性が母性的な役割を進んで果たしているということについて、たとえばいろいろな雑誌の中などで、まさに実際そうであるかのように書かれているのですが、実はそんなことはなくて、日本の女性も、母親的なものを求める男にうんざりしているのではないかなと思います。

――しかし日本の女性の多くは、女性の〝強さ〟が母性的なものの中にあると考えているわけですから、理屈では「男性を甘やかせる女性」が理想的な女性ということになりますね。すると、うんざりする母性の礼賛というさきほどの次元に逆戻りで、男性社会の思うつぼです。むしろそこには、女性にとってそうしたかたちで生きる方が、日本の社会では暮らしやすいという背景があるのではないでしょうか。

金井　そういう側面はあると思います。

――私が日本でいつもぎょっとするのは、若い夫婦が子どもが生まれた後、お互いのことを「パパ」「ママ」あるいは「お父さん」「お母さん」と呼ぶことなんです。子どもに対してだけでなく、ふたりだけの時でもこの呼び方を使うことがありますね。子どもが生まれる前はお互いを、恋人なり伴侶なり独立した人間としての呼び名、相手の個人名などを使っていたのに、子どもの誕生によって、突然「母性的なパターン」へと回帰してしまうようです。言葉の上に表われるこんな現象も、内なる意識を象徴しているように思えますね。

質問が変わりますが、評論家の柘植光彦が次のように言っています。「女性作家の作品は、どうも私には完全に読んで理解することが不可能だが、どうしても残るその〝わからなさ〟が逆に魅力であり、関心を向ける理由でもある」と。金井さんは男性がご自分の作品を理解できると思われますか。もし難しい点があるとすれば、どのようなものが理解しがたいとお考えですか。

金井 私はその評論家の方を知らないのですが、どういう方なんですか。

―― この発言は、『国文学 解釈と鑑賞』(一九八一年二月号)に掲載されたシンポジウムの中の女流文学に関するディスカッションの記録にあるものです。

金井 それじゃあ日本の国文学関係の人でしょう。

―― はい。

金井 えーとですね、日本の国文学界は、中世近世の研究者には優秀な人もいるらしいのですが、近代以降の研究者は馬鹿ばかりだという説を聞いたことがあります(笑)。嘘なんだと思いますけれどね。

―― そうなんですか(笑)。

金井 アカデミズムにはいろいろと批判すべき点はあるにせよ、認めることのできる部分もあるものなのですが、近現代の国文学研究にはそういった伝統がない。そう言っては悪いけれども、「馬鹿な人がやるのが近現代文学研究」というような共通認識があるくらいです。もちろん、それをはっきり言う人もいれば、言わない人もいますが。

―― 研究者としての自分の仕事を純粋な学問としては捉えず、あまりにも文学者的、雑文書き的な要素が強すぎると感じることは、私にも時々ありますね。

金井　真面目な研究とは到底言えないような文章が、大学の先生の間でまかり通っています。いまの質問にあった批評家の方の言葉も、それを聞くかぎりでは実に馬鹿げていると思います。

――　実は私も同感なのですが、こういう発言をするのはこの人だけではないんですね。たとえば奥野健男〔1926-1997〕なども似たようなことを書いています。

金井　それからドイツ文学の川村二郎〔1928-2008〕とかも、小説を読む力そのものはあるのだけれど、こと女流文学に関してはそういった意見の持ち主です、彼は。

――　柘植光彦はある女流作家について男性読者を「締め出そうとする」とも述べていますが、そういった事実はあるのですか。

金井　そんなことはないでしょう（笑）。そういう男性の話を聞くと、母親、恋人、奥さんなど、その人物の実生活上での女性との関係が、子どもの時からまったくうまく行ってないんじゃないかという気がします（爆笑）。

――　こういう人物は、作家を文学者、芸術家として見ず、まずは性別で区分する。性別に分けたら、次は相手がまるで秘密主義者であり、自分の存在を男性側には明らかにしてくれない、そんな見方をするんですね。

金井　そう。私はこうした意見を言う人に対しては、いま言ったフロイト式の勘繰り以外に言う言葉が見当たりません。そういう話をされてもまともに答える気にはならないので、ついその人の子ども時代のお母さんとの関係などを考えてしまうんです。

ものを書くということは、自己の存在の確認だけを意味するのではないと思っています

――ヨーロッパやアメリカの女性作家は、一般的に自伝形式に惹かれているようですが、日本においても、私小説の例もあるように、女性に限られたことではないとはいえ、やはり男性に比べて自らの経験から何かを伝える形式の方が、新しいものを創造する方法より好まれていると思われます。このことについてどうお考えでしょうか。

金井　ヨーロッパやアメリカの女流作家には、自伝や日記を発表する人がたしかにいますね。そういうものを読むと、たとえばヴァージニア・ウルフ〔1882-1941〕など二十世紀初め頃の作家から、女性の生活のさまざまな問題を知ることができるのですが、そこでなぜ自伝形式なのかというと、自己形成のプロセスとしての「経験」を書くことによって自己を確認、対象化し、それによって成長することが必要だからではないでしょうか。たとえばアナイス・ニン〔1903-1977〕も長い日記を書いています。彼女は、父親や恋人をはじめとする男たちとの関係のなかから独立し、ひとりの女性、人間としてものを書くに至ったのですが、その際経験を日記に「書く」というかたちで自己確認してきたのだと思います。書くことによって成長するというのか。

けれど男の人の書いた自伝や回想録等を読むと、それとはまた違うと思うのです。ルソー〔ジャン＝ジャック・ルソー、1712-1778〕は書きながら自分を人間として成長させていった人で、その意味では女性に近い。それに対してサン＝シモン〔1760-1825〕は男性の書く「回想録」のスタイルをもっていると思います。つま

り書きながら自分が成長するというのではなくて、成功した人間が公職を退いた後で自分の周囲にあった出来事を観察するというスタンスですね。そこには自分が現役だった時には心の内に隠しておいたものを、後で実はこうだったと暴露するという、一種意地悪なものがあります。

それもたしかに社会に対する抗議ではあるのですが。私にはこういう観察文的回想録のスタイルはどちらかというと男性のものだという気がします。それに対し女性は、日本の女流作家をも含めて、自分が人間としてどう成長したか、しつつあるかということを、ものを書くことと結び付けて確認していく傾向があるようです。

ただ私は、ものを書くということは、自己の存在の確認だけを意味するのではないと思っています。もし自己の確認だけのためにものを書くのであれば、詩にしても小説にしても、書かれたものの持つフィクション性が大きく取りこぼされてしまう。そうすると、なんと言うんでしょうね……、排除的な、バランスのとれていない文章となってしまうと思います。それと関係してくるのが、たとえばウーマン・リブや同性愛者の集会などでの問題です。私は、「自分はどういうふうに差別されてきたか」というようなことを皆の前で語り合い理解に達するという話を聞くと、「どうにも信じがたい」という気がするんですね。

――でも、被差別者が自分の経験を告白して慰めを得、共通の意識に至るということは、真面目に受け取るに値することだと思いますが。

金井　もちろん、告白することによって慰めを得ることは当事者の精神衛生上好ましいことです。しかし集会という場でお互いが自分の経験を語るということになると、それはその集会の目的にそった形でしかなされないと思ってしまうのです。女性差別の集会なら、差別されたということばかりが論じられて、「女性で得をした」「自分は男を差別した」というようなことはすっぽり抜け落ちてしまうのがよくあるでしょう。こうした体験の告白をする集会での光景と似て、女の人の書く自伝というのも、もちろん作家にもよるでしょうが、ある目的にそって書かれる危険性を持っているのではないかと思います。

――なるほど。

金井　フェミニズムでも、男の人が書いた評論や小説を批判する場合など、全体を読まないで、女の人を差別的に扱っているところを部分的に抜き出して論じるようなきらいがあります。

それともう一点は、自己を語るという形式そのものが、キリスト教の「告解」という制度と関係しているのではないか、ということです。

――でもそうした傾向は、西洋に限らず現代日本文学にもはっきりとうかがえるのではないでしょうか。たとえば「内向の世代」などは、そういう自伝形式にかなり傾斜していますね。

金井　ええ。私にはその日本文学にはっきり見られる自伝的小説の傾向が、明治期から日本に輸入されてきた西洋の諸文化、ここではキリスト教的告解の形式ですが、それと係わりを持っているのではないかという気がするのです。明治期は、西洋の時代的にも異なる文化や様式が一度に摂取された時代だったのですが、文学においても、十九世紀中葉からヨーロッパでさかんになった自然主義・写実主義の運動が、それよりひとつ前の様式であるロマン主義とごたまぜになって日本に入ってきた。そこで西洋でいうところの写実主義なりロマン主義なりと、日本で受け入れられたものとではかなりズレが生じてくるわけです。日本での写実主義というのは、たとえばフランスでロマン主義が古典主義に対して持っていた役割を持っていました。「ここにあるものより彼方にあるものの方が素晴らしい」とか「社会への反抗」といったテーマが、写実主義的なコンテクストのなかに付け加えられていた。だから当時の日本文学における写実主義は西洋のロマン主義に見られる性格もかなり強かったんですね。それが近代日本文学の複雑さをかたち作っていると思うのですが、その際キリスト教というものも入ってきて、折衷的な様式を持っていた文学にも大きな影響を与えている。つまりロマン主義的なリアリズムがキリスト教的な告解のなかに〝真摯な〟表現形式を見いだしたのです。その時以来、知識人の間では「自分のことを赤裸々に告白する」、それが真面目なスタイルとして受け入れられたという過程があると思います。キリスト教そのものはそれほど広まらなかったのですが。こうした文化摂取上の歴史的問題が、現代まで続いている「赤裸な自己を語る」形式と結びついているのではないでしょうか。

――では、この点に関して言えば、男性と女性の差はないわけですね。

金井 ええ、ないと思います。ただ文学とは離れた次元のことで、たとえば『婦人公論』などの雑誌では、読者が自分の体験したことの手記を沢山発表するんです。こういうことは男性の雑誌にはありませんから、体験をかたるのは女性的なことなのかもしれません。

――社会参加が困難だということから、体験手記という自己表現の形式が特に必要なのかもしれませんね。

金井 比喩的に言えば、抑圧されている人間の方が、教会などに行って告白するでしょう。それと似ているのではないかなという気がします。

なるべく具体的なものを求めるというのは、自分の手で触れたものならば信じられるということの、裏返しなのかもしれません

――「内向の世代」に関する質問ですが、この傾向は日本でも著しいものになっています。内向とい

うことには自己中心的な感覚が強く、意識が自分にだけ限定され、他人の問題に対して鈍感になる傾向があると思います。内向文学の繊細さは、自分のためだけでなく、他人や社会に対する意識の基盤ともなるべきだと思うのですが、どうお考えでしょうか。

金井　たしかにアメリカでもミーイズムが喧伝されていますが……。「内向の世代」と言っても、タイプの違う作家がジャーナリスティックに一くくりされているので、簡単には論じられません。それは単に文学の問題ではなくて、先進工業国の社会一般に通底する問題だと思います。現代には思想の背景として、「肥大化した機械文明対人間」というコンテクストがありますよね。分子生物学、遺伝子工学、コンピューター、あるいは原水爆などといったものと個人との間には、人間性に関わる途方もなく大きな問題が横たわっています。しかしそれを前にして文学的テーマとして正面から取り組もうとすると、問題があまりに虚無的なのでなかなか難しい。するとどうしても、身近な問題の方に擦り寄ってしまうのではないでしょうか。自分の内側に閉じこもって、なるべく具体的なものを求めるというのは、自分の手で触れたものならば信じられるということの、裏返しなのかもしれません。外界に対する信頼感の喪失が、詩なり小説を書くにあたっての自閉性につながっているのだと思います。それともうひとつ、プルースト〔マルセル・プルースト、1871-1922〕やカフカ〔フランツ・カフカ、1883-1924〕あるいは十九世紀の作家などに代表されるいわゆる「大小説」が、すでに書かれてしまっているということも、今の時代に小説を書くことを難しくしていると思います。小説というジャンルは十八世紀から出始めたもので、叙事詩などに比べると歴史そのものはわりと浅いのですが、現在ではほとんど書き尽くされてしまっている感が、小説を書く立場としてはありますね。

――日本の作家にもあるんですか。

金井　ええ。日本でそのような大小説は、まだ書かれていないと思うのですけれども、これまでに書かれたヨーロッパの大小説を、それと切り離して考えられないわけですから。そういうこともあって、どうしても細かい問題のほうへ傾斜してしまうんでしょう。「手触り」だとか、「日常的感覚」などという方向ですね。そういったものは、女性のほうが得意だってことになっているから「これからは女性の作家の時代だ」なんて言われたこともあったみたいですけれど。

──それは本当でしょうか。

金井　どうなんでしょうね(笑)。イギリスの女性作家の作品のように、スプーンの汚れ具合だとかほこりのたまり具合だとかの微視的なことを観察して書くのは、実際にそういったものに接しているだけあって女性のほうがうまいとは思うけど、それはどういうふうに自分の日常生活を見ているかということに過ぎないわけで、特別「女性的特徴」だという気はしませんね。内向の時代ということについても、むしろ我々が「病気的な状況」にあるということかもしれません。日本を例にとっても、戦後の歴史とは、いわば裏切られることの歴史だったわけで、その慢性的裏切りが一種の精神的硬直状態に繋がっていったんですね。それとメディアの革命による現実感の喪失。テレビが登場してからというもの、遠くで起こっていることが、一日中ひっきりなしに家庭のなかに入ってくるようになった。昔は行ったことのない外国の映像などは、一週間に一度とか映画館へ行って観ていたわけですが、テレビによってそれらが日常化し、本物でない疑似的な体験が蔓延している。肉体的な体験と映像の上での体験がごっちゃになってしまって、なにが現実かわからなくなってきていると思います。

しょっちゅう見聞きするような日常的な問題のなかに、ファシズムが存在すると思うのです

――社会的なことに関する質問ですが、女性は男性に比べて政治や社会に対する関心や働きかけが少ないとされていますが、金井さんは文学が政治的社会的要素を持つべきだとお考えですか。たとえば西ドイツでは、ファシズムという過去を克服するために、文学的にも努力を重ねてきました。日本も同じような歴史を持っているわけですが、そういった意味での政治的「アンガージュマン」が必要だと思われますでしょうか。

金井 ファシズムについて私は、政治の具体的な成り行きについてではなくて、むしろひとつの意見に向かって他の人の意見を排除していくという次元で考えています。そういうことは、我々の日常においてもひっきりなしに起こっているでしょう。私にとっては政治的レベルというよりも、これは日常的なレベルにある問題なんです。ありふれた形でのファシズムです。

――私は、そうしたことをも含めて「政治性」と考えているのですが。

金井 私がしょっちゅう見聞きするような日常的な問題のなかに、ファシズムが存在すると思うのです。いわゆる政治体制とは別の次元で。

――でも、それは政治体制と直接繋がっているのではないでしょうか。個人のレベルでのファシズムが存在するからこそ、それを政治的に利用できるわけですから。

金井 それはそうですね。そういう繋がり方はあると思います。ただ政治体制のなかに現われる問題以

前に出てくる日常的なこと、たとえば新聞や雑誌の一方的な論調のなかにあるファシズムに、特に危険なものを感じるのです。女性問題に関する議論にも、私はファシズムを感じます。それはたしかに関心のあることなので日頃いろいろと考えていますが、ただそのことを直接的に文学作品のなかに取り込むというのは、また別のことなんですね。ですから、いわゆる「政治的意見」を持つ作品を書いてみようと思ったことはありません。これからもないでしょう。そういう立場で書いている作家は世界にはたくさんいるのでしょうが、今の日本にはほとんどいないですね。

――戦争直後の文学とか転向文学などは別として、日本には政治を文学の中心テーマにする作家は、たしかに少ないようですね。日本人は、「過去の克服」にそれほどの必然性を感じていないように私には思われます。

最後の質問になりますが、いま金井さんのお話を伺っていて、私は内容的にも話し方でも、まるでヨーロッパの作家と話しているような気がしていたのですが、日本で作家生活をされていて、この社会に対する欲求不満というものはありませんか。

金井 それはもちろんあります。私自身は、他の作家あるいは知識人とそれほど関わっていないのですが、たとえば送られてくる雑誌や本を読むとか、新聞で名前を知っている知識人の書いていることなどを読んでみると、「何とばかなことを言っているんだろう」と呆れることが多い、いらいらしますね(笑)。

――たとえばどんなことに腹が立つわけですか。

金井 それは山ほどありすぎて、一口には言い切れません(笑)。

――金井さんの作品について、西洋風の色合いがみられるとか言われていますが、それについてはどうでしょう。

金井　それは誤解です。

――でも日本文学の枠のなかで作品を書いているというよりは、世界的な意識をもってお書きになっているのではないですか。

金井　それはそうですね。日本の作家から影響を受けたとか日本文学のなかで考えるというのではありません。興味のある作家がいろんな国にいるわけですから。

――たとえば誰でしょう。

金井　小説を書き始めた時から興味があったのはカフカです。新しい作家ではアラン・ロブ＝グリエ〔1922–2008、フランスの小説家〕。

――ヌーボー・ロマンですね。

金井　と言うより、映画に対する関心に共感します。この人はそうですね。でも新しいものに限らず、古いヨーロッパ文学も翻訳でかなり読んできました。

――南米の文学はいかがですか。

金井　何人か好きな人がいます。ボルヘスやプイグ〔1932–1990〕などはわりと読みました。マニュエル・プイグはアルゼンチンの人だけれど、今はアメリカに住んでいるみたいですし、この人も映画に並々ならない関係を持っている小説家です。

――日本の作家のなかでは誰がお好きですか。

金井　いま書いている人では島尾敏雄〔1917–1986〕とか深沢七郎〔1914–1987〕、あと大岡昇平〔1909–1988〕などですね。日本では小説家イコール知識人というのは少ないのですが、その少ない中のひとりが大岡昇平ではないでしょうか。

―― 大江健三郎なんかもそうですね。

金井 ああ、大江健三郎もそうです。あと安部公房とか。案外少ないですね(笑)。

(一九八二年四月十四日、東京都・目白の喫茶店にて)

［遅れてきたインタビューへの補記］ 金井美恵子

三十六年という時間は、三十六年前の三十五歳だった私にとっては生れる以前のことになります。その長い時間よりも奇妙に感じたのは、インタビューに答えている私の言葉づかいというか話し方で、自分の話し方とは大変違う印象でした。やや幼い内容はともかく、日本語でインタビューをしたキルシュネライトさんがドイツ語で起した原稿を、ドイツ語に堪能な日本人が訳したのではないかという印象を受けたほどでした。

三十六年前にインタビューで語った他の女性作家は、田辺聖子さん、中山千夏さん以外はすでに亡くなっているわけですし、他の方々のインタビューを読んでいませんから、そう感じたのは私だけかもしれません。編集された言葉づかいを直したいという衝動は、三十六年前のなつかしい亡霊のようでもあるかもしれないインタビューを読むことも出来ないし、もちろん、本書が上梓されることも知らないお亡くなりになった方々に対して公平さを欠きますから、ちょっとした、あきらかな勘違いと事実誤認を直しはしましたが、ちょっとしたニュアンスの違いまでは直すことはいたしませんでした。

三十六年が過ぎ、当時のまだまだ幼かった私には到底理解の出来なかったと言うかほとんど興味を持つことのなかった大先輩の女性作家（この頃、女流という言い方と女性作家という呼び名は並立していました）たちの作品と発言を、現在の年老いた私が素直に理解できるように成長したかどうか、本書を読むのを楽しみにしてます。

ところで、三十六年前、世界は東西のドイツはまだ分裂していて（ベルリンの壁が崩壊するのは一九八九年）、この年、西ドイツで始った反核大行進の盛り上りは日本にもすぐに達して大規模な集会が開かれ『反核—私たちは読み訴える——核戦争の危機を訴える文学者の声明』（生島治郎、伊藤成彦、井上ひさし他編、一九八二年）が岩波ブックレットの第一号目として上梓されました。本書に登場する女性作家たちを含めて多数の女性作家や詩人が署名をしているのですが、集会での発言者、ブックレットの編集委員（九人）には、当然のようにと言うか何の疑問もなしに、女性作家は入っていません。被爆者である小説家の林京子さえも——。

今では考えられない、という気もしますが、しかし「放談」という戦前的男性文化のジャーナリズム用語が、このインタビュー集のタイトルには使用されているのです……。

（二〇一八年十一月）

「女に男が描けないのではなく、他人を描くのが難しいのです」

11. 中山千夏さん

Chinatsu Nakayama
1948-

……なかやま・ちなつ……

ときどき政治家にもなる作家？　それとも小説を書く政治家？　いや中山千夏はそれだけにとどまらない。彼女は歌手であり、女優であり、司会者であり、テレビタレントでもあった。一九八〇年代初頭、中山はその抜群の知名度を利用して、参議院議員になり状況を変革しようと試みた。以来、中山は政党政治からは距離を置きつつも、社会批判的な活動を続けている。『子役の時間』(1980)のような小説やノンフィクションにおいては、中山は自らの八面六臂の活躍ぶりを振り返りつつ、結婚や仕事の日常生活における男と女の関係に、ユーモアを交えた批判的な、ときに風刺のこもった眼差しを向けている。

私自身は何をするのでも「好きだから、やってみたいから」というのが動機なんですね

――中山さんは作家、政治家、タレントの三分野でご活躍されているわけですが、国会がある時は、他の仕事をする時間がなくなってしまうのではありませんか。

中山　そうですね。今テレビアニメーションの吹き替えの仕事、とても面白い女の子の役ですが、それを週一回しているのです。タレントの仕事のうち、今レギュラーでできるのはそれだけです。書くことに関しては、私の頭のなかでは政治的な思考をする場所と、小説を書く思考をする場所が違うみたいで、書きたいからといっても、すぐ切り替わらないんです。物理的に時間が取れないこともある一方、ただ字を書いている時間があればいいというのではなくて、頭を切り替える時間が必要ですね。エッセイなどは大丈夫なのですが、小説は難しい。もっともエッセイにも量の問題があって、現在連載している「国会報告」のような日記形式のエッセイ、一般の人が政治に興味を持ってもらえるようにと思って始めたものなのですが、それだけで月に原稿用紙百枚くらいになってしまうんです。それを書いてるだけでくたびれてしまって。

――「国会報告」だけで百枚というのはたしかに大変でしょうね。すると小説は難しいですね。

中山　ええ。

――ドイツと日本では違うかも知れませんが、テレビの仕事などをなさると、政治家ということで、活躍の場が限定されてしまうようなことはありませんか。

中山 それはあります。政治家ですから、当然、政治的な立場がはっきりしていますよね。日本のテレビでは、討論会ならともかく、普通はそういう人物は避ける傾向があるんです。だからあまり勧誘がこない。これは政治上の立場の問題でもあるのですが、もうひとつは、日本ではテレビが家庭の中に入り込んでいることと関係しています。テレビに出ている人には、その人の職業や立場がついてまわるでしょう。たとえば近頃は歌手がお芝居をするのが流行りですけれど、ドラマでたとえば松田聖子が何かの役を演じるとすれば、観ている人にはその演じている女性が本当は歌手の松田聖子だということが意識されている。そういう場合、参議院議員というのは、家庭の中ではどうしても雰囲気が重くなってしまうんですね。ですから気晴らしで観ているテレビの中に、そういう人物が出てくるのを視聴者が好むかどうかという問題があるわけです。

――テレビに出たりしていると、政治家としての信用が落ちるというようなことはありませんか。

中山 それは仕事の種類やその仕方によります。軽々しい仕事をすると、やはり信頼感が落ちると思います。

――文学の質問をさせていただきますが、女性作家として他の作家、特に男性の作家と競争して行く上で、何か特別な弱点のようなものはありますか。

中山 私自身は何をするのでも「好きだから、やってみたいから」というのが動機なんですね。小説を書いたのも、これからも書き続けるのも、好きだから、面白いからであって、そういう意味で他の作家の方と自分を並べて考えたことはありません。競争する上での弱点は、多分たくさんあるでしょうけれど、最初から同じ背景のもとでは出発していないと思います。それに同じ土俵の上に立つと、タレントであること自体が、文学の世界では弱点になると思います。

――つまり、作品と関係のないところでも、タレントとしてのイメージの方が先に来て、軽く見られてしまうわけですか。

中山 そうです。イメージということでは芥川賞、直木賞にもあって、ご存じのように芥川賞を取ると地味で重厚な作家、直木賞を取るとポピュラーな作家というように決められてしまいますよね。そういったところでも、日本の文壇には古い体質があります。私はそれは変だと思うのですが、幸いそのなかに入る機会もありません。

――ご自分の作品が、男性の評論家から公平に扱われているとお考えですか。

中山 自分の作品についてではないのですが、ドイツではどうなのか知りませんけれど、日本には女流文学賞というものがありますよね。でも、普通それを選考するのは男の人たちなんです。

――ああ、そのことに関しては、ヨーロッパでも問題になりました。オーストリアだったと思うのですが、どこかの市が女性のための文学賞を作ったところ、女性の文学というかたちで文学をくくるのはおかしいという理由で、受賞するはずの女性作家が辞退してしまったということです。

中山 スポーツ、たとえばマラソンなどが男子と女子に分かれているのは、体力の差という明らかな理由があるからですが、ものを書くというのは完全に精神的な作業ですので、そんな差などはないはずですよね。ただ難しいと思うのは、私が子どもの頃から今まで読んできた本というのが、意識的に選んだわけではないのですが、ほとんどが男性が書いたものだったという事実です。男性の価値観と女性の価値観は、その理由は抜きにしても、かなり違っていると思うのですね。男の人がどんなに公平に選ぼうと思っても、男性は男性なりの価値観を共有しているので、男性の書いたものの方がよく分かる。ですから男性が圧倒的な力を握っている日本の文壇では、女の人の作品が正当に評価されないこともあると思いますね。

一番大切なのは、馬鹿にされるのを恐れないことだと思います

――男性の価値観ということでは、文学に限らず、ごく一般的なことについても言えると思います。西ドイツでは最近、そのことについていろいろな議論がありました。たとえば、女性が女性の立場から自己主張するのは、なかなか困難であるということです。私たちはそうした経験をこれまで重ねてきたわけですが、男性と競うということは多くの場合、彼らに支配されている社会の基準を受け入れ、それに順応することを意味します。そのため、そうした男性中心の社会の要求から自由になり、女としての真の自己を形成するために、作家を含む多くの女性たちが一定の期間、男性との関係を断ち、彼らに対して距離を置くという動きが出てきているんです。それはこうしたプロセスを経ることによって、初めて自分自身のための経験を積み、自らの欲求を見いだし、真の意味での女性らしさを開花させることができると考えられているようですが、このことについて、中山さんはどうお考えですか。

中山　私は今おっしゃったことにまったく同感です。自己を確立するための方法はいろいろあるでしょうけれども、私たちは小さいときから男性の価値観の中で育てられて来ているわけで、自分にもそれが染み付いています。

――それこそが根本的な問題ですね。

中山　それを一度洗い流して、自分自身の、女性自身の価値観をつくる必要がある、そう私も思います

ね。

――でも日本という社会環境で、その洗い流す作業をするのは難しいのではないですか。日本では、男性と女性の役割がかなりはっきり区分されていますでしょう。そのような状況の下で、男性の価値基準に支配されてきた女性の生き方の変革を、一体どのように行うかですが、それを具体化していくのは大変な課題ですね。

中山　今の日本をご覧になってそう感じられたのだと思いますが、私自身の観察では、これでも十年二十年前と比べれば、まだましになったほうなんです。自己主張する女の人も増えてきましたし。

――それは世界的な傾向だと思います。日本でもやはり具体的に法律が変わったり、労働条件も良くなったりしましたから、女性の生活もそれだけ自由になったということでしょうね。

中山　そうですね。ただ自由になって社会的に進出をするということが、必ずしもそのまま、女性独自のものを獲得することにはならない。さっきおっしゃられたように、男性社会の価値基準を受け入れることによって、男性社会に進出して行くということになりかねませんから。そこをごまかされないようにしないと、危ないです。

――男性と同じになってしまうからですね？　では女性として、たとえば政治の世界などで、どのように活動したらいいのでしょう？

中山　一番大切なのは、馬鹿にされるのを恐れないことだと思います。男の人は自分たちの価値基準を信じていますから、それから外れた者を馬鹿にするんです。そういう時、こちらは自信を失くしてしまう。でもそこで自身を失わないで、「馬鹿にされてもいいんだ、あっちがおかしいんだ（笑）」と思うことがとても大切です。そのことと関連してですが、私は政治の世界でこれまでいろいろな男性を見てきたのですけれど、とても自然な良い感覚をもっていた人が、ある時突然、人間としてとてもつまらなくなってしまうということがしばしばありました。

——どうしてなんでしょう?

中山 なぜかなと思って観察していたのですが、政治の世界には大半の人が正しいと思っているやり方があって、それに反したことを誰かがやった場合には、周りから馬鹿にされ非難されるんです。すると男としては、そんな扱いを受けて仲間外れになりたくないと思うのでしょうね。すると結果的には、仲間と同じ価値基準を受け入れることで、相手の敬意を取り戻して行こうとするわけです。つまり相手側に融合するのですね。それでつまらない人になってしまう。

——なるほど。では、自身のために新しい何かを見つけようとする女性の立場は、それよりももっと大変なわけですね。

中山 はい。

——戦争直後、日本の国会には女性議員がたくさんいたそうですが、どうして現在、少なくなってしまったんでしょうか。

中山 ひとつには選挙方法が変わったということがあります。戦後、当初は男性に一票、女性に一票投票するという形式だったんです。しかし、その制度はやはり問題があるというので、後になって改正され、性別に関わりなく一票ということになりました。ご存じのように、日本は戦後の一時期かなり自由な時代があったのですが、そのあとすぐに反動期が来ました。その社会的な反動期と女性解放へ対する反動期はほとんど同時だったのですね。どういうことかと言いますと、当時の日本人の中には、戦前までの教育を受けた人がまだまだ多く、アメリカから来た民主主義というものも、まだほとんど根を下ろしていない状況でした。戦前からの民主主義、当時はまだ「民主主義」という表現ではなかったかも知れませんが、戦後になって、以前からそれを求めて来た人々は、大喜びでそれを盛り立てようとしました。でも、この反動期に潰されてしまったのですね。日本の歴史的土壌というものは、女性に対してどちらかと言えば反動的な性格を持っており、あの当時の選挙で投票に行った女性たちも、女の立候補者をあまり信用しなかったのですね。

――そういう傾向は、やはりドイツにもあります。

中山 そのような過程を経て、女性議員の数が減っていったんだと思います。ある女性議員から聞いた話ですが、その人は子どもを二人もっていて、夫婦共働きで生活していたところで立候補したそうなんです。旦那さんも彼女が立候補することには賛成で、選挙運動中の子どもの面倒を買って出てくれ、家庭の中では何の問題もなかった。ところが実際の選挙運動の場で、ライバル側のする攻撃というのが「あの女は子どもをほっぽり出して政治に狂っている(笑)」といった調子だったそうです。そしてそれが、意外と効果のある攻撃だったということなのです。

――その調子で言われると、主婦はやはり「子どもの面倒をきちんとみる」という役割を重視しなければならないのでしょうね。結局は、まず社会全体の考え方を少しずつ変えていくことが必要なのでしょうが、でも、いまおっしゃったような卑劣で幼稚な攻撃が、選挙運動の手段としてそれほど効果的であるとすれば、日本の民主主義というものもまだまだなのですね。

中山 本当に大変です。現在参議院には十数人の女性議員がいるのですが、この前アメリカの議会を見学したときに聞いたら、上院での女性議員のパーセンテージは日本の方がずっと高いんです。ですからこれだけ女性議員がいるのは、やはりそれなりに頑張っているんですよ。

―― でも外国人はいませんね。

中山 ひとり出たことがあるんです。ずいぶん昔ですが。

男性で売れている作家というのは、多くが内向的なんですよ

―― 先日中山さんへのインタビューを読んだところ、二十代の働く独身女性のことを「甘えている」とおっしゃっていたのですが、それはどういう意味なのか説明していただけませんか？

中山 それはどこかで誤解があったんじゃないでしょうか。

―― そうなんですか。たしか『週刊読売』だったと思いますが、いま直接引用できないので分かりません。

中山 最近のものですか。

―― 半年ほど前、去年(一九八一年)の十一月頃だったと思います。

中山 そういう考えは持っていませんので、もしかすると記事を書く段階で間違った解釈をされたのではないでしょうか。

―― そういうことがあるのですか。

中山 ありますよ。

―― そうですか。それは困ったことですね。

中山 最近は印刷する前に記事のゲラ(校正刷)をもらって内容をチェックできるのですが、そういうことが許されたのは、私が文章を書き出してからです。タレントというのは身分が低い者と見られているの

で、芝居をやっていたころは記者が話を聞きに来て、ウソ八百を書くということもありました。ほんとうにどうしようもない。

――それはひどいですね。それでは後で抗議しても意味がないですね。

中山　ええ。しかもその最初の記事が何ページもある長いものだったのに、こちらが抗議した後の訂正の記事は、もうほんとうに目立たないごく小さいものだったんです。

――そんなことはあり得ないと思っていました。正しいか間違っているかなどは、録音テープを聞くか記録を読めばすぐ分かるはずです。きっと意識的にやっているのでしょうね。それでは、読者も注意して読まなければなりませんね。

ところで文学についてですが、出版社、編集者に対して女性作家として一種の特権、あるいは特別な地位といったものを持っていると思われますか。

中山　そうですね、まあいくぶんかは持っているかもしれませんね。

――女性作家のほうが読者にとって面白いと、編集者が考えるからでしょうか。

中山　それはあまりないと思います。これを載せたら読者が面白がると感じた時、編集者は作者が男性か女性かは考えていないと思います。ただし、雑誌の性格が男性向けであったり女性向けであったりすれば、話は別ですが。

――中山さんは読者が、ご自身の作品を女性が書いたものとして読むことを希望なさいますか、それとも女性が書いたということを無視して読んでもらいたいですか。

中山　私は女性が書いたものとして読んで欲しいです。私のものを読んだ人が、私のことを知らなくても、女性が書いたと推察できるようなものを書きたいと思っています。

――もし評論家が中山さんの作品を「これは女性にしか書けないものだ」と批評の中で言ったとしたら、それを褒め言葉として受け取られますか。

中山 私は褒め言葉だと思います。というか、むしろ私は嬉しいですね。

――でも逆の見方をしますと、「男性にしか書けないものがある」ということにもなりますが、そういう事実があると思われますか。

中山 あると思います。簡単な例を挙げればですね、私はセックスで射精をした時の気分なんて書けません(笑)。もちろん作家によって違うでしょうが、たとえば射精をした気分というような、男にしか絶対に分からない部分をいろいろと展開し表現していったとしたら、それはたとえ射精のことを直接描いていなかったとしても、男性にしか書けない特異なものだろうと思います。

――でも、女性は射精の感覚を表現できないのだということであれば、それは同時に、自分が実際に経験したこと以外は書けないということになるのではありませんか。経験していないことを表現する作家も、たくさんいると思うのですが。

中山 いるでしょうね。ただ感覚というのはどうでしょうか。

――もちろん感覚もありますが、想像もあると思うのです。想像力の豊かな作家は、それによって多くのことを描写できるわけで、女性も男性の気持ちや立場を描写できるということにならないでしょうか。

中山 ある程度はなれるでしょうね、というか、相当部分なれると思います。でも、書けない部分があるかないかという問いであれば、私は多分あると思うのです。

――そうですか。日本人の考え方には、経験主義的なところが強いと私は思うのですが、そこがヨーロッパ人の考え方と違うのかもしれませんね。もちろん自ら経験したことが、確実さや実感といったものを支えてくれる、それはヨーロッパ人にもよく理解できます。しかし経験や実感に加えて、文学にはさらに想像というものがあるのですから、プロの作家ならば、それによって多くのことを描写するのは不可能ではないと思います。

中山 私も才能があれば、想像力によってあらゆるものについて説得力のある描写ができると思います。ですがそれは、最終的にはその人だけのものではないでしょうか。その人の存在を、想像力によって展開したものに過ぎないというのか。そういう意味で、書けない部分というのはやはりあるような気がします。ですから男は女を書けないとか女は男を書けないというのではなくて、むしろ究極的には他人のことは書けないということです。他人にはなれない、と(笑)。

―― なるほど、そうかもしれません。女性は男性に比べて一般的に政治に対する関心や働きかけが少ないとされていますが、中山さんは文学も政治的、社会的要素を持つべきだと思われますか。

中山 私自身、直接的に政治について書かなければいけないとは思いません。ですが多くの人を納得させる、人の心を打つ作品というものは、そういう要素をも含んでいると思います。私のあまり好きでない種類の作品というのは、日本の男性作家のものに多いのですが、過去を振り返って、あるいは自分の内面ばかり見つめて、ブラックホールのようにどんどん落ち込んでしまうというものなんです。そういう作品が本当にたくさんあります。でも、そのようなものがわりと高い評価を受けているようですね。

―― そうですね。日本には私小説という伝統もありますし、内向の世代とかいろいろなカテゴリーもあります。そういう意味では、たしかに内面に傾斜した作品が多いように思われますね。

中山 私はそういう作品が好きではなくて、やはりどこか先に投げかけていくというか、人類にとって望ましい方向に転換していくようなものを、書ければ書きたいと思います。もちろん、「これこれこういうことをやりなさい」というようなかたちは採りたくありません、スローガンは誰も読みませんから。

――いま中山さんがおっしゃったことでとても興味深く思ったのは、男性のほうが内向的傾向が強いという点でした。普通でしたら、むしろ女性のほうがそういう傾向を持っていると言われていますが。

中山　一般的にはそうですね。ところが日本で活躍し評価されている女性作家は、有吉佐和子さんにしても、田辺聖子さんにしても、未来に希望を持って投げかけていくような仕事をなさっている。もちろん内向的な小説を書く方もいらっしゃると思いますが。それに対して男性で売れている作家というのは、多くが内向的なんですよ。私もそれをとても面白いと思います。

――一般の説とは違いますが、たしかにそう言える面があるかもしれませんね。欧米で近頃盛んになった女性の文学は、自伝的な性格がかなり強く、それが女性の読者に好んで読まれていますが、それは、ある種の歴史的段階なのかもしれません。自分がいかに苦しんだかということを、繰り返して書くわけにはいかないですから、いつかは少なくなっていくと思われますが、日本にはもともと、自己の内面を語るという文学上の伝統が強いので、女性の作家が今いろいろ実験をしているということなのかもしれません。私も、最近の日本文学は女性のほうが面白いと思い、それをドイツに紹介するためにも、このように今回日本で取材しているわけですが、たしかにいまおっしゃられたような側面が、日本文学の男女作家の間にはあるように思え、とても興味深く感じています。

今日はお忙しいところをわざわざ時間を割いていただき、本当にありがとうございました。

中山　こちらこそどうもありがとうございました。

（一九八二年四月三十日、東京都・議員会館にて）

〔追記〕　中山千夏

三十三歳だった。今、七十歳。

今から考えると、何もわかっていなかったし、何も見えていなかった。ずいぶんヘンなことを喋ったのではないか、と恐る恐る読んだ。他人のツレアイを「旦那さん」と言っている以外には、さして気になる発言もなく、つたない意見も基本的に今と変わらないので、ほっとして、なにも手は入れないことにした。今はもう、「旦那さん」や「ご主人」は、私の語彙からほぼ完全に追放されている。

女と政治についての考えは確実に先鋭化している。先日、一九三〇年代日本の女性アナーキストの女性解放論を読んで、驚いた。彼女たちの先駆性と私の不勉強に。ほとんど同じ意見だ。

彼女たちは、女の進出だけでは女の立場はよくならない（まさに現在、はっきりと露呈しているように）、社会そのものが女性的価値で動くようにならなければだめだ、ととうに見抜いていた。

私はこの間、道徳的には丸くなり、思想的には先鋭化しながら、この三十六年を生きてきたようだ。文壇も小説業界もどんどん遠くなった。

インタビューの間中、感じていた座りの悪さを、まざまざと思い出した。子役に始まった私の社会的位置は、女であることももちろん含めて、アウトサイダーそのものだった。芸能界でも政界でもリブ運動でも、そして文壇でも。どれともどっぷり真ん中に入ってかかわる必要が（私にもその世界にも）なく、私にその気もなかった。それなのに、日本〈女流〉作家のひとりとして真正面からインタビューされる！

今ならその機微を、いつもアウトサイドにあることの「恍惚と不安」を、うんと吐露できたろうに。

昔から小説は発注がなければ書かないので、長年、書いていない。しかし、書きたいことを書くこと、作りたい本を作ることは、年々、私の大きな娯楽かつ生きがいとなってきた。書くことは実に楽しく、本になることは実に嬉しい。書きたい小説が浮かばないのは時代のせいにして、書くことを楽しんでいる。

かくのごとく、イルメラさんと本書は、自分と時代を振り返る機会を、そして楽しく書く機会を、私に与えてくださった。たいへん感謝しています！

（二〇一八年十一月）

エッセイ

〝女流文学〟が文学になる日

——女性作家が洩らした「生」の声

イルメラ・日地谷＝キルシュネライト

ここに掲載されている一九八〇年代初めの女性作家たちとの対話は、私にとってかなり大きな冒険だった。人間的にも。精神的、知的にも。そして文学を考える上でも。

作家たちを訪ねる旅は、私に、それまで知らなかった日本を見せてくれた。兵庫県の伊丹や岩手県の盛岡にも行った。不知火海に面した熊本県の水俣にも足を伸ばした。ほとんどは彼女たちの自宅を訪ねたのだが、時には喫茶店やレストランで会ったこともある。参議院議員会館の事務所での対話もあった。

たとえば、(本書には掲載されていないが)盛岡に行ったのは有吉佐和子の場合で、私は彼女に招待されて、飛行機で一緒に盛岡へ飛び、『ふるあめりかに袖はぬらさじ』の公演を観た。すばらしい演技を見せた杉村春子や文学座の人々との打ち上げの間、そして旅の間に繰り返された有吉佐和子とのいささか型破りな対話は忘れがたい。

作家たちを自宅に訪ねることで、彼女たちの私的な生活を、ほんの少しではあったが、のぞき見ることができた。そこは彼女たちの生活の場であり、仕事の場だった。それと同時に、彼女たちの私的な嗜好や、理想とするもの、日常的な問題、困難などが現われている場所でもあった。

私は全員とまったくの初対面だった。それにもかかわらず、その対話を通して、もちろん私の勝手な思い込みかもしれないし、個人差もあったが、ある程度親しい関係を築けたと思う。いずれにしても、あの時のことを考えるたびに、とてもまれな、とても貴重な体験をしたと思い出すことができる。

なぜ、どのようにして、それが可能になったか?

私にとって、そして作家たちにとって、その後どんな展開が可能になったのか?

これからそういうことを書いていきたいが、同時に私は、この個人的な体験を、当時の一般的な状況と関連づけて考えてみたい。日本、西ドイツ(当時)、そして世界における、一九八〇年代前半の状況である。当時、私たちを駆り立てていたテーマは何だったのか? あの頃の世界は日本をどのように見ていたのか? そもそも私はあの時、このプロジェクトで、何を目指そうとしていたのか?

とくに重要なのがこの問いだ。その対話の中で扱ったテーマは、現在どのように扱われているのか? それらのテーマは今でも現実的で実際的なものなのか? 現代の読者はこの対話を読んでどう感じるか? 私たちは、そして私たちの社会は、あれ以来どのように変わったのか?

この対話は私たちに二つのことを教えてくれた。まず、女性作家たちの驚くほど正確に将来を見通した洞察力。そして、歴史の中のある時代に捕らわれて避けられない制約を受けている視点。この二つである。昭和五十年代とは、日本にとって、そして学者の卵だった私にとって、いったいどんな時代だったのだろうか?

これらの疑問が、このエッセイの出発点である。以下、本書に掲載されていないインタビューも含め、話を聞かせていただいた作家たちとの経験を振り返ってみたい。

発酵して煮え立つようだった時代

一九六〇年代後半から七〇年代前半にかけて、欧米や日本といった、当時のいわゆる先進国社会は、不穏な時代を迎えていた。第二次世界大戦後の困難を乗り越え、国の再建をまがりなりにも果たした日本に対して、欧米の国々が、この極東の島国は自分たちに近い存在であるという気持ちを持ち始めていた頃だ。

「近い存在」とは、欧米の人々が、自分たちと同じように、戦争を経験しそれを克服してきた日本に対して、一種の「同時性」ないしは「同類性」を見たという意味においてである。

のちに「一九六八年運動」と呼ばれるようになった動きは、当然ながらそれぞれの社会における固有の背景や要因を持っていた。それでも、たとえば、その頃日本の社会を揺るがした学生運動や赤軍派などの指導者たちは、自分たちの活動を国際的な反帝国主義運動の一部として見ていたようだ。

若い世代は、自分たちの要求を過激に表明することで、戦争直後の再建時代から厳然と存在していた既成の社会システムに対して、激しく疑問を叩きつけたのである。

同時に、日本の経済的な躍進は、誰の目にも明らかなほど強大になりつつあった。日本の輸出攻勢は、すでに欧米の産業システムの一端をおびやかすほどになっていた。やがて世界市場のライバルたちは、水俣病、四日市ぜんそく、イタイイタイ病といった日本の深刻な公害問題を知る。一九七〇年代の末までに、日本がこういった問題に対して解決への道を模索していったのと同時に、経済・金融分野のさらなる強大化に成功するのを目のあたりにした「西洋」は、この国に対して、賛嘆と脅威の入り混じった複雑な気持ちを抱くようになっていった。

ほとんど時期を同じくして、世界的に女性運動が盛り上がっていた。日本においても、一九七〇年代のアメリカやヨーロッパと同じような女性解放論、女権拡張論、つまりフェミニズムが注目を浴びるようになり、社会的なテーマとして盛んに議論され始めたのである。

もちろんそのような動きは、それぞれの国で異なったかたちを取っていて一概に論じることはできない。たとえば西ドイツでは、その頃、妊娠中絶の権利をめぐる、あるキャンペーンが非常に大きな話題となっていた。そのキャンペーンは一九七一年、西ドイツの人気雑誌『シュテルン』で、いろいろな分野の社会的に有名なドイツ人女性が何百人も告白した「私は妊娠中絶をしました」という記事で幕を開けた。背景にあったのは、その頃の西ドイツに、妊娠中絶を禁止する法律がまだ存在していたという事実だった。もちろん、実際にはその法律はもう適用されることはなくなっていた。でもまだ公式には、中絶手術を施した医者と中絶を選んだ女性は懲役刑で罰せられることになっていた。

このキャンペーンは起爆剤としての役割を果たした。その結果として一九七四年、問題になっていた法律の内容が改止されただけでなく、それまでなるべく避けられていた「性」に関する話題や、社会における男女間の不平等問題などのテーマが、一般の人たちの間でも議論されるきっかけになったのである。

長期的に見てこれらの動きは、西ドイツの社会全般の意識改革に大きく寄与したのだが、その際、男性と女性を二分する境界線が、西ドイツ社会の真ん中にはっきり引かれていたわけではなかった。

一九八〇年代になると、日本でも同様の動きが見られるようになった。

一九八五年に「男女雇用機会均等法」が制定されたこともその例だろう。この法律によって、労働市場における男女間の不平等を改革する法的基盤が、史上初めて成立したのだった。しかしそれをも含めて、その後に作られた法律の数々は、他の国々でもそうだったが、いささか牙を抜かれたものであり、状況を速やかに改善するようなものにはなり得なかった。それでも女性たちが運動を通して団結し、一部の進歩的な男性がそれに加わり、社会に存在する性差別的な不平等や、その問題を克服するための方向性は、たしかに明らかになっていった。

一九七〇年代初頭に世界各地で声を上げた女性運動がきっかけになり、そういう動きにつながっていったわけだ。女性の権利拡張を目指す雑誌の創刊など、新しい文化活動が各国でさかんになっていったのだが、社会における文化的な動きは、すべて、つねにそうであるように、多くの異なった考え方がこもごもあり、議論は現在までずっと続けられている。

いずれにしても、このような活発な動きは、知識人や学問研究者を、政治に関わる者を、さらには無数の知的中間層の人々(新聞を読み、映画館を利用し、職場で同僚たちと議論する機会のあるような人々)を数々のテーマに向き合わせた。そこでのテーマとは、たとえば、生まれながら持っているとされる「性」、つまり遺伝子的・生物学的な「性」と、人間が社会化される過程で教育され学ばされる「性」、つまり「男らしさ」「女らしさ」などとの間にある「性差」についてだった。

一九七〇年代に入ると、いよいよそのような発展に並行するようなかたちで、フェミニスト(女権拡張論者)の間に「ジェンダー」という表現が拡がり始めた。この表現が、状況を改めて見直す機会をもたらした。人々は、生物学的な「性」と社会的慣習としての「性」を、別々に見るようになったのである。「男らしさ」「女らしさ」は、遺伝子と関わる資質なのか? それとも過激なフェミニストたちが主張するように、社会化の過程で学ばされたものなのか?

この問いについての議論は、いまだに結論が出ていない。

そのような発展を示すしるしの一つは、一九七五年に国連の提唱でメキシコで開催された、国際婦人年世界会議だった。私は最近になって初めて知ったのだが、この会議で、一九一一年(明治四十四年)に出版された『青鞜』第一号に載った、与謝野晶子の有名な詩「山の動く日」が朗読されたという。

未発見大陸としての女性文学

「性」というカテゴリーへの視点が一般的にも拡がるにつれて、それまでどちらかといえば陰に隠れていた分野に対する関心も強くなっていった。その一つが「女性によって書かれた文学」、つまり「女性文学」である。

人々は突然、女性の文学に関する情報や知識がこれまで大きく欠けていたことに気づき、欠けている空白の部分を埋めなければと考えはじめた。さまざまな文化の中に、それまで隠れていた女性の文化的創造の伝統が無数に存在することが明らかになっていったからだ。

これまで、有名な作曲家、画家、彫刻家、哲学者、文学者などは、男であることが前提で、ごく自然なこととして受けとめられていた。創造する女性の存在は、そんな例があったとしても、きわめて少数の例外的なものに過ぎないと考えられていたのだ。しかし、何十年にもわたる歴史学などの研究の結果、私たちは、世界中の多くの文化に「もう一つの性(第二の性)」による創造活動の可能性があったこと、またその理由を知るようになった。

いや、わざわざ「理由」などとことわるまでもない。本来ならそれは当たり前であり、そうあるべきだった。そして今では、創造活動を示す世界地図の上の空白を、女性の創造活動が徐々に埋めていっている。変化を後押ししたのは、間違いなく、一九七〇年代に女性たちが社会に対して発した、大胆で勇気ある問いの数々だった。

そんな時期に、私は大学で学んでいた。そして私は、私自身の「知識の空白」にやがて気づくことになる。私にとっての空白とは、日本の近現代における「女性文学」だった。

もちろん私はずっと以前から、日本の女性文学の頂点は、平安の貴族文化の中で花を咲かせた女房・女官たちの文学であると教えられていた。『源氏物語』や『枕草子』は、日本古典文学の頂点として、二十世紀の初めから欧米でも知られていた。しかし過去にそんな栄光の時代があったにもかかわらず、その後、何世紀にもわたって文学史の中には空白がある。ほとんど存在しなかったような女性の文学は、その時期にいったい何をやっていたのだろうという疑問は、非常に興味深い。しかし、日本文学史全般における女性文学の問題は、この際ひとまず脇にどけておき、私は、近代以降の女性文学に集中することで、さらに先に進むことにした。そうすれば、その後に続く現代女性文学の位置や姿が、より明確になると考えられたからである。

近代文学史の中では、樋口一葉や与謝野晶子といった少数の女性作家が高く評価されてはいたが、彼女たちはむしろ例外的な存在であり、芸術としての文学は男性作家の作品で成り立っていると考えられていた。そんな状況は、外国語に訳される日本の文学作品にもそのまま反映されており、一九七〇年以前に外国語に訳された日本の作家の名を調べてみると、例のごとく、谷崎、川端、三島。それからそこに漱石、鷗外、荷風、芥川、安部公房などが加わることになる。つまり全員が男性作家なのである。しかしやがて、ヨーロッパの諸言語において、女性によって書かれた文学を集中的に開拓する動きが見られるようになった。

たとえば西ドイツでは、大手出版社のローヴォルト社が、「新しい女性」という文庫本シリーズを立ち上げ、一九七七年から九五年までの間、ドイツ語圏だけでなく他の多くの国々の女性作家の作品を読者に紹介していった。それはまるで文学的な新大陸を発見していくような、衝撃と影響を与える強い動きだった。

こうしてドイツでは、女性によって女性のために書かれたとされる文学が大量に生まれ、新たな文学作品や社会批評を掲載した雑誌が次々に出されていった。その「時代精神」に強い影響と刺激を受けながら、私は日本の状況に改めて目を向け直さずにいられなかった。

その日本でも、一九七〇年代には、近現代の女性文学への関心が高まりつつあった。一九七四年には、奥野健男の『女流作家論――小説は本質的に女性のものか』が発表され、日本文学専門誌の『國文學』は、「女流文学の現在」というテーマで最初の特集を組んだ(一九七六年七月号)。ずっと後になって、私は、その頃に女性文学を扱った他の著作、たとえば巖谷《いわや》大四《だいし》〔1915-2006〕の『物語女流文壇史』(一九七七年)なども知ることになる。

それらは大きな動きの初動の部分であり、それまでは、日本だけでなく日本国外においても、日本文学史の中の女性文学は、せいぜい周辺的で例外的な存在としてごく軽く表面的に扱われるのが普通だった。一九八〇年十二月、『國文學』はふたたび「女流の前線――樋口一葉から八〇年代の作家まで」という特集を組んだが、相変わらずの「女流」が示しているように、それまでの女性文学に対する偏った紋切り型によって支配されており、この「女流」という言葉は、私にとってもいかがわしく響くようになってきていた。

それでも、その頃の私の関心が、おもにフェミニズムだったわけではない。あくまでも「文学」だった。その頃、私が吸収していた一九七〇年代のフェミニズム議論は、当時のさまざまなメディアを通して社会的に広がっていったごく一般的な情報に過ぎなかった。つまり私の関心は、私にとって明らかとなってきた「明治以降の日本の女性文学」という、それまでの知識の隙間に向かっていたのである。

なぜインタビューだったのか?

その時、私は三つの方法を考えた。

1　日本の評論家や研究者によって書かれた女性文学関係の資料を読む。
2　日本の女性文学を読み、それを翻訳して外国に紹介する。
3　女性作家に直接会い、彼女たちの文学に対する考えや、社会における女性作家としての役割についての話を直接聞く。

1、2も、無視はできないものだったが、よく考えた末に、私は3の方法を採ることにした。それまでに読んだ日本の研究者や評論家の「女流文学」論は、私にとってあまり満足できるものではなかったし、文学作品を翻訳するには経験不足で、手を出す自信がまだ持てなかった。のちに私は文学の翻訳にも手を染めることになるが、それについては後で触れる。

経験不足だったのか大胆だったのか、よくわからない。その時の私は、女性作家たちに直接問い、直接答えを得ることが、他の方法では不可能な何かを得られる最良の方法と考えた。

インタビューというものを、私はそれまで一度もやったことがなかった。

今では大学に講座があるほどさかんになっている、社会学的なインタビュー技術をもとにすれば、私が試みた方法は実証社会科学の分野で「半構造化インタビュー」などと呼ばれるに違いない。つまり、まず私がいくつかの主題や問いを用意して、それに対する相手の答えを通して、複数のインタビューを関連づけ、比較するのである。

私は十三の質問を用意して、対話の場所へ出かけていった。質問の順番は決まっておらず、流れに沿って柔軟に発していったのだが、考えてみると、私はほとんど本能的・直感的に、厳格な規則と柔軟な対応を混ぜ合わせたかたちを選んでいたのである。私にとって重要だったのは、自分の質問で杓子定規に対話を進めることではなく、対話の時の状況や相手の個性などがそのまま「生」に記録されることだった。

十三の質問は、それまでに自分で読んできた日本や西ドイツの参考資料をもとにして作った。

彼女たちの文学に対する考え方は？　そこに求めているものは？　女性作家としての出版界、評論家、読者との体験は？　男性の女性文学へ対する態度は？　女性に独特の美学というものは存在するか？　もし存在するなら、それは作品の中のどんなところに現われるか？　などといった類のものである。

ほとんどの対話の中に、日本社会における一般的な女性の立場や境遇といった日常的なテーマが登場するのは、どうしても避けられないことだった。

それから、翻訳の問題、特に翻訳される立場についての質問を作った。

戦争体験というテーマも、特に自分の作品の中でそれを扱っている世代の作家たち、河野多恵子、三枝和子、大庭みな子にとっては特別な意味を持つものだったようだ。

それより前の世代である、明治生まれの森茉莉〔1903–1987〕、円地文子、佐多稲子に対しては、また異なるテーマや背景についての質問が主になった。大切に守られながら育った文豪や学者の娘としての存在であり、また、困難な境遇を乗り越えて、書くことで政治的・社会的であろうとした女性の存在だった。

またさらに別の作家たちとは、男性作家と女性作家の比較、それぞれの長所と短所、存在している不平等な状況の下で女性作家としていかにその問題を克服していくか、などを話し合った。

すべてのインタビューにおける中心的テーマは「女性の作家として書く」だった。

読者はそれぞれの対話の中で、たびたび同じ質問と出会うことになるのだが、それらの問いに対する作家たちの答えは、考えうるかぎりの大きな幅をあらわしており、その事実が、この対話全体の魅力になっていると思う。

しかしそれもまた、何十年も前のこの対話が、今でも私たちを惹きつける理由の一つに過ぎない。

もう一つの大きな理由は、初めインタビューとして設定されていたものが、作家たちの驚くほど自由でオープンな態度のために、対話ないしは意見の交換へ発展していったところにあると思う。

私は対話を進めるために、また反論を挑発するためにも、西ドイツと日本の状況を比較する質問をたびたび発した。なぜ日本ではそうなのか、なぜ他の状況ではあり得ないのか、と。それに対して彼女たちは、逆に、西ドイツやヨーロッパの様子をくわしく知りたがり、私の答えに驚き、感心し、呆れもした。また彼女たちは熱心に、私の個人的背景や考えを知りたがった。

十四人の作家への「インタビュー」は、知らず知らずのうちに、前書きにも書いたような、同じ目線でボールを投げ合う「対話・放談・おしゃべり」へと発展していき、そこから、この本の『〈女流〉放談』というタイトルが生まれて、その内容を生き生きと伝えるものになったのだ。インタビューが内容の濃いものへ発展していったことは望外の喜びだった。直接のやり取りでなければ、質問に対するあのような答えは得られなかっただろう。

自由な雰囲気での「放談」内では、挨拶や自己紹介などに始まって、いよいよインタビューという時に、私が録音のスタートボタンを押すのを忘れてしまうことがあった。始まったとたんにテーマの本筋に入ってしまったような時だ。そのためインタビューのいくつかは、話の途中へ突然飛び込むようなかたちで残されている。

以下、そのような対話の場面を、もう少し詳しく描写してみよう。

怒り、皮肉、そして寛容

作家たちとはあらかじめ公衆電話でアポを取った。その際、彼女たちは対話が行われる場所に至る道筋などを私に詳しく教えてくれた。

まだインターネットや携帯電話などという便利なものがない時代でもあり、電車の時間を確認したり、場所を地図で探したりと、現在に比べればかなり面倒だったが、それでもすべてがとてもうまく運んだ。

円地文子の場合だけ、合計三回の約束が必要となった。最初の約束の日、私はようやくたどり着いた円地家の玄関で、今日は彼女の具合があまりよくないので、改めて来てもらいたいと言われたのである。

その日は私の夫が同行して、円地邸を探すのを手伝ってくれた。彼は、不忍池の近くの円地邸の前で私と別れた後、上野動物園に行く計画を立てて、楽しみにしていた。しかしそういうわけで当てが外れ、予想外の展開に欲求不満を募らせた私は、後の時間を夫と一緒にすごして気分を紛らわしたかった。そこで私は上野動物園の表門に行って、園内にいるはずの夫を呼び出してほしいと頼んだのだが、呼び出すには住所を言わなければならない、それが規則ですと職員に言われた。それで夫は、動物園内に突然鳴り響いた「西ドイツ○×市の何様」というアナウンスにびっくり仰天して、私のいる正門へ飛んで来たのだった。楽しみにしていた動物園見学を途中でやめることになった彼にはとてもすまないと思ったが、その日、私は緊張しながらも意気込んで出かけただけに、失望が大きくて、のんびり一緒に動物を見る気分にはとてもなれなかったのだ。

二回目のときは、幸い出かける直前に連絡が入り、その日も無理だと言われたので、最初のときのような経験をせずにすんだ。三回目の約束の日、今日は大丈夫だろうかとどきどきしながら玄関の呼び鈴を押したのだが、出てきたお手伝いさんが微笑みながら私を家に招き入れてくれたので、ほっとした。

円地文子へのインタビューは、そんなふうにしてやっと実現した。八十歳になろうとしていた彼女の健康はその頃あまり安定していなかったようだ。しかし対話の間じゅう、彼女は生き生きとして、あけっぴろげで、とても好意的に、質問に答えてくれた。

このインタビューは、一九八四年春に行われた。それは、彼女の作品『女面』が、私のドイツ語訳で、日本の女性文学者初の単行本として、すでに触れたローヴォルト社の「新しい女性」シリーズの一冊として出版された年だった。そのこともあって、対話の中では『女面』が主要なテーマのひとつとなった。それから私は、彼女と日本の古典文学との関係、日本や欧米のどのような作家に惹かれるか、なぜ彼女が〝私小説〟を書けないと考えているのかなどについて質問した。

女性作家たちへのインタビューの中で、これは、私がドイツ語に翻訳して発表した唯一のものだった。それは一九八六年、まず『L80』という文学と政治を主なテーマとする雑誌に掲載され、それから『女面』がインゼル社の「日本文庫」というシリーズの中で再版されたとき、そのあとがきとしても使われた。この「日本文庫」についてはまた後で触れる。

インタビューの中で、とくに私の印象に残ったのは、円地文子が自分の父親や生まれ育った環境などにかなりはっきりと距離を置く態度を見せたことだった。その点で、彼女は次に触れる森茉莉とは正反対だった。

円地文子は、つねにダイレクトに自分の考えをあらわすタイプの人間らしく、たとえば「女流文学」という表現についての私の質問に対して、彼女は「私にとって、ある作品が女性のものか男性のものかは、それほど重要ではありませんの。重要なのは、その作品が文学的な魅力を持つか、文学的な刺激を与えてくれるかどうかですね。」ときっぱり答えていた。

もちろん彼女も他の女性作家同様、一九八〇年代に至ってもまだ日本の社会に存在している女性の不利な立場を否定はしなかった。しかし彼女はとても柔軟に、この問題について考えていた。たとえば、女性の法的権利が以前より格段に改善されたことをはっきりと認識し、その意味からも、一九五〇年代、六〇年代に書いた自分の作品の内容は、今書くとしたら、かなり違ったものになるだろうと述べていた。円地文子という作家は、異常なほどに怜悧で研ぎ澄まされた理性の持ち主である。私にはそう感じられた。

＊

森茉莉の場合は、あらゆる点で円地文子とは異なっていた。

世田谷の私鉄の駅から雨の中をかなり歩いてやっと見つけた、道路に面した古いアパートの中にある彼女の自宅の呼び鈴を押すと、やがて出てきた森は、なんとその日の約束をすっかり忘れていたのだった。ドアを開けて私を見た彼女はびっくりしていたが、約束のことを話すと、「何を知りたいんですか?」と困った表情をした。私が「いろいろなことです」と答えると、彼女は中に招き入れてくれた。

乱れた灰色の髪を布地で覆い、その端を頭の横で結んでいた森茉莉は、ドイツのおとぎ話に出てくる魔女を私に連想させたが、その身体はぴんと伸びて、不自由なく動き、つやのある肌と厚めの唇、活発に動く眼が、彼女の顔を特徴づけていた。父・森鷗外から受け継いだという大きめの「ヨーロッパ鼻」が彼女の誇りだった。最初に私が感じた魔女のような雰囲気はすぐに消え、むしろ、よく笑い、お転婆で、遠慮のないおきゃんな陽気さがあらわれてきた。私がちょっと水を向けるだけで、彼女はまるで身体の中から自然にあふれ出てくるかのように、自分の家族の歴史や、記憶の中でいつの間にか巨大な存在になっていたに違いない、懐かしい父親について話し出すのだった。

彼女の話の中では鷗外の文学と伝記が入りまじり、名前や年齢などを間違えることもたびたびあったが、自分の家族の描写は生き生きとしており、私の眼前に、明治時代の文化的な上流家庭の生活が浮かび上がってきた。

森茉莉は、毎日を自分だけの世界の中ですごしているようで、「夢のようなその世界こそが、自分にとっての真の現実だ」と彼女自身も認めていた。彼女は「現実世界における〈美〉はすぐに消滅してしまって保つことが出来ない」と私に洩らしたのだった。

彼女は「自分は今でも十七歳」と考えていて、「むしろ若者に強く惹かれる」と語った。年齢を重ねた一人暮らしの女性なら感じているはずの日常的な困難を肯定的に解釈し直して、日々を生きているかのようだった。


円地文子と森茉莉、この二つの例が、多様な対話にある振幅の大きさをはっきり示している。この二つは、たった二歳違いの同世代作家の例である。もちろんそこには、家庭的・社会的な背景、生活環境、そして個人的な気質なども関わっている。そこで、もう一人の明治生まれの作家を例に挙げてみよう。

森茉莉の一年後、円地文子の一年前に生まれた佐多稲子の場合、対話中の反応や態度、その作品からも、若い頃から自分を守って主張してこなければならなかった女性の、より現実的で戦術的なものが感じられた。

私の前に座って質問に答える佐多稲子は、品位を備え、年齢を感じさせない美しいオーラを放ち、イデオロギーに染まったり狭められたりしていない柔軟な考え方で私を驚かせた。

彼女は、家庭の事情から義務教育も終えていないことを繰り返し語り、いまだにそれを悔やんでいるようだったが、彼女が若かった頃には女性が文学と関わることは非常に贅沢な行為だった、ともつけ加えた。そしてその後すぐ、それができたのは「私の場合は、夫も文学関係の人でしたから、女が物を書くということをよく理解してくれましたのね」と言い、家事や生活費を稼ぐために、書く時間を自由に持てない現実を嘆くのではなく、むしろ「結婚する、あるいはパートナーがいるという形態が、やっぱり人間にとっては一番自然じゃないでしょうか」と強調していた。しかし同時に「条件が整っているからといって、必ずしも良い作品が書けるわけでもありませんし」と考えてもいた。男女間に存在する(書くための)条件や、その他もろもろの日常的な不平等性をはっきり認めてはいたが、それを過大に評価せず、超然とした態度で、単に事実として「括弧でくくる」のだった。

佐多稲子は、男性ジャーナリストの女性に対する偏見に腹を立てていたし、評論家平野謙の「女房的リアリズム」という軽蔑のこもった言葉に、マッチョ男の隠された恐怖を見抜いてもいたが、それに対しても、ユーモアと寛容で応じるのだった。

いずれにしても私は、これらの女性作家たちとの対話から、実に強い印象を受けた。それは、異なった世代を貫く、彼女たちの共通の印象でもあった。

彼女たちは意見を述べる時、「これはあくまで自分の個人的見解であり、女性全般の代表、代弁者や闘士などとして見られたくない」という希望をもらしていたが、たしかに、私が女性の闘争的プログラムで用いられる語彙や手段を使って誘い出そうとしても、誰からも際立ってラディカルな意見や表現を引き出すことはできなかった。たとえ彼女たちにとって明らかに不平等・不公平と思える事実や状況を具体的に例としてあげても、それはやはり無理だった。

私はかなり執拗にこう質問したのである。「男性と女性の間の不平等・不公正が、まるで手でさわれるほど確実な状況ではどうなのですか?」と。

その場合、彼女たちはそれぞれの気質に沿って、かなり異なった反応を示した。たとえば、過激なほどに率直だった有吉佐和子は、自分の中に長い間たまっていた怒りを爆発させるかのように、「有能で強力な競争相手が女だった場合、男はとくにそんな相手を毛嫌いするのよ」と怒りを表し、「女に対する差別は、あと五百年はなくならないね」と男たちを罵倒した。

べつの作家はもう少し控えめに、自らの欲求不満をユーモアや皮肉で包んでやり過ごした。中山千夏は、男性の批評家から公平に扱われるかとの質問に、「日本には女流文学賞というものがありますよね。でも、普通それを選考するのは男の人たちなんです。」と、間接的ながら明確な答えを返してきた。

金井美恵子は逆に「女性差別」だけでなく「男性差別」もあることを忘れてはならないといましめ、「女性自身による女性差別」もあることを指摘していた。

このように、彼女たちの考えの中には、純粋思考の層と実際問題の層の間の距離がはっきり現われており、この距離こそが、男女間の問題を見つめる彼女たちの澄んだ眼差しへとつながる重要な要素だったと思える。

いずれにしても私は、話を聞いた女性作家の誰からも、男性を敵視する過激な声を聞くことはなかった。彼女たちは皆、この実際的な日常における制約という問題に対処するにはどうすべきか、なにが利口なやり方で、何がより賢明かと、日々心を砕いていたのである。

禍転じて福となす

話し相手となってくれた作家たちの反応を、たった一つの題目やテーマの下にまとめてしまうことは極力避けたいのだが、それでも、日本とドイツのあきらかな文化の違いが、それぞれ反応が異なっていながらも底流では共通していた「日本的」な性格のようなものを、私は感じたのだった。

ドイツに比べると、どちらかと言えば、より現実的で実際的な日本の処世哲学・処世美学は、原則だけに囚われず、最善の結果を生むために、より柔軟な方法を求めているようだった。つまり、その時その場の状況を踏まえて臨機応変に対応し、苦境や危機の中にあっても、「禍転じて福となす」を目指すのである。それは、一個人の動きに限れば、制約に対してアクティブに対処する、否定のエネルギーを肯定のエネルギーに変えるといった建設的な戦術になりうる。

推理小説作家の戸川昌子は、そんな可能性をもっとも的確に解説してくれた。

戸川にとって、子どもとは、明らかに自分の欲求を〝見合わせ引っ込める〟ことを強制する存在だといえう。しかし母親である彼女にとって、それは条件抜きに受け入れるべき当然の義務だった。子どもによって自分の「時間を持っていかれてしまう」と彼女ははっきり言っていた。それに比べると男たちはずっと自由に行動でき、またそれを当然として受け入れられ、家庭の外での妻以外の女性との関係を作品の材料にすることもできる。それでも戸川は必ずしも自分が犠牲者だとは思っていない、と言った。彼女は自分の日常生活圏で、たとえばメモ帳をいつも手の届くところに置いておく、そこに書きつけたものを文学的に生かすなど、自分は持っているが、男はほとんど持つことのできない、日常的な場における独立した自由や権利を強調していた。

しかし、もしそうだったとしても、たとえば、いつも家や家族に縛られている女性作家たちの行動範囲はどうなのだろう。女性の狭い生活環境や限定された世界から生まれた結果として、彼女たちの文学が日常的テーマや人生の細部に限られてしまっている、他の多くの可能性への視点を欠いているという批判を受ける主な原因ではなかったのか。

そんなことはない、実際はそうではないのだ。作家たちの一部は、断固として、そのような批判に反論していた。

たとえば津島佑子は、「日本の男性は、それでも政治とかを、子どもを知らないままで考えたりするっていうふうになっちゃうから、何か変に見えるんですよね」と言い、その意味で言えば、むしろ「男性は損してるっていうのか、なにしろ男性はメンツっていうのがあるから、変なことでかわいそうなんじゃないか」と考えていた。

また中山千夏は、男性作家たちは「過去を振り返って、あるいは自分の内面ばかり見つめて、ブラックホールのようにどんどん落ち込んでしまう」と言っていた。

金井美恵子も同じように、「ミーイズム(Me-ism)」と彼女が呼ぶ、一九八〇年代前半の文壇を支配していた、主に「内向の世代」に属する男性作家たちの自閉的な作品について語っていた。読者はそういう文学を望んでいるのかもしれないが、本来、文学とは、自己中心的な経験にふけるためのものではないとの主張が、彼女たちのそのような意見の背景に隠されていたのだと思う。

文学は読者を前進させ、新しい指標を与えるべきものでもあるが、それはスローガンや道徳説法的なものであってはならない、中山千夏はそう主張していた。

また津島佑子は、自分の文学は、読者を困惑させ、まったく新しい視点からの熟慮へと導いていくものであるべきだと考えていた。彼女にとって、良い文学とは、読者が自らの考えを質す際、その助けとなるべきものなのである。

彼女はほとんど〝しれっとした〟態度で、今はまだ日常的雑務や子どもの世話に追われているが、それも時間的に限られた期間に過ぎず、「五十位になれば、まあ男女とも同じになっちゃうな」との予測を述べていた。

私のさらなる追求に応えて、彼女は、日本の社会を覆っている母性神話や性差別が、いかに女性たちに抑制を強いているかを認めていたが、ただちにその現実の反対の面にも眼を向け、男たちが常に背負わねばならない社会的圧力や、彼らの日常的な感情のある生活からの乖離を思えば、男女のどちらが〝ハズレくじ〟を引き当てたのかは、簡単に言えることではないといったことを指摘していた。

「自分だけの部屋」

女性が小説を書こうとするなら、ある程度のお金と自分だけの部屋を持たねばならない。

ヴァージニア・ウルフ

仕事に使える時間が限定されているという、とくに女性作家の日常で顕著な側面は、子どものいない作家の場合も同様だったようだ。

田辺聖子は、書く作業を妨げる日常の雑務についての私の質問に、自分はお手伝いさんに手伝ってもらっているから、ある程度楽ではあるが、病気がちな夫を自ら看護せねばならず、遅くとも午後六時には必ずその日の仕事を終わらせるため、やはり時間的な制限を感じる、と話していた。

田辺聖子を阪急伊丹駅前のマンション六階にあるその自宅に訪ねた時、お手伝いさんが入り口のドアを開けて、六甲の山々が見渡せる見晴らしの良い部屋に通してくれた。その大きな部屋は、明治期の古いものも含めて無数の人形で埋まっていた。色彩鮮やかな家具がそこに加わって、まるでキッチュな喫茶店といった雰囲気だった。部屋のすべてが明るく楽しい色で飾られ、コーヒーに入れる砂糖までが花のかたちをしていた。

インタビューの後、田辺は、「私の子どもたちを見せましょう」と言って、隣のこれもかなり大きい部屋に私を案内してくれた。その部屋もやはり無数の縫いぐるみ人形であふれており、ソファーの上には巨大なスヌーピーが鎮座しており、他のソファーや椅子にも手縫いの服を着せられた犬たちが座っており、彼女は名前を呼びながら一匹ずつ抱き上げ、「こんにちは」と私に挨拶させた。彼女のそんな行為に、私は、子どもがいれば、違った意味で彼女を満たしたかもしれない家庭の団欒へのひそかな憧れを見たような気がした。

田辺聖子は三十四歳で結婚したと言っていたが、「子どもを育てるってことが、私はね、女からユーモアをなくすと思うの」と当時五十四歳だった彼女は言った。問題の深刻さを経験から知っていて、意識的にそれを避けたのかもしれない。縫いぐるみの「愛児たち」を前にして、私はそう思った。

彼女はその決心に対して後悔を感じているのだろうか? もしそうだとしたら、女性作家として自由や自立性を持つということは、彼女にとって高い買い物だったのかもしれない。

田辺聖子という作家は、女性としての限界と可能性を計り知ろうと努める、非常に頭脳明晰で思慮深い女性であるように私には思えた。

女性作家は男性作家に比べると、女性役を社会的にも押しつけられるため、より困難な境遇に耐えなければならない。そのうえ、家族生活の中心的な役割をも果たさねばならず、常に全力を尽くすことを義務づけられている。

ユーモアなどというものは、精神的・経済的な余裕があって初めて花開くものであり、ものを書く女性のテーマが、どちらかと言えば人間関係や細かな感情の動きなどに限られる理由はそこにあると彼女は言っていた。

私には田辺聖子が、自らの人生を意識的に「自分の部屋」の中で送っており、作家としての創造の力を、まだ遮断されていない連絡口を通しての夢の獲得に注ぎ込んでいるように思えた。その日私は、作家田辺聖子を「彼女自身の部屋」に訪ねるという幸運に恵まれたわけだが、その「田辺の部屋」で、私は、時には無邪気を装った彼女の創造的エネルギーに触れることができたのだと思う。

＊

女性としての難しい条件の下で、いかに作家活動を実践しているかの例として、三枝和子も私に強い印象を与えた。

三枝とのインタビューは一九八八年に行われたのだが、それは彼女の作品「その日の夏」が一九八六年に発表されてから二年後のことだった。

そのインタビューの年に私は、その当時教えていたトリーア大学の学生たちと一緒に、その作品を読んでいたのだった。『その日の夏』は、八月十五日の終戦の日から十日間の様子を、十六歳の女学生の眼を通して語ったもので、天皇の玉音放送によって始まる作品である。

その二年後の一九九〇年、私はこの作品をドイツ語に訳して出版した。三枝には、夫とともに生活していた東京の自宅で会ったのだが、彼女は私に、彼女のもう一つの日常を垣間見る機会も与えてくれた。

夫の森川達也は高名な文芸評論家であると同時に、兵庫県にある歴史的な「五峯山光明寺　花蔵院《けぞういん》」の住職でもあった。三枝は私を、その寺へ招いてくれたのだった。

彼女は、伝統あるお寺の住職の妻として、するべき義務をきちんと果たしていた。もちろんそのためには、かなりの努力と自制心が必要だったと思う。しかし彼女は、独特の明るい落ち着いた態度で、すべてを当然のように受け入れていた。

三枝和子という作家には、日本の社会でたびたび経験する、有名人だけでなく知識人からさえ感じられる、まわりに対する「傲慢さを包み隠した甘え」というものがまるでなかった。彼女は、つねに明晰で、心地よい人柄で、控えめでありながらも、ものごとに対して肯定的で、相手を納得させることができた。彼女が作家として、また知識人として、次々に新しい試みに挑戦し、移り住んだ外国においても実り多い日々を送ることができたのは、彼女の中で、住職の妻としての役割と作家としての活動が相矛盾することなく併立して、むしろそこからインスピレーションをも得ていたからだと思う。

もちろん私は、厳然たる事実として存在する、日本の女性たちの苦労や困難を過小評価したり美化したりする権利は持っていないし、またそのつもりもない。

現在の社会学において、女性の日常生活に顕著な「自分の時間の欠乏」という状況は "time poverty" と呼ばれる。家庭内の義務、家事や育児は、当然のように無償で女性に押しつけられ、世界を支配する資本主義の下で無視されているという結論に行きつくだろう。その意味で、女性作家の仕事や生活の条件は、基本的に社会の他の女性層からそれほど隔たっているわけではない。

私にとって重要だったのは、そんな状況の下で、日本の女性作家がその問題にどう対処しているかだった。すでに触れたように、彼女たちは一応暫定協定といったものを社会と結び、日常的な制約をポジティブに解釈し直してそれに対処しようと努めているように見えた。何人かは社会的な状況を改善するために、政治的行動の必要性を説いていた。しかし彼女たちは、闘争の告発や啓蒙的な文章などのために、自分の文学を利用したくないとの考えを持ってもいた。

啓蒙は文学者がするべきことではなく、教科書が果たすべき役割だと石牟礼道子は言った。しかしそれでも文学は、優れた文学の条件として津島佑子が挙げていたように、読者を困惑させ考えさせる性格や可能性を持つものだと思う。

文学が持つ可能性

ほかならぬ『苦海浄土』の作者、石牟礼道子が、あれほどきっぱりと、自分の文学の核としての啓蒙的ファクターを否定したことは、私にとってかなりの驚きだった。

自らの文学作品を通して水俣病のことを世界に知らしめ、日本における公害問題に対する意識を変えることに大きく寄与した、あの石牟礼道子である。

彼女の『苦海浄土』は、当時、アメリカの女性作家ハリエット・ビーチャー・ストウ〔1811-1896〕の小説『アンクル・トムの小屋』〔一八五二年〕とよく比較された。ストウのこの作品は、十九世紀アメリカにおける奴隷制度の下での悲惨な黒人たちの生活を知ってもらうことで、南北戦争後の奴隷制度廃止に大きく貢献したと言われている。

私は『苦海浄土』という作品の存在を、留学生として初めて日本に滞在していた一九七〇年に知ったのだが、十二年後の一九八二年になって、ついに長い間望んでいた現地訪問が実現したのである。

水俣へ向かう列車の窓から見える不知火の海が、すでに私の心を強く揺り動かしていた。無意識のうちに私は、眼の前に展開する美しく平和な海辺の風景と、この地方の住民のおそらくは筆舌に尽くし難い苦しみを比べ、『苦海浄土』というタイトルが放つほとんど感覚的な力を具象化することができたからである。

石牟礼道子との長い対話は、水俣の町はずれの、海に近い丘の上にある彼女の自宅で静かに始まった。対話の中から私が理解していったのは、石牟礼は彼女に与えられた社会的なイメージ、闘争的な記録文学作家、苦痛に満ちた魂や虐待を受ける自然の代弁者といったものとは異なり、自分をあくまでも一人の文学者、一人の作家として受け入れてもらいたいと願っていることだった。

彼女が目指すものはただ一つ、文学だった。そのことを、彼女は対話の中でも強調していた。『苦海浄土』が社会に与えた衝撃は、内と外の視点、叙事詩と抒情詩、事実とフィクションの統合という、この作品が採った比類のない型式が持つ「芸術としての文学」への彼女の固い確信から発したものだったのだ。『苦海浄土』という見事なタイトルは、たしかに真の詩人によるものだと私は思う。

受けてきた脅迫や敵視など、長い迫害の下での創作について語る彼女の口は重く、控えめだった。『苦海浄土』に対する悪意や恨みは、彼女の家族や親戚の間でさえ強く、彼女はこの作品を、人々が寝静まった夜半に書かざるを得なかったそうだが、そのために危うく視力を失いかけたという。

私が石牟礼道子を訪問した一九八二年には、彼女はそれまでの詩人、作家としての活動を通して、文学者としての確かな地位をすでに確立していたのだが、陰湿で巧妙ないやがらせはまだ続いていた。それでも彼女に故郷の水俣を去る気はなかった。故郷の自然だけでなく、まわりからの日常的な敵視さえもが、小柄な身体の内に強靱な精神を秘めたこの物静かな女性の力の源になっていたのかもしれない。

彼女と別れて、熊本へと向かう私の乗った列車は、夕日に染まり幻想的なほどに美しい不知火の海に沿って走った。

対話の中で徐々に明らかになっていったのは、彼女たちが考える「文学」とは、それぞれが独自の方法で読者の理解と認識の力を目覚めさせ、感覚的、知的、精神的に揺り動かし、感動を与えることができる芸術という媒体であると考えていることだった。

何人かの作家は、自分たち女性は、男性の作品を読むことで彼等を知ることができるが、おそらく男性側も同じようにして、女性を知ることができるのだろうと推測していた。どんな読者層を想定して書くかとの私の質問に対しては、多様な反応が見られ、何人かの作家は、そんなことはまったく考えていなかったと答え、他の作家、たとえば津島佑子は、同性作家の作品世界には容易に入り込めるため、無意識にそれを選んでしまうのはむしろ自然なことだろう、と述べていた。

普段なじみのない世界や考えなどに対する読者の好奇心が、未知の相手の作品に向かわせるということも可能であり、中山千夏は、「私のものを読んだ人が、私のことを知らなくても、女性が書いたと推察できるようなものを書きたい」と述べていた。また佐多稲子と田辺聖子は、自分は自分のためにだけ書くのだ、と述べていた。

これらの答えの背景に、私は二つのものを見る。

定まった読者グループに限定しない、自分の文学の内容と質に対する自信。

境界を越えた理解を可能とする、文学の可能性への信頼。

この二つである。

作家たちのほとんどが、「女流文学」という表現に対しては不快感をあらわしていた。彼女たちは、言葉自体がすでに偏見を含んでいるこの表現によって、自動的に狭いコルセットに押し込まれてしまうことを嫌っていたのだ。

ではなぜ当時、日本の本屋の店頭は、あのような様子だったのだろうか。ほとんどの本屋には「女流文学」、つまり女性が書いた本だけが並べられる棚があり、その隣に、男性が書いたいわゆる「一般の文学」が陳列される広い場所があった。あの頃はまだ、そのような奇妙な状況を社会的テーマとするには時期が早すぎたのかもしれない。しかし「女流作家」たちはすでに、そんな不可思議な区分けを問題視していた。そして私も、いったいなぜそんなことがまかり通るのだろうと考え始めていたのである。

性別の美学

「ジェンダー」という言葉がまだ一般的に知られていなかった頃、今日であればこの概念を用いて表現されるであろう、さまざまな問題が、まだ正確に認識されていなかったと言えるだろう。私自身ももちろんその例外ではなかった。しかし、日本に来て日々驚かされたのは、日本社会においては人々の行動規範や自己理解や世界観が当たり前のように性別の違いによって区別され、美学化されている様子であった。これはまさに、今日であればジェンダーという概念を用いて論じられがちなテーマである。

その意味でも、日本での生活体験は私にとって非常に貴重であり、啓発的でもあった。一九八七年に、私はその経験を「性別の美学——日本文化における現実把握の一パターンについて」というタイトルの講演にまとめたのだが、そのとき展開した観察や認識は、今ではいささか当たり前となって、それほど刺激的ではなくなっている。講演の中で取り扱った現象に対する考え方が、この後の三十年間に、より繊細に、より緻密になってきているからだ。そのうえすでに触れたように、女性運動や、一九九〇年代から大学に開講され始めた新しい学問分野「ジェンダー・スタディーズ」などが重要な役割を果たしてきてもいる。

三十年前の「性別の美学」という講演の真の目的は、むしろ日本における私の個人的な「困惑」をまとめることだったかもしれない。そのような困惑は、興味深いことに、ごく平凡でつまらない日常の細部に生じることが多かった。

あまりに日常的で些細なことかもしれないが、実際にあったことを例として取り上げる。

私がスーパーマーケットで水仕事のためのゴム手袋を探していたときのことである。私の手はドイツ女性としても大きめで、ドイツではいつもサイズ8を買っていたのだが、日本にはそういうサイズのシステムはなかった。代わりに私が買った手袋は「男性用」、それより小さなサイズが「女性用」だった。私の手に合う手袋には、例外なく「男性用」という表示が付いていたのだ。大きさ以外は、材料、かたち、色と、すべてがまったく同じ手袋である。本来ならば「性差」とはまるで関係ないはずのゴム手袋が、サイズではなく性的カテゴリーに分類されているという発見は、私にとってはいわゆる「目から鱗が落ちる」体験だった。これは一例で、このような数々の経験を通して、私は、類別カテゴリーというものが、日本の日常における一般的感覚、考察、世界観などにとっていかに重要であるかを徐々に理解していったのである。

もちろんヨーロッパ女性としての私は、それよりずっと以前、日本語習得の際に同じような困惑をすでに味わっていた。

日本の女性は、男性とは異なる「女性語・女性用表現」を使わなければならないという事実は二十歳を過ぎたばかりの私にはたいへん難しく、長い間、なぜ、私は、クラスメートの男子と同じように「腹《ハラ》がへった」と言えずに「お腹が空いたわ」と女性用のやわらかい表現を使わねばならないのか、理由がまるで分からなかったのだ。

「女性語」を自分の「日本的ペルソナ」として受け入れるまでに、長い時間と意識の変化が必要だった。徐々に、日本語では、性的に中立につまりニュートラルに表現するのは、難しいどころか、ほとんど不可能だということを知って、「女性として話さねばならない」という意識を常にスタンバイさせておく必要を否応なしに持つことになったのだ。それはまるで、突然狭い何かに閉じ込められる気分にも似ていた。

「性差」というカテゴリーは、やはりここにおいても重要な、いや、むしろ決定的とも言える基準であり、日本語を形成している他の重要な特徴である「年齢」や「社会的階級・上下関係」などと比較しても、より絶対的な要素であると言えるかもしれない。

もちろん、そんなことを日本語を母語とする人々に説明する必要はないだろう。母語としての話者たちは、幼児として日本語の習得を始めて以来、それらのすべてを当然のものとして取り入れてきたわけだから。

いずれにしても、日本語と西洋語の間には、とくにこの点において明確な差があり、西洋言語では、日本語よりもずっと抽象的・即物的に、人と人の関係を表現できる、ないしは、するのである。

社会言語学の観察によると、日本語に組み込まれている複雑で精緻な社会的格差システムは、二十世紀全般を通してかなり平均化されてきたという。しかしそれでも、男女の間に存在する一種の「性別語」、つまり、女性形、男性形として分けて話される表現は、以前より単純なかたちになったとしても、まだ無数に存在し、日常使われてもおり、それらが近い将来消えてしまうという見通しもない。その理由はおそらく、その「性別語」が日本的美学と連結しているから、つまり日本には「性別の美学」というものが確立されているからだ。
そのような「性別の美学」は、現在でも、日本の日常のあらゆる側面において生きつづけている。ふたたび日常的な例を持ち出すが、日本社会で決して欠かせない「名刺」、この名刺にも少なくとも八〇年代にはまだはっきりと、一種の性差というものがあった。女性の名刺は、男性のそれよりもどちらかと言えば小さめで華奢なのである。

もちろんそんな些細なことを考え始めると、それぞれが自分なりの体験を語れるはずであり、そこには各人各様、多くの理由や好みも絡んでいるはずだが、しかし私にとって重要なのは、そのような分類が、社会的価値観とはまったく関係のないものなのかという点にある。

あるいは、そのような一種の美化は、やはり権力構造の一部として存在しており、それを巧みに隠蔽する手段としても機能し、ひそかに不平等性を固めてしまう手段でもあるのではないかという疑問である。

一九八〇年代初頭の日本で、私は、ある駅のホームで自動車教習所の宣伝を見たのだが、その教習所の運転免許取得コースでは、女性が男性より一万円多く支払うことになっていた。いったいどんな理由でそうなったのか、私にはまるで分からなかったが、いずれにしても、あの頃そういった例が、一般的議論や批判へと発展していくことはなかったようだ。おそらく「まあそんなものだよ」と当然のように受け入れられていたのだろう。現在なら、たとえ日本でもそんなことは決して許されるはずがないと思うのだが。

「日本の特殊性」のようなものを確認しようとするのは、かなり問題のある危うい試みである。簡単に問題のある「日本人論」的な紋切り型に陥ってしまうからだ。それでも、かなり確実に言えることは、日本の社会では、性別カテゴリーに区分して世界を見、世界を把握するという傾向が、歴史的に、そして現代においても、他の多くの文化圏より強いということだ。

女性作家たちとの対話で、彼女たちもたびたびそれについて触れていたが、その際には同時に、肯定と否定、両方の側面を見ていたようだ。

肯定的に見れば、それを美学と呼ぶこともできる。否定的に見れば、男女の間に境界を設けることが、通常は女性に、時としては両方に、不利益をもたらすと言える。

女性の世界と男性の世界とに分ける傾向が他の文化圏より強いということは、当然のことながら、互いに触れ合う場所や機会が少ないという結果を招いた。男性と女性はどうあるべきかなどという考えが、今でも執拗に残っている。「男らしさ」「女らしさ」などの常套句は、ほとんどの場合、単なる美学以上のものを指している。その常套句が現われる場面には、必ず、定型化された社会の権力構造（ヒエラルキー）が顔をのぞかせ、それが男性・女性双方にかなりの制限、締めつけをもたらしている。

対話の中で、この問題に対する彼女たちの、繊細で鋭い感覚や意見が見え隠れしていたのだった。いろいろな意見が出たが、全員が、確実に、それに対して批判的だった。

当たり前のように男性と女性を区別する発想は、日本の文化の中に深く根を下ろしている。それだけに、男女を区別しようとする発想を克服することは、日本社会にとってはひときわ困難なのではないかと考えずにはいられない。

〝女流文学〟が文学になる日

対話をした作家たちは、すでに触れたように、この問題について明確な答えを出しており、それを、実生活のためだけでなく、文学者としての自己理解にからませて表現していた。

この強い男女区分が、両方に利点と欠点をもたらしていることについてはすでに触れたが、それをそのまま受け入れるとするなら、相手側が書いた「経験談」にとくに強い関心が寄せられるという事実もよく理解できる。

しかしそこでは、特に二つのことに注意を払う必要がある。

一つは、経験される互いに馴染みのない二つの世界というものは、真に同じ価値を持つものなのかどうかという問題。もし同価値であるなら、「女流文学」に対する「男流文学」という表現も存在するはずだ。対話の中でも、何人かの作家がそれについて触れていたが、もしかしたらこの分類には、アイロニーが含まれているのかもしれない。たしかに、いったいどの男性作家が自分の作品が「男流文学」と呼ばれることを許すだろうか。

女性は「女流文学」を書き、男性は「文学」を書く。これまでの常識はそういうものだった。つまりこの分類法は、同価値を持つカテゴリーに分けるものではなく、「女流文学」という判を押すことにより、意識下での価値の引き下げを行ったのだ。そしてそこから、二つ目の問題が引き出されてくる。「女流」とは、より狭い、より小さな世界を意味するのであり、その世界は感情的・感覚的ではあるが、社会的・一般的なものではない。それに対して男が書くものは、真の「文学」が持つべき幅のすべてを覆う、重みのあるものなのだ、といった無意識の認識の問題である。

あの当時、すでに現実はそんな認識からかけ離れていた。それは、対話した女性作家たちの作品群がひろく読まれていたことからも明らかだった。

この企画のために、私はできるだけ異なったタイプとスタイルの女性作家を選ぼうとしたのだが、もちろんその選択はかなり恣意的であり、私の限られた知識と経験を反映したものでもあった。

幸運にも、私が依頼した作家はほとんどが私の依頼を受けてくださった。しかし対話できなかった作家も何人かいる。

たとえば高橋たか子は、ちょうどその時期、フランスにいた。倉橋由美子は病気のために受けられなかった。瀬戸内寂聴はすでに決まっていた東南アジア旅行と重なった。どうしてもスケジュールが合わなかったのである。

それでも私と対話することのできた作家たちの活動範囲は、小説、エッセイ、詩、戯曲などひろい分野に亘っており、文学のスタイルからいっても、耽美的傾向からプロレタリア文学まで、ミステリー作品から事実とフィクションを統合した実験的ロマンコラージュまでと幅のひろいものだった。

石牟礼道子や富岡多恵子は、詩に加えて小説の分野でも名をあげ、富岡はさらに翻訳にも手を染め、有吉佐和子は小説に加え戯曲・脚本作家でもあった。また金井美恵子はエッセイスト、評論家としても知られ、そこに詩や短編小説も加わり、大庭みな子はアラスカ生活中に芥川賞を受賞し、三枝和子はギリシャ古典文学を原文で読むためにギリシャ語を学び、毎年何か月かをギリシャで生活していた。

そのような事実を眺めれば、彼女たちの世界が狭く限定されているようにはとても見えなかった。加えて、彼女たちの社会的なイメージや作品流布の範囲なども、いわゆる「エリート的」な純文学から娯楽的作品まで、有名な出版社や雑誌から新聞の連載小説までと、非常に幅広かった。私が会った女性作家たちは、それぞれの人間的な性格、生活様式や作品など、考え得る限り多様だった。

＊

中でも鮮烈な印象を残した一人が、本書には対話を掲載できなかったが、富岡多恵子だった。

富岡多恵子は、異例なほど率直に、オープンに、女性のさまざまな人生構想などについて語った。私が驚いたのは、その際、女たちが無意識のうちに演じている役割、たとえば男たちに気に入られるためのほとんど無自覚な努力に触れたことだ。さらに驚いたのは、彼女がファッションを重要視しており、それが自己を表現するための大切な手段であると述べたことだった。

彼女の語ったテーマは、男女世界の断絶、歴史との関係、政治や宗教、作品の中の自分の体験の役割など、私がまったく予想もしなかった展開を見せた。しかしいかに彼女が皮肉なトーンで語ろうとも、彼女の態度の中心には、自分以外の人生に対する寛容さがあるように私には感じられた。対話が終わって録音機を止めたあとも、私たちは個人的なことについてのおしゃべりを長い間続けたのだった。

富岡多恵子は、若々しく、機敏で率直な知識人だった。偏った人物像を心に描きながら彼女を訪ねた私は、間違っていた彼女のイメージを、帰る道筋に全部捨ててきた。

*

よく考えてみると、他の対話も、多かれ少なかれ驚きにあふれたものだった。

河野多恵子には昼食にご招待いただき、銀座にあった「鴨川」という名の料亭風レストランでお会いしたのだが、その時私は大きな失敗を犯してしまった。長い対話が終わった時、私は、自分のミスで、それがまったく録音されていなかったことに気づいたのだ。私はすっかり気落ちして、その晩、必死にその日の記憶を思い出しながら、その長い対話を書き出そうとした。ありがたいことに、河野多恵子は、その後、私に二度目の機会を与えてくれた。二度目の対話は(今度は無事に録音された)最初と同じぐらいの長さになったが、前回に劣らず、密度の濃いものだった。

三時間近くかかった一回目の対話の時も、初対面だったにもかかわらず、私たちはただちに対話の中心へと入り込むことができた。河野多恵子は、趣味の良い、彼女にぴったりのファッションで私の前に現われた。写真で見た彼女より、ずっと魅力的だった。

それまでに私が読んだ河野多恵子の対話は、相手を寄せつけない拒否的な態度が目立ち、時にはけんか腰のようなとげとげしさすらも感じられたのだったが、その日の彼女は、生き生きした表情と気持ちの良い笑顔を持ち、積極的で、察しが良く、丁重な態度を崩すことがなかった。時々、お互いに対する好奇心が強くなって、私たちはテーマから外れ、彼女は私に個人的な質問をしたり、助言を与えてくれたりもした。

私がもっとも惹きつけられたのは、日本文化や社会、文学全般などに対する彼女の分析の鋭さだった。私は彼女をまず第一に、読者の心理にほとんど暴力的な混乱を与え得る作家であると思っていた。しかし彼女との対話から私が得たのは、それと同じぐらいに際立った、彼女の批評家、観察者としての能力だった。そしてそんな河野多恵子は、少なくとも私との対話の中では、調和とユーモアにあふれた、それこそ「肯定的」な人物だったのである。

＊

私が対話した作家たちの中でもっとも理論的だったのは、金井美恵子だろう。私は金井美恵子と、彼女の自宅に近い山手線目白駅近辺の喫茶店で会ったのだが、その時の私のメモには、彼女がいろいろな点でもっとも「ヨーロッパ的」な印象を与えたと書かれている。

生き生きとしてエネルギーにあふれた小柄な金井美恵子は、スポーティな赤いコーデュロイのパンツにVネックの青いスウェットシャツという姿で私の前に現われた。おそらく、その前年に三か月間滞在したフランスにおける知識人世界の体験や、常に外からの視線を日本に向けることのできる彼女の個性や能力が、その話に多面的な奥行きを与えているように思われた。

たとえば、男性に対する優越感と劣等感が奇妙に入り混じった、日本の女性に特徴的な態度に話が及ぶと、金井美恵子の議論は、突然、日本は結局、これまではいつも西洋に対して女役を演じてきた、という結論へ飛ぶのだった。

質問に答える彼女のそんな俊敏な才気が、録音した中にそのまま残されることを私は願った。

彼女は、質問に対する自分の答えの不明瞭さや矛盾に瞬時に気づき、その答えをあれこれとひっくり返して考え直すのである。

もしかしたらその背景には、私たちが考えているのとはまるで違う原因が隠されているのかもしれない、あるいは、ある批評家がそれは女性にしか書けないと言う時、それがほめ言葉なのか批判なのかと考えるのではなく、もっと違った意味に解釈していくべきではないのか、およそこんな具合だった。

一時間半ほどの対話の最後の部分になって、画家である金井の姉が加わったが、私と同世代の金井姉妹は、好奇心を隠せないといった様子で、西ドイツにおける平和運動やフェミニズムについてなど、公的・私的なテーマを取り混ぜて私に質問してきた。正式なプログラムだった質疑応答と、その後の若い女同士の「おしゃべり」の境目は、その日かなり流動的だったのである。

＊

もっとも短いインタビューは、議員会館内の事務所で行われた、当時参議院議員だった中山千夏とのものだった。

理由は簡単で、その頃の中山千夏は、国会議員、タレント、作家、エッセイストと極端に忙しかったため、インタビューに短時間しか時間を割けず、開始の三十分後には秘書の男性が部屋に入ってきて、次のスケジュールを理由に、彼女を急かせたからである。

中山千夏はその日、文筆家と政治家という、二つのプロフェッショナルな顔を私に見せてくれた。政権に批判的な野党議員としての彼女は、当然、戦後の日本における女性の生活条件や権利、世界の女性たちの運動やその主張などにも精通していたが、作家としての彼女は、とくに自分の作品が、「女性が書いたものとして読んで欲しいです」と言っていた。それは「男性評論家が「これは女性にしか書けないものだ」と言ったとき、それを褒め言葉と取るかそれとも批判と取るか」という私の質問に対する、彼女の巧みな戦術でもあった。また中山千夏は、ユーモアの中にもかなりの嘲笑を込めて、当時の男性作家たちの、極端なほど自己中心的・自己完結的傾向についても語ってくれた。

＊

やはり今回収録を控えることとなった有吉佐和子の場合、私は異なった場所、異なった雰囲気の中で何度も彼女にインタビューせざるを得なかった。自分の戯曲『ふるあめりかに袖はぬらさじ』が岩手県の盛岡市で文学座によって上演される機会を利用して、彼女は私を盛岡まで招待し、一緒にそこへ飛んだからだ。

その頃、東北新幹線はまだ盛岡まで通じていなかったはずだ。彼女とのインタビューは、行き帰りの空港、飛行機の中、盛岡のホテルなどで行われ、東京に帰ってからも、羽田空港から直接行った杉並区の彼女の自宅で、また続けた。

有吉佐和子は誇りを持って、日本の女性運動がすでに百年の歴史を持つことを語り、ヨーロッパではまだたったの十年ではないかと私に言った。

忘れられないのは、盛岡の「北ホテル（Hotel du NORD）」の彼女の部屋で、一メートルしか離れていないツインベッドの布団にそれぞれもぐりこみ、個人的な話にふけった時のことだった。彼女は自分でどうしても我慢ならないことにたびたび触れ、「私、怒っています」と感情を露わにした。もし普通の夫婦生活と作家という職業のどちらかを選ぶとしたら、彼女は「絶対に作家を選ぶ」と言っていた。

＊

最初のうち、もっとも打ち解けなかった相手は、大庭みな子である。

山手線の目黒駅からかなり歩いて、私は、やっと大きなマンションの十階にある大庭みな子の自宅に着いたのだが、彼女はそこに二つの住まいを持っており、私が来るよう指定されたその住居を仕事場として使い、もう一つの方で生活しているようだった。お手伝いさんがドアを開けて中に通してくれたのだが、大庭みな子は、初対面の私に距離を置くような固い態度だった。

彼女は着物姿で、ウイスキーのオンザロックを私と自分のために作り、何本かの紙巻煙草を吸い、オンザロックをかなりのスピードで飲んでしまうと、徐々に控えめだった態度が崩れ、自分から進んで話すようになっていった。

対話が終わった後、彼女は、新しい重要な文学作品は、今では女性によって書かれている、とはっきり言った。男性作家たちには、もうそんなものを創り出すことはできない、と。私がその理由を尋ねると、最近は「女の人の教育程度がかなり高くなって、経済的にも余裕ができてきたんですね。ある意味では王朝の女流文学に似通った、女の人にそれだけの暇とそれだけの知識が持てるようになった時期なのだと思います」と述べていた。

それぞれが持つ異なる生活環境や人生の状況などにもかかわらず、職業としている文学こそが自らの人生の中心を占めるものであるという点で、全員の考えは一致していたようだ。彼女たちは多かれ少なかれ、自分が平安時代以来連綿と続いてきた、日本における女性文学の伝統に連なっていると考えていたが、それでも、文学を女性文学と男性文学に類別することを一様に拒否し、あくまでも自らの文学を「国文学」「日本文学」という大きな流れの当然の一部と考えていた。それに加えて、彼女たちが常に意識しているもう一つの基準もあった。それは日本の文学伝統の外にある「世界文学」だった。

たとえば田辺聖子がフランソワーズ・サガン、有吉佐和子がエミリー・ブロンテ、津島佑子がウィリアム・フォークナー、河野多恵子がヴァージニア・ウルフを、それぞれ自分の理想・模範として挙げており、また三枝和子がギリシャの古典劇に、金井美恵子は南米文学に強い関心を示していた。私と対話したあの頃、皆が一致して「女流文学」という表現を拒んでいた。

彼女たちは、すでに長い間、「女流文学」が単なる「文学」になる日を心待ちにしていたのである。

そのあとの展開

そのあとの三十六年間に、すべてはどのように展開していったのか。それについては述べることがたくさんあるのだが、私はそれを三つに分けて説明していきたい。

まず最初は、それ以来の私と女性作家たちとの関係について。

次に、女性文学というテーマに、その後、私がどのように関わってきたか。それらの問いは必然的に、ドイツ語圏における日本の女性文学の一般的状況、海外における日本の女性文学研究、海外の書籍市場における状況などへと連なっていくことになる。

そして最後に、一九八〇年代初めに私たちが触れていたテーマが、はたして今でも有意義なものなのかについても考えてみたいと思う。

対話が行われた頃まだ若かった私の立場や、対話相手の女性作家全員と初対面だったことなど、諸々の条件を思い返すたびに、なんと貴重で豊かな人間的経験を積み、大仕事の後に感じる達成感を得たかに、私は改めて深い感動と感謝の気持ちを感じている。何人かの作家たちとはその後も関係が続き、それは親密なものへと発展していった。

＊

たとえば大庭みな子の場合も、最初私が彼女から受けた印象は、時とともに変わっていき、大庭夫妻と私たち夫婦との間には、もちろん日本とヨーロッパの距離のためにゆるやかではあったが、一種の友人関係ができあがり、私たちは、日本を訪れるたびに、東京自由が丘の新しい住居に移っていた大庭みな子・利雄夫妻を訪ね、彼女の手作りの料理を食べながら、いろいろなテーマについて語り合ったりしたものである。

たしか一九九〇年前後だったと思う。大庭夫妻はヨーロッパ旅行のついでに、私が当時教えていたトリーア大学を訪れ、私たちの家にも来てくれた。私はそれまでに、大庭が戦争直後の自らの体験について書いた作品『舞へ舞へ蝸牛』の一部を、トリーア大学の学生と一緒に日本語で読んでいたのだが、作者自身の来訪を機に、学生や一般市民のための公開朗読会を開催した。聴衆を前にして、大庭みな子は、『舞へ舞へ蝸牛』を朗読した(これは有名な「梁塵秘抄」からの引用だが、彼女は終戦で生まれ変わった自分の心をこの歌で表したのである)。

聴衆は、大庭みな子が朗読する日本語を直接理解できないにもかかわらず、集中して聴いていた。最初に私が作品について解説し、ドイツ語訳を聴衆に配ってあったので、それでまったく問題はなかった。

大庭みな子は講義場の一段高い舞台の中央の机に座って朗読していたが、やがて聴衆は、彼女の朗読がつかえがちになってきたことに気づいた。彼女は自分の作品を読んでいるうち徐々に激していく感情に圧倒されて、コントロールできなくなっていた。そして、舞台の上で泣き始めたのである。

私はその場面をなんとか切り抜けようと、ゆっくり作品の解説を続けながら、すぐ横で涙をぬぐっている彼女に「少し休憩しましょうか」と小声で尋ねた。彼女はそれを断り、さらに朗読を続けようとしたが、やはり何度も中断することになった。

やがて決めておいた部分の朗読が終わると、大庭みな子は、聴衆に向かって静かに、「今日は生まれて初めて自分の作品を聴衆を前にして朗読したのだが、それがいかに感情を激しく揺さぶるものであるかをまるで予想していなかった」と正直に告白したのである。

舞台の上の突然の出来事に、聴衆はかなり驚いた様子だったが、同時に深い感動を覚えたようだった。

その何年か後に、私は『舞へ舞へ蝸牛』のドイツ語訳を完成させ、一九九五年、前にも触れたインゼル社のシリーズ「日本文庫」から出版した。

大庭みな子の文学は、今ではドイツ語圏の若い世代によって、博士論文を含めた論文のテーマとして、また翻訳の対象としても取り上げられており、さらに『舞へ舞へ蝸牛』の一部は、ドイツの高校の教科書に教材として掲載された。これからもこうやって読まれ続けていくと思う。

一九八二年という年は、偶然か必然か、いずれにしても日本の現代女性文学が、欧米社会において真の初舞台を飾った年だったのかもしれない。

あの時の女性作家全員との人間的なやり取り、その後の展開などのすべてを描写し始めると、あまりにも大ごとになってしまう。今は、研究者としての私が、彼女たちとの対話からどのような成果を得たかについて、スケッチ風に簡単に描いてみようと思う。

「女流文学」という表現への批判は、インタビューの中にもたびたび登場したが、その次の年の一九八三年、『中央公論』十一月号に「分類する」という寸評の中で、「言い古された話題ではあるにしても、女流作家という言葉には、実にげんなりさせられる。／今さら、男流という言い方はないのに……」とチクリと苦言を呈したのは金井美恵子だった。

さらに、奇しくも金井の『中央公論』での寸評が発表されたのと同じ一九八三年十月頃、ドイツのある女性作家が、「いったいぜんたい男性文学とは何か?」と嚙みついた (Katja Behrens, "Interview with Manuela Reichart: Es kommt kein Prinz", *Die Zeit*, Nr. 42, October 14, 1983, p. 357)。

そこで私は翌年発表した、「日本の「女流文学」の現在」という長い論考の冒頭に、金井とこのドイツの女性作家の言葉を引用して、当時もっとも重要だったドイツ語圏の東アジア研究雑誌に掲載した ("Japanische 'Frauenliteratur' (joryū bungaku) heute". *Bochumer Jahrbuch zur Ostasienforschung*, Vol. 7, 1984, pp. 391–416)。

その論考の中で、私は、日本の現代文学研究における女性文学に対する奇妙に毒を含んだ両義的評価について論じた。そしてまた、「女流文学」という表現は作者の性別を指しているだけのこともあれば、「女性による女性のための文学」という読者層を指していることもあり、さらには、その文学を特徴づけているとされる性質、時にはそれに加えて「フェミニンな美学」をも意味しており、そもそもの前提として、定義が非常に曖昧であるという説を展開した。そのひじょうに底の浅い解釈や断定を、一度テーブルの上に広げて光に晒し、黴のようにこびり付いているそんな表現を完全に絶やしてしまうことが必要だと思ったからである。

それにしても、私が驚いたのは、私が一連のインタビューを行った、まさにその一九八二年という年に、欧米において、日本の女性文学のアンソロジーが、突然爆発したかのように、異なる出版社から相次いで三冊も、詳しい解説付きで刊行されたことだった。*

* *This Kind of Woman: Ten Stories by Japanese Women Writers, 1960-1976*. Ed. by Yukiko Tanaka and Elizabeth Hanson. Stanford University Press 1982.
Stories by Contemporary Japanese Women Writers. Transl. and ed. by Noriko Mizuta Lippit and Kyoko Iriye Selden. M.E. Sharpe 1982.
Rabbits, Crabs, Etc.: Stories by Japanese Women. Transl. Phyllis Birnbaum. University of Hawaii Press 1982.

私は、そのような動きをつゆほども知らないままに、同じ年の春に日本の女性作家たちにインタビューを行っていたわけだが、この欧米での展開は、私に格好の機会を与えてくれ、私はその後、前述の論考「日本の「女流文学」の現在」の中で、それらの作家や作品を詳しく分析し、それについての批評を書いて発表した。とにかく一九八二年という年は、偶然か必然か、いずれにしても日本の現代女性文学が、欧米社会において真の〝初舞台〟を飾った年だったのかもしれない。

ローヴォルト社の女性文学シリーズ「新しい女性」の第一回配本として、私の訳した円地文子の『女面』が出版されたことはすでに述べた。

このシリーズにはこの後、やはり円地の『女坂』と、中山千夏の三点の短編を載せた本が入っている。

私も、女性作家についての論文などを通して、日本における「女流文学」の問題点についてさまざまな新聞や雑誌に書き、ドイツ語圏にこの問題を知らせる努力を続けた。

私は、一九七八年、非常勤講師としてドイツの大学で教えることになった最初の学期に、まさにそのテーマをドイツ語圏では初めて大学の講座で取り上げたのである。

また一九八六年、私が助教授として一橋大学社会学部で教えていた夏学期の講義のタイトルは「いわゆる「女流文学」の問題点」だった。

ドイツの大学で私にとっての初めての修士論文を提出した学生のテーマは、一九二〇年から一九七〇年までの佐多稲子の文学についてだった。その論文は一九八五年に単行本として出版されている。そののち、この学生はやはり私の下で博士号を取得し、そのテーマは日本の「プロレタリア女性作家」についてだった。この学生、ヒラリア・ゴスマンは、一九九五年から現在に至るまで、トーリア大学の日本学教授として活躍している。

それらの例をここに挙げた理由は、このテーマが、どのようにしてドイツの学問世界に足を踏み入れていったかを簡単に説明するためだったが、そこで同じように重要なのは、翻訳だった。翻訳によって、日本文学が、大学で文学や比較文学などを専攻している学生や一般の文学愛好者と、直接、接触できるようになるのである。

私は一九八〇年代の初めまで文学作品の翻訳には手を染めなかった。それまでは学術書の翻訳をしていただけだったが、読書経験を積み重ね、最初の文学翻訳から受けたポジティブな反響などに勇気づけられ、自信を増していったのである。

そこで、一九八〇年代から九〇年代にかけて、女性文学だけでも、すでに述べたように円地の『女面』を翻訳し、そのあとドイツ語圏の異なる出版社から、たとえば大きな反響を呼んだ河野多恵子の短編集

『幼児狩り』を一九八八年に、その後これもすでに触れた三枝和子の『その日の夏』と大庭みな子の『舞へ舞へ蝸牛』、そして一九九三年には、ドイツ語圏の三か国で大評判となった、伊藤比呂美の詩と散文の選集を出版した。

アンソロジーや新聞、雑誌などに何回も取り上げられた河野多恵子の短編は、その大胆なテーマや描写などにより、ドイツ語圏の読者を非常に驚かせたが、その本の作品すべてが、二十年以上も前の一九六〇年代に書かれたものだったことが、その印象をより強めたのである。

数多く出た批評に一致して書かれたのは、これほどオープンで鋭い女性の性の取り扱いは、当時のドイツでは不可能であるとの結論だった。いや、八〇年代末のドイツにおいてさえ、河野の作品の中の男女関係は、その衝撃的なSM的場面のあからさまな描写や文章の冷徹なほどの即物性により、強いショックを与える文学であると評された。

その後の河野の作品、一九九三年にやはり「日本文庫」の一冊として発表された、第二次大戦の終局時の日本を舞台とする『みいら採り猟奇譚』(日本では一九九〇年に出版)も、ドイツの文学愛好者たちを強く魅了し、ドイツでもっとも影響力のある週刊誌『シュピーゲル』が異例なほど長い批評を掲載した。

一九八〇年代の末、私は、ドイツの最大手出版社であるズーアカンプ・インゼル社から、刊行数を初めから三十二巻に限定した日本文学シリーズの発行者を務めるように依頼された。その背景には理由があった。

日本文学への関心が八〇年代のドイツ語圏で著しく高まり、そのためもあってか、世界的に有名なフランクフルト・ブックフェアの一九九〇年のテーマ国に、日本が選ばれたからである。

日本はヨーロッパ言語国以外では初めてのテーマ国に選ばれたのだが、それはまた、多くの出版社にとって、日本文学を市場に出す絶好の機会でもあった。そして最大手インゼル社の「日本文庫」シリーズは、その中でも、もっとも規模の大きい重要な企画だった。

私はそのシリーズに、まだドイツ語で発表されていなかった『古今集』や『取りかへばや物語』といった古典などを加えた三十二冊を入れた。

その中には、石牟礼道子の『苦海浄土』、宇野千代の『或る一人の女の話』、さらにはすでに触れた円地、大庭、三枝の作品などが含まれていた。さらに二冊の別巻を加えた、合計三十四冊のハードカバー本は、一九九〇年から二〇〇〇年までの十年をかけて、当初計画された通りにすべてが無事に出版された。

一九八〇年代、ドイツ国内では、大きな百科事典や文学専門辞典などの新版・改訂版が市場に出たのだが、いくつもの出版社から協力を依頼された私は、いわば、それまでほとんど知られていなかった日本文化史・文学史の中の空白点を消していくチャンスを与えられたわけである。その盲点の一つが、日本の女性作家たちの活躍・貢献だった。加えてその頃、日本の文学者とドイツ語圏の文学愛好者とが直接接触することも徐々に可能となってきていた。

たとえば一九八五年、まだ壁に囲まれ、外界から遮断されていた西ベルリンで、「世界文化ホリツォンテ・フェスティバル」が開催され、日本の作家たちもそこに招待された。フェスティバルには朗読会や一般の聴衆向けの催しが設けられ、私も司会者・通訳者として参加した。

今でもよく思い出すのは、フェスティバルに招待されていた富岡多恵子と、東京以来三年ぶりの再会を果たし、私たちゲストが宿泊したインターコンチネンタルホテルの室内プールで一緒に泳いだ時のこと。あるいは、当時まだベルリン占領軍として駐留していたソ連軍に対する示威だったか、それとも何か他の目的があったのか、同じく占領軍だったアメリカ軍の巨大な戦車隊が地響きをあげて走り抜ける道路の脇に立って、呆然とそれを見つめていた河野多惠子の姿である。

このベルリンへの旅は、河野多惠子にとって初めての海外旅行だったそうだが、戦車の驀進を見ていた彼女が、生々しい戦時中の思い出に浸っていることが私には想像できた。もしかしたらベルリンにおけるその時の体験は、のちの作品『みいら採り猟奇譚』のベルリンに関する部分に生かされたかもしれない。河野多惠子はこの最初の外国旅行のあと、海外旅行に対して持っていたそれまでの不安やためらいを捨てたのだと思う。なぜならその後すぐ、彼女は富岡多恵子と一緒に、エミリー・ブロンテの軌跡を追うイギリス旅行に出かけたりするようになり、さらに後年、画家の夫とともにニューヨークに移住して、日米間を往復するようになったからだ。

私にとって何よりも印象的だった催しは、一九九〇年の春と秋に、東京とベルリンで開催された、日本とドイツ語圏の女性作家たちの作家会議だった。

東京赤坂にある「ゲーテ・インスティトゥート東京」が主催したこの会議には、まだ統合前だった東西ドイツと、オーストリア、スイスの各国から、合計六人の女性作家が参加した。私は正式に準備委員会には属していなかったが、それでも最初から開催準備に参加した。この会議の日本側の参加者の多くをすでによく知っていた。それは河野多惠子、大庭みな子、三枝和子、津島佑子、金井美恵子などであり、私にとって新しい顔は伊藤比呂美と山田詠美だった。

この会議の異例さは、まずその規模である。

会議は五日間にわたって開かれ、そこには作家たちの公開朗読会や、私が司会をした上智大学大講堂でのパネルディスカッションなどが含まれていた。その中でもとくに興味深かったのは、作家たちによる集中したディスカッションだった。それぞれ半日を要したそのディスカッションには、少数の聴衆だけが参加できたので、親密でオープンな雰囲気がかもし出された。その中で進められた逐次通訳つきの意見交換は、私がこれまでに経験した中でもっとも密度の濃い、スリリングな文学ディスカッションだった。

とくに素晴らしいと思えたのは、双方の作家たちが、開始後直ちに互いを結ぶケーブルを見つけ出し、お互いを鼓舞し合うかのような意見の交換が可能になったことだった。すべてが、対抗意識や序列意識などのまったくない、理想的なかたちで進行していったのだ。

自分を前面に押し出そうとしたり、ナルシスティックな自己主張をしたりする者など一人もいなかった。それまで、ほとんどが男性で占められていた会議や委員会で、まったく異質な経験を重ねてきていた私は、こんなことが可能だったのかと驚嘆したのである。

そこで私の頭にひらめいたのは、それまでフェミニズム運動のアイディアとしてだけ知っていたあるものだった。女性は、時折、同性だけでの時間や生活を経験しながら、自分たち独自の相互作用モデルを発展させていくことが必要だという、あのアイディアである。

各国の経験豊富なプロの女性作家が集まって議論したあの会議で、彼女たちがお互いを競争相手としてではなく、同等の、真剣に向かい合うべき相手として見るように努め、それが見事に成功したのを目前にして、もちろんそんなことがいつも可能だとは思わなかったが、それでも、そのような女性だけでの試みに対して、私は改めて強い興味を感じたのである。

そのようにすべてがうまく運んだ背景には、他の要因もあったと思う。

会議が始まる前に、各作家の作品の一部分と、自筆のプロフィールが相互に翻訳され、相手側に配られていたのだ。そのため作家たちは、すでに相手についてある程度は知っており、それが対話の出発点として機能し、ただちに話し合いに入っていくことができたのである。

東京における何日かの行事の後、海外からの参加者全員と日本側参加者の一部は一緒に関西へ向かった。その旅行プログラムには、寂庵への瀬戸内寂聴訪問も含まれていた。私は付き添いとしてその旅に同行したのだが、その経験もまた、いろいろな意味で忘れがたい思い出だった。


その頃から、日本の女性作家たちがドイツやヨーロッパを訪ねる機会が増えていった。その規模や結果が一九九〇年四月の東京での会議ほど大規模で密度の濃いものではないとしても、機会や招待は確実に多くなり、それはドイツ国内の文化センターや文学祭などが開催する一般の聴衆と芸術家の直接の接触という、ドイツでその頃やはり増加していた傾向と並行していた。

最近よく言われている「文学は以前の社会的地位を失った」との意見にもかかわらず、大都市に限らず、あらゆる場所で、文学祭は一年中開催されており、文化イベントとしてますます好まれるようになってきている。そのような傾向のもとで、日本の女性作家も、ヨーロッパに無数に存在する文学祭や詩祭に招かれていく。たとえば、二〇一三年には、私はドイツの「〈センター・オブ・エクセレンス〉プログラム」の一環として、現在教えているベルリン自由大学へ、伊藤比呂美と水村美苗を何週間か招待した。

すでに知られていることだが、ベルリンでは多和田葉子が生活している。彼女は日本語とドイツ語で作品を発表しており、両国にファン・コミュニティを持っているが、多和田は最近、ケルン市の大規模な文学祭のキュレーターとしても活躍しており、彼女はそこに日本の文学者を招待することで、独自のアクセントを加えている。

サクセス・ストーリー？

この簡単な描写からでも分かるように、ドイツとヨーロッパにおける日本文学への入り口、それと直に触れることのできる可能性などは、一九八〇年代の初期からこれまでに大きく変わってきている。

今では日本の女性作家の作品も、世界の近現代文学の当然の一部として認識され翻訳・出版されており、そのすべてが、たとえば九点の単行本がドイツ市場に出ている小川洋子、あるいは十三点の吉本ばななほどではないにしても、既刊の単行本やアンソロジー内の作品などから、それぞれの作家とその文学について知ることができるようになった。

つまり以前あった「新しい女性」シリーズや「日本文庫」などが目的としていたような、それぞれの特別な存在意義を喧伝する必要はもうほとんどなくなったと言えるだろう。読者は自分の好みに合った本を簡単に探せるようになっている。

戸川昌子や桐野夏生、湊かなえの推理小説やスリラーなどは、そうしたジャンルの本を専門に出している出版社のカタログで探すことができるし、また綿矢りさ、金原ひとみなどの若い作家の場合は、青少年や思春期の若者文学を専門とする出版社のカタログに頼ればよいのだ。

時には予想もしなかった成功例もある。赤坂真理の『ヴァイブレータ』(一九九九年)がそんな例であるが、サラリとした文体で語られる川上弘美の『センセイの鞄』は、日本で二〇〇一年に出版された二年後の二〇〇三年にはフランス語で出版され、二〇〇八年にはドイツ語市場でも成功を収めている。この作品は二〇〇九年にカタルーニャ語、同じ年にオランダ語、スペイン語、二〇一一年にはイタリア語、そして二〇一二年にはヘブライ語とポルトガル語に翻訳・出版されており、英語に翻訳発表されたのも同じ二〇一二年だった。

この例は、日本の女性作家が今では国際的に広く受け入れられているという事実だけではない。奇妙なことに日本で広く信じられているように、英語を通しての重訳としてではなく、日本語から直接各国の言語に翻訳されているという事実をも示している。

このように、日本の文学が「日本」というラベルなしでも国際市場に押し出していけるとすれば、三十六年前の対話の中で、女性作家たちが遠い将来を見つめながら密かに私に洩らしていた希望が、ついに現実となったことを意味するだろう。彼女たちはついに、性別や世代などで限定されない読者のために書き、それによって文化的な境界を乗り越え始めたのである。

もちろんそれは、日本の女性作家が自分の視点から見た独特の文学世界を提供することにより、そのような成功を収めているのだという推測と矛盾するものではない。それともこのような結論は、現実をいささかばら色に見過ぎているのだろうか？　日本における一九八〇年代初期以降の女性作家の現実とは、はたしてどのようなものだったのか？

私が女性作家たちと行った対話以降の日本の「女性文学史」は、充分にサクセス・ストーリーとして語れるものだと私は思っている。

偶然にもあの年一九八二年以降に、少なくとも欧米では日本の女性文学に対する認識が徐々に変わり始めたという事実は、あの時の対話相手だった作家たちが信じていた日本の女性文学の可能性が、その後、実際に認められていった過程からも読み取れるだろう。私はここでそれをもう一度確認し直し、いくつかのマイル・ストーンをたどって描いてみようと思う。

一九八六年九月二日の『朝日新聞』夕刊の文化面に、私は「〝女流文学〟が文学になる日」というタイトルの文章を書いて、「女流」という表現が内包する問題について注意を喚起した。翌年の一九八七年、河野多恵子と大庭みな子の二人が、女性として初めて芥川賞の選考委員に選ばれている。

一九九〇年代には、「女流文学」という表現を根本的に問題視する多くの出版物が発表されたが、その中には金井美恵子や三枝和子による、文学における男性的バイアスを鋭く分析した本やエッセイもあった。もっとも話題となったのは、一九九二年に出版された、社会学者上野千鶴子、心理学者小倉千加子、作家富岡多恵子の三人による『男流文学論』だった。これによって、いよいよ、この巧妙な文学的性差別表現が、日本における一般的討論の場へ「引きずり出された」のである。その意味からも、その八年後の二〇〇〇年に「女流文学賞」が廃止されたのは、まことに筋の通った自然な帰結でもあった。

外国(欧米)における日本文学に対する評論や研究においても、このような女性文学への視点の変化をはっきり認めることができる。

一九八〇年代には、女性文学に対する関心が評論や研究においても徐々に強くなり、そのテーマを積極的に受け入れ、それ以前のように、「取るに足らない」「視野の狭い」「女性に典型的な限定された世界」などと無視することも少なくなった。たとえその作品が意識的に「女性的テーマ」を扱っていたとしても、それは変わらなかった。そんな例の一つが、伊藤比呂美の詩と散文を集めた本である。

そのドイツ語訳の単行本は、一九九三年、オーストリアのレジデンツ社から『母殺し』というタイトルで出版されたのだが、その本の翻訳者である私が知っているだけでも、ドイツ、オーストリア、スイスの少なくとも十七の新聞や雑誌に批評が掲載されたのである。しかし批評の数以上に驚かされたのは、伊藤の詩や散文の過激なほどあからさまな内容や表現にもかかわらず、すべての批評が非常に肯定的なことだった。なぜそれが可能だったのかを、私は次のように推定している。おそらく、社会の全般的雰囲気の推移により、それまでよりずっと寛容な態度で、伊藤比呂美の文学を受容できるようになり、そこに認めることができる新鮮な表現や文学的主張が肯定的に評価されたのだと。

はたしてこの例は、日本の女性作家たちが自分の国と同じように外国(欧米)において、さらには東アジアの国々においても、限定された狭い性的分類などを超えて、ついに「普遍的」に受け取られ始めた証なのだろうか?

いくつかの現象がそれを証明しているように私には思われるのだが、もしその推定が正しいとすれば、以前対話した作家たちは、みな、心から満足することだろう。彼女たちの文学は、すでに「女性文学」という肩書きや「日本」というラベルなしでも、国際的に自分を主張していけるのである。しかしまっすぐ進んできた成功の物語、女性文学の勝利の行進のようにも見えるそんな発展は、必ずしもスムーズにそこまで進んで来たわけではなかった。プロとしての領域におけるそんなポジティブな発展が、必ずしも現実の日常生活における障害や困難を吹き飛ばし、取り除いてくれたわけではなかったからだ。そこで、先に触れた問いに、もう一度戻ってみることにしよう。

文学と現実

一九八〇年代初期以降、日本の女性作家の現実はどのように変わったか?
個人的に、また社会的に、一般的な男女関係はどのように変わったか?

以前に比べるともちろん、若い女性たちにはより高度な教育を受ける道が開かれるようになり、彼女たちは同年代の男性と比較しても、少なくとも同等の学業成績を上げるようになっており、自らの祖母や母親の世代が苦労して勝ち取らなければならなかった多くのものを、まるで当然であるかのように手にしている。一九八〇年代と比較しても、彼女たちは、以前男性のために確保されていた職業領域へと進出し始めている。しかし彼女たちはそれと同時に、同等の社会的影響力や決定力を獲得したのだろうか？

戦争直後の時期にそうだったように、女性は今でも、主に忍耐強い労働予備軍として扱われており、とくにサービス業において重宝がられているようだが、そんな彼女たちは、相も変わらず割り当てられている家事や子育てといった日常的義務がもたらす「自分の時間の欠乏」という状態から逃れるための、なんらかの援助や補助を受けることができるのだろうか？

私が対話した作家たちは、家庭内の義務を「重責」ないしは「さまたげ」と感じており、技術の進歩や自動化などがそんな状況を改善してくれることを望んでいた。しかし残念なことに、その後の社会的変化は、私たちが一九八〇年代に考えていたような、よりしっかりした民主主義や平等へと向かうことにはならなかった。

毎日世界中から送られてくるニュースが、それをはっきり示してくれる。そこでは、多くの反動やぶり返し、撤退などが報道され、一度達成された状況の維持が保証されているわけでもない。それは日本だけでなく、ヨーロッパ、いや世界中においても起こっている。それどころか、あれから三十年以上が過ぎた今、私たちが予想もしていなかった事実も確認されている。

たとえば、男性と女性の所得差はほとんどの国に依然として残り、国際的に見ても、女性は男性より平均二十一パーセントも少ない所得で満足しなければならないという。ドイツにおいては、たとえば学校の教員のような、今では女性の数が男性を上回っている職業における女性の社会的地位が、以前より低下しているのである。

しかし、そのような発展は必ずしも直線的に進むわけではなく、多くの場合、かなり曲がりくねった複雑な道を辿るようだ。

ドイツで一九八〇年代に盛んだった「女性出版物専門店」は、すでにほとんどが店仕舞いをして消えてしまい、日本では女性文学賞が廃止されるなどの一般的流れのもとで、アメリカのある若い女性作家は、女性だけに与えるために新しく創設された文学賞を受賞した喜びを、二〇一三年、次のように書いていた。

私は、女性のための文学賞を与えられたことを誇らしく思う。「女性のためのフィクション賞（この明確な名称に万歳三唱！）」という表現がセクシズムだという定義を、私はこれまで読んだことがない。むしろ逆に、この名称こそが、何百年にもわたる偏見や無視などの、文学的セクシズムに対する損害賠償請求だと思っている。『ハリー・ポッター』の作者ジョアン・K・ローリングの出版社が、なぜ彼女に、Joanneという名前の代わりに、中性的にイニシャル〈J〉を使うように求めたか、ある意味で典型的な理由が、まさにそれだったのだと思う」(Deborah Copaken Kogan: "My So-Called 'Post-Feminist' Life in Arts and Letters", *The Nation*, 29 April 2013、編者訳)

ヨーロッパで、そしておそらくは日本でも、女性解放はアメリカにおいてもっとも進んでいると信じられてきたわけで、これを読んで私たちは非常に驚くのだが、しかしこれまで、深く根を張った女性文学への偏見に対してもっとも強く注意を促してきたのは、実はアメリカの女性たちだった。

つい最近、アメリカの女性作家シリ・ハストヴェットは、ドイツの週刊誌『ツァイト』のインタビューの中で次のように述べていた。

フィクション内の純粋な行為である「想像」を、性で分類することが文学のフェミニン化を助長しているという事実に、私たちは充分な注意を払う必要がある。読書とは女性的なものだとの理由から、文学を読まない男性が数多く存在しているが、それは社会にとって非常に危険な徴候である。もしある小説が女性の作品だった場合、それはつまり二重に女性的となってしまうわけで、男たちはより強くその小説を避けようとするだろう。それは女に対する男の恐怖から発した感情だと思われるのだが、彼等はそれを通して、ペスト菌で汚染された女性的泥沼などには引き込まれたくないと言いたいのだ。そんな男たちの考え方に対して、私たちは心からの憂慮を表明しなければならない。文学とは、互いを理解するための道でもある。想像力というものは柔らかい女性的なものであるとの、実に馬鹿げた考えに囚われ続けるなら、私たちはやがて、とんでもなく解決不能な問題を突きつけられることになるだろう。そのような徴候は、たとえば、今、あらゆる極右反動的な政治的動きの中にはっきり見ることができる。そこでの目的は明らかに、白人の「マッチョ性」を復活させることにあり、ここヨーロッパにおいても、今、アメリカと同じように、その傾向を確認することができる。(Interview: Bernd Eberhart und Jessica Sabasch "Dieses tiefe Begehren, zu begreifen, wer wir sind", *DIE ZEIT* Nr. 1/2017, 29. Dezember、編者訳)

彼女のこの考えの中には、一九七〇年代に日本のある男性評論家が表明した「文学とは本来女性的なものである」という、ひそかに毒が盛られた、諸刃の剣のような評価ないしは称賛に対して私が感じたのと同じ危惧が含まれている。三十六年前に対話相手だった日本の女性作家たちは、鋭敏な嗅覚で、すでにそれを嗅ぎ分けていたのだと思う。

現在のドイツにおいてもまだ、女性作家は男性作家に比べて純文学の出版社から出版するのが難しく、活字メディアにおいても、目立つ批評を受けたり、有名な文学賞を与えられる機会がずっと少ないという傾向が見られる。数字は、偽りのない現実を見せてくれるのだ。

五百八十ほど存在すると言われているドイツの文学賞の中の約百四十が、ある程度重要な賞と見なされており、さらにそのうち二十ほどが、文学に与えられる最高クラスの賞と認められているのだが、女性はそれらの賞の審査員の、約二十三パーセントにすぎないという。つまり、四分の一以下である。またもっとも重要な賞の開始以来の受賞者名簿をくわしく調べると、男性受賞者の数が女性受賞者の約五倍となる。

つまりそれらの例を基にして考えた場合、先の問い、はたして「サクセス・ストーリー」であるのかどうかを、二つの側面から解釈することができる。その発展を肯定的に見るなら、「短期間に男たちとの差をかなり縮めた」となるが、否定的に見た場合、「進歩とはカタツムリである」となるのである。

作家たちとの対話で扱われたテーマの多くは、すでに解決済みだなどとはまだ到底言えないものである。しかし今なら、それらに違った名称が与えられるかもしれない。たとえば現在、「ダイバーシティ（多様性）」という表現が実に頻繁に使われているが、その意味からも、経験を積んだフェミニストたちは「男女平等」を要求する代わりに、「女性としての自由」を求めるかもしれない。なぜなら今、女性は必ずしも男性と同じものを要求してはおらず、むしろ自分たちがやりたいと思うことができる自由、つまり、手に入れた自分たちの権利を実際に行使する自由を求めていると思われるからだ。
新しい状況が出現するたびに、すでに解決されたと思っていた古いテーマが、再び押入れや引出しから引っ張り出されてくる。

たとえば、男性に支配されていない領域における可能性を試すために、時間を限った、女性だけの生活空間での、女性同士のインターアクション(相互作用)を体験するというアイディアは、一九八〇年代の欧米社会に流行した考え方であり、そこから出てきたのが、たとえば女性だけでの集団生活、女性のためのバーや喫茶店などだったと思う。その中のいくつかは今でも残っているようだ。女性専用ジムや、女性専用車両などもそれであろう。しかしこのテーマは、今でも十分にアクチュアルな問題であるようだ。たとえば、二〇一七年の映画『ワンダーウーマン』(監督・パティ・ジェンキンス)の上映で、いくつかの映画館が女性専用上映会を企画した。インターネットにはその際、差別されたと感じた男性の怒り狂った書き込みが殺到したという。

男たちのこのプロテストは、グローバル化やネオリベラル的経済システムの発展などを背景とする、いわゆる「男性の危機」的感覚から生まれたのかもしれない。男たちのそんな危機感は、とりわけ失業による自らの存在価値の消失や、社会的没落への恐怖などから発していると思われ、それは、以前はまったく安全・確実だった場所を失う恐怖におののく感情なのかもしれない。それに対する彼らの対抗策は、社会的な犠牲者としての役割を演じながら伝統的な強い男の夢を見る、ということになるのだろう。

つまりこのような男女分類例の中には、いったい我々はこれからどんな社会でどのように生きたいのかという、基本的・根本的な考察が含まれているのだ。一方が執拗に、男の力こそが、能力主義社会における最高の価値であるという伝統的価値観を強調するのに対して、より進歩的ポジションを取る者、たとえば先に触れた「経験を積んだフェミニストたち」は、両性共同のより釣り合いの取れた社会への道を模索している。しかし現実には、「再マッチョ化」と呼べるような傾向が、今多くの場面で復活の兆しを見せている。

そのような現在の状況を、対話が行われた一九八〇年代の光に当てて見ると、直面している現実に対するより、くっきりと描かれたものを見ることができるかもしれない。私たちはそこから、個人だけでなく、社会全体が学ぶことが何を意味するかを知ることになるからだ。

それら過去のテーマや問題の多くは、時間の流れの表面にかろうじて浮かんでいるだけで、うっかりするといつの間にか見えなくなっているような、もろい、あてにならない存在かもしれない。しかし突然、流れの表面にふたたび姿を現わすことがある。その時私たちは、過去を知ることによって、初めて現在をも把握できるということに気がつくのである。

特別編

「それは本当のことを私が書いたから、男が隠しておきたいことを」

瀬戸内寂聴さん

Jakuchō Setouchi
1922-

……せとうち・じゃくちょう……

瀬戸内寂聴という女性には、超えられない矛盾など存在しないようだ。あれだけ変化に富んだ人生をひとつの人格にまとめることに成功しているのだから。作家の仕事を始めた頃に瀬戸内晴美として書いたのは、『夏の終り』(1962)などの、結婚して子どももいる女性のスキャンダラスな不倫を描く自伝的小説であり、田村俊子に代表される同時代の政治的・文学的フェミニストたちの評伝だった。一九七三年に尼僧となり、瀬戸内寂聴と名乗る決断をすると、作家としてはむしろ有名になったが、同時に、批判的な警告の声、良心の声をあげる社会的役割を担うようになっていった。『場所』(2001)や『いのち』(2017)などの作品は、戦後の文壇に生きた仲間たちを二十一世紀の読者の前に甦らせるものである。

もうこれが最後だと思って何でも聞いてください

―― 先にお聞きしますが、インタビューでどのようにお呼びしましょうか。「寂聴先生」と言いますか？ それとも「瀬戸内さん」？

瀬戸内　「寂聴さん」の方が言いやすいでしょ。「先生」っておかしいし。

―― ではそう呼ばせていただきます。さっそく始めましょうか。

今日の話の背景には、私が以前携わっていたプロジェクトがあります。一九七〇年代の終わり頃、ヨーロッパでも日本でも、女性の立場がテーマに浮上し、女性運動の第二の波――数え方にもよりますが――が湧き起こりました。私は、日本の近現代文学を研究する中で、日本文学において女性の立場は、おそらくあらゆるヨーロッパ言語の文学より、非常にしっかりと定まっているという印象を持っていました。というのは、少なくとも王朝時代には、紫式部や清少納言などのいわゆる女房文学があって女性の影響が圧倒的でしたし、近代日本文学になると、樋口一葉といった作家たちがいましたので。

さて、では現代の日本人の女性作家が自分の立場を社会に対して、あるいは文壇や文学界の中でどういうふうに位置付けているかを直接お聞きしようと思って、一九八二年に日本に来ました。それで、十数人の作家の方々に親切に受け入れていただいて、長いインタビューができたのですが、その時は残念ながら寂聴さんにはお会いできなくて、今日になりました。

瀬戸内　この前はうまく会えなかったでしょ。その時に、この方は私のことを問題にしていないのだと思っていたの。

――　まさか。あの時は残念ながら時間が作れなかったんです。三十六年たって実現できて、大変に光栄です。

瀬戸内　もうこれが最後だと思って何でも聞いてください。

――　今日は、当時にした質問も含めまして、まずは最近の寂聴さんの作品に関して、質問させていただきたいと思います。

『いのち』(講談社、二〇一七年)の最後にあり、本の帯にもあって、すごく印象的な一文がありました。「生れ変っても、私はまた小説家でありたい。それも女の。」と。いくつかそれに関してお尋ねさせてください。ただ「作家」じゃなくて、「小説家」。それにはどういう背景がありますか。

瀬戸内　「作家」と言うと偉そうな感じがするじゃないですか。「作家先生」って感じがするじゃないですか、世間の感じとして。だからそんなに敬われたくない。「小説家」って言うと、作家より気安いって言うのかな。敬われるほどのものじゃないという感じ。

――　でももう七十年間もずっと執筆され続けていらっしゃいますね。

瀬戸内　それはね、とにかく好きだから続いているのでね。誰に勧められたわけでもなければね。たとえば大庭(みな子)さんなんかずっと書いていて、パッと(文壇に)出てきたでしょ。そういう幸運には恵まれなかったですからね。書き出した頃は既に有吉(佐和子)さんとか曾野(綾子)さんが出てきて、才女と呼ばれ、文壇の華でした。私は「遅れてきた才女」って言われた。二人が才女の時代を築いたんですよ。それであの二人のおかげで女でも小説家になれるってことで、書きさえすればこんなふうにみんなから注目され得るということを、世間に知らせたのです。だから、あの二人はとても歴史的に大事な人ですよ。

――戦後も一九五〇年代に入ると、それだけ開放感があって、女性にもっとチャンスを与えられたと
いうことでしょうか。

瀬戸内　与えたんじゃなくて、勝ち取ったっていう感じ。

――自分で積極的に握られたわけですね。

瀬戸内　でも私はそのために家を捨てて、家族も捨てていますからね。当時、私のように家を捨てて書いたっていう人はまだいなかった。

――書くために捨てざるを得なかったんですか。

瀬戸内　まあ、子どもっぽい恋愛をしてね。出るしかなくなったんです。四つの子どもを夫が抱いて、この子がいるのにおまえは出ていくのか？　っていう感じだった。それを振り切って出たんですからね。寒い二月でした。着ているものを全部脱いでいけって言われて、財布も置いていけって言われて、一文無しで線路を伝って歩いて。だから振り向かなかったです。子どもを見たらつらいから。そうやって出ていったんですね。

――文学を作るっていう願望がそれだけ強かったわけですね。

瀬戸内　若い男が好きになったから出ていくっていうのは格好が悪いけれども、小説を書くために出ていくっていうなら、ちょっとはましでしょ。だから、みんなにそう言っていたんですけど。まあ、海のものとも山のものとも分からないし、そんな簡単に小説家になれるとは本心ちっとも思っていなかった。でも、やっぱりどうしても小説家になりたかったの。

――先ほどの引用の文ですが、最後に、「それも女の。」というのは？

瀬戸内　それはね。男より女の方がずっと、この世で得るものが多いんじゃないかしら。第一、子どもが産めるでしょ。男は産めないじゃないですか。それだけでもすごい得だと思うんですね。

――それは面白いお返事ですね。つまり、少なくとも文学の対象としては女性の方が豊富な材料を持っているという確信ですか。

瀬戸内　よくセックスを書く女って言われましたけど、そうじゃない。私は人間を書いているんです。私が書くものは特別なものじゃない。その特別なものじゃない人間が一人ひとり面白いんですよね。だからやっぱり小説は書くのが楽しい、面白い。この世では女の方が男よりずっと心にも体にも得るものが多い。

女にしか書けないなんて小説はないと思います

――最近、寂聴さんの初期の作品「雉子」(『夏の終り』所収)を読み直して、中絶の生々しい記述にびっくりしたんです。そういうのはヨーロッパとか西洋では絶対にあり得なかったんです、あの当時。あれは西洋では絶対に印刷できなかった。あるいは特別に大人にしか渡せないようなものだったんですね。日本の女性作家は非常に大胆で、寂聴さんも、よくそういうことをお書きになったなと思って。

瀬戸内　あの時は(中絶は)日常茶飯でしていたでしょ。日本はそれが緩やかで。

――でも勇気が必要だったんじゃないですか。出版社もよく出しましたね。

瀬戸内　私も出版社もそんな特別には感じていなかった。そのぐらい堕胎ということに対して日本人は無神経だったんです。仏教がそんなに力がなくなっていまして。やっぱりヨーロッパはキリスト教があるから、厳しいのだと思います。

―― でもどう見ても残虐な場面じゃないですか。結局、人間が殺されるんですよね。そういう場面を堕胎される女性から見て描かれる。他にもたとえば、河野多恵子さんが、生理とか、SMの場面も非常に詳しく具体的に描いている。それがあの当時は少なくともヨーロッパの読者にはタブーで、日本の女性作家ってすごいですねなんて言っていたんです。現在でもやっぱりショックだと思いますね。

それほどタブーだったんですね。そういう場面は男も女も想像もしたくない。今、女は見ようとするんですね。ただ男たちは不気味で、不愉快で、やっぱり読んでいて罪の意識が出るとか、いろいろと複雑な気持ちになると思います。

そういうふうに見ますと、日本の女性文学の方が、あの当時の西洋男性文学よりも、女性文学よりもはるかに大胆です。とくに一九六〇年代以降はそうですよね。寂聴さんの作品でも、早くからそういう場面が出ていまして、私感心したんです。

瀬戸内 あなたがそんなに感動するようなものじゃないです。書く方が無神経なんです。それはね、神がね、信仰が違うんですね。私多分その時は、出家していなかったんじゃないですか、まだ。だからね、信仰がないからね。ヨーロッパ人はやっぱり、信仰を持っていないような顔をしていても、神を信じているんですね。

―― 神を信仰しているかどうかというよりも、何か人間の尊厳とかの意味で難しいんですよね。七〇年代に入って、ドイツで初めて、堕胎を自由にするような運動が起きました。それまでは堕胎が法律で禁じられていて、それがナチ時代からの法律だったものですから、それを廃止して、一応罰せられないことにしたのですが、やっぱり堕胎してはいけませんっていう風潮は今でも残っていますね。女性たちがまたそれを今でもテーマ化していて、堕胎した女性が年を取って、それがトラウマになっている女性が多いみたいです。

瀬戸内　殺人ですからね。

――　考えてみれば、母親の方、それとも子どもの方、どっちに優先権があるかなど、いろいろな説がありますね。いろいろ複雑なこともありますでしょ。暴行された時とか。でも、基本的にはやっぱりそういうものがタブー化されて、それが文学でそれだけオープンに書かれるのが日本現代文学だったんですね。ですから、必ずしも日本人が保守的であるとか、よりタブーが多いとは言えないんですね。むしろタブーが違うところにあるかもしれないんですね。

その場合に、ヨーロッパ人――アメリカ人も含めてかもしれないですが――、西洋人の方がタブーが強かったんです。今でもやっぱりタブーを非常に感じていますね。こういう生理に対するものとか。それをこの十数年で、勇気を持って破ろうとする女性アーティストとか作家もずいぶんいます。でも日本の女性作家ほど早くそれを扱った文学者はいないと思います。

瀬戸内　戦後です。戦争前はね、堕胎ということはやっぱり非常に悪いことだったんです。

――　避妊薬が日本で許されたのは、遅かったですね。製造されて、アジアの隣国に輸出はいくらでもされてたんですけど、国内では許されていなかったんですね。確か二〇〇〇年ぐらいまで駄目だったとか。妊娠したら女性が堕胎するしかなかったんですね。戦後は、人口が増えないように堕胎が非常に軽く見られて、いくらでも許された。でも、やっぱり日本人の女性だって相当トラウマにもなったはずですよね。

瀬戸内　ボーヴォワール〔シモーヌ・ド・ボーヴォワール、1908–1986〕がサルトルと一緒に初めて日本に来た時に、私たち女流作家としてボーヴォワールとの一席を設けたことがあったんです。その時に、彼女は部屋に入ってきて座るなり、開口一番に「私が興味があるのは堕胎だ」って言いました。フランスはそれがなかなかできない、それで非常に女たちが困っているってね。日本は緩やかだらしいから、それを知りたいって。どうやるか。どこでやれるか。それからいいか悪いかそれを知りたいって言うの。私はそれを知るために堕胎に緩やかな日本にサルトルに付いてきたって言いましたよ。

みんなそんな経験があるような人ばかり座っていたけど、しらっとしていました。だからどこへ行ったらいいかなんて聞いてきたけど、そんなこと誰も言わない。

――ところでそれと関連しますが、時々評論家が、これは女にしか書けないって書いていますが、その場合、それを褒め言葉として取られますか。それともどう思われますか。

瀬戸内　その場合は褒めているつもりなんでしょうけどね。女にしか書けないなんて小説はないと思います。女に書けるものは男にも書ける。男に書けるものは女も書ける。

――それは大事なご発言ですね。でも、たしかにそうあってほしい。やっぱり個人差があっても、性とかジェンダーに決められるというはずはないですよね。そうなったらいいですね。

私はね、女だからいじめられたってことはまったくないの

――三十六年前にも他の方々に同じ質問をさせていただいたのですが、女性作家として、特殊な立場に置かれていると思われますか。

瀬戸内　いいえ。かつて女流文学者会というのがあったんです。前の世代の円地文子さんとか、佐多稲

子さん、平林たい子さんなどが作って。そこにはね、私なんかなかなか入れてくれなかったの。中に意地悪な作家がいましてね。あんな瀬戸内さんみたいな下品なものを書く人を入れたらね、「女流文学者」の名が廃るとか言って邪魔したんですって。ようやく何かで入れてくれたらね。もう、ほんとにつまらない。あら、その羽織いいわね。その帯どこで買った？ とか、そんな話ばかりしているんですよ。私はつまらない、くだらない会だなと思ったの。

由起しげ子さん〔1900-1969〕という、骨のある、面白い作家がいたんですよ。その由起さんがまじめな人でしたからね、「女流文学者会というのは、やっぱり女流の作家が集まって、自分のしている仕事について、あるいは文学について、研究したり語り合う会じゃなかったんですか？ 帯をどこで買ったとか、そんな話ばかりで、私はつまりません」って言ったの。みんな、いや、よく言ってくれたと思っていたのね。そうしたらね、平林たい子さんがね、あなた、そういうことを言うけど、私たちが女で作家になるためにどれだけの苦労をしてきたか。今でも、女は男の作家にくらべて非常におとしめられているって言ったのね。

あの世代は、それを非常に感じているけど、私たちの世代は、そんなことはないんですよ。戦後だから。

――あの当時もですか。

瀬戸内　はい。私はね、女だからいじめられたってことはまったくないの。女だからじゃなくて、私の書くものが、彼らの気に入らなかっただけなんですよ。それはもう本当にくだらないことを書かれたからね。私はあまり腹が立ったからね。そんなことを言う批評家はインポテンツで女房は不感症だろうって言ったの。そうしたらね、それまで味方だった人までカーッと怒ってね、それでまたやられたの。だからね、本当のことを言ったら男は怒るんですよ。書くとまあ読んでくれるんだけどね。口で言うと駄目なの。

――でも寂聴さんの文学的なスタートを見ますと、たとえば田村俊子〔1884-1945〕とか、そういう女性の活動家のパイオニアの方々の伝記を書いたりしているというのは、やっぱり意識的にそれを(女性の)モデルみたいに扱われたのですか。

瀬戸内 なぜ田村俊子を書いたかといいますとね。とにかくちゃんとまともなところに書かせてくれないんですよね。たとえば『新潮』とか『群像』とか、そういうところに書かせてくれない。あんなやつは使えないって感じなんですよ。それで、あまり悪口を言われるから、私は新潮社に行ってね。当時、斎藤十一って「新潮の天皇」と言われるすごい編集者がいたんですね。その人に会わせてくれって言ったんですよ。そうしたら斎藤さんが出てきてね、玄関で、仁王立ちになって、「何だ?」って言うんですよ。あまり悔しいからね、『新潮』に書いたもので悪口を言われているから、『新潮』に反駁文を書きたいから、それを書かせてくださいって言ったの。そうしたらその斎藤天皇がね、「おまえ、何を考えているんだ」って怒ってね。小説家というものは、自分の恥を書き散らかして銭を取るものだと。それでのれんを掲げた以上、誰に何と言われてもそんなことでいちいち弁解なんかするな。そんな情けない性根なら小説をやめてしまえって言われたの。こう突っ立って。それで私も、はあ、って言って聞いてね。その時に、ああ、小説家というものはね、自分の恥を書き散らかして銭を取るものかと。それは楽だ、と思ったの。

――そうは言っても、そういう女性の伝記は、テーマとして、まだ特別扱いされていたんですよね。

瀬戸内 いやいや、そうじゃない。それで書かせてくれなかったでしょ。仕方がないからね、同人雑誌に、田村俊子のことを書き出したんですよ。その第一回が短いんですよ。二十枚あったかないかぐらいです。それが、馬鹿うけしてね、あちこちで褒められたんです。瀬戸内晴美が硯を洗って書き出したって。それで、へえ、こんなもの書いたら褒めてくれるのなら、じゃあ伝記でやるかって思ってね。田村俊子は面白いからね。それで田村俊子賞の第一回(一九六一年)をもらったんですよ。賞はそれが初めて。

―― でもすぐにまた次の賞がありましたでしょ。一九六三年に『夏の終り』で女流文学賞を受賞されていますね? 女流文学賞は、今はもうないんですよね。女流文学賞という賞は、今あってもおかしくないと思われますか。それとも最近は女流文学とは言わなくなりましたか。

瀬戸内 女流文学者会っていうものがいかにつまらないかということは申し上げました。それでね、私はあなたと同じでね、女流作家なんて、おかしいと思ってね。今時、女流文学者会っていうものがあるのがおかしい、これはつぶすべきだと思ったの。

それで私が、由起さんの後で、みんな嫌々来ているんだから、こんなものもうやめたらどうですかって言ったの。そうしたら上の世代の人が、あなた、何を言うんですかって怒ってね。私たちがここに来るまでどれだけ女であるためにいじめられたか、もう本当につらかったって言うんです。作家を夫に持っている流行作家もいました。その場合は、夫には、二階の日の当たるところに机を置いて書かせて、私たちは台所で、お米を炊いて入れる丸い「おひつ」の蓋の上で小説を書いたってね。そういう苦労をしてきたって言うんですよ。それでやっとここまで来たのだと。あなたたちのように今頃出てきて、そんな偉そうなことを言って、何事? って怒られたんです。

まあその人たちは、そうであったかもしれないけれども、今はそんなことはないと私は思ったから、それにしても女流文学者会をつぶそうと思ってね。その時に、円地文子さんが会長だったの。会長は二年で替わるはずなのに、円地さんはそれを四回ぐらい渡さないぞって頑張ってね。

円地さんとは親しくて、かわいがってもらったから、その円地さんに、もう先生、どう考えてもおかしい、女流文学者会に来ている人たちも、私より若い世代の人は、みんな先生たちが怖いから来ているんで、そんなもの無駄だからもうやめましょうって言ったの。
非常に印象に残っているのは、その時に私が、もう女流っていう名前がおかしいって言ったんですよね。私たちは税金を納める時に、女流作家として収めていません。作家として税金を取られているのだから、男と同じじゃないですかって。
そうしたら円地さんが、でもあなた、実際に男の作家は得よって言われてね。たとえば、何かこうしてくださいっていう要求が女流作家にあるとしても、それを編集者は相手にしなくって、たとえば私がこうしてくださいというものがあっても女は相手にされないけど、これを谷崎さんや川端さんが言ったら一も二もなく聞きいれてくれるって言うんですね。それぐらい、やっぱり今でも男が偉くて女は馬鹿にされているって。

—— 評論家はどうでしたか。

瀬戸内 私の小説をとやかく言った人たちや匿名で悪口を言った人たちなんかは、やっぱりそれはあったでしょうね。女のくせに生意気だ、女のくせに男の悪口を言うとかね。

—— 男は女の悪口を言っても誰も気が付かないし、あるいは書かないですね。批判しない。

とてももてはやされたでしょ。それは女だからなのね

—— 読者としては、やっぱり分かれていたのですか。たとえば女性が書いたものは女性しか読まない。女流文学は女性が読んで、文学は全員が読むとか、そういう差は消えたのでしょうか。一時はやっぱりそういう感覚としてありましたでしょ。

一九八〇年代にはまだ文学は男が書くもので、たとえば本屋さんに行きますと、「女流文学」のコーナーがあって、そこに女性ばかりが集まって本を見たりしていましたね。今は、「男性文学」とも書いてありますよね。現在はどうですか。

瀬戸内 たとえば有吉さんや曾野さんが出た時に、とてももてはやされたでしょ。それは女だからなのね。しかも若かった。だから若い女がこれだけのことをしていると一気に注目された。若い男が書いたってなにも問題にされなかったと思いますよ。

―― ならばむしろプラスですね。女性が書いて、女性の目とか、それをポジティブに読者たちも受け入れたわけですか。女性が男性には見られないところを見て表現するとか。でも一方で、女性の視野が狭いとか、女性は世界を知らないから、あくまでも家の中のそういう日常の話だけに制限しているという批判的な見方もあったのではないですか。

瀬戸内 それよりもね、あの二人が、じめじめしていなかったんですよね。非常に自分を発揮できる育ち方をされたし、教育も受けている。それまでは貧しい生活の中から出てきたという人たちがいっぱいいたでしょ。あの二人は何かキラキラしていたのね。世の中やっぱり変わったばかりだから、それがうれしかったんじゃないですか。

それに二人とも美しかったですよ。曾野さんなんか格別美人でした。有吉さんも魅力的でした。テレビなんかによく出てね。才女ですからね。それは輝いていました。

―― でも有吉さんなんかは、社会問題もすごく意識をしていて、あれだけ読まれて。たとえば、『恍惚の人』(一九七二年)。老人問題は日本社会にとって非常に大事な一段階だったでしょ。石牟礼道子さんも『苦海浄土』を通して一般人の水俣病に対する意識を起こしましたでしょ。文学を通して政治運動家よりもずっと徹底的にそういうことができましたし。有吉さんは他にもたとえば『複合汚染』(一九七五年)とか、そういう問題もすでに七〇年代にテーマにしてましたね。

そういう意味で女性たちは作家として非常に勇気があったんですよね。それが何か女性のそういう特別な立場とも関係があったのか、それとも彼女たち個人個人の鋭い視点のゆえだったのでしょうか。

瀬戸内　有吉さんにはそういう問題を話してくれる男友だちがいたそうでしたよ。でも、本当に有吉さんの独壇場って言うのは、物語を書く力があることね。だから全部映画になる。芝居になる。

私の書いた小説は映画にも芝居にもとてもなりにくいんです。私は、物語を書いていないから。心情を書いているから。物語を書いた方が、多くの読者を得ます。彼女にはそういう力量と才能がありましたね。有吉さんはね、付き合ったらとてもいい人だった。可愛らしい人でした。

――　私も付き合わせていただきました。とても面白い方で、非常に独創的でした。でも、その場合もやっぱり男友だちがいたからと言ってしまうと、彼女のオリジナリティは相対化されるんじゃないでしょうか。つまり、男が背景にいなければ、彼女はそういうことを書かなかったと言えてしまいますよね。

瀬戸内　たまたま運が良くて、有吉さんの才能を認めて、そしてこういうことをさせたいっていう恋人が私はいたと思います。多分新聞記者か誰かで。それで、これからの問題は、ここをこう書けば当たるよと教えた人がいたと思いますね、実際にいたらしいです。

私が書く時はお手本にするものがなかった

―― 寂聴さんは、いろいろな賞を受賞してらして、文化勲章も授与されていて、日本でものすごく認められていますし、それは物語性だけじゃなくて、心情を書くということに迫力があって、非常に深みがあるということだと思います。

瀬戸内 ありがとうございます。でも、私が認められたのは本当に遅いですよ。書き始めてからも賞なんてまったくもらえなかった。賞を取った人を見ても、何よ、私より下手なくせにって(笑)。

―― 競争意識はあったのですか。

瀬戸内 すごく腹が立つ。でも認めてくれない。そのうち、よし、もしも今から賞をくれたって、もらってやるものかと思った。

それで「賞を断る弁」というのを作って、暗唱しようと思って、お風呂に入ってもそれを読んでた。そうしたらね、遅くに賞が来たんですよ。

谷崎潤一郎賞ね。本当に遅かったんです(一九九二年)。選者に河野(多恵子)さんが入っていたんですね。それで河野さんがもったいぶって、谷崎賞発表の日は外出しないで家にいろ、と言ってきた。そんなの聞かずに、私はモラエス〔ヴェンセスラウ・デ・モラエス、1854-1929〕を調べるため、飛行機に乗ってポルトガルに行ったんです。

ポルトガルのホテルに着くや否や、部屋の電話が鳴って、男の声で、「あなたに谷崎賞をあげることになりました。ついてはもらってくれますか」って言うんですね。とたんに、せっかく覚えた断りの弁っていうのをパーッと忘れて、電話を持ったまま、「はい、はい、はい、いただきます」、ってお辞儀してる。

ふと、窓の外を見たらね、中秋の名月が煌々と輝いていた。それをはっきりと覚えています。

その時に、中央公論社が大使に電話してね、瀬戸内さんに連絡したいんだけどなかなかつかまらないから、彼女が今度谷崎賞をもらいましたと伝えてやってくださいって言ったらしいんです。その大使というのが三島由紀夫さんの弟さんで。それで大使から電話が来てね、おめでとうって言って、もし時間があったら遊びに来てくれって言うから、そのお礼に私は行ったんです。私は三島さんの歌舞伎に誘われて、その時、お母さまと、まだ大学生だった弟さんにお逢いしたことがありました。そうしたら、大使が、なつかしがって三島由紀夫さんの話ばかりするんですね、夜遅くまで。ちょうど奥様が日本に帰っていてお一人だったの。その話は文学史に残るような話ばかりで、すごかった。面白かったからね、私一生懸命聞いたんですね。そしたら、明日も来てください、明後日も来てくださいってことになって、毎晩、大使がごちそうしてくれて、ずっと三島由紀夫の話を聞いたんです。それはもう非常に良かった。

三島由紀夫はね、家族全部が川端さんを恨んでいますって。そんなこと誰も思わないでしょ。私はお二人のことを両方とも知っていますからね。川端さんは本当に三島さんのことを愛しているんですよ。三島さんも尊敬しているとばかり思っていたんです。そうしたらね、そうじゃないって。うちは家族中が恨んでいますって。ノーベル賞を川端さんがもらったことが原因らしい。

――家族と本人はまた別かもしれませんね。弟さんの気持ちとしてはそれが直接出たかもしれませんね。それこそ受賞することの大事さですよね。

寂聴さんは、野間文芸賞も受賞されましたね。二〇〇一年に、『場所』というすばらしい作品で。

瀬戸内　あれをもらった時、調べてみたんです。そうしたら受賞者の中で最高年齢でしたよ。

――でもすばらしいじゃないですか。ずっと活躍しておられたのですから。それでどんどん文学の重点も少しずつ変わって行かれて。『場所』もわりと回想的なメランコリックな作品でしたね。たしかに人生の中で相当進んだ段階だったのですが、作品としても私たちが読んでいても、非常に生々しく受け止めました。

寂聴さんの作品は、年を取るにつれて、やっぱり回想的な要素が強くなったのですか。

瀬戸内　回想するつもりはなかったけれど、やっぱり書きたかったんでしょうね、そこのところは。

——自分の経験に基づいたものですね。

瀬戸内　私は私小説が上手ということになっていますが、だけど私小説よりも伝記をあれだけ書いたということが、私にとっては人にない仕事だったかと思います。私が伝記を書いたために——三枝(和子)さんもそうですが——、後からこんな道があるのだと思って伝記を書き始めた人が何人かいます。それはとても良かったと思います。私が書く時はお手本にするものがなかった。

もうね、そんなに長くないと思う。だから最後の句も作らなきゃいけないって思っていて

——それからジャンルで言いますと、最近は句集が初めて出ましたね。

瀬戸内　句集で賞をもらった。それがね、次の蛇笏賞の候補五人の中にも入っていたのですって。もうそれが来たらどうしようかと思って。また作らなきゃいけないでしょ。作れないよ、そんなの。

——本当におめでとうございます。『句集　ひとり』(深夜叢書社、二〇一七年)というタイトルで、すぐ目に付きますが、生きても死んでも孤独であるという人間の孤独を非常に痛感させられます。一つ感じましたのが、やっぱり自分の年齢でもそういうふうに感じるようになったのですが、付き合っていた人間がいなくなるという経験が重なるにつれて、もちろん人生に対する見方も変わってきますね。

たとえば、この句集の中に柚子湯についての句がいくつかあったんですね。私は、この柚子湯に非常に官能性を感じました。官能性がたとえば、一人ででも柚子湯を通しての香りとか、肌の感覚とかでよく感じられます。それも人生の中の満足であり、すばらしい経験で、それは一人でも経験ができますが、と同時にやっぱり相手がいて、相手が反応してくれて愛してくれる、あるいは自分が愛するということ、それが人生で大切なことだと感じたのです。

寂聴さんが句集を出された動機は、自己の慰め、あるいは自己の救出のためですか。

瀬戸内　句を作ったのは、やっぱりふと出てきたんですね。出てくるからそれを書き留めただけで。俳句で賞をもらおうとか、そんなことは夢にも思っていなくて。だから、びっくりしているんです。句集を出すなんてことは夢にも考えていなかったんです。ただ、最近八十八ぐらいから、よく病気をするようになったんですね。それで、入院するでしょ。で、もう死ねばいいと思うのになぜか必ず治るんですよ。そしてまた病気で入院するんですね。入院したら病院のご飯ってまずいし、退屈だし。憂鬱になるでしょ。で、鬱になりかけたんですね。それで、これはいけないと思ってね。鬱を追っ払うためには楽しいことをすればいいに決まっているんですね。だから、今の私にとって何が楽しいかな、困ったなと思って考えた時にね。それはやっぱり、小説を書くのが一番楽しい。だけど、それをするエネルギーがないんですね。病院では小説は書けないですよ。だから他に何かないかなって思って。本を読むのは楽しいけれど、読むばかりでもつまらないでしょ。それでふと、俳句でも作ろうかなと思ってね。でもそれは本当に自分を慰めるためで、書き殴って紙の端にちょっと書いて置いておいたんです。

それを集めて句集を作ったら楽しいかなと思って、それで姉の歌集を出してもらったところの齋藤愼爾さんに電話をして、句集を作ってくれる？ って言ったら、齋藤さんは、ああ、やろうやろうって喜んでね。それで、本にしようとしたらページが足りないのね。一ページに一句にしたけれども、まだ足りない。じゃあ俳句に関係した女の人を知っているから、その人のことを書くわって言って随筆みたいなものを付けたんです。俳句にはまったく自信がない。だけど、この随筆はちょっといけますよって思ってそれをくっつけて、それで句集ができたんです。齋藤さんは私のことをよく知っていますから、全部齋藤さんに任せたら、私が気に入るような装丁もしてくれて、いい句集ができたんです。それが思いも掛けずに好評でね、びっくりしているんですよ。どうせ出版社に言ったら、今までの義理で出してくれるんだろうけど、これは売れないから気の毒だからね、それで自費出版で出したんです。

――辞世の句みたいなつもりではなかったのですか。

瀬戸内　それは吉屋信子さん〔1896–1973〕がね、あの方は大衆小説とか少女小説で売れたでしょ。でもね、本当はそれが嫌だったのね。本当は純文学を書きたかったの。だけど、どうしても書いても相手にされない。それで、伝記を書いたらね、受けたんですよ。それも俳人の伝記を書いたんですね。それでご自分ももちろんお作りになって、亡くなった時に、赤い表紙の句集をみんなに配ったの。私もそれをいただいてね。ああ、こういう手もあるなって思って、私も死んだ時は皆さんにあげる句集を持ちたいなって密かに思っていたんです。

死ぬまでにもう一つぐらい作らないとね。あれでは古いから、みんなに飽きられるでしょ。もう一つ作りたいと思いますね。

――本当にすごい力をお持ちですね。どんどん新しい発想もありますし、計画も出てきて、まだまだ先がありますね。

瀬戸内　いや、本当に体力が弱りました。もうね、そんなに長くないと思う。だから最後の句も作らなきゃいけないって思っていて。小説もね、この間の長い小説が最後じゃないかなと。今『新潮』と『群像』で書け、書けって言ってくださるんですけどね。もう体力が続かないんじゃないかなっていう感じがしますね。

―― でもいろいろと人生相談とか、テレビ番組とかもたくさんなさっていますよね。

瀬戸内　それはもうね、さっきからお茶を運んでくる女の子がいますけどね。あの子、秘書がね、今度私のことを書いた本(『おちゃめに100歳！寂聴さん』光文社、二〇一七年)を出しましてね。それが売れてすごいんですよ。「五十万部になったらね、先生、養ってあげますよ」って。それで彼女がテレビに出るときはやっぱり私がくっついた方がみんな見てくれるしね。そのために出ているんで、面倒くさいだけです、テレビはね。

変わったっていう感じはしないんですよ

―― 作家の生活に戻りますが、三十六年前に私が質問したとすれば、お返事をもちろん、お聞きしたかったのですが、今から振り返ってみますと、女性作家の、仕事の条件とか、見られ方とか、どういうふうに変わってきましたか。

瀬戸内　変わったっていう感じはしないんですよ。私が叩かれたのはね、書いたものがやっぱり男の作家たちの気に入らなかったから。私の態度が悪かったんだと思うんですね。女が書いたからけしからんっていうのではなかったと思います。

―― 何が男たちの気に入らなかったのでしょうか。

——瀬戸内 それは本当のことを私が書いたから、男が隠しておきたいことを。

——男女関係でのことですか。

瀬戸内 彼らのまったくの誤解なんですけどね。作者が男と寝ながら書いたんだろうとか。そんなこと夢にも考えていないのに。この作者は自分の性的条件がいいということを書きたかったんだろうとか。人生をあまり美しく写そうとしなかったんですか。

「げすの勘ぐり」を男がしたんですよ。男の方が女に対して偏見があったんじゃないかな。

——今はどうでしょうか。同じようなことがどこかの深層でまだ続いているんじゃないかと私は思っていますが。

たとえば二〇一七年から沸き起こった#MeTooという運動とかですね。アメリカから始まって、ヨーロッパにも日本にもそういう運動が伝わって、女性たちが闘っていますが、三十六年前のインタビューの頃から、果たしてどれぐらいの社会的な進歩があったのかと思ってしまいます。

瀬戸内 それはありますよ。私たちの若い頃はね、離婚した女っていうのはもう女じゃないように言われましたよ。「傷物」って言われたのよ。

——恐ろしいですね。

瀬戸内 よく例に引くんですが、最近、このテーブルの周りに十人ぐらいキャリアウーマンがそろった時がありました。その時、私が、この中で離婚した人、手を挙げてって言ったら全員手を挙げた。中には両手を挙げて、二度とかも。それは見事でした。

——じゃあ子どもはその時にどうした？　って、聞いたら、みんな子どもを連れて出ましたって。けろっとしてる。その時に私、世の中、変わったなあとつくづくと思いました。

——変わりましたが、女性が子どもを連れていきますと、それだけ人生が難しいでしょ。

瀬戸内　だから私は連れてこられなかったの。結局その子を連れてきても、自分が食べかねているから。子どもと一緒に食べていくなんて、とても。それで小説を書くなんて絶対にできない。それでも、一度連れ出しに行ったのだけれど、また置いて帰ってきたんですよ。

あれからわずかな間にね、女が子どもを連れて離婚して、親権も取って育てられる時代が来たんですよ。それはすごいことだと思います。

――　ある意味ではすごいことでありながら、やっぱり女性の方がそういう意味でもっと責任が多くて、もっと負担があるのはたしかでしょ。たしかに平等と言っても難しいんですね。もちろん産めるのは女性だけですし。ただ、いろいろとまだ解決できていない。あるいは女性が自分の道を完全に自由に選べない条件もまだありますよね、社会の中に。おっしゃっている通り、たしかに具体的な進歩がいくつか見えていますね。たとえば、法律の上でも民法が改正されたり、男女雇用機会均等法とかもできましたが、男女の賃金は同じ仕事をしてもまだ相当差があります。

ただ、また文学の世界に戻りますが、女性作家としてそういう進歩もやっぱり見られますか。それとも一番大事な進歩はそれ以前の、平林たい子とか、佐多稲子たちの世代との差だったんでしょうか。その後も少しずつ世間が女性作家を違う目で見るようになって、もっと可能性が開かれたのでしょうか。

瀬戸内　文壇の中でも、男はいくら不倫をしたってね、小説家の中では平気ですよね。だから私、不倫したければ小説家になれって言っているんですけど(笑)。誰も怒らないでしょ。だけどね、女の作家が不倫するとやっぱりね、男は嫌な目で見ますよ。

――　それは男だけが言うんですか。女性はそれを興味深く読んで？

瀬戸内　女の小説家はそんなことは言いません。

―― 読者は?

瀬戸内 読者はやっぱり男と同じでしょうね。

―― 男が偽善的ですか。

瀬戸内 まあしかたがないわねなんて思うんでしょうね。だけど、女が不倫しているなんていうと、もううれしがって、責めますわね、週刊誌なんか。この頃よく病気になるから、週刊誌に詳しくなるんですけど。かわいそうですね。

人を好きになるとか、不倫なんていうのはね、雷が落ちてくるようなものでしょう。それに当たるか当たらないかであって、特別なことじゃないって一生懸命言っているんですけどね。

これは尼さんとしては言ってはいけないことでね、瀬戸内寂聴という小説家が言っています、いつも。

―― どちらかと言えば、社会全体がそういう見方を変えるべきですよね。

瀬戸内 おかしいですね、それは。文学の世界はね、男はわりあい、女にだらしないですよ。だけどね、女に対しては非常に厳しいの。それで、その中でね、たとえばお花とかね、絵とかの場合ね。師匠と弟子が一緒になったりする例がよくあるじゃないですか。だけど文学の世界はそれはないの。許さないの。それで非常に厳しいの。

―― それ、前も現在もそうですか。

瀬戸内 前っていうのは?

―― 三十六年前の話ですか、それとも現在の話ですか、それとも両方ですか。

瀬戸内 明治の頃なんかは、わりと師匠が手を付けるっていうことはあったわね。でも、今はね。どこかに私書いていますから言えるんだけどね。河野多恵子さんがあそこまで行ったのは、丹羽文雄さん〔1904-2005〕のおかげなんです。あらゆるところで河野さんを推奨してたのね。そうしたらね、あれは誰かな、ある有名な作家がね、新聞記者から小説家になった人がいるじゃないの。流行作家になったんですよ、その人ね。ああ、井上靖〔1907-1991〕。井上靖が偉くなったでしょ。それで一緒に旅行することがあったんですね。あの人、大酒飲みなの。一人ブランデー二本空ける人なの。だから一緒に行った人が付き合いきれなくてみんな逃げる。で、私お酒強いんですよ。私が付き合ってあげる。そうしたら向こうは酔っ払ってきたんだろうけど、瀬戸内さん、河野さんと師匠はできてるの？ って言うんですよ。だから私、河野さんと一番親しいからね、分かっていますけどね、そういう仲ではありませんって。

——今考えてみますと、三十六年前と現在とどっちが作家として、女性作家として仕事しやすいのでしょうか。

瀬戸内　私は好きなように生きてきて、それは考えたことがないですね。

——最近は女性たちがどんどん文壇——とは言わないですね、もう古い言葉ですが——文学を書くようになって、前よりも女性が受賞する比率が高くなって、少しは自由も増えているかもしれませんね。

瀬戸内　作家を志す女にとって、今は三十年前よりもずっと都合が良くなっているんじゃないでしょうか。芥川賞の選考委員に河野さんと大庭さんが入った、あれが最初。

——それは西洋でもだんだんそうなりました。それまでは女性が全然入っていなかったんです。一九八七年あたりですね。やっぱり同じように選考委員がほとんど男たちだった頃に比べて、最近は女性も入って、それによって制度も、評価の仕方も少し変わってきました。

瀬戸内　それから直木賞も女性が審査員になるようになったでしょ。

苦労を苦労と思わないたちなんですね

――寂聴さんとしては、今の読者が、文学を読まなくなって、本よりも、たとえばケータイ小説とか、あるいはせいぜい電子メディアを通してしか、文学みたいなものに付き合わなくなるといったことは意識されていますか。

瀬戸内　意識しています。私はね、電子小説の時代がやがてくると思って、もうやってみました。

――読まれ方はどうでしたか。

瀬戸内　結果？

――読者が違いますか。

瀬戸内　違うどころじゃない。第一読んでくれない。でもね、今読まない作家も、電子小説だったら必ず読むと思うんです。私はね、小説をまだ手で書くんですよ。小説は手で書かなければって。

――たしかに作り方も読まれ方も違ってくるはずですね。

瀬戸内　違ってくると思っていましたけど、今の若い人たちの小説を読むと全部これ(キーボード)で書いているでしょ。立派なものですよ。だから、やっぱり世の中これになるんだなって思ってね。手で書くよりもずっと速くて上手だし。編集者は喜びますよね。

――でもいい作品ができるのは速さだけじゃないですよね。むしろやっぱり手で書いて、ゆっくりと考えて、初めてできあがるのではないかと思いますが。

瀬戸内　手で書き慣れているからね、だんだん指がこわばって、字があまり上手じゃないのがますます読みにくくなっているんです。だから編集者に悪いなって思っていつも謝るんですけどね。生原稿を渡すとね、若い編集者はじーっと立ったままなんですね。で、私、読めないの？　って言ったら、はい、って言うの。それは悪かったねって。

――読者が望むものが、それによっても違ってきますかしら。画面で読むのと、印刷してきれいに作り上げた本を手にするのは、やっぱり違いますね？　ケータイとか小さなパソコンとかは、どこでも開けて簡単に読めますが、集中して読むためにはどうしても紙の上のきれいな印刷とか、そういうふうにならざるを得ないと思うんです。

瀬戸内　それは私も古い。あなたも古いんです。これからはもうそういう神経なくなるでしょう。

――でも、ドイツでは言われていますが、やっぱり両方が続くと思いますね。つまり、どうしても本の形で読みたくて、あるいは詩とか句とかそういうのは、いくら短いものでもやっぱりどうしてもきちんときれいな紙で丁寧に印刷した本として手にして読みたい。そういう人口もまだ残るという見られ方がありますね。そういう意味では、あまりネガティブに見なくてもいいですね。

瀬戸内　七十年間のご自分の作家の経歴の中で、どこが一番変わりましたか。

――変わろうと思ったことは一度もないんですよね。だけど、出家したことにおいて変わったかもしれないということはありますね。

――たとえば書く内容、書く様式は？

瀬戸内　それは変わらなかったし、変える必要もないと思います。

――やっぱり読者とのやりとりもありますでしょ。

瀬戸内　いえいえ。読者なんてどこでどんな人が読んでくれているか、まったく分からないもの。書く自分一人ですよ。

この頃はいつでも書きさえすれば本にしてくれるからありがたいけれども、本にしてくれなくたって私は書いたと思いますね。子どもの時から書くことが好きなのだから。

——すばらしいですね。

瀬戸内　ペンを握ったまま、原稿用紙の上にうつ伏して、死にたいですね。

——そういう意味で恵まれていますね。でもまず自分でそれを理解して、自分の意思を通したのですね。それで苦労もありましたでしょうし。

瀬戸内　苦労を苦労と思わないたちなんですね。だからみんながね、あの時はご苦労なさいましたね、なんて言う人がいるんですが、いつ？　どこで？　っていう感じなの。いつもいつも自分の好きなことをしているから楽しいんです。だから苦労とは思わない。貧乏もしたけどちっとも怖くなかった。だから、お金ができてもちっともうれしくないし。

——そういう自由が一番いいですね。

（二〇一八年三月三十一日、京都府・寂庵にて）

解説

二〇一九年の今から八〇年代のあの頃へ

伊藤比呂美

ぐちもこぼしたくないし、恨みごとも言いたくない。私たちはただ必死にやってきた。

一九八〇年代前半、イルメラ・日地谷゠キルシュネライトさんが、なみいる女の作家たちにこのインタビューを行っていた頃、私は一人の若い詩人で、ポーランドに住んでいた。ポーランドはまだ社会主義で、交渉ごとで役所の窓口にいくと、青い上っぱりをきた女の事務員がアジアからの留学生(私の当時の夫)に残酷なくらいつれなくて、そのたびに夫が激高していたものだ。私はポーランド語ができなかったから、それを離れたところから見ていただけだった。次の年には日本に帰ってきて、子どもを産んだり育てたりした。ずっと書き続けていた。生殖の生理は言葉になってなみなみと出てきた。充実していた。

前の世代の女たちとは違って、働く・家庭を持つ・旧来どおりの夫婦関係をうちやぶる(夫が家事育児にかかわる)という変化が見えてきたころだった。両立、両立、両立と呪文のようにとなえていた。何もかも充実していた。

充実していたというのは私が思っていたことで、自分のつくる文学が、客観的に見てどんなものであったのかよくわからない。その当時私は、何の賞も取れなかった。賞なんて生臭い、そもそもそんな他人の評価を気にしていたら書けませんよ。戦う相手は自分ですよ。そう思って生きてきた。私は多作だった。書き始めて数年は毎年のように詩集を出した。出す詩集という詩集が、詩の賞の候補にすらなれないというのが続くと、だんだん居場所がないなあと感じるようになってきた。

居場所がないのは、最初は家庭の中だけかと思っていたのだった。セクシュアリティも、セックスも、身体も、関係も。でも気がついてみたら、詩を書くという「職場」でも、そして日本語を使う社会でも、私には居場所がなかった。

私にとっての八〇年代後半はそういう時代だった。

紫陽社から「80年代詩叢書」が出たのが七九年。思潮社から「女性詩の現在」シリーズが出たのが八二年。「女性」とくくられることに慣れていった。「子宮派」なんてキャッチーなコピーを書かれたりもしたけど、デビューしたての若い詩人としては、女性詩だろうが異星人詩だろうが、なんだって注目されればそれでいいと思っていた。おもしろがられたし、批判もされた。男の、とくにおっさんのすけべ心を利用したという自覚はあった。批判は、男からも女からも受けたが、上の世代の女からいちばん手厳しいほとんどののしりのような批判を受けた。当時は、女の身の上に何世代にもわたってたまってきた抑圧を、私の無意識が口寄せした、性的なことを書き散らすのは社会にたいする反抗だなどとは考えていなかったので、批判をする人はたんに私の表現がきらいなのだと考えていた。

学校では、男子女子の区別がつねについていていた頃だった。男子が先で、男子が上で、男子のほうが前向きで未来があった。それがあたりまえの文化に育ってきた。

思潮社から女だけの詩誌『現代詩ラ・メール』が出たのが八三年。その頃にはもうすっかりうんざりしていたのだった。「女性」とくくるのにも、くくられるのにも。「女性詩人」ではなくただの「詩人」なんだと書いたり発言したりもした。私は、とにもかくにも「女性詩」の矢面に立って、批判されながらもやってきたのだった。「女性詩」という傘の下で、生ぬるい生理と日常しか書けないような女の詩人が、何人何十人出てこようと文学は変わらないし、共闘にも援護射撃にもならないと思っていた。

今はちょっと違う。アメリカ暮らしが長くなって「アファーマティブ・アクション」ということばを知っている。そしてなぜ多くの女が、日常や性や生理から詩を書き出すのかもわかる。そこがすでに日常的に鬱屈しているからだ。いわゆる「生理的、感覚的」といわれるところに、累代の不満や不安や自分を問う声がぶ厚く層をなしているからだった。

一九九〇年の春と秋には、日本の女の作家とドイツ語圏の女の作家の文学会議があった。イルメラさんも書いているとおり、それはほんとうにすごい国際的な文学会議だった。

こんなことがあった。クローズドの小さな親密な話し合いに腕のいい同時通訳者が入ったのだが、その人はふだん政治や通商の会議で活躍している人だった。両方の言語がわかる人、たぶんイルメラさんあたりから、今の通訳は少しニュアンスが違うという意見が出され、何度も出され、そのたびに、私たちはみな立ち止まって考えた。政治や通商の場面でははっきりと積極的に自分を主張していくのだが、文学では違う、もっと理解し合い共感し合いながら進めていきたいと、ドイツ語側も日本語側も考えていた。そして、そんなことがあったからこそ、より率直に話し合えた。

東京での会議に熊本から参加した私は、ドイツ語の作家たちと同じホテルに泊まっていた。朝食も移動もいっしょに動いていたので親しくなって、こちらからドイツやオーストリアに行ったときには、再会したスイスの作家にレズビアンバーに連れて行ってもらったり、東ドイツの作家に乗馬に誘われたりもした。東西ドイツが統合された直後のことで、ベルリンの町にはトラバントという東ドイツ製の車がおびただしく、もうもうと臭い煙を上げて走り回っていた。

日本からの一行の隊長みたいな存在が三枝和子さんだった。これがまたすばらしくおもしろかった。いろんな話を三枝さんに聞いた。仕事の話やワインの話、当時三枝さんが住んでいたギリシャの話もあったが、お寺の住職の妻だった三枝さんが「私には住職の妻としての仕事があった。夫の親の世話もあった。小説を書くのなら、子どもは産んでいられないと、早い時期に決断したのだ」と語り、上の世代につきつけられていた両立もへったくれもない過酷な話を、私は背筋を伸ばして聞いたのだった。

私がイルメラさんに最初に出会ったのもその会議だった。

当時、アイスランドのサガやマクファーソンの『オシアン』などを読みふけっていた私は、目の前にいる、かっちりとスーツを着込み、まっすぐに前をみつめ、はっきりと発言する女を見て、サガやオシアンに出てくる戦士と美女をいっしょにしたらこんな感じかと思った。詩を書くという自分の戦い方とは違う戦い方を、この女は戦っていると思った。

そのとき、イルメラさんが「カノコ殺し」をドイツ語に翻訳してくれた。他の詩もつぎつぎに訳してくれて、それは一九九三年に『*Mutter töten*（母殺し）』というタイトルで出版された。それ以来、つきあいが続いている。数年おきにベルリンやボンやケルンやトリーアや東京などで会い、そのつど少しずつ、より親しくなり、ここ数年は親友ともいえるつきあいを、夫の周二さんともどもしていたのだった。二〇一六年に闘病中の周二さんを見舞いにベルリンに立ち寄ったとき、こんな原稿があるとイルメラさんから見せられたのが本書の元になったインタビュー集で、これはもったいないと、以前から懇意の上田麻里さんに話したら、とんとん拍子に話が進んだ。

あの時代に出版されなかったことが、むしろこの本にとっては幸福なことに思える。

今読むと、まるでタイムトリップしたようだ。二〇一九年の今から八〇年代のあの頃へ。ふたりの女がそこで語り合っている。ドイツ人と日本人だ。初対面のようだ。ドイツ人はどの日本人の女にも同じ問いをくり返す。その質問はその当時の社会のひだから出てきた質問ではあるが、なんだかとても普遍的だ。インタビューというかたちは取っているが、実はもっと対等だ。読む私たちは、まさにあの頃、女たちの間でなされた対話や会話を思い出し、あの頃の女たちの生きざまを思い出し、今の女たちの対話や会話を思い出し、ゆきつもどりつし、どれだけの変化が、時代に、また私たちにあっただろうかと考える。

まず、西ドイツという国がなくなった。ここから数年後、八九年にはベルリンの壁が瓦解し、九〇年には東西ドイツが統一された。子どもの頃には不変と思っていた地図がすっかり書き換えられた。

インタビュー相手に選ばれた作家たちも、何人かが亡くなった。むしろ生き残っている人の方が少ない。何人かからは掲載の許可が得られなかった。その中には生きている人もいる。つまり本人の意志である。死んだ人もいる。それは遺族の意志である。

私はこのインタビューを読みながら、作家たちの作品を買い集めて読んだ。愛読したといえるほど読んだのは、石牟礼道子さんと(声の文芸に興味を持ってからの)津島佑子さん、そして(掲載されなかったが)富岡多恵子さんだけだった。

佐多稲子さん、円地文子さんは今回初めて読んだ。まず、明治生まれの作家たちの「文学」がぜんぜん違うことに驚いた。近代小説を疑わずに捉えている。でもそれから、戦争を若いときに経験した人々が逸脱するのを目の当たりにした。価値観そのものが違うのだ。小説のあり方が違うのだ。日本近代小説のやり方じゃだめだと気づいたみたいだった。一人一人が、文学の何かを見つけようとして、別々に実験をしているようだった。その戦いの跡が生々しい。三枝和子さん、大庭みな子さん、河野多恵子さんは、昔ちょっと読んだが、それっきり忘れていた。瀬戸内寂聴さんとは、ここ数年のうちに何度もお会いする機会があってずいぶん読んだ。

驚くべきことだが、今、彼女たちの小説がとても買いにくい。講談社文芸文庫というのがあり、ここに入ったものは割合と残っている。新本で買えるし、ときには電子書籍にもなっている。

大庭みな子は、一九九六年から半身不随で口述筆記で書いていた。二〇〇七年に最後の小説が未完で出ているが、これはもう買えない。でも代表作が何冊も講談社文芸文庫にある。

河野多恵子は、八五歳の時に最後の小説『逆事《さかごと》』が出ている。河野さんのも、また、講談社文芸文庫で何冊か買える。

三枝和子は、一九九九年に出た『薬子《くすこ》の京《みやこ》』(お財布仕事なのよ、と言っておられた)で紫式部文学賞を受賞しているが、これはもう買えない。文芸文庫にも入っていない。もう古本でしか買えない。でもそれが我々の運命だとしたら。

実際、見てきたのだ。作家や詩人が亡くなる。その後数年は読まれるが、その後、ぱたっと読まれなくなる。本も買えなくなる。そうやって私たちは消費されるということである。この時代の男の作家も検索してみたが、新本が買いにくいのは、女の作家と同じだった。

大庭・河野・三枝そして瀬戸内の文学に話を戻す。日本語の質が違う。数行読み出すだけで感動する。日本語は日本語だが、今流通している日本語とはぜんぜん違うナニカを読んでいるような気さえする。「私」は「私」だし、文法も同じ。でも聞こえてくる音がまったく違う言語であるかのように響くのだ。そしてそういう世界がもはや無くなってしまったことを考えると、さらに感動する。

あの頃、八〇年代の前半、イルメラさんが人々に質問をしていたこのときに、ちょうど文学が大きく変化しようとしていた。私は小説家でも学者でもない、ただの詩人だ。今感じているこの感じが正しいかどうか分からないのだが。

あの頃、八〇年代を通じて、みんなが夢中になっていたものにラテンアメリカ文学があった。ヨーロッパ言語以外の言語で書かれた文学があった。ラテンアメリカ文学なら、ガルシア＝マルケスとか、クラリス・リスペクトルとか、少し後にファン・ルルフォとか。ナイジェリアのエイモス・チュツオーラとか。どこに行っても人がその話をしていた。非西洋の文学とは、つまり声の文化、語りや口承詩だったんじゃないかと思う。あるいは声の文化を土台にしてつくっていった文学。そしてそれはまさに今、石牟礼さんの文学がこんなに人々をとらえている理由なんじゃないだろうか。

あの頃、八〇年代の後半、私はアメリカに行きたかった。北米先住民の口承文芸を知りたかった。それを言い訳のように使っていたが、実は違う。たんに居場所がなかったんだと思う。詩人や作家の滞在プログラムに行った人がおもしろかったタメになったと言うのを聞いて、私も声を上げ、いろんな人に、行きたいです、行きたいですと言って回った。でもなかなか順番がこなかった。私は行けないままなのに、男の詩人や作家が行ったというのを聞いて、なんで、と思っていた。シンガポールであった作家会議には推薦されて出席したが、タイの詩人にナンパされ、ぺたぺたさわられて閉口したものだ。今ならああいう男は #MeToo で袋叩きである。

キャリアは十分にあったと思っていたが、なかったのかもしれない。当時の私は夫と子を持つ女だった。世間はバブルで、本は売れた。詩作のかたわらお産や育児のエッセイを書くことで、ちゃんと収入があった。でもそれでかえって詩人としてみとめられていなかったのか。いやそんなことはないと思いたい。単に私のひがみ、思い過ごしのような気もする。この証拠のないあいまいさがあるから、言い出すのがためらわれる。文学賞の選考委員の女と男の比率、などというものなら、はっきり数で出てくるし、その影響もまたはっきりと口に出せるのだが。

若い頃、セックスやマスターベーションのことを書いていた頃ならいざ知らず、子殺しのことや、母や祖母や叔母たちのことや、経血のことを書きまくっていたその頃、男の社会で男として生きてきた年上の男の詩人(そういう人たちがいろんな選考委員や仲介や肝いりをしていたのである)に、子殺しの衝動や経血のことがわかると思えなかった。甘える母でなくて、子どもをぶち殺す母、中絶する母、経血を垂れ流す母のイメージも。でもそんなこともまた、口に出す、ないしは書くのがためらわれた。

試合に負けて「自分の努力が足りなかった」とつぶやく柔道選手のように、あるいは高座でことばにつまって「勉強しなおしてまいります」と頭を下げる落語家のように、ひたすら素直に実力不足だったと思わなくてはいけない。そういう文化なのである。人に何をどう批判されても、ただうつむいて、犀の角のようにただ独り歩めといったのはお釈迦さまか。

とにかくそのとき、外国に行くチャンスがいつまでも回ってこなかったので、カリフォルニア大学サンディエゴ校のエスノ・ポエティクス(民族詩学と訳されているが、つまり口承文芸の研究である)の専門家ジェローム・ローセンバーグさんを頼って日本を飛び出した。ビザも取らず、ただ大学に諸経費を自費で払い込んでの三か月の滞在だった。そしてそのまま帰ってこられなくなったわけだ。ずいぶん後になって、知り合いから「某滞在プログラムに日本の詩人(か作家)を紹介してくれ」といわれたことが何度もあり、「なるべく女の詩人(作家)を」といわれたこともある。もう二〇〇〇年代に入っていた。ずいぶん変わったもんだと感じ入ったのだった。

二〇一九年の今から八〇年代のあの頃へ。

比呂美さんは日本を離れていたから、よけいワープしたみたいに感じるんじゃないかとイルメラさんに言われたが、ちょこちょこ日本に帰ってきていたから、そんなに驚きはないのである。しかしちょこちょこと帰るたびに、女の仕事のしかた、女のしゃべりかたなど、近未来ならぬ近過去にワープしたような違和感を感じていたから、それはそれでおもしろかったものだ。日本の現実の方が私の現実だった。それを書いた。過去の人間が未来をちょっと覗いて、また過去に戻るような感じで二十数年生きてきた。二〇一九年の今から八〇年代のあの頃へ、この本によって引き戻されてみると、たちまちあの時代を思い出す。

押しつぶされていたからこそ、私たちはどれだけ苦労し、また工夫して、私たち自身であろうとしたかということ。押しつぶされてできたゆがみをただまっすぐにしたかった、そこに人間として存在したかったのだということ。

（詩人）

あとがき　最後にもう一言

一九八二年以来の永い眠りについていた本書の資料は、二〇一六年初冬のある日、その眠りから覚めることとなった。日本からノルウェーに向かう途中だった詩人の伊藤比呂美さんが、十一月中旬の何日かベルリンに滞在し、彼女と会っていろいろ話をする中で、十四人の女性作家との古いインタビュー記録について洩らすと、比呂美さんはいかにも彼女らしく、瞬間的に強い興味を示したのである。しかし短い滞在であったため、その記録を読む時間はなく、彼女は私に岩波書店新書編集部の上田麻里という人物にその話をするように提案し、ノルウェーに向けて飛び立っていった。上田麻里氏は、活動力と創造力に富んだ女性編集者で、彼女は特に異例なプロジェクトに対する感覚を持っている、そう比呂美さんは話していた。

やがてその上田さんと連絡が取れ、すでに比呂美さんからその話を聞いていた上田さんに資料の一部をメールで送ると、それを読んだ彼女もすぐ強い関心を示した。そのあと何回かのメールのやり取りを重ね、さらに資料を送るなどした後、私が次に日本を訪問した約半年後の二〇一七年四月、上田さんとの出会いが、その時私が滞在していた東京駒場の東大教養学部の構内で実現した。ちょうど満開だったキャンパス内の桜は、三十五年前の同じ季節に、インタビューのため日本を旅した時のことを私に思い出させた。上田さんとは、資料の成立過程や内容などについて話し合い、出版に向けた有意義な意見交換をすることができたのだが、これほど膨大な資料がそんなに長い時間、ただ寝かされていたという事実が、彼女にはまるで信じられなかったようだ。

しかし、その資料に魅了されればされるほど、現代の読者がはたして一九八〇年代初めの対話に興味を示すだろうかとの疑問が頭をもたげてくる。資料の内容はそれほどに異例であったし、出版社にとってはまたその分量が問題であった。対話記録は、それぞれ長さが異なるとはいえ、合計すると驚くほど膨大な量になったからだ。だからと言って記録を短縮するのは、その価値を大きく損ねることを意味した。対話が展開していく過程を順に追うことによって初めて、そこで扱われている数々のテーマや、個性的な作家たちの人間像などが徐々に姿を現わし始めるからだ。それに加えて、作家側から出版の許可をいただくという課題もあった。十四人だったインタビュー相手のうち、ご存命の作家は五人になってしまい、その五人だけが、直接の許可を与えることができるのである［その後、石牟礼道子氏が逝去］。

もちろんそれらの問題処理は、上田麻里という経験豊かな編集者の腕に委ねられた。そして彼女は、まず岩波書店内での意見をまとめ、さらにいくつかのハードルを乗り越え、並外れた規模のこの難しいプロジェクトを出版へと導いていくことに成功したのである。上田さんの、これも並外れたその努力に対して、私は心から感謝している。

この企画の進行がさらに一段と現実味を帯びたのは、私が作家の方々とお会いした直後、テープに録音されたインタビューとは別に、その日の印象や雰囲気などについて必ず詳しく記しておいたメモ帳が、懸命の家捜しの甲斐あってついに見つかった時だった。過去三十六年間の何回もの引越し（そのうちの二回はヨーロッパ‐日本間の引越し）や、蔵書や資料などをも含むこれまで数度の家内整理を考え、もうほとんど諦めていただけに、ついにメモ帳が見つかった時は本当にうれしかった。そのメモのおかげで、作家の方々から受けた生々しい印象やその時の雰囲気などを、「エッセイ」の中に詳しく織り込むことができたのである。私にとっても、そのメモ帳は当時を思い出すよすがとなり、過去が再び生き生きとよみがえってきた。

感謝したいもう一人の人物に触れる。それは一九九四年から九五年にかけて、対話記録をテープから文字に移す、「テープ起こし」と呼ばれる面倒で難しい仕事をやってくれた、当時ベルリン自由大学の日本学で私の学生助手だった、萩原美穂子さんである。彼女はその仕事を非常な熱意で感情移入してやり遂げてくれたのだが、そこには、彼女のこの記録に対する個人的な思い入れもあったと思う。その後の一九九九年、彼女が私に提出した修士論文のテーマは、「日本におけるフェミニスト文学評論――森鷗外と川端康成を例にして」だったからだ。

そもそもこの女性作家とのインタビュー・プロジェクトが可能となったのは、一九八二年度に国際交流基金から私に与えられた、三か月間の短期日本訪問奨学金のおかげであった。その時の日本滞在の成果は、この本の記録以外にも、その後日独両言語でいろいろな方向に向けて発表されており、国際交流基金には、それらを通して感謝の気持ちを伝えることができたかと思う。それにしても、その日本滞在の最も大きな成果が三十六年も後になって出版され、現代の読者がそれを読めるようになるとは、私自身まったく予想もしていなかった展開である。

現在活躍中の作家の解説をこの本に載せるというのは、上田さんのアイディアだったが、上田さんと私はまるで申し合わせたかのように自然に、その書き手として伊藤比呂美の名をあげたのである。「女性の問題」に対して、これまで独自のやり方で向き合ってきた伊藤比呂美さんの、いつものように鋭く楽しい文章に対しても、私は心から感謝したいと思う。

さて最後に、これまではまるで身を隠すようにしていたが、このプロジェクト実現の最大の貢献者として、私は夫の日地谷周二をあげたいと思う。彼は残っていた三つの記録のテープ起こしをしただけでなく、文字化された記録を音声と比較して整理編集し、長いエッセイを含む関連文章のすべてを日本語に訳してくれた。また、夫の度重なる喚起なしでは、この本の出版は恐らく実現せず、このプロジェクトはやがて完全に発表時期を逸してしまったと思われるからだ。しかし彼の援助は、この本と直接関係のある領域を超えて拡がってもいる。彼は研究者としての私の活動を、時として厳しい、だが賢明な批判を通して長い間支えてくれた。私の研究活動に対する真摯な関心、鋭い直感力と判断の確かさ、彼特有の諧謔などが、私のこれまでの活動にどれほどの刺激を与えてくれたか計り知れない。その夫に、私はこの本を捧げたいと思う。

二〇一八年三月　ベルリン

イルメラ・日地谷＝キルシュネライト

追記

この「あとがき」は、私の夫、日地谷周二が、二〇一七年秋に日本語に翻訳してくれたものである。そこに自ら書き込んだ「二〇一八年三月」という日付を、周二は生きて迎えることはなかった。このプロジェクトは、二〇一八年二月十六日に逝去した夫の遺言でもある。

その後、私たちの長年の友人である相澤啓一さんと伊藤比呂美さんが、この本の完成に向けて力を貸してくれたことに、心からの感謝を表したい。

初出

特別編　瀬戸内寂聴氏インタビュー
……『図書』二〇一八年十一月号掲載（抜粋）

右記以外のインタビューは、いずれも本書が邦文初出です。この間に亡くなられた方々については、原則として、音声から起こしたままの記録となっています。